Anna Jansson
POJKE FÖRSVUNNEN

Månpocket

Denna Månpocket är utgiven enligt överenskommelse med
Norstedts, Stockholm

Omslag av Norma Communication

Svensk utgåva enligt avtal med Bengt Nordin Agency

Tryckt i Tyskland hos GGP Media GmbH 2008

ISBN 978-91-7001-598-4

Så ler bara den

Det var ett sånt vackert väder,
då såg jag en blick som log.
Och jag vet inte hur men den skar mej
så hela min glädje dog.

Den var yster och ung så det lyste.
Dock visste jag skälvande klart
att så ler bara den som ska lämna
den blommande jorden snart.

Ur Nils Ferlins diktsamling;
Från mitt ekorrhjul

KAPITEL 1

Av jord är du kommen, till liv skall du åter varda. Martin Ahl centrerade lerklumpen och byggde ett bo åt den under sina kupade händer innan han förde formen uppåt i en kon, samlade den åter till en dosa och lät tummarna smälta ned i den mjuka kärnan. Leran fick liv i rörelsen, skapade sig efter hans vilja. Han följde arbetets profil i den fläckiga spegeln på bänken framför sig. Det låg en mild skymning över krukmakeriet i Herrvik. Ett svagt kutter av duvor hördes från taket på huvudbyggnaden genom fönstret som stod på glänt.

I spegelglaset studerade Elvira hans ansikte där hon stod skyddad bakom hans lätt böjda rygg för att undgå lerstänk på sin vita linneklänning. Han mötte hennes blick i den reflekterande ytan och blinkade åt henne innan han åter koncentrerade sig på arbetet. Kärlet formades med lätthet under hans händer. Hon följde rörelsen koncentrerat, som om han med samma smeksamhet rört vid hennes egen hud. I sitt lätt berusade tillstånd efter tre glas plommonvin av fjolårets skörd värjde hon sig inte för tanken, inte alls, snarare välkomnade hon känslan. Han blötte händerna i det kantstötta bleckfatet bredvid sig. Det dunkande ljudet från träskon som drev skivan framåt blandades med klaskandet av fuktig lera och fortplantade sig genom hennes kropp. Värmen och mjukheten, en dovt bultande längtan i kroppen, ett sug i djupet drog henne med sig och ville mer. Ville hans händer. Om han just där, just då hade vänt sig om hade ingen tvekan funnits. Då skulle hon ha öppnat sig mot honom och låtit den vita klänningen smutsas av hans omfamning och halsen rispas av hans leriga skäggstubb. Men han gjorde det inte. Han lyfte huvudet en aning. Det fanns ett farligt blänk i de gråblå ögonen, en återhållen krökning av mungiporna som visade att han såg vad han såg och tog emot komplimangen. Han höll kvar hennes blick innan leendet bröt fram. Hon såg lervällingen flöda mellan hans fingrar som oupphörligen smekte, oavbrutet fick formen att svälla och kärnan att vidgas mot sin yttersta gräns. En lavaström fick hennes innersta att hetta och flyta i lustfyllda krusningar. Elvira blundade för att göra sig fri från magin och vände sig mot fönstret för att svalka sina kinder och lugna sina andetag.

Hon tänkte på vad han berättat för henne tidigare under kvällen när de suttit i köket och delat på vinet. Att han själv hade förlöst sin son, som vore det den naturligaste sak i världen. Så nära livet i dess mest ömtåliga skede hade han funnits, i en värld där män annars står hjälplösa inför blodet, smärtan och verkligheten i dess mest påtagliga form. Hans kvinna hade velat ha det så och litat på honom. Litat på erfarenheten i hans händer. Elvira motade bort tanken på hans fru. Susanne höll en föreläsningsserie om kommunikation på arbetsplatsen någonstans på fastlandet. Råkade vara bortrest, samtidigt som sonen råkade vara på fotbollsläger, samtidigt som hennes egen make befann sig på väg hem från Bryssel. Så hade de blivit ensamma med varandra i krukmakeriet. Omständigheter man inte kan rå över, inte ens när de sammanfaller med en sedan länge hyst längtan.

Vad gör man en ruggig kväll när det blåser 18 sekundmeter nere i hamnen och regnet och åskan rasar som kriget över hällmark och beteshagar? Håller sig inomhus och bakar bröd, hade hon bestämt och satt en deg på jäsning. Petter hade suttit instängd i sitt rum vid datorn. Enligt Susanne Ahl var det ett helt naturligt tillstånd. Unga män stänger dörren till sitt rum när de går in i tonåren och kommer ut sex år senare. De behöver en fredad zon där de kan fundera över livet, döden och sin sexualitet utan att störas av familjens närgångna undringar. Elvira hade bakat bröd i sin ensamhet och sedan ätit ett par varma tuggor med smältande smör. Känslan av övergivenhet var lika stark som tidigare. Så fick hon tanken att gå över med ett bröd till Martin och Susanne. Brödet låg fortfarande kvar på krukmakeriets fönsterbräde bredvid den svarta bakelittelefonen. Nummerskivans hål hade med tiden nästan täppts igen av lera, och luren bytt färg från svart till gråbrunt. Utanför den solkiga fönsterrutan vajade jasminbuskens vita klasar. Doften, som påminde om smultron, spreds med vinden och bortom buskaget skymtade Herrviks fiskeläge och Grogarnsberget under ett mäktigt molntäcke.

Martins grova händer formade det sista momentet, vasens överkant. I varsamma vågor smekte han fram konturen med tummen och pekfingret. Släppte nästan omärkligt kanten. Drejskivan stod stilla. Vinden pinade och ven mot fönstret och smög sig in under dörren och utmed de breda golvplankorna som en vilsekommen katt. Vinddraget rörde om i dammet som bildade små virvlar på golvet. Hon motstod frestelsen att röra vid hans hår som lockade sig i nacken. Motstod en impuls att låta handen glida in och smeka hans grova nacke och fortsätta i små cirklande rörelser över hjässan. Hon gjorde det inte. Inte då. Han fyllde en spruta med uppslammad lera och tecknade blomstergirlander runt vasens släta yta. Drog upp ny lera genom att trycka sprutans gummiboll i sin näve och blommorna flödade ur hans hand. Så lossade han vasen med skärtråd och hängde den åter på sin plats. Reste sig och flyttade föremålet till hyllan för torkning. Det leriga tudelade förklädet följde med i benens rörelser. Han vände sig mot henne med ett leende som i mötet med hennes ohöljda beundran övergick i ett stilla allvar.

”Du är vacker, Elvira. Vet du det?” Han lät handen följa hennes kroppssiluett i luften. Hon blundade och skakade på huvudet. Nej. Han lyfte upp hennes haka mot sitt ansikte, som för att kyssa henne. Böjde sig fram, men bara för att se henne öppna ögonen igen. ”Jag skulle vilja ha dej som modell till en skulptur.”

”Du är tokig.” Det här är sånt som du säger till alla kvinnor. Jag vet det. Du vet det. Och ändå leker vi leken. Hon tog ett steg bakåt och försökte samla sina motstridiga önskningar till ett nej.

”Jag menar allvar. Den skulle bli fin, ett paradnummer att visa upp på min utställning nästa vecka. Får jag se på dej?”

”Sluta Martin, du är inte riktigt nykter.”

”Tillräckligt för att skulptera. Nej, jag har inga baktankar. Jag såg på dej med en konstnärs öga när du bytte om i vassruggen nere på stranden i går. Du steg ur dina skor och lät kjolen falla ned på marken. Du gjorde dig ingen brådska. Sen drog du blusen över huvudet, vinden fångade underklänningen så plagget smekte din kropp, och sedan lossade du behån och befriade brösten. Färgerna tog nästan andan ur mej när du stod där naken. Havet, himlen, sanden genom slöjan av ditt hår när du böjde dig fram för att nå din handduk. Vilken skönhet. Jag ser din kropp genom det tunna tyget i din klänning nu – och jag tänker: *skulptur*. Bara det. Man måste inte äga allt som är vackert. För mej räcker det att betrakta. Girighet är det virus som gör världen sjuk. Jag kan bli hänförd över ett landskaps skönhet, men jag måste inte äga marken, inte plocka blommorna, inte lägra kvinnorna. Kan du ta av dej klänningen så den inte blir smutsig. Jag skulle gärna vilja hjälpa dej med blixtlåset, men jag är lite lerig om händerna." Han studerade dem på utsidan och insidan. Hjälplös som ett barn höjde han axlarna och lyfte sina händer för att de skulle bli synade av henne och hon kunde inte låta bli att skratta åt honom.

"Tänk om det kommer någon", sa hon sedan ängsligt och fångade klänningen innan den föll till golvet.

"Skulle det göra något? Du är en fantastisk kvinna, Elvira, väl värd att vila ögonen på." Han lät blicken glida åt sidan och följde konturen av hennes kropp och gjorde en ansats att hjälpa henne med behån. Hon flyttade sig i sidled, ännu tveksam.

"Jag menar allvar, Martin. Om jag ställer upp på det här får du inte berätta för någon att jag varit din modell. Ansiktet ska inte gå att känna igen. Lova det. Min man ..."

"Din man skulle antagligen komma att se dej på ett annat sätt och återupptäcka din skönhet om den uppenbarades i en annan form, sedd ur ett annat perspektiv." Hon värderade orden, vägde tonfallet och sökte ett tecken på att han drev med henne. Men han förblev allvarlig.

"Lars? Han ser mej inte alls. Han tar sin kaffekopp och sätter sej vid datorn. Om han sitter kvar hos mej vid köksbordet är det för att han är upptagen av att tala med någon annan i mobiltelefonen. Jag finns inte för honom. Syns inte. Jag är en del av inredningen, som bokhyllan Billy, bäddsoffan Lessebo och Mackis dokumentförvaring. Jag är hustrun Elvira." Hon knäppte upp behån i ren indignation och letade med blicken efter ett någotsånär rent ställe att lägga kläderna på. Han visade vägen mot ett litet rum intill där han hade sitt skrivbord. Stolsryggens blå manchester hade antagit en grå ton av damm och på bordet låg kvitton, fakturor och terrakottaplattor med prover på glasyrer bland burkar med färgpulver, en väl tuggad blyertspenna, ett antal urdruckna kaffemuggar med årsringar av kaffe. I en blå glaserad vas hade någon satt ängsblommor. Man måste inte plocka blommorna, hade han sagt. Någon hade tydligen gjort det. Hon log för sig själv, lade kläderna i en hög på bordet och klev ur skorna.

”De där med”, sa han och pekade på trosorna.

”Nej, det kan du inte mena.” Samtidigt var det förargligt att han såg de urtvättade gråvita bomullstrosorna med sin slappa resår när byrålådan hemma var fylld av drömmar om kärlek i siden och spets, men vem hade kunnat tro att det skulle bli så här?

”Du gör som du själv vill. Jag tänker mej en skulptur av din underbart kvinnliga kropp – naken så klart, avspänd, moderlig och inbjudande. Antingen blir det ett genuint intryck, den sanna bilden av dej – eller också blir det delvis en fantasi. Resultatet för den oinvigde blir detsamma, en naken kvinnokropp. Men vi, du och jag, kommer alltid att veta att jag inte skulpterade dej, Elvira, utan en fantasi. Personligen tror jag inte min drömbild gör dej full rättvisa.” Hans ögon vilade på hennes tunga bröst. ”Så utsökt vackra.”

Hon gömde brösten bakom sina händer, lyfte upp dem och synade ovansidan. ”Det vänstra hänger mycket längre ned för jag ammade på vänster sida för att ha högerarmen ledig. Du vet, när man går omkring och ammar och vattnar blommor och lagar mat och plockar undan saker som hamnat fel.” Hon bet sig i underläppen och såg på honom.

”Gud, så vackert! Ursprungligt. Jordnära. Kvinnan, som offrar sin ungdoms släta kropp för att ge skydd och näring åt det liv hon föder. En kropp som brukats och ärrats i kärlekens tjänst får en annan ädelärg. Det är ett förbannat bra uttryck. Stå stilla där, precis där du står framför fönstret. Helvete, så vacker du är Elvira. Låt ditt hår falla ned över ena bröstet. Låt bröstvårtan och den mörka vårtgården skymta fram och vira hårets yttersta länk runt handleden, som om du lekte för att roa barnet i dej själv. Nu ler du. Jag visste att du innerst inne ville det här”, sa han när hon lät det sista plagget falla.

Regnet hade upphört när Elvira skyndade hem längs grusvägen. Nykter nu och kanske en aning ångerköpt. Nej, hon tänkte inte ha dåligt samvete. Martin var en yrkesman. Vad fanns det att ångra? Inget hade hänt. Han hade inte rört vid henne ens när de tog farväl. Han hade tryckt läpparna mot sina fingertoppar och blåst i väg en kyss som vore det en såpbubbla, och hon hade fångat den med sin plutande mun. Inget mer. Men med sina ögon hade han älskat henne, varje skavank, varje valk och rynka hade blivit uppvisad i det vänliga kvällsljuset, beundrad och bekräftad. Kroppen kändes annorlunda nu. Ville en rakare hållning, fötterna dansade under henne när hon halvsprang utmed havets ängar av utblommade fältsippors trollhårshuvuden. Blåelden glödde i dikeskanten där blommorna fångade försiktiga strålar av kvällssol som letat sig mellan de flyende molnen. Fång av rödaste vallmo, klargrön tulkört i vit blomning och längre bort längs stranden under krumma vindpinade trädstammar den skira vita svärdsysslan på sin stängel. Strandängen blev till ett fyrverkeri av färger som fyllde henne med en mäktig glädje. Vägen var densamma som hon gått några timmar tidigare med det nybakade brödet inlindat i en blårutig handduk och ändå var det så väsensskilt annorlunda. Utsikten över havet var så hänförande att hon måste stanna och bara andas in allt det vackra och låta det bli till en del av kvällens magiska upplevelse. Så lätt om hjärtat hon var, så fylld av kärlek till allt och alla.

Ljudet av cykeldäck mot vägens grus fick henne att vända på huvudet. Ännu såg hon ingenting bakom kröken. Tänk om det var någon hon kände. Någon som skulle fråga var hon varit. Så onödigt. Även om inget hade hänt fick kvällens upplevelse inte ifrågasättas eller pratas sönder i triviala fraser med någon utomstående. Det var ett heligt möte och en hemlighet. Precis som det outsägliga som hänt på klassåterträffen ett halvår tidigare, innan Elvira ännu övertalat Lars att hyra en stuga i Sysne. Man möts igen efter tjugofem år och tiden nu och då blandas och upphör i en stund av oväntad närhet. Martin hade varit en tonårsförälskelse. Att kompromisslöst ha givit sig hän en gång i livet skapar genvägar till närhet när fantasin aldrig riktigt velat släppa taget om de lekar som en gång har lekts. I brist på nya upplevelser kanske. I livet med Lars hade erotiken fått stå tillbaka för politiken. Det kan ha varit musiken från då, som satte känslorna i rörelse. Vin och nostalgi är en livsfarlig kombination. Eller doften från hans läderjacka, tobak och den nytvättade bomullsskjortan. Hans egen doft. En doft så välkänd och omedelbart kopplad till lust. I dansen hade han dämpat rörelsen tills han stannat utan att släppa vare sig hennes händer eller hennes blick. Alldeles stilla. Han hade sett henne i ögonen och hon hade sjunkit in i hans blänkande grå, som vågor på ett sömnigt hav och bortom tiden. Hon hade känt de andras blickar i ryggen, hört viskningarna och fnittret och skyndat sig att säga: Jag älskar min man. Han hade skrattat åt hennes plötsliga förlägenhet, ett mjukt och vänligt skratt, och sedan återgått till dansen. Egentligen hade ingenting hänt. Eller kanske hände *allt* just då. Varför hade hon annars behövt försvara sig? Jag älskar min man. Var det inte just det som var det mest avslöjande? Behovet av att omedelbart markera var gränsen går.

Ljudet av däck mot gruset närmade sig och Elvira lämnade vägen och kröp ihop bakom ett hagtornssnår. En gren rev henne på de bara benen med sina nålvassa taggar, men hon stod alldeles stilla medan cykeln passerade. Sten Åkerblom, dödgrävaren, vände inte ens på huvudet åt hennes håll. Han spanade ut över det mångskiftande havet. Kanske fylld av samma hänförelse och vördnad för naturens skönhet som den hon själv kände. Inte förrän han kom fram till Tjernobylmonumentet på stranden längst ut i öster, den kallvarp där sten på sten lagts på röse för att undvika kommande olyckor, stannade han cykeln och steg av. Han valde noga bland de flata stenarna på stranden och gav med självklar tro på den gamla traditionen sitt bidrag till röset innan han cyklade vidare med kvällsbrisen dansande i sitt tjocka bruna hår.

Lars bil stod utanför stugan. Elvira hajade till. Den passade absolut inte in i dagdrömmen. Hon hade inte väntat honom hem så snart. Långsamt gick hon honom till mötes. Skulle han kunna se att puppan just blivit förvandlad till fjäril i en annan betraktares öga?

”Var har du varit?” Frågan ställdes utan större engagemang från hans sida. Han såg inte ens på henne när de möttes under granarna. En broms surrade runt huvudet på honom och tog hela hans uppmärksamhet. Han vevade i luften med händerna tills han krossade den mot sin panna. Insekten lämnade ett blodigt märke under hans höga hårfäste.

"Jag har promenerat längs stranden. Det är så vackert nu och friskt efter regnet." Halva sanningen. Ingen direkt osanning, bara en vilseledande upplysning. Men det som inte sägs är kanske ändå en större och farligare lögn än den rena osanningen. Varför kunde hon inte säga som det var? Jag gick över till Martin och Susanne med en brödlimpa. Martin var hemma. Jaså, skulle Lars antagligen ha svarat. Eller skulle han ha hört på tonfallet att det fanns mer att tillägga? Hon var rädd för det. Egentligen fanns det inget att dölja. Inget hade hänt. Inget som gick att sätta ord på. Allt fanns bortom orden i blickarna och i händernas arbete med leran.

"Vad blir det till middag?"

"Middag *blir* inte. Det är någon som *gör* den."

"För helvete, Elvira, börja inte nu. Jag är trött. Du har haft hela dagen på dej att handla och fixa. Vad har du för smuts på halsen? Nej där, under hakan?"

"På halsen?" Hon kände efter med handen och såg sedan på lerdammet i sin handflata och log.

"Jag vet inte. Trollpuder kanske. Sånt som förvandlar häxor till prinsessor." Hon grimaserade för att visa hur hon sett ut innan förvandlingen ägt rum. Men han var inte på humör för sagor och gav henne bara en trött blick när han gick in mot huset, med dagens tidning under armen.

KAPITEL 2

Middagssolen gassade. När sista skopan jord slängts på kullen vid graven och spaden träffade kistans murkna trä strök dödgrävare Sten Åkerblom svetten ur pannan. Då han rätade på ryggen fick han se grabben som satt gränsle över sin cykel på grusgången. Han sa inget. Grabben sa ingenting han heller. Över Östergarns kyrka sänkte sig en stilla ro i morgonljuset, ett lugn efter stormarnas tid med bränder och ryska truppers plundringståg. Av det stolta torn som skulle ha rest sig i väster fanns bara tornbågens kontur. Drömmen om det storslagna hade i mötet med livets destruktiva realiteter krympt till en löjeväckande liten takryttare i vilken kyrkklockan hängde. En träffande symbolik när Sten såg tillbaka på sitt eget liv. Vad hade det blivit av idealismen och alla storvulna drömmar om en bättre värld? Inte mycket. Han suckade tungt och vilade på spaden. Juni månads grönska gjorde honom alltid vemodig med sin friska skönhet. Så här års är det lätt att berusas och drunkna i sin egen melankoli. Kastanjeträden vid grinden stod i vitaste blom och lönnarna kastade skuggor över det självlysande gräset bort över minneslunden, en stensättning utformad som en gotländsk tremänning. Gustav Larssons ord på minnestavlan kunde han utantill.

Där krupp u själ vill skilles at
jär haugar sjö u nidmörk nat.
Ro, ro austar äut
um din nadeteid jär släut ...

Gruset knastrade under cykelns däck när pojken närmade sig graven för att bättre se vad som hände. Vad säger man till en sån här grabb med nyfikna ögon? Sten visste inte. Hans erfarenhet av barn var i realiteten begränsad till en avlägsen systerdotter i Finland, grannens gallskrikande kolikbarn som nattetid skumpades av och an i barnvagn på grusvägen nere i Ljugarn och en liten brunhårig ängel som hette Amanda. Sten sänkte åter blicken och bände utan svårighet upp det gistna locket till kistan och lade det åt sidan. Någonting borde han säga för att förklara vad han höll på med. Något som lättade upp. Men han kom inte på något som lät tillräckligt klokt och begripligt. Gamla gravar dit ingen längre går måste ge plats för nya kistor och nya sörjande. Någon måste betala för underhållet. Så är livets krassa verklighet. Hur förklarar man det för någon som bara är åtta–nio år? Hur förklarar man döden för ett barn när man inte begriper sig på den själv?

”Lårben”, sa han och höll upp en benklubba över gropen så att grabben kunde se ordentligt. ”Det här är vad som blir kvar av en. Det är inte mycket.” I tystnaden som följde fanns ett samförstånd. Pojken tog av sig kepsen i en gest av vördnad. Hans ögon tycktes med ens förunderligt gamla och visa.

”Det blir inte mycket kvar av en”, upprepade grabben. ”Inte mer än ett skelett. Fast gräsets själ finns i vinden. Den finns där på hösten när gräset har vissnat ihop och hela vintern blåser gräsets ande omkring tills det kommer nytt gräs. Det säger tant Ester. Man märker det när det blåser höststormar. Ibland blir blåsten bara som när mamma blåser på ett sår och ibland nere vid havet kan den nästan knuffa omkull en. Fast då är det inte gräset, då är det garanterat Patrik. Du får inte gräva upp han, för han sover där nere när han inte orkar blåsa omkring längre.”

”Jag är ny på det här jobbet så jag vet inte vilka som ligger i gravarna.” Sten reste sig i sin fulla längd och såg allvarligt på pojken. Hans hår och ögonbryn var grå av damm. Han insåg plötsligt att hans grovhuggna uppenbarelse kunde te sig skrämmande för pojken och lät dragen mjukna i ett leende.

”Min bror heter Patrik. Han ligger i graven med en duva på stenen. Han drunknade när han var lika gammal som jag är nu, så vi är nästan som tvillingar.”

”Hur gammal är du då?”

”Jag är hundra år och jätteskruttig och trött och i höst ska jag börja i fyran. Där borta, på andra sidan vägen ligger min skola."

Sten följde rörelsen mot den vita träbyggnaden som såg ut som ett vitt sagoslott i miniatyr med tinnar och torn. Måste vara en av Sveriges allra vackraste skolbyggnader, tänkte han. "Saknar du Patrik?"

"Nej då."

"Inte?" Sten Åkerblom tog av sig glasögonen som blivit immiga av svett och torkade dem på sin rutiga flanellskjorta.

"Nej. Jag brukar gå hit och snacka med han", sa grabben. Sten rev sig i skäggstubben, satte sig på gravkanten och lät benen hänga ned i gropen. Den lille killen slängde cykeln på gräset och satte sig bredvid honom. Det kändes gott och förtroligt. En självklar närhet som Sten sällan upplevde i kontakten med vuxna människor, men som han just nu fick känna tillsammans med en sommarsnaggad nioårig pojke med ovanligt sneda bruna ögon. Det ena knäet täcktes av ett stort plåster och ovanför det syntes en ful reva i shortsen. Pojkens ben var fläckiga av smuts och blåmärken. Sten antog att det skulle vara så på den här årsmodellen. Han kom vagt ihåg hur han själv hade sett ut som nioåring, för nästan fyrtio år sedan. Fast på den tiden fick man stryk om man kom hem med trasiga kläder.

"Vad snackar ni om då, du och brorsan?"

"Vi leker Albatross. Det är krig och ryssarna beskjuter oss och jagar vår minsvepare mot land och vi går på grund så det bara brakar i skrovet. Krasch! Det kommer in vatten. Massor av vatten. Vi sjunker. Hjälp! Jag hittar en planka och simmar. Patrik simmar också, men han orkar inte ända fram. Han blir helt slut och jag vänder och hjälper honom fast jag inte orkar. Men jag blir jättestark, för att jag måste bli jättestark och vi överlever båda två. När vi kommer i land tänker svenska soldater ta oss och sätta oss i fängelse, och vi kommer att få gå ända bort till Roma. Till Roma! Fattaru va långt? Det är ju flera miiil. Och då gömmer vi oss på ett jättebra ställe."

"Var gömmer ni er då?"

"Det är en militär hemlighet, fattar du väl."

"Det respekterar jag."

"De andra tyskarna, de som drunknade eller blev skjutna av ryssen ligger i Albatrossgraven. Jag brukar sätta blommor där och på

Patriks grav sätter jag också blommor. Man ska det. När man går och hälsar på någon ska man ha med sig blommor eller salmbärssylt."

"Okej, då vet jag det."

Tystnaden kändes vänlig och varm, då och då avbruten av lite trevligt småprat. Sten fortsatte sitt arbete medan grabben intresserat iakttog honom och kommenterade fynden. Kvarlevorna skulle märkas upp och läggas i skjulet, men då det började närma sig lunch nöjde sig Sten med att täcka över kraniet han just lagt upp på kanten med en skopa jord för att inte förarga eventuella kyrkogårdsbesökare.

"Kan inte jag få den?" Grabben sträckte fram händerna så långt att han nästan ramlade ned i gropen. Ansiktet var ivrigt.

"Vad då, menar du?"

"Dödskallen, den är skitfrän."

"Nej det får du inte, man kan inte ge bort andras kroppar."

"Men om ingen vill ha den. Du sa att du skulle gräva upp skeletten för att ingen bryr sig om dem längre."

"Det betyder inte att de är några leksaker."

"Varför?"

"För att det bara är så. Det heter griftefrid." Bättre svar än så kunde han inte prestera fast han hade önskat det. Grabben tittade på honom och kastade ned en näve jord i gropen för att ge eftertryck åt sin besvikelse.

"Om jag var död så skulle barn få leka med min skalle. Det skulle vara mindre tråkigt än att bara ligga stilla i jorden", sa han fortfarande med besvikelse i rösten. "Om någon leker med en så finns man, jag finns nästan inte alls för det är ingen som vill leka med mej." Sedan sken han plötsligt upp.

"Min mamma behöver någon som kan gräva i trädgården för hon har ont i sina axlar och i nacken och jag behöver en pappa som bor hos oss. Min pappa har inte tid. Han jobbar och jobbar och har nya barn och en ny fru som heter Linda som han är med hela tiden. Han kommer aldrig att flytta hem till oss igen. Aldrig! Han sa det. Och du har en skitfrän grävskopa. Kan inte du flytta hem till oss?"

"Det är en sån sak som mammor brukar vilja bestämma själva."

”Hon har inte tid för hon jobbar med gamla och sjuka och sen är hon trött och så blir syrran sjuk och sen är jag sjuk och så ska hon laga mat och diska och sortera tvätt och prata med folk i telefon och beställa grejor från Yves Rocher. Det tar tid. Hon hinner inte kolla efter någon ny pappa då, fattar du väl. Snälla. Snälla. Jag vill det.”

”Jag är ledsen men det går inte.”

”Varför? Hon är jättevacker och nästan aldrig till besvär.”

”Jag har kvinnoskräck. Det har jag haft sen min syster tvångsbadade mej med stålull och rotborste när jag var barn. Det skulle aldrig funka, vet du. Det där med kvinnfolk ska man passa sig för.” Sten skakade på huvudet och gick muttrande gången ned mot församlingshemmet för att äta sin medhavda lunch.

”Vi ses snart igen eller hur, Andreas?”

”Vi ses snart igen. Hur vet du vad jag heter?”

”Det var en fågel som viskade det i mitt öra.”

Om Sten i den stunden vänt sig om hade han blivit rent arg, men han gjorde det inte och händelsen gick honom helt förbi. Snabb som en iller sopade Andreas jorden av kraniet och klämde fast det på cykelns pakethållare. Sedan kastade han en hastig blick över axeln medan han tog på sig kepsen, gjorde en rivstart i gruset och sneddade över gräsmattan mot den öppna grinden och ut på vägen med sin dödskalle som jakttrofé där bak. Den skulle bli något att visa för de stora grabbarna. Då kanske man fick vara med och spela det nya dataspelet som var så häftigt att det var förbjudet, piratkopierat och faktiskt kriminellt, hade Petter sagt. Om man satte en fimp i munnen på dödskallen skulle den bli en cool present till Oskar på hans födelsedag. Sen kunde Oskars pappa få låna den som modell. Han kunde göra dödskallar av lera och sälja dem till barnturister när de kom till krukmakeriet med sina föräldrar och hade långtråkigt. Skitbra idé, om man tänkte efter. Dödskallar säljer nästan sig själva.

KAPITEL 3

"Andreas Nilsson, vill du följa med här." Sköterskan öppnade dörren till undersökningsrummet och släppte in en blek liten kille och hans mamma.

"Ta av dej kepsen och lägg den i min väska, Andreas." Han lydde motvilligt sin mor och tog av kepsen, men vägrade släppa den ifrån sig.

När de stod vid receptionen hade Maria Wern hört lösryckta delar av samtalet. Grabben, just inte äldre än hennes egen Emil, hade ont i benen och ont i magen och var lite febrig. Tanken på de egna barnen, att inte ha Emil och Linda hos sig, gjorde Maria så ont. De var hos sin pappa och skulle inte komma till Gotland förrän två veckor efter midsommar. Det var två dagar sedan de skilts åt och Maria höll redan på att längta ihjäl sig. Att längtan kan vara så fysiskt smärtsam hade hon inte känt tidigare. Så svidande, förlamande och påtaglig. Krister var inne på sitt tredje förhållande sedan separationen och stjärnan för dagen hette Clary. Hon var jurist och hade en egen ö någonstans i Stockholms skärgård. Maria hade undanbett sig att få träffa henne tills förhållandet var åtminstone någon månad gammalt. För den slocknade megastjärnan Ulrika hade det tagit knappa två veckor att explodera. Krister kan komma igen när ni är färdiga med er separation, hade hon deklarerat. Och Maria kände det som att ansvaret även för detta på ett outgrundligt sätt hade lagts över på henne, fast det handlade om Krister och hans oförmåga att hantera relationer.

Om Maria före separationen insett vad den skulle innebära, hade hon antagligen inte trott sig om att äga kraft nog. Krister hade blivit som förbytt efter den första fasen av samförstånd kring bodelning och delad vårdnad och farit på turné bland de gemensamma vännerna för att ”värva” dem till ”sin sida” och utmålat sin före detta fru som både isjungfru och slampa i en och samma person. Sen kom det papper från tingsrätten där han ansökt om enskild vårdnad och andra papper med krav på högre ersättning för villan och lägre underhåll och nattliga hotfulla och/eller gråtmilda samtal, alltefter sinnesstämning. I detta labila tillstånd hade han försökt ta hand om barnen. Maria kände svedan bakom ögonlocken och blundade. Var friheten värd sitt pris?

Att arbeta på Gotland under sommaren var ett sätt att ha råd till semester ett par veckor på ön, men också en möjlighet att rent fysiskt förflytta sig från Krister, som bara under den senaste veckan suttit fyra gånger i polishusets reception i Kronviken och väntat på henne när hon slutat sitt arbete för dagen. Situationen var ohållbar. Det hade inte varit lätt att hitta något att hyra på Gotland till rimligt pris, men slutligen hade Mona Jacobsson i Eksta ryktesvägen hört talas om Marias belägenhet och erbjudit sig att låna ut flygelbyggnaden. Det fanns inte vatten indraget dit, men nyckeln till stora huset låg under dörrmattan om hon behövde komma in och använda badrummet. Det där med att betala hyra var inte så noga. Om Maria nödvändigtvis ville göra rätt för sig kunde hon hjälpa till att plocka jordgubbar någon timme på morgonen före jobbet, och var hon ledig när höet skulle in var det alltid välkommet med ett handtag. Så såg avtalet ut. Första jordgubbsplockarmorgonen hade det ösregnat, nästföljande morgon sken solen och någonting i luften hade utlöst en allergisnuva av sällan upplevt slag. Det var anledningen till Marias besök på jourläkarcentralen denna lördag.

Dörren till undersökningsrummet slogs upp på vid gavel och pojken föstes ut av sin mor. Det såg ut som om hon hade gråtit. Sköterskans ansikte, som dök upp bakom kvinnans rygg, var stramt och sammanbitet.

”Svalgprovet är klart om några minuter om ni väntar här ute.” Modern, med armen om pojkens axlar, slog sig ned och stirrade framför sig som om hon sett den onde själv på den vitmålade väggen. Pojken tryckte sig intuitivt intill henne för att trösta. Hon kände på hans panna och sökte efter körtlar på hans hals och blev sedan sittande med armen om honom. Det blonderade halvlånga håret hängde tunt och stripigt ned över axlarna och den gråbruna skarven i hårbottnen efter tidigare blekning avtecknade sig obarmhärtigt i skenet från lysrören. Hon såg trött ut, solbrännan var nästan grå, lite akneärrig men med vackra drag. Efter en stunds väntan blev de åter inkallade till undersökningsrummet. Moderns röst skar bitande genom dörröppningen.

”Det fattar ni väl för fan att det är något fel. Jag kommer inte hit för att jag saknar socialt umgänge precis!” Mumlet av en lugnande röst tog vid och dörren till väntrummet flög upp på vid gavel. Kvinnan ryckte åt sig sin jacka och tog pojken i handen. De försvann halvspringande ut genom entrén. Genom den öppna dörren till undersökningsrummet kunde Maria höra det fortsatta samtalet mellan jourläkaren och sköterskan.

”Sannolikt psykosomatiskt”, sa han. ”Man undrar hur den här lille killen har det hemma. Lade du märke till att mamman svarade hela tiden fast jag ställde frågorna till barnet? Han fick inte en syl i vädret. Hon tog över helt.”

”Det är inte första gången hon är här, ska du veta. De kommer nästan varenda helg. Han har ont i magen och mår illa och har ont i benen. Det är växtvärk, säger jag då. Men hon lyssnar inte på mej, verkar helt blockerad, tycker jag. Det är något konstigt med henne. Hon är så stirrig. Det verkar som om hon tror att vi inte kan vårt jobb och att man inte kommer att få den vård som behövs om man inte krigar sig till den. Hon har hotat med att anmäla oss tidigare.”

”Det kan ju förstås vara någon lindrig typ av influensa. Jag tyckte inte det var befogat att sätta in antibiotika. Inte med en temp på 37.9.”

”Nej, man kan väl inte särbehandla patienter bara för att de är aggressiva eller för att man blir trött på dem när de hela tiden återkommer? Skriver du ut antibiotika för att hon bråkar tror hon att hon alltid måste bråka för att få bra vård. Det ger inte trygga patienter. Vi binder ris åt egen rygg. Det måste finnas en konsekvens. Den vård vi ger måste vara medicinskt motiverad, man kan inte ställa upp på vad som helst för att slippa bråk.”

”Det är inte roligt med en anmälan, kan bli en jäkla pappersexercis. Nu har vi tagit infektionsprover för säkerhets skull, men hon är inte nöjd.”

”Du sa ju åt henne att återkomma om det inte gick över på en vecka. Han har haft en lätt tempstegring i två dagar. Det här är en jourverksamhet. Vi gör inga utredningar, även om det nog skulle vara befogat. Jag tycker kanske det här vore något för barnpsyk. Hennes oro börjar ta sig orimliga proportioner.”

”Håller med dej där. Jag tror det är mera fel på morsan än på grabben, om du skulle fråga mej. Har vi fler i väntrummet?”

När Maria hade löst ut sina varor på apoteket Liljan stötte hon ihop med kriminalinspektör Hartman. Av en ren slump träffade de på varandra i Domusgallerian där stadens missbrukare av hävd hade sitt stamlokus. De slog sig ned på en bänk och stämde av läget. Kriminalinspektör Tomas Hartman var i vanlig ordning inhyst hos sin faster Vega på Klinten, där även kollegan Jesper Ek fått husrum. Maria hade också blivit tillfrågad men värjt sig i det längsta. Vegas omsorger var som en krydda, bäst i måttliga doser. Dessutom var den gamla damen på krigsstigen sedan någon skadat ett träd precis vid klintkanten ovanför domkyrkan. Helst hade hon sett att polismakten dirigerat om alla sina bevakningsresurser för att gripa den vandalen. Hon var till och med beredd att själv utmäta straffet. Galgbacken ligger inte långt från Klinten.

”Per Arvidsson kommer till midsommar. På semester alltså. Han tänker inte göra ett handtag för att hjälpa oss att bevara lag och ordning. En del har det bra.” Hartman fick ett menande uttryck i ögonen, men Maria gjorde inte en min av att förstå det underliggande budskapet. Inom sig jublade hon vid tanken på att få återse Per. Hur mycket hade hon inte längtat efter att få träffa honom för att göra allt bra igen efter det svåra som skilt dem åt. Det fanns mycket som behövde förklaras. Om han ville. Hon var inte helt säker på det. Han kanske fortfarande tyckte att hon hade svikit honom när han blev avstängd från sitt arbete som polis i Kronviken. Det hade aldrig blivit tillfälle att tala ut om den saken.

”Har du ätit?” frågade Hartman. Nej, det hade hon inte och de bestämde sig för att göra gemensam sak av detta och bege sig ned på Stora Torget för att hitta ett lämpligt matställe. Hartman hade siktat in sig på Bakfickan, men där var det redan fullsatt. På Strandgatan hittade de en nyöppnad restaurang med det till intet förpliktigande namnet Bukfyllan. De slog till efter att ha tagit del av de humana priserna på stekt flundra och grillad lax. Inredningen var enkel, ett långbord med träbänkar inomhus och ett likadant bord på uteserveringen. På hyllan över bardisken häckade uppstoppade fåglar. Silltrut, storlom, sillgrissla och en illa medfaren tordmule, fick de veta när Hartman frågade den svartklädde mannen bakom disken som tillika visade sig vara restaurangens ägare Vladas. De slog sig ned med varsin öl längst bort i hörnet där det fanns lediga platser, Maria med utsikt genom fönstret och Hartman med överblick över lokalen. Maria vecklade ut sin stadskarta.

”Det är många nya restauranger som öppnats bara sen i fjol.”

”Ja. Det trista är att många av dem är sommarrestauranger som slår igen när turistströmmen sinar. Man borde i första hand gynna dem som har öppet året runt och betalar skatt på ön, tycker jag. Sen finns det ett och annat i den här branschen som inte tål dagens ljus. Det ryktas om en beskyddarverksamhet med olustiga påtryckningsmetoder, men ingen vill tala öppet om det. Inga anmälningar. Vi får inte ens in tips från dem som brukar vara lite mer meddelsamma. Det är locket på.”

”Ligger det något i ryktena då?” undrade Maria.

”Jag vet inte. Som sagt, det finns inte mycket att gå på just nu, om vi inte ska runt och knacka dörr. Frågan är om ens det skulle ge något resultat. Det är vaga antydningar, kanske bara fyllesnack. Det ryktas också om en nyöppnad bordellverksamhet i hamnen. Men ingen vill nämna några namn.”

”Sedan är det det vanliga, antar jag, stölder, svart arbetskraft, narkotika.” Maria petade skummet av sin öl och torkade sig på servetten. ”Har man märkt någon skillnad här på ön sedan gränskontrollen släpptes mot de nya EU-länderna?”

”Inte än. Första vågen kom när visumkravet från andra EU-länder upphörde. Tre månader får man ju stanna på turistvisum, men EU-medborgares pass får inte stämplas så ingen vet när de kommit till landet och skulle vi ifrågasätta vistelsen är det bara för vederbörande att stiga över gränsen till Norge och sen ta klivet tillbaka. Vi har ögonen på ett par personer med kriminellt förflutet som tidigare varit garanter för arbetskraft från baltländerna. Det blir svårare att kartlägga kriminella nätverk nu sedan de inresande inte längre behöver uppge kontaktpersoner. Den senaste undersökningen visade att närmare 500 personer i Sverige fungerade som garanter åt inresande innan systemet upphörde. Av dem har 138 dömts för brott. De garanter som visat sig ha brottslig bakgrund hade ofta låg redovisad inkomst och anmärkningsvärt många besökare. Troligtvis fortsätter de sin verksamhet, men våra möjligheter till kontroll har minskat. Till Visby hamn kan oönskade varor, vapen och tillresta kriminella komma i fritidsbåtar med turistströmmen. De lägger till några dygn och försvinner. Vi har ingen möjlighet att kontrollera dem om vi inte får in tips från allmänheten. Det krävs åtminstone sannolika skäl att misstänka brott om vi ska få gå ombord." Hartman hade tidigare samma morgon talat med en kollega vid in- och utresekontrollen, framtiden såg oroande ut. Han gjorde en sammanfattning och avslutade med orden:

"Vi är bakbundna av vår egen lagstiftning."

"Jag har fattat det."

"Tidigare kunde gränskontrollanterna agera när det kom unga flickor med ett par hundralappar i reskassa och ett mobilnummer i handen som gick till någon äldre man de bara visste förnamnet på. Men så fungerar det inte längre. Utan tvekan undrar man vart det kommer att leda."

"Tullen då? De har väl befogenheter?" Maria fick en djup rynka mellan ögonen och lutade huvudet i handen. En lätt huvudvärk låg på lur. Säkert var ett lågtryck på väg, det kändes så i kroppen.

"Svarta gänget finns inte kvar på ön. Vi får rekvirera hjälp från fastlandet vid behov. Det finns långtgående planer på att öppna en ny färjelinje mellan Liepâja i Lettland och Slite. Hur vi ska klara passkontrollerna då finns det ännu ingen lösning på. Med befintlig personal går det inte. Var ska vi få folk med utbildning på gränskontroll ifrån, det begriper jag inte."

"När pratade du med Per Arvidsson då?" Maria kunde inte hålla inne med sin undran längre.

"I morse. Han ville inte heller bo hos Vega. Jag tror han kommer att bo hos Mona och Henrik i Eksta, precis som du. Han sa att han talat med Henrik Dune så sent som i förra veckan. Hade inte du och Per något på gång innan han flyttade till Örebro, en romans eller något ditåt? Ursäkta en gammal mans ödmjuka undran, men man vill inte trampa i fler klaver än nödvändigt, därför frågar jag rent ut.”

”Vi har inget på gång, absolut inte. Jag visste inte ens att han skulle komma hit.” Maria märkte att orden nästan snubblade över varandra och att rösten blev mera driven än hon tänkt. ”Jag tänker inte se åt en karl mer. Det räcker med åren jag haft med Krister. Jag behöver få vara ensam och koncentrera mej på mitt arbete och mina barn. En skilsmässa sliter mer på livslusten än du anar.”

”Tror det ja”, sa Hartman och vinkade åt mannen vid disken för att få in notan.

KAPITEL 4

Ett dammigt kvällsljus låg över krukmakeriet i Herrvik. I fönstret stod en keramikvas med blåaste blåeld och bredvid den en kantstött kaffemugg och ett välbegagnat askfat. Genom den spröjsade rutan kunde Andreas se frukträdgården, syrenbersån och ända bort till fiskeläget och Östergarns holme. Han skrev *ankskit* i dammet på fönsterbrädans kalla vita marmor och satte sig vid drejskivan, den som gick på el. Martin brukade mest sitta vid den man sparkade igång farten på med foten, men det var svårare. Sorlet från festen hördes ända in i krukmakeriet. En brummande röst, säkert Martin som berättade historier, och sedan skratten som rullade in över brädgolvet. Petters mamma, Elvira, skrattade högst av dem allihop och slutade sist. Hon lät som en skrämd höna. De vuxna började komma igång nu. Gotlandsdricka och nubbe till sillen och så ett par groggar på det. Martin hade bjudit laget runt ur ett gycklarkrus där det gällde att veta ur vilket rör man skulle suga för att inte bli nedstänkt med dricka. Elviras klänning blev alldeles blöt och Susanne sa att hon kunde få låna en av hennes klänningar att ha under kvällen så att hon slapp fara hem. Andreas skrattade när han tänkte på hur Elvira skulle se ut i en av Susannes klänningar. Hon skulle spräcka den direkt, som Hulken. Knapparna skulle flyga och tyget bli trasigt. Sen skulle hon bli grön i ansiktet av ilska och stark och superfarlig med hopväxta svarta ögonbryn och grymma muskler.

Hamburgare och fläderblomssaft till barnen. Petter och Oskar hade ätit hamburgare och druckit Gotlandsdricka precis som de vuxna och fått varsin nubbe. Men Andreas mamma hade lagt handen över hans glas när Martin skulle hälla upp åt honom. Oskar hade sett det och flinat så hela tandställningen syntes och Petter hade knuffat till Andreas med knäet under bordet. En riktig karl ska kunna ta en sup, men han ska också kunna låta den stå, hade Martin sagt och skålat. Andreas hade vickat lite på sitt saftglas utan att veta om det innebar att han fick vara med och höja sitt glas eller inte.

När de stora grabbarna gick in på Oskars rum för att spela dataspel hade han följt efter dem. Oskar hade fått dödskallen snyggt inslagen i tidningspapper och tyckt den var skitcool med fimp i munnen och allt. Han hade kollat noga på den och sedan visat den för Petter.

”Är den riktig?”

Andreas hade tittat upp på honom och nickat med en imitation av Clint Eastwoods outgrundliga min i *Den gode, den onde, den fule*. Filmen var pappa Tommys favorit. De hade suttit tillsammans i soffan innan han flyttade och tränat in minen tills den satt perfekt. Där grabben, där har du stenansiktet på pricken.

”Klart den är riktig. Det är lite hår kvar på den i nacken om ni kollar här. Rött. Det satt på en rödhårig och skäggig gubbe. Säkert hundra år gammal. Jag snodde skallen på kyrkogården.”

”Häftigt, coolt.” Petters målbrottshesa röst trängde ut genom dörröppningen där Andreas stod och blandades med rockmusik och ljuden från datorn i en lång berömmande ramsa. Andreas hade känt sig varm om hjärtat av all uppmärksamhet och räknat med en hedersplats vid datorn.

”Cool.”

”Skitgrym.”

Under två minuter hade han solat sig i rampljuset, sedan ställde sig Petter mitt i dörröppningen och blockerade vägen för honom när han tänkte gå in och sätta sig på Oskars säng. ”Och så stannar du där, din lille skit, så vi slipper få skäll av din morsa för att du drömmer mardrömmar och pissar i sängen när du har kollat på dataspel.”

”Det gör jag inte alls.” Andreas kunde knappt få fram orden, så överrumplad och skamsen blev han. Det Petter sa var sant och det gjorde inte skammen mindre. Det borde ha funnits en fallucka i golvet ner till en annan och mera uthärdlig värld. En nivå där han klarade att spela sin roll.

”Postal 2 är för dom över 18 år. Du pallar inte trycket. Stick iväg till morsan nu. Vi kan inte ha någon som tjallar. Stick! Stick! sa jag.” Petter viftade bort honom med avigsidan av handen, och när Andreas inte flyttade sig så de kunde stänga dörren blev han handgripligen utslängd. Dörren slog igen mitt framför honom utan att han lyckades få foten emellan. Han försökte öppna den från utsidan och tog i av alla krafter, pressade hela sin tyngd mot den, hängde med båda armarna i dörrhandtaget. Men de höll emot och skrattade åt honom. Det här var orättvist. Han hade faktiskt fixat en dödskalle med livet som insats och fått dödgrävare Sten Åkerblom som personlig fiende. Ett stordåd. Då borde han bli insläppt.

”Öppna”, skrek han. ”Öppna! Jag pallar visst det trycket.” En nyckel vreds om i låset på insidan och musikens volym ökade. Andreas stod en lång stund och ryckte i handtaget innan han muttrande lomade iväg till krukmakeriet. Det var så förbannat orättvist. Han *måste* få vara med killarna. Att sitta vid bordet med de vuxna och lillsyrran var rena döden. Tänk vad du har vuxit. Hur går det i skolan då, tycker du om din fröken? Elvira som skulle ta en i håret hela tiden och känna på snaggen. Små barn, små bekymmer. Menande blickar. Mammas röst som sa: Jovisst har han utbrott ibland. Fast när han gapar och skriker som värst kommer man i alla fall åt att borsta tänderna på honom. Susannes undringar om han fortfarande kissade i sängen och hennes goda råd som ingen hade bett om att få höra. Måste barn stå ut med att bli diskuterade? Tänk om vuxna skulle bli diskuterade på samma sätt. Elvira har blivit så stor och äter så duktigt. Tänk vad hon har vuxit och sån aptit hon har, och Susanne dricker mera grogg än hon tål, på rent trots alltså, och blir till besvär när det är dags att gå hem. Förstår inte sitt eget bästa. Sist cyklade hon i diket och kissade i byxorna. Man får ju skämmas. Och Eva är så slarvig med att borsta tänderna. Det händer att hon somnar med godis i munnen framför teven fast jag sagt åt henne att det är lördagsgodis som gäller. Hon är nog inte riktigt mogen att ha hand om pengar ännu.

Andreas var tvungen att komma på vad som krävdes för att få tillträde till Oskars rum. Vad som helst. Han skulle fixa det. Tvärsäkert. Vilket stordåd som helst. Om han så skulle riskera livet. Du kan väl leka med Amanda, hade mamma sagt. Aldrig i livet!

Inte sedan hon med flit hade svalt hans mest älskade Starwarsfigur så de fick vänta i två dagar på att Yoda skulle komma ut den naturliga vägen. Där gick gränsen. Det finns saker som tar tid att förlåta. Dessutom var hon faktiskt tjej.

Andreas sträckte foten mot drejskivans pedal och knäppte på strömmen. Med ett susande ljud började skivan röra sig. Han blötte händerna, skar av en lerklump och försökte centrera den. Det var inte så lätt som han hade föreställt sig när han sett Oskars pappa göra det. Han blötte händerna igen och höll dem samman runt lerklumpen. Leran drog åt ena sidan fortare än han kunde tänka, den lättade från skivan, gled på vattnet och släppte greppet. Som en kanonkula for den på låg höjd över hyllan där utställningsföremålen till kommande dags visning stod uppställda som käglor. Bråkdelen av en sekund, innan han hörde det stora braket och kraset av keramik som gick i bitar, hoppades han på ett mirakel. Det blev inte så.

Den officiella anledningen till kvällens fest var att Oskar fyllde år, men det var också en fest för Oskars pappa, Martin Ahl, som nästa dag skulle presentera årets produktion för pressen och en brukskonstintresserad allmänhet. Egentligen var det bara en tidsfråga innan de vuxna skulle svepa in i krukmakeriet för att ta del av eländet. Andreas kände en lätt yrsel. Rädslan gjorde honom torr i munnen och alldeles skakig. Vad skulle han ta sig till? Han var fredlös nu. Fienden fanns överallt och han måste kamouflera sig och obemärkt ta sig från olycksplatsen till gömstället där brorsan väntade på honom. Han fyllde händerna med lera, blötte upp den i vatten och gned in ansiktet och håret och händerna och sist benen för att den vita huden inte skulle avslöja honom när han smög genom fiendeland. Rövarhövdingen Bodisco var honom i hälarna. Han såg sig i spegeln ovanför kommoden. Glaset var svartfläckigt och sprucket, men han var nöjd med det han såg. En grå skugga. En vandrande vålnad. Han spretade ut sitt hår som en igelkott och lade en lerklump över näsan och modellerade den till oigenkännlighet. Ögonvitorna lyste mot honom i spegelglaset. Han såg på sig själv och ryste.

Försiktigt öppnade han dörren och spanade ut i sommarskym

ningen. Drog in vittringen av fara blandad med doften av havets salta tång och nyslaget hö. Kusten var klar. Han följde grunden på skuggsidan av huset, svängde om hörnet och gjorde sig redo att rusa över gräsmattan bort mot utedassets skyddande vägg. Det hördes steg i gruset. Han tvärstannade och kastade sig in bakom syrenbusken vid husknuten. Där stod han alldeles orörlig och lät stegen komma närmare. Bekanta röster. Mamma och syrran på väg till utedasset. Illa. Andreas pressade sig ännu längre in mot väggen och väntade tills de passerat. Om morsan fick tag på honom nu skulle han bli plågad med stålull och rotborste, precis som Sten Åkerblom blivit torterad av sin syrra.

När fienden haspat från utedassets insida fortsatte Andreas utmed väggen och sedan vidare från trädstam till trädstam ned mot stranden. Han var en indian nu och han satte sig bakom en sten för att andas ut och vänta på sin själ. Vinden blåste genom hans bruna hår och kallade honom vid namn. Han hade ett uppdrag. Operation Stormfågel. Det gick som en susning genom gräset. Han kände varje sten och kunde tyda varje spår av djur eller människa. Spillning av rabbis. Ett brutet strå av darrgräs. Kattfot och mandelblom, fetknopp och majveronika, han kände dem vid namn. Han kunde tala med djuren ty han visste deras hemliga språk. Han kunde tala med stormen och kalla på regnet om han sträckte sig mot himlen och vände sitt ansikte mot solen och den Store Anden. Och där låg det en vit fjäder och en grå glimmande sten. Märken efter hårda små klackar i den mjuka leran fångade hans uppmärksamhet. Trots skymningen kunde han på sina ställen se avtryck efter hela skon med sin spetsiga tå. Ibland var det bara en antydan. Det låg en stor spänning i att följa ett spår och se var man hamnade till slut. Samtidigt måste man vara vaksam för att inte själv bli upptäckt.

Andreas stannade och hukade sig mot marken. Det låg en röd damcykel med korg på styret framför honom i buskaget. Cykeln var inte låst. Spåret av de högklackade damskorna han följde hade fått oväntat sällskap. Att kvinnor kunde ta på sig något så fånigt och obekvämt som högklackade skor var en gåta. De såg ut som höns när de struttade fram med sina breda gungande bakdelar och små vassa sporrar. Han kände med fingrarna och gräset fjädrade lätt mot hans handflata. Överallt hade ålkråkorna bajat vita blaffor, man fick se sig för var man satte fötterna. Den breda räfflade sulan av en mans sko hade pressat ett märke i skiten. Han luktade på det. Spåret var färskt. Han prövade med sin egen fot bredvid avtrycket och huttrade till, det var verkligen ett stort spår av en fullvuxen man. Hans egen fot var betydligt mindre, men han lät sig inte skrämmas. Andreas lade örat mot marken och lyssnade. Han följde ljudlöst efter blekansiktena. Nu slingrade spåren om varandra, mot varandra och från varandra i ett komplicerat mönster, som en dans. Han stannade till bakom en stor enbuske och lyssnade. Något rörde sig där borta i gräset. Rörelsen stämde inte med vindens gång. En tuva av gräset böjde sig i motsatt riktning. Det hördes ett svagt mumlande ljud. Vinden från havet förde med sig deras viskningar och han lyssnade. Så smög han närmare, iakttog dem och lärde sig sådant en liten grabb kan ha nytta av senare i livet när hormonerna gjort sitt. Alldeles nära dem nu.

Det var generande naket och på samma gång fascinerande att smyga fram som en vildmarksfotograf och försiktigt närma sig djuren och studera deras parningsbeteenden utan att störa dem. Han kunde inte släppa dem med blicken. Brösten som fyllde mannens händer färgades av den nedgående solen som stora röda äpplen. Anblicken fick Andreas att nysa. Han visste inte varför, men det blev alltid så. På badhuset och stranden och i duschen hemma blev det så. Han måste nysa när han såg naken hud. Det hjälpte inte att han tryckte handen mot sin mun och näsa och blundade i hopp om att det skulle gå över. Ljudet av de undertryckta nysningarna lät mest av allt som igelkottarnas gruffande läten under husgrunden.

”Hörde du Martin. Det är någon där borta.” Elviras röst var vass och ängslig.

”Jag ser ingen. Du inbillar dej.” Martin reste sig upp med den öppna skjortan fladdrande kring sina håriga vita ben. ”Det är lugnt, Elvira. Det är ingen. Försök att slappna av och unna dej att njuta av det här … Du är en härlig kvinna. Jag är snart …”

”Nej.” Hon höll honom ifrån sig och andades tungt. ”Jag hörde något. Det kom därifrån, från den stora stenen där borta. Jo, det är någon där!”

Nästa nysning kom utan att Andreas kunde dämpa den. Han reste sig upp och vände sitt ansikte mot dem. Petters mamma skrek högt och slet åt sig kläderna. Under loppet av någon sekund stirrade Martin Ahl in i ett par runda ögon i ett mörkt leransikte innan han fick fart på fötterna. Andreas fick också fart. Han sprang som han aldrig förut hade sprungit i sitt liv. Marken rusade under hans fötter. Enbuskar och hagtorn rev honom i ansiktet. Luften tog slut, lungorna sved av syrebrist, magen värkte av håll, men han stannade inte förrän han var i trygghet i ett buskage nere i fiskeläget. Det kändes som om han hade sprungit flera mil. Petters mamma och Oskars pappa hade gjort *det*. Det tog en stund att smälta innebörden av vad han sett. Hans egen mamma och pappa hade gjort det tre gånger innan de blev osams, det visste han. Först gjorde de Patrik, sedan honom själv och sist Amanda. Varför Elvira och Martin gjorde det var för honom en gåta, det räckte väl med *en* skitstövel som Petter. En gapande mini-Petter skulle ta knäcken på vem som helst. Det kanske var precis det farbror Lars tyckte och därför gjorde Petters mamma det med Martin i stället. Något Andreas, vid närmare eftertanke, borde snacka med de stora grabbarna om för att få klarhet i. Jag vet en hemlig grej. Något ni inte vet. I bästa fall skulle det vara av sådant intresse att han fick vara med dem. På håll tyckte han sig skymta deras cyklar uppe på backkrönet. Oskars cykel var ny, en mountainbike med hastighetsmätare och 18 växlar. Skitfrän. Skitdyr. Grym. En så fin cykel kunde man bara drömma om att få provköra.

KAPITEL 5

Andreas spanade ut från busken där han tillfälligt tagit skydd mot regnet och gömt sig för den skugglika ryska styrkan från havet. Det var Bodiscos män igen, ett fientligt fartyg i dimman. Jaså minsann, ryssarna tänkte inte stiga i land i Grötlingbo den här gången? De råbarkade männens skratt rullade över havet. Nu steg de bredbent i land och synade sina vapen. Andreas spejade ut mot hamnområdet och huttrade i sina tunna sommarkläder. Leran på knäna hade spruckit och fallit av i flagor där ljus hud förstörde kamoufleringen, men leran i håret kändes fortfarande fast och fin när han kände på den. Han ålade sig fram en bit och tittade. Stenarna var ännu våta och hala efter regnet tidigare under kvällen. Himlen var mörkgrå och havet blänkte svart i ljuset från lyktorna vid piren, där flaggorna till nätens flöten stod samlade som jättestora färggranna blombuketter. Där ute i natten fanns Östergarns holme. Han visste det fast han inte längre kunde se ön i mörkret. Det fanns en fornborg och en urgammal fyr där. Det hade han sett när han fick följa med Oskar och hans mamma på en av turistturerna dit ut innan Petter kom och förstörde allt och bestämde att han inte fick vara med för att han var för liten. Skitsnack! Han var lika stor som de. Inuti var han det, och lika modig och snart, mycket snart, lika stark. Med lite övning så. Han skulle visa dem och då skulle de ångra att de varit taskiga. De skulle bara veta vilken hemlighet han bar på. Andreas skrattade för sig själv långt ner i magen, så det inte hördes.

Det lyste genom fönstren på Hamnkrogen och det luktade gott av grillad mat. Tanken på grillat lamm med potatisgratäng fick Andreas att svälja flera gånger. Så gott det skulle vara. Månen gömde sig och dök upp bakom trasiga moln, som om den lekte kurragömma. En natt som gjord för spöken och gastar. Det fanns kittlande historier om Jakob Dubbe som sålt sin själ till puken och som lurade fartyg på grund när det var storm för att få sin del av vinsten. Han ville vara rikast för att han var rädd för att vara fattig, för då fick han inte vara med de stora grabbarna. Hårdast i affärer. Det gällde att slå först. Anfall är bästa försvar. Dubbe hade sålt sin själ till den onde för att få vara med de stora killarna. Andreas tänkte på Dubbe och ryste. Är det vad man måste göra för att få vara med?

Andreas skärpte blicken och använde den fjärrsyn han fått av den Store Anden som tecken på sin värdighet. Uppe på Katthammra gård spökade det definitivt. Amiral Hägg gick sin vakt klockan fyra vare sig han var levande eller död och när man öppnade skåpet, där nyckeln till familjegraven fanns förvarad, drog en kall vind genom rummen och hundarna blev vilda och skällde så det var svårt att få tyst på dem. Sådant hade han hört berättas av dem som själva varit med om det oförklarliga där uppe på gården. För vanliga dödliga kunde det vara farligt att komma i kontakt med makterna, men inte om man var en del av operation Stormfågel och stod under den Store Andens beskydd.

Andreas kröp fram ur busken för att se hamnområdet bättre. Ryssarna hade tågat mot Visby nu och kusten var klar. Förra gången tog de med sig prosten Neogard som fånge och brände kyrkböckerna. Men den här gången hade de inte tagit någon präst. De hade väl en del annat att släpa på, vapen och proviant och vodka. Andreas höll sig tätt bakom hagtornssnåren och skrattade tyst för sig själv. Där nere vid båtarna gick en gubbe med stora gummistövlar och händerna på ryggen. Han såg ut som en fågel som pickar mask. Då och då böjde han hastigt på ryggen, fortfarande med händerna kopplade över baken precis som infällda vingar och näbben mot marken. Så sträckte han upp sig för att studera den nya båten som lagt till under eftermiddagen. Flaggan var gul, röd och grön, precis som en isglass. Gubben gick in på Hamnkrogen och Andreas skulle just resa sig och springa fram till de andra grabbarna när han fick syn på dödgrävaren utanför Östmans töisars rödmålade strandbod.

Sten Åkerblom stod och läste på ett nyuppsatt anslag. Skit! Hur kunde man ha sådan otur? Det där med dödskallen hade inte alls blivit som han tänkt. Var Sten Åkerblom arg nu? Antagligen. Skulle det räcka att säga förlåt? Antagligen inte. Han skulle säkert tycka att dödskallen måste lämnas tillbaka. Ett uppdrag förenat med vanära och skam. En order han inte kunde ta ens av en general, inte ens om straffet för olydnad var att bli arkebuserad med öppna ögon. Grabbarna skulle aldrig sluta reta honom då. Andreas såg hur Sten satte sig på sin cykel och trampade vingligt de sista meterna fram till Hamnkrogens dörr där han parkerade sin gamla skrothög utan att låsa den. Sedan öppnade dödgrävaren dörren och blev uppslukad av ljuset. Som på ett rymdskepp, fast då är skeppet ovanför och beamar upp den person som de utomjordiska vetenskapsmännen vill göra otäcka experiment med. Beamad betyder att man blir månljusad, att månljuset löser upp kroppen till damm och för den med sig. Om man blir inbeamad på en hamnkrog är det nog bara trevligt. Andreas beslutade sig för att runda huset på andra sidan och sedan klättra över muren så han kom upp på bryggan utan att riskera att bli sedd av rymdvarelserna på Hamnkrogen.

Det var en stor fin båt, den nya med glassflaggan. Säkert skitdyr. Man kunde se på blänket att den var ny. Han försökte kika in genom ett av de runda fönstren, men det var mörkt där inne. Svagt kunde han höra röster på ett främmande språk. En arg mansröst och en lite gnällig kvinnoröst, brak och dunder och ett skrik. Sen blev det tyst igen. Han lämnade båten och höll sig längs murens kant samtidigt som han närmade sig grabbarna. För att slippa frågor om sin frisyr tog han upp Patriks älskade John Deere-keps som satt fast i shortsens linning. Också den hade blivit lerig, men inte värre än att den dög att dra ned över håret. Lite lort har ingen dött av. Oskar tittade ogillande på honom. Petter harklade sig och spottade. Spottet kom inte så långt i motvinden, blaffan landade på hans gymnastiksko. Andreas kunde förstå att det gjorde honom förtretad. Petter gned av skon mot gruset. Det var ingen bra början.

”Tjena”, sa han i nonchalant ton.

”Gå hem och lägg dej, din lille skit.” Petters ögon smalnade. Han visade riktningen mot vägen med en knyck på huvudet.

Andreas ställde sig intill dem och såg beundrande på cykeln. ”Snygg. Skitgrym! En sån där skulle man ha.”

”Stick, sa jag. Dra!” Petter knuffade honom, inte hårt, men det var en knäck för självkänslan att inte våga knuffa tillbaka. Andreas flyttade sig en liten bit bort och lät ögonen spela i ansiktet. Vad kommer Andreas att hitta på nu, tror ni? Han drog ut sin leriga arm ur T-shirtens ärm för att kunna göra pruttljud mellan armhålan och handflatan. Han var suverän på pruttljud och hade underhållit hela klassen med det på roliga timmen och faktiskt gjort stor succé. Flera av grabbarna hade velat lära sig och han hade blivit härskare på skolgården för en dag. Petter och Oskar verkade dock måttligt roade och Andreas övergick till att stå på händer. Första uppsparken räckte inte till, inte nästa heller. Den tredje blev ett överslag och han brakade handlöst rakt in i Oskars nya cykel och fick en pedal i veka livet.

”Vad i helvete gör du? Det blev ett märke i lacken ju!” skrek Oskar och synade ramen. Andreas knep ihop ögonen och försökte att inte gråta. Det gjorde ont. ”Försvinn, din jädrans dynghög och visa dej inte här mer. Du ska vara glad att jag inte bankar skiten ur dej. Stick hem till morsan nu, innan jag ångrar mej. Faan.”

”En sån här cykel är dyr, vet du. Det blev ett märke. Det måste du betala för. Din morsa kommer att få betala en omlackering. Om hon har råd. Ni har väl inte råd med dator ens? Det blir uppstekt havregrynsgröt hela nästa månad för din del och inga nya nattblöjor.” Petter log, men leendet var inte alls snällt. Ögonen var onda och flinet drog hastigt bort och blev till en grimas av ovilja.

”Oskar, du kan få min finaste Pokémonbild, Latias. Jag har bara en av den. Det är den här.” Andreas tog upp ett kort ur fickan föreställande en blå varelse med vingar och fjäderkrona runt huvudet. Han strök med handen över bilden och visade stolt upp den. ”Den är min allra finaste. Det var inte lätt att få tag i den. Jag bytte den mot fyra Starwarsfigurer.”

”Ful och fullständigt värdelös.” Petter slet åt sig kortet innan Oskar fick tag i det och rev det i bitar med hjälp av tänderna. ”Gå hem nu för faan.” Han måttade en spark och träffade Andreas i baken. Det gjorde ont. Andreas blev stående en stund och såg på dem. De ignorerade honom helt. Vände sina hårda ryggar mot honom och tänkte cykla sin väg.

”Jag vet vilka som har knullat”, slapp det ur Andreas. Han var inte helt säker på att det skulle göra saker och ting bättre, men som det såg ut just nu hade han inget annat att komma med än en chansning. Att sälja sin själ till puken för att få vara med de stora grabbarna är inte bra, men ibland nödvändigt. Till sin förvåning såg han dem vända sig om. Oskar såg intresserad ut och Petter log nästan vänligt.

”På teve eller vadå knullat?” sa han. ”Får du se på Big Brother för din morsa? Aldrig att jag tror det. Förresten, ni har väl inte femman? Ni får väl bara in ettan, tvåan och fyran hemma hos dej?”

”Vi har visst femman, men morsan gillar inte program där folk blir kändisar av att spy och skita i rutan, så vi kollar aldrig på det. Det var inte på teve dom gjorde det, det var på riktigt.”

”Såg du det på riktigt?” Oskars ögon lyste av intresse och Andreas kände sig genast modigare. Han hade svårt att riktigt förstå varför men ett nytt förhandlingsläge hade öppnat sig, kanske skulle han få vara med dem nu.

”Båda var nakenfis. Ja, inte helt, Martin hade skjorta på sig, men han var nakenfis under den. Dom parade sig. Som sköldpaddor, typ. Jag har sett hur dom gör på ett teveprogram från Skansen.”

”Oskars morsa och farsa! Fy fan, hör du Oskar. Som sköldpaddor.” Petter gjorde en juckande rörelse som en visuell sammanfattning av det sagda. Oskar såg skakad, ja nästan grinfärdig ut. Han vände sitt ansikte mot havet för att få vara ifred med sin skam.

”Nej. Det var Oskars farsa och din morsa, Petter. Det var Elvira och Martin, som gjorde det”, jublade Andreas utan att känna av omsvängningen i klimatet från solsken till permafrost.

”Du ljuger. Säg att du ljuger, annars slår jag ihjäl dej din lille skit.” Petters ansikte kom så nära att hans andedräkt kittlade i ansiktet. Andreas insåg att han menade allvar, rädslan fick benen att röra sig av sig själva. Han vek åt sidan och började springa längs kajen. Kepsen, den älskade John Deere-kepsen, blåste av. Men han tordes inte stanna. Oskars ansikte var förvridet av raseri och Petter tordes han inte ens titta på. Han sprang. Sprang allt vad benen höll utan att riktigt förstå vad som hade gått så snett. Rädslan rev i bröstet och gjorde honom yr och illamående. När han snubblade alldeles utanför muren vid hamnkrogen var de över honom. En spark i ryggen, de slet i hans hår och dunkade hans huvud mot marken. ”Din jävla skit. Du ska få så mycket stryk så du aldrig glömmer det.” Han såg Petters skosula komma farande innan huvudet exploderade i vita blixtar.

KAPITEL 6

Polisinspektör Jesper Ek satt och halvslumrade när meddelandet från vakthavande nådde radiobilen och fick honom att rycka till. Det hade varit en stökig natt med knivslagsmål i Östercentrum, ett våldtäktsförsök i stugområdet vid Tofta camping där gärningsmannen skrämts på flykten av en förbipasserande cyklist, och ett inbrott i en lagerbyggnad i Bro där de som brutit sig in hunnit lämna platsen utan större brådska. Under de tidiga morgontimmarna hade Ek och hans kollega parkerat på Hamnplan med uppsikt över restauranger och båtlivet i inre hamnen. Detta i hopp om att anblicken av en polisbil skulle fungera i preventivt syfte och hålla buset i schack. Dessutom var närheten till god mat och tillgången till toalett sådant han med åren kommit att värdesatta i allt högre grad, särskilt det senare. Ek sänkte volymen på P3:s nattsändning. Klockan var ett par minuter i fem. Larmet gällde en nioårig pojke från Östergarn som varit försvunnen sedan 22-tiden på kvällen.

”Vi tar väg 143 över Roma och sedan 146:an mot Kräklingbo och Östergarn”, föreslog kollegan. Det skulle ta dem närmare timmen bara att komma till platsen. Ek kände hur det sved i ögonen och motade bort en förment tanke på vad han velat göra i stället. Den sista timmen hade varit seg och sängen hägrade. I bästa fall sov väl grabben över hos någon kompis utan att ha sagt till hemma ordentligt. Så brukade det nästan alltid vara. Eller också hade han blivit osams med någon i familjen och rymt hemifrån, sånt händer också. Särskilt sommartid.

Den försvunne pojkens mamma, Charlotta Nilsson, mötte dem ute vid stora vägen. Hon viftade med båda armarna i luften. De ljusa sommarkläderna syntes på långt håll trots det grådaskiga morgondiset. Hon hoppade in i baksätet och dirigerade in dem på en grusväg fram till en liten oansenlig stuga med vitputsad fasad och ett fallfärdigt uthus. En fastighet säkert värd miljonen, tänkte Ek med Gotlands huspriser i färskt minne. Grattis alla mäklare, här kan man köpa ruckel till kungliga priser. Av Charlottas osammanhängande berättelse förstod han att hon och hennes båda barn varit på fest tillsammans med två andra familjer nere i Herrvik, när pojken försvann. Charlottas klädsel vittnade också om den saken. Fast den vita kjolen var solkig, de tunna högklackade skorna leriga och blusen halvt om halvt nedstoppad i linningen var hon finklädd. Det ljusa håret hängde platt och sorgset utefter kinderna. Det såg ut som om hon hade gråtit. Mascaran låg kletad över de rödsvullna kinderna, det kan också ha berott på regnet. Antagligen hade hon varit ute och letat i ovädret en god stund innan hon tog kontakt med polisen. Ek ville minnas att det hade börjat regna vid tiotiden och fortsatt så med jämna skurar under förnatten. Fast vädret på östsidan och västsidan av ön är inte alltid detsamma.

”Andreas har aldrig varit borta på det här viset förut. Han skulle aldrig sova borta frivilligt.” Hon hejdade sig ett ögonblick. ”Han kissar i sängen ibland, det är genant för honom”, tillade hon i lite lägre ton. En mörklockig flicka i sexårsåldern som smugit upp bakom Charlottas kjol nickade instämmande och höll sin docka hårt, hårt i famnen som för att förhindra att också den försvann precis som brorsan. Ek log försiktigt mot hennes avvaktande ansikte, men hon log inte tillbaka utan fortsatte att fixera honom med stora bruna ögon.

”Du har förstås ringt hans kompisar?” Ek slog sig ned vid köksbordet och tog fram sitt anteckningsblock och noterade det som framkommit under den korta bilturen. Charlotta satte händerna för munnen och sjönk ned på stolen framför honom. Svaret kom inte omedelbart. Det satt hårt inne. Hon svalde hörbart.

”Han har inga kompisar.”

”Klasskamrater?” frågade Ek för att på något sätt ta udden av det sagda. Alla barn borde ha kompisar. Alla barn har åtminstone klasskamrater.

”Inga han leker med.” Ek hörde otåligheten i hennes röst. ”Jag har letat överallt. Vad ska vi göra? Var kan han vara?”

”Vill du berätta för mej om festen och vem som senast såg honom?”

”Susanne Ahl och jag är kusiner. Vi var hembjudna till Susanne och Martin för att deras pojke, Oskar, fyllde 14 år. Martin har krukmakeriet i Herrvik. De hade bjudit dit ett par sommargäster också, Wickmans, de bor i Sysne. Oskar och deras son Petter är kompisar.”

”Vad heter de mer än Wickman, förnamnen?” inflikade Eks kollega som suttit tyst hittills och kisat mot ljuset som föll in genom fönstret. Gryningsljuset skar i ögonen. Nattskiftet skulle ha varit till ända om de inte hade behövt fara till östra sidan av ön.

”Lars och Elvira Wickman, heter de. Lars är politiker på heltid. Han och Martin har inte mycket gemensamt, det blev lite stelt till en början.”

”Vem såg pojken sist och när på kvällen var det?”

”Först grillade vi och sen var det saffranspannkaka och efter det tårta och kaffe. Jag tror inte Andreas satt med när vi åt tårta. Martin säger att han kan ha gått till krukmakeriet. Det var ingen som såg honom gå dit, men någon har använt drejskivan och ett par krukor som stod uppställda på tork hade ramlat ned på golvet, brädan de stod på måste ha vippat till. Kanske var han där inne och råkade stöta emot den. En av krukorna gick sönder. Det var inte så farligt.”

”Om han haft sönder något kan han ha blivit rädd förstås.”

”Jag tänkte på det med, men det är så olikt honom att bara sticka iväg. Jag känner honom. Om han hade gjort något han inte borde skulle han ha hållit sig i närheten av mej och sagt att han ville gå hem.” Charlotta flätade samman händerna så knogarna vitnade. Det långsamma samlandet av uppgifter plågade henne. Hon satte sig på händerna och försökte koncentrera sig på frågorna medan tankarna irrade och bilder av vad som kunde ha hänt, den ena otäckare än den andra, avlöste varandra. ”Vad tänker ni göra?”

”Vi kommer att ta kontakt med Gotlands radio och be att de går ut med en efterlysning. Jag vill att du visar oss till krukmakeriet. Sedan vill jag att du beskriver för mej hur Andreas ser ut, eller om du har något foto?"

"Han är rågblond eller lite mörkare, ljusbrunt kan man nog säga att håret har blivit. Nyklippt. Har bruna lite sneda … eller vad säger man, mandelformade ögon." Charlotta snyftade till och svalde. "Han hade beige shorts och en vit T-shirt. Nej en blå. Han tog den mörkblå, fast jag lagt fram den vita. Gymnastikskor, svarta med grå streck på sidorna. Inte Adidas utan billiga skor med två streck i stället för tre. Sen brukar han ha en keps. Han hade den inte på sig hos Susanne och Martin, inte vid middagen. Det vill jag inte att han har. Det är inte stil. Jag vet inte om han glömt kvar den hos dem eller om han hade den på sig när han försvann. Han hade med sig den dit, det vet jag säkert. Det är en keps med traktorreklam, en gulgrön keps som det står John Deere på. Jag tror förresten att jag har ett skolkort, ett litet som ni kan ta. Kan vi inte åka ner till krukmakeriet medan vi pratar? Det känns som om vi slösar bort tid. Förlåt, men jag är så vansinnigt orolig."

"Det kan vi göra. Vilka personer har du kontaktat med tanke på pojkens försvinnande?"

"Alla som var med på festen vet ju om att han försvunnit. Martin cyklade ned till fiskeläget och frågade på Hamnkrogen, men ingen hade sett till Andreas. De vet vem han är, han brukar cykla omkring där nere på hamnen när han inte har något annat att göra. Han tycker om att titta på båtarna. Lars tog bilen och letade. Han drack ingenting", skyndade hon sig att tillägga. "Han skulle till stan. Herre Gud! Var kan Andreas vara? Jag kom inte på någon att ringa. Vem skulle jag ha ringt?"

"Hur är det med Andreas far, han har väl en far?" frågade Ek och höll upp dörren till bilens baksäte åt Charlotta. Han märkte direkt hur klumpig frågan lät. Efter en hel natts vaka har man ingen större skärpa och de enklaste frågorna är ibland de svåraste att ställa.

"Tommy. Jag pratar inte med honom."

"Ni är alltså skilda? Bor Andreas pappa här på ön?"

"I Visby. Han har en restaurang."

"Tommy?" Ek tvekade när han skulle skriva efternamnet. "Har ni samma efternamn?"

”Ja.” Charlotta drog in luft och knep ihop munnen till ett smalt streck som om hon tog frågan som en personlig förolämpning. ”Det kostar pengar att byta namn och pengar har jag inte precis i överflöd. Jag tror knappast att Andreas är hos sin pappa. Han har inte varit där mer än tre gånger sedan i julas. Det har inte passat Tommy att ta hand om Andreas när vi har bestämt att pojken ska vara hos honom. Det kommer alltid något som är viktigare i vägen.”

”Har pojken någon mobiltelefon?” frågade Ek hoppfullt.

”Nej, som jag nyss sa, pengar är det inte något överflöd av när man är ensamstående med två barn och arbetar som timvikarie på hemmet. Tommy betalar inte sitt underhåll som han ska. Nu på sommaren finns det ju jobb för mej på hemmet, men på vintern får jag stämpla. Man törs aldrig tacka nej när de ringer, för då kanske de tar någon annan nästa gång. Jag är alltid nykter och redo att rycka in.”

”Var gör du av barnen när du arbetar?” undrade Eks kollega.

”De är hos en dagmamma. Men hon är på semester nu. I nödfall kan jag fråga granntanten bredvid om barnen kan få höra av sig till henne om det skulle vara något. Ester är över åttio år. Jag kan ju inte be henne laga mat åt dem eller så. De får äta smörgås tills jag kommer hem. Men det är skönt att det finns någon vuxen de kan vända sig till om det skulle vara något.”

”Har du talat med din granne efter det att Andreas försvann?”

”Hon släppte ut sin katt precis när jag gick upp till vägen. Nej, Ester har inte sett honom. Hon blev orolig när jag berättade att han var borta, förstås. Hon tycker så mycket om barnen. Hennes egna barnbarn är stora nu och bor på fastlandet. Sväng till höger nu. Där borta ligger krukmakeriet. Martin och Susanne har nog inte heller sovit något i natt. Var kan Andreas vara? Vi får ju skämmas över allt besvär vi ställer till.”

”Det ska du inte tänka. När sånt här händer måste man hjälpas åt”, sa Ek och log lugnande mot henne i backspegeln.

De parkerade bilen på den grusade gårdsplanen vid en rosenhäck och en stenmur och steg ur. Kalkstenshuset framför dem var imponerande med sina båda flyglar. Fönsterkarmarna var målade i en mild blå färg liksom dörren, och i rabatten framför dem, som formats likt en skeppssättning, samsades kryddväxter med rosbuskar och lavendel. En kraftfull man med gråsprängt skägg och rutig morgonrock kom barfota ut på trappan när han hörde dem. Han tog i hand och presenterade sig som Martin Ahl. De blev visade in i ett stort ljust kök med bakugn och vedspis. Det ursprungliga köket var bevarat i utsökt harmoni med den sparsmakade moderna utrustningen i rostfritt stål och ljus ek. De öppna köksskåpen exponerade en imponerande samlig keramik i regnbågens alla färger. Vid köksbordet satt en kvinna i fyrtioårsåldern iklädd morgonrock. Hon tycktes helt fördjupad i dagens tidning. Morgonljuset lekte i hennes kopparglänsande långa hår. När de närmade sig ställde hon ned tekoppen, vek ihop tidningen och reste sig. Hon hälsade på dem med ett fast handslag.

”Susanne Ahl. Ni är från polisen, förstår jag.” Ek bekräftade.

”Vi har ingen aning om vart grabben tog vägen”, sa Martin och kliade sig i skägget. ”Han bara försvann när vi satt och åt middag. Jag tänkte på grottorna uppe vid skolan. Susanne och jag pratade just om det.” Martin sökte hustruns blick och fick medhåll. Hon ställde sig bredvid honom och smög in sin hand under hans arm. Han fortsatte. ”När jag var grabb övernattade vi ibland där uppe i Östergarnsberget. Det är ett berg med många spännande grottor. Det finns en grotta som kallas namngrottan. Där har alla skolbarn genom tiderna skrivit sina namn. Jag också. Så finns det en som vi kallade spindelgrottan och sen har vi Hagströms grotta där det enligt ryktet bodde zigenare när jag var barn. Men jag vet inte? Ni behöver nästan kalla in hemvärnet om vi ska söka igenom det området. Det måste vara folk som hittar, som vet var de ska leta. Oskar och Petter har nog rätt bra koll på hur det ser ut.”

”En del grottor har så smala mynningar att en vuxen inte kommer in.” Charlotta tog sig för strupen. ”Man kan fastna och bryta benet. Jag har alltid tyckt att den skolgården är en farlig lekplats för barnen.”

”Och rolig. Det är inte många barn som har en så inspirerande miljö för sin lek.” Susanne lade armen om Charlottas rygg. Charlotta snyftade, en djup skälvning drog genom den magra kroppen. ”Vi hittar honom, Charlotta. Vi kommer snart att hitta honom”, mumlade Susanne som ett mantra i hennes öra. Amanda började gråta och Charlotta lyfte upp flickan på sin höft där hon klamrade sig fast med armarna om sin mammas hals.

”Det är en bra bit upp till skolan, men det kan vara som du säger. Grottorna har Andreas alltid varit fascinerad av. Han skulle kunna vara där.” Charlotta försökte sig på ett försiktigt leende. ”Han har aldrig stuckit iväg förut utan att säga vart han skulle ta vägen. Jag kan inte begripa det. Jag kan inte förstå var han är.”

”Någon gång ska väl vara den första”, muttrade Martin och fick en sträng blick av sin fru.

”Vi skulle behöva få hit en hundpatrull.” Ek nickade mot sin kollega som tydligen var inne på samma tanke. Han var redan på väg mot bilen.

KAPITEL 7

Kriminalinspektör Maria Wern lyssnade med ett halvt öra på Radio Gotland. Paul Zyras presentation av ”Det bästa av schlagermusiken från ett nyligen passerat sekel”, avbröts för en efterlysning av en nioårig pojke från Östergarn, som försvunnit under natten. Hon drog upp volymen och kände oron fortplanta sig i kroppen, tänkte på sina egna barn och kunde lätt förstå ängslan för vad som kunde ha hänt. Ännu hade pojken bara varit borta i knappa tio timmar, men för varje minut ökar risken att något allvarligt ska ha inträffat. Klockan var nu 08.30. En helikopter sökte av området, två hundpatruller, hemvärn och frivilliga letade just nu i området kring skolan och i omgivningen runt krukmakeriet i Herrvik. Man gick ut med en vädjan till allmänheten att höra av sig till polisen om man hade något att berätta om den försvunne pojken, Andreas Nilsson. Sedan följde ett signalement.

Utan att Maria märkte det hade Tomas Hartman slagit sig ned på stolen innanför dörren. Hon vred ned volymen på radion när nyhetssändningen var slut. Hartman gick fram till bordet och satte sig mitt emot henne. Han såg betryckt ut. I handen höll han den senaste informationen från KUT:en.

”Jag var nere och talade med dem. De hade just fått in ett samtal från en mamma i Ljugarn. Hennes flicka på fem år var ensam på en lekplats i går förmiddags och gungade. Det satt en man och tittade på flickan och ville att hon skulle gunga högt. Högre, sa han. Högre så att kjolen flyger upp. Sen hade han erbjudit sig att köpa flickans underbyxor för femtio kronor. Flickan berättade det för sin mamma när hon kom hem. Som tur var hade hon sin hund med sig, hunden hade morrat åt honom när han närmade sig. Att mamman överhuvudtaget fick reda på vad som hänt berodde på att flickungen frågade henne hur mycket ett par underbyxor kostar. Hon ville veta om femtio kronor var mycket eller lite pengar. En tös på fem år kan ju inte förstå sådana saker, vad han var ute efter, menar jag. Det måste te sig helt obegripligt. Så lätt ett barn kan bli offer när de inte förstår det underliggande budskapet och en vuxen spelar kompis. Man uppfostrar ju sina barn till att känna tillit och att vara artig mot främmande."

"Kunde hon beskriva mannen?"

"Vagt. Inte mycket att gå på."

"Finns det något som tyder på brott när det gäller Andreas Nilssons försvinnande?" Marias naglar grävde sig in i knogen. Hon kom på sig själv med att skaka på huvudet som om hon kunde påverka svaret med en enkel besvärjelse.

"Det här samtalet från Ljugarn är inte det enda. En kvinna från Sandviken hörde av sig tidigare på morgonen. Hon hade varit nere på stranden med sina dagbarn i går. Två killar behövde gå på toa och hon tyckte de kunde gå själva upp till utedasset en liten bit bort bakom sanddynerna. De har varit på stranden ofta, så barnen hittar. När pojkarna kom tillbaka berättade de att en man blottat sig för dem när de öppnat dörren till toaletten. Jag kommer att följa upp det här. Båda samtalen har kommit in sedan vi gick ut med efterlysningen av Andreas Nilsson. Har du tid att följa med mej till Östergarn? Jag vill ha ett nytt samtal med mamman. Ek har varit där och tagit de första uppgifterna."

"Jag träffade Ek innan han gick av sitt pass i morse."

"Då vet du hur läget är."

"Ja, i korta drag. Han var ganska trött och osammanhängande. Andreas pappa blev kontaktad per telefon innan efterlysningen gick ut. Han bor i Visby. Vi kanske skulle ta ett samtal med honom först och sedan dra oss österut. Han mår säkert lika dåligt som mamman." Maria lutade huvudet i handen och såg fundersam ut. "Det normala hade väl varit att pappan tagit sig till Östergarn så fort han fick reda på att pojken var borta, även om stämningen mellan föräldrarna är bitter. Skulle inte du ha gjort det om din son hade försvunnit?"

"Absolut."

”Enligt Ek är Andreas pappa kvar i stan. Jesper ringde honom precis innan han gick av sitt pass. Det lät inte som om han planerade att ta kontakt med sin före detta fru eller att fara till Östergarn. Det är märkligt.”

De parkerade Hartmans nytvättade Ford vid Hamnplan och promenerade över Donnersplats mot Strandgatan. Vinden friskade i från havet och solen lyste på de ännu regnvåta gatorna där husens fasader speglade sig i de kvardröjande vattenpussarna. På skylten till Restaurang Bukfyllan hade någon kreativ person med sprejflaska ändrat u:et till ett a och den förbipasserande kunde nu läsa namnet Bakfyllan, vilket inte nämnvärt påverkade det allmänna intrycket. En äldre man i snickarbyxor och keps höll på att byta ut glasrutan i dörren. Tommy Nilssons krog Smeden låg enligt kartan strax bortom Värdshuset Lindgården. Maria märkte att hon log för sig själv när hon såg skylten och skyndade sig att vända ansiktet mot marken för att Hartman inte skulle ställa några ovälkomna frågor. Inte just nu, hon ville återuppleva sommarminnen utan att bli störd. Tankarna vandrade till en särskild kväll då hon suttit i Lindgårdens trädgård och ätit middag med Per Arvidsson. Terrasser, rosor, valnötsträd och en bländande solnedgång gav en magisk atmosfär. En mild sammetsblå skymning hade hållit dem i sin kupade hand, skyddat dem från insyn och de hade blivit sittande där i flera timmar. Maten hade varit utsökt, med inspiration från det ursprungligt gotländska och samtidigt besjälat av trenderna i tiden, och vinet väl avvägt. Per var något av en vinkännare och hon förlitade sig helt på honom och hans bedömning. Den blick som hade mött hennes ovanför vinglasets kant hade sagt mer än hon vågat tänka, ens i sin ensamhet. Just då hade känslan skrämt henne. Nu var saker och ting förändrade i och med skilsmässan. Om det magiska ögonblicket hade gått i repris just nu skulle hon inte ha slagit ned blicken och börjat gräva i sin fåniga handväska efter läppstiftet. Då skulle hon ha vilat kvar i de grågröna ögonen och låtit sig föras med av känslan och vågat visa sig sårbar. Då hade hon låtit sig fångats av ordleken, dubbeltydigheterna och de kittlande utflykterna i samtalet om relationer och tillåtit sig att stanna i stunden av fantasi och lust. Vad har du för drömmar,

Maria? hade han frågat och hon hade pliktskyldigast talat om sitt äktenskap som ett åtagande på livstid. Hon hade uppriktigt menat det, just då, och haft ambitionen att med all sin kraft och allt sitt tålamod kämpa för ett liv tillsammans med Krister, och ändå var det över nu. Per hade också haft en relation, med en gift kvinna, men hon hade lämnat båda sina män för att börja ett nytt liv som läkare utomlands. Om livet var så generöst att den rätta stämningen upprepade sig skulle Maria våga språnget. Till midsommar skulle han komma. Kanske skulle han … Vad känner du för mej, hade han frågat rakt på sak och hon hade dolt sina blossande kinder i händerna och stirrat in i ljuslågan som fladdrade mellan dem. Sen hade hon sträckt upp sig, samlat ihop sitt sista motstånd och svarat: Du har en charm som kan smälta gråsten och jag skulle väl vara död och begraven om jag inte kände något alls, men jag är gift och jag tänker stanna i mitt äktenskap och arbeta på vår relation. Jag älskar min man. Vi är inne i en svacka just nu och jag tänker se till att vi kommer över den. Hur bråddjup den svackan hade varit insåg hon inte förrän hon stod vid den yttersta randen, sveket som kunde ha kostat henne arbetet och polislegitimationen och i värsta fall fängelse när han lämnat de uppgifter han avlyssnat på hennes bandspelare till pressen. Ett rent misstag, hade han sagt och frågan var om inte hela han var ett misstag från början till slut.

”Det måste vara här Tommy Nilsson håller till”, sa Hartman. ”Smeden, heter stället. Dörren är låst.” Han knackade på rutan. ”Det är från polisen, hör du oss Tommy?” Ett hasande ljud över golvet var ett välkommet tecken på liv. Säkerhetskedjan rasslade av. De möttes av ett par rödsprängda ögon i ett orakat ansikte och en andedräkt som med sin vassa udd kunde ha dräpt en drake.

”Kom in.” Tommy Nilsson gick före dem med slängiga rörelser och föll ned på en stol framför ett överfyllt askfat, kliade sig ogenerat i grenen och snorvlade till utan att torka sig om näsan. ”Det är för jävligt. Livet …”

Hartman presenterade sig och fortsatte med sitt ärende: ”Var tror du pojken kan vara? Har du någon idé om det?” Han föste undan ett par ölflaskor från bänken för att skapa plats åt sig själv och Maria innan han satte sig ned. Stället var en sylta i ordets fulllödiga bemärkelse. Inpyrd cigarettrök, gammalt stekos och solkiga dukar, fläckigt golv och en orakad värd som vissnat över bordet. I det avslöjande dagsljuset en milt sagt beklämmande syn.

"Det är hennes förbannade fel", sa Tommy och slog ut med handen så att han nästan tippade den vinflaska som för tillfället blivit ljusstake. "Andreas har väl rymt. Det kan fan orka leva tillsammans med en sådan neurotisk morsa. Han får väl inte ens peta sig i näsan utan att be om lov. Min äldsta grabb, Patrik, drunknade och det är hennes förbannade fel."

"Hur gick det till?" Maria försökte få ögonkontakt med mannen framför sig, men hans ögonlock hasade oavbrutet ner när han inte själv förde ordet. Maria rörde vid hans arm och var beredd att parera en smäll om han skulle få för sig att dänga till. Ryckningarna och irritationen fanns där alldeles under ytan.

"Hur? Han fick aldrig lära sig simma. Hon hade för sig att han var sjuk och inte fick bada. Det var kallt i vattnet. Det var alger i vattnet. Det var vatten i vattnet. Han fick aldrig prova, och när han väl ramlade i var det för sent. Han blev nio år. Andreas kan inte heller simma. Har han också drunknat så tar jag livet av mej. En kula genom skallen. Pyschooo!" Tommy demonstrerade med en överdimensionerad rörelse hur skottet skulle brinna av i hjärnan. "Då har jag ingenting kvar att leva för."

"Har du inte en liten dotter, Amanda?"

"Amanda!" Tommy skrattade gällt och glädjelöst. "Det är Charlottas egen gökunge. Fråga inte mej var den kom ifrån. Min är det inte. Jag hade inte rört kärringen på över ett år. Det passade aldrig damen. Jag är för trött! Jag orkar inte nu. Sluta Tommy. Låt bli Tommy! Och så jäser hon upp. Jag har papper på att det inte är jag som är far och slipper i alla fall betala underhåll för den. Pengar vill hon ha. Alla vill åt mina pengar. Sen när man är black kan de pissa på en och trampa ner en i golvet som en cigarettfimp. Ursäktar du?" sa han vänd till Maria när han med fumliga fingrar försökte peta upp en motsträvig cigarett ur paketet.

"Du vet inte var någonstans Andreas skulle kunna vara, om han har rymt? Han är inte här hos dej?"

"Nej. Han sitter väl där uppe och kurar i någon grotta för att slippa morsans tjat. I går kväll var jag i Ljugarn på affärsmiddag med några leverantörer. Bara någon mil från min egen son, utan att kunna hälsa på honom. Det var inte min tur. Kärringhelvetet gör allt för att sabotera mitt umgänge med Andreas. Jag har rätt att vara med min son varannan helg och så fort det är tal om att jag ska hämta honom är han sjuk. Alltid så sjuk. Han har ont i magen och ont i benen och är förkyld. Fy för helvete vad hon planerar och planerar inne i sitt fula huvud." Tommy kröp närmare Maria och satte pekfingret mot hennes panna. "Så är det."

"Om du kommer på något mer med tanke på pojkens försvinnande kan du ringa det här numret." Maria rev av en bit papper från sitt block, skrev ned några siffror och räckte honom lappen. Tommy tog upp sin plånbok ur bakfickan och knölade ned den bland tjugokronorssedlar och kvitton.

"Här finns fan inget att ta. Kolla." Han tryckte upp sedelfacket under näsan på Maria. "Folk tror att man är gjord av pengar för att man är egenföretagare. Alla är efter en som blodiglar. Man simmar i ett grumligt träsk fullt av blodiglar som suger sig fast, suger blod och märg ur en. Skattmasen, frun, leverantörer, elverket, televerket och alla jävla indrivare. Jag har inte råd att gå till tandläkaren en gång." Tommy öppnade munnen och pekade på en av sina breda tänder långt bak i munnen tills det gav honom en kväljning och hans ögon fylldes med tårar. "Skulle behöva rotfyllas, helvete så ont det gör. Det går inte att äta, inte att sova. Inte ens att göka faktiskt, när man bara tänker på hur ont det gör."

"Ja, det är dyrt att ha egna tänder. Snart är det en statussymbol att ha kvar originaluppsättningen. Som sagt, om det är något du kommer på när det gäller Andreas så hör du av dej." Hartman reste sig och började gå mot utgången.

"Jag älskar min grabb. Det är en fin pojk." Hartman vände sig om och sa att han förstod det. I dörren mötte de en ny besökare. En mager man, ungefär lika lång som Maria. Glasögonen mörknade snabbt till solglasögon och dolde hans blick. Skägget var putsat i en smal rand runt munnen och ett litet pipskägg. Han var klädd i vita jeans och svart skinnjacka av lumbermodell. Helt omodern, eller var det kanske senaste mode? Maria kunde inte bedöma det. Han hälsade med en kort nick och passerade dem. Det tog ett ögonblick innan Maria kände igen honom som Vladas, ägaren till Bukfyllan. Genom det lortiga fönstret såg de Tommy resa sig för att ta nykomlingen i hand. Han förde tydligen respekt med sig. Tommy sopade själv av bordet framför honom med armen när de hade satt sig och serverade honom en öl. Det var skillnad på folk och folk, tydligen.

”Vad fick du för intryck?” sa Hartman när han hade låst upp bilen och backat ut från parkeringen.

”Jag skulle nog också vara ängslig om jag hade delad vårdnad med den mannen.”

”Frågan är om detta är hans normaltillstånd eller om pojkens försvinnande och livets jävlighet i största allmänhet har fått honom att supa till just nu. Man ska inte vara för snar att döma.”

”Jag är glad att han inte bad att få skjuts med oss till Östergarn. Han hade pissat ned sig. Märkte du inte det?” Maria skämdes lite över sin själviska reflexion men gjorde inget för att släta över det nyss sagda. Hon tog fram kartboken och följde med pekfingret vägen åt öster. De kontaktade länskommunikationscentralen, angav sina resplaner och fick samtidigt veta att spaningsläget var oförändrat. Klockan var 09.27 och ännu hade man inget spår efter den försvunne nioåringen, Andreas Nilsson. Radio Gotlands Christer Engqvist med ”Telespånarna – pratar sönder din frukost”, avslutades för en ny efterlysning klockan 09.30. Maria tänkte på de fasansfulla dygn när hennes egen dotter varit försvunnen och de inte visste vad som hänt. Vad gör man av sig själv och sin ängslan i väntan på att få veta vad som har hänt? Minut för minut när inget händer och det känns som om man ska gå i bitar när man inte vet var ens barn finns eller hur han har det. Är han rädd? Ensam? Skadad? Eller kanske inte ens vid liv?

KAPITEL 8

En kungsörn gled på sina mörka vingar högt ovanför deras huvuden. Maria mindes från förrförra sommaren hur entusiastisk Per Arvidsson varit när han såg den flyga över vattnet vid Katthammarsvik. Kungsörnen håller sig svävande i spiralkurvor på varma uppvindar. Vilar i vinden. När den flyger aktivt pressar den vingarna nedåt med vingpennorna tätt ihop så luften drivs bakåt och fågeln framåt. Sen lyfter den vingen med åtskilda pennor och släpper igenom luft. Maria hade fått låna hans kikare för att kunna se örnens gula huvud, och Pers hand hade vilat på hennes när han riktade in skärpan åt henne. De unga hanarna har vita streck på vingsidorna och är vita i basen vid stjärtfjädrarna, berättade han. Andra arter av rovfåglar har nästan strukit med av miljögifter, men kungsörnen häckar inte i industriområden, det är en klok fågel. En alltför kort föreläsning. Maria hade kunnat lyssna på honom i timmar även om det hade gällt mossor och lavar eller salamandrar eller små vattendjur och försurade sjöar bara han hade rört vid henne, sett på henne med samma iver i de gröna ögonen. Att en längtan efter någon kan vara så stark när man vågar ge den utrymme. Hela Gotland var fyllt av minnen, hans närvaro fanns överallt i det de upplevt tillsammans för några somrar sedan, och tankarna återvände med tvångsmässig automatik för att minnas varje detalj och dagdrömma om det som kunde ha blivit om saker och ting varit annorlunda.

På parkeringen vid Östergarns kyrkogård stod bilarna tätt packade. Flera av de frivilliga i sökandet efter Andreas hade parkerat längs vägen eller uppe vid skolan. Maria Wern och Tomas Hartman sökte sig fram till de polismän som fanns på plats och stämde av läget. Charlotta Nilsson hade givit sig av för en timme sedan för att själv söka efter sonen. Hon stod inte ut med att sitta stilla och vänta. Var hon befann sig just nu visste man inte men pojkens lärare, Lilian Appelros, fanns på plats. Maria Wern tog med henne lite avsides för att höra vad hon hade att berätta.

"Han är ett barn som lever mycket i fantasins värld. Jag brukar se honom genom fönstret när han går och pratar för sig själv och ibland slåss mot en osynlig fiende eller plötsligt rusar i väg som om han var jagad av ett monster."

"Så gör min pojke också. Han är nio år." Maria stålsatte sig mot sin egen oro. Tanken på barnen fanns alldeles under ytan och var lättväckt. Helst av allt hade hon velat ha sina barn hos sig nu och se att de var i säkerhet. Hålla om dem. Hon hade ringt hem när de satt i bilen på väg till Östergarn och Krister hade svarat med en överlägsen ton i rösten att han var fullt kapabel att ta hand om sina barn. Vi hade faktiskt sovmorgon, men nu är den förstörd. Tack ska du ha. Bussigt. För stunden hade Maria känt sig lite lugnare, nästan tacksam trots hans sturiga attityd.

"Ja, det är helt naturligt för en nioårig grabb, men kanske särskilt utmärkande för just Andreas. Skolgården med sina grottor inbjuder till fantasilek, liksom att vi just här i Östergarn lever så nära minnesmärken över krigen och tiden med kalkpatronerna och gamla fornborgar. Det inspirerar barnens lekar. Nere på kyrkogården har du Albatrossgraven, den höga stenen med en krönt örn, till minne av de tyskar som gick under när minsveparen gick på grund under första världskriget. Andreas är väldigt fascinerad av den händelsen. Jag ser det på hans teckningar och på det han skriver. Oavsett vad jag sätter upp för tema när barnen ska skriva uppsats så lyckas han hitta en infallsvinkel till just Albatross. *En dag på stranden* – och han ser de skeppsbrutna ta sig i land i en annan tid. *Mitt drömyrke* – då skev han att han var en vetenskapsman som byggde en tidsmaskin som tog honom tillbaka i tiden till 1915. Till och med på temat *Hur jag lagar min favoriträtt* – lyckades han få in ett par meningar om att vara skeppskock på Albatross och inte ha tillgång till mikrovågsugn. Ämnet för den sista uppsatsen det här skolåret hette *Mitt liv som flundra* – där beskrev han genom en flundras ögon den ryska beskjutningen av Albatross och hur människor drunknade eller simmade i land. En mäktig berättelse med ett väldigt målande språk av en så ung man."

"Är det bara Albatross eller har han fler intressen?"

"Andreas tycker om att leka de händelser som utspelats i historien om kalkpatronerna Jakob Dubbe och Amiral Hägg. Det finns många fantastiska skrönor om dem. Jag tror att den gamla damen som bor granne med dem berättar mycket för honom om vad som hände förr i tiden. De andra barnen leker aliens och byter Pokémonbilder med varandra eller spelar fotboll. Jag upplever nog Andreas som lite utanför. Kanske är han på ett sätt brådmogen och på andra sätt väldigt barnslig och lite räddhågsen. En fin liten kille. Jag kan inte begripa vart han tagit vägen. Det är inte alls likt honom, det här. En del av barnen sover över i grottorna ibland, men jag har väldigt svårt att tänka mej att Andreas skulle göra det. Aldrig ensam."

"Hur är relationerna mellan skolan och familjen?" Frågan var en försiktig trevare om förhållandet mellan föräldrarna eller snarare om Andreas förhållande till sina föräldrar. Vid behov kunde man be om förtydliganden när väl ämnet hade förts på tal. Det kändes mindre påfluget på det viset, tänkte Maria.

"Som det nu är har vi mest kontakt med mamman. Det är lite synd, tycker jag. Pappan är väldigt trevlig och väldigt mån om sina barn. De separerade året innan Patrik, äldste sonen, drunknade. Jag hade Patrik i min klass, så jag har känt familjen några år."

"Hur gick det till?" Maria kände att hon spände sig inför svaret. En fruktansvärd händelse att ta till sig nu när Andreas också var försvunnen. De slog sig ned på en bänk på södersidan av kyrkan för att få lite solvärme och lä mot vinden som blåste genom kastanjeträden. Ett stilla regn av vita blommor föll till marken över gravarna.

"Patrik lekte nere i Sandviken med några större pojkar. Han kunde inte simma, men han följde med dem ut på djupt vatten med sin gummimadrass. När de andra gick i land och cyklade hem blev han kvar i vattnet. Madrassen drev utåt, fångades av vinden och välte. Charlotta såg det från stranden och kastade sig i. Det tog tid att nå fram i vågorna. När hon väl kom fram och hittade honom under vattnet var han död."

”Fruktansvärt för henne.”

”Och för pappan.”

”Har du någon kontakt med honom nu?” undrade Maria.

”Ärligt sagt så händer det att Tommy Nilsson kommer hit till skolan, om han är på genomresa, för att få träffa sin grabb. Då låter jag Andreas slippa lektionen. Jag tror det är viktigare för honom att få en stund med sin pappa. Att först förlora sin bror och sen inte få ha en daglig kontakt med båda föräldrarna är tungt att bära för en liten grabb. Han ser sorgsen ut ibland och har ofta ont i magen. En sak jag har tänkt på … nej, det kanske är helt fel. Glöm det, det var inget. Man grubblar en del när ett barn försvinner, fantasin löper i väg med en och man tänker så mycket.”

”Man vet inte förrän efteråt vad som var viktigt. Kanske är det du just nu går och tänker på det som leder till att vi förstår vad som hänt Andreas. Berätta.”

”Han har blåmärken. Alla små killar har blåmärken, men han har alltid nya märken. Det är mest benen man ser, men när vi var på badet la jag märke till resten av kroppen och han har märken där också. Han spelar inte fotboll med de andra, så jag undrar hur han får dem. Kan det vara någon som slår honom?”

Maria klättrade upp för bergskanten ovanför skolan. Satte sina fötter försiktigt i skrevor och på stenar för att känna hur hållfast marken var innan hon förflyttade tyngden. Vilken skolgård att leka på. Murgrönans stammar slingrade som kraftfulla ormar i träden, det doftade av vildkaprifol och överallt fanns mynningar till nya grottor, klippblock att krypa inunder och små rännilar av vatten där det var lätt att halka och förlora balansen. ”Vissa av grottorna går ett tiotal meter in i berget”, hade Hartman sagt. Vit akvileja och svartbräken, vildapel och knotiga tallar kantade vägen uppför. Växelspelet mellan ljus och skugga i grönskan gav en känsla av plötslig rörelse, som om man var iakttagen eller förföljd, kanske omringad av gröna varelser med hud av mossa och hår av blad. Det var som att stiga rakt in i sagans värld, ett eldorado för lekande barn. Maria hade frågat Lilian Appelros hur de lyckades med att samla ihop barnen igen till lektionerna. ”Man får springa längs vägen utmed berget och ringa i en klocka och hoppas att de lyssnar", hade hon svarat. Maria vände sig om när hon fått stadigt tag om en trädstam och kunde sega sig upp den sista biten. Bara utsikten var mödan värd. Skolbyggnaden där nere såg ut som ett skogsslott hämtat direkt ur sagan om Snövit och de sju dvärgarna och långt i norr bortom rapsfält och beteshagar skymtade Katthammarsvik och gaveln av Annas nöje. Det hus Jacob Dubbe låtit bygga åt sin älskade hustru.

När Maria stod upp på bergsplatån blåste det friskt. Det surrande dånet från helikoptern överröstade alla andra ljud. Hartman stod ett tiotal meter bort och talade med en hundförare. När han såg frågan i hennes ansikte skakade han på huvudet. Inget. Vi har inte hittat honom ännu. Maria kastade en blick på klockan och blundade. Fem minuter över elva. Måtte de hitta honom sovande i en grotta. Måtte det finnas en naturlig förklaring till hans försvinnande och ett lyckligt slut. Maria blundade och önskade av hela sitt hjärta att det skulle vara så, fast hon hade svårt att våga tro det.

"Har ni hört något från Charlotta Nilsson, vet ni var hon finns nu?" frågade Maria Tomas Hartman när han kom inom hörhåll.

"Hon är i bostaden. Jag tänkte vi skulle fara dit. Ester, granntanten, är hos henne nu och försöker att få i henne lite varmt att dricka. En kollega skjutsade hem Charlotta från fiskeläget nere i Herrvik när hon höll på att svimma. Hon gick på kajkanten och balanserade. Det kunde ha gått riktigt illa. Hon har vandrat hela natten och hela morgonen och vägrat sitta ned. Fötterna är alldeles såriga. Hon gick barfota. De högklackade skorna låg slängda vid vägkanten. Hon hade inte ens givit sig tid att byta skor innan hon gav sig ut för att leta efter pojken."

Tre par frågande ögon riktades mot dem när de steg över tröskeln till Nilssons lilla stuga, där Charlotta, Amanda och Ester satt vid köksbordet. Det kändes som ett svek att inte ha något tröstande att komma med. Hartman förklarade i korta drag vad som gjorts och hur man tänkte gå vidare.

"Di ringde från Östersols äldreboende och ville att hon sku arbete. Di kund ju int vete vad sum ha hänt", sa Ester och lyfte upp Amanda i knäet. Charlotta satt kapprak under en grå filt och stirrade på Hartmans ansikte, följde munnens rörelser för att inte gå miste om ett enda ord. Hennes hår hängde i toviga stripor. De mörka ögonen tycktes uppfylla hela ansiktet. Hon gjorde en ansats att säga något, men rösten gav vika. Hon tog en klunk vatten, pressade gråten tillbaka och sa:

”Han har varit borta i nästan fjorton timmar nu.”

”Ja.” Hartman behövde inte se på klockan för att veta att det var sant.

”Sorken borde va hungri vid det här laget. Han är nog snart hemme”, tröstade Ester och bredde en smörgås åt flickan. Det fanns en omtanke i varje rörelse och en mild förväntan att allt skulle bli till det bästa. ”Jag ska göre en rabarbapaj ti autendag, de tycka han ju um.” Charlottas hållning mjuknade lite. Varför skulle hon ta ut det värsta i förskott? Esters bild av en eftermiddag runt trädgårdsbordet i bersån, med kaffe och rabarberpaj, sjönk in och gjorde henne lite lugnare. Den gamla kvinnan hade varit med förr. Sett män som blivit borta på sjön, hade en bror som omkommit i ett gruvras och en som lyckligt återförenats med sin familj efter en flygolycka. Var stund har nog av sin egen plåga, kanske är ovissheten den största av dem. Och den verkliga konsten är att överleva i nuet.

”Ska du följ med mi ut och plock rabarba, Amanda?” Ester gav Hartman en blick. ”Så ni kan tale ifred.” Han log tacksamt mot den gamla.

När de stängt dörren tillät Charlotta sitt ansikte att brista, gråten blev ett skrik som ekade mellan väggarna. Med sina naglar rev hon oavbrutet på handryggen tills svullna röda strimmor uppstod.

”Jag har förlorat ett barn tidigare, jag orkar inte mer.” Maria tog henne i sin famn. Höll henne som ett barn och vaggade, utan ord. För det finns inga ord. Bara kroppens värme och närhet att ge. Skriket tystnade och blev till ulkande gråt och frossa. Maria stoppade filten tätare om den skakande kroppen och fortsatte att hålla om. Tystnaden tryckte mot trumhinnan lika intensiv som skriket nyss. Tiden gled som en ond ande genom rummet. Minut för minut förbrukades hoppets tid. För varje timme minskade sannolikheten att inget allvarligt hade inträffat och att pojken skulle komma tillbaka oskadd.

”Kan jag få ta en titt på pojkens rum?” Hartman inväntade svaret och fick veta att Andreas just fått eget rum när Amanda flyttat ut för att bo på övervåningen. En modig liten tös som vågar bo ensam där uppe, tänkte han. Det naturligaste hade kanske varit att storebrorsan flyttat upp. Men han behöll sin reflexion för sig själv.

KAPITEL 9

”Vilken helvetes dag att ha utställning på!” Martin Ahl kom in i köket för att ta ett glas vatten. Han spolade länge för att få det riktigt kallt och kisade mot solen som gassade genom fönstren på södersidan. Susanne makade över en bit smörgåstårta på ett mindre fat, ställde bort ett par tomma vinflaskor och torkade av sig på förklädet.

”Du kunde ha ställt in.”

”Med en tidningsannons för 20 000, det kan du inte mena? Vi behöver vartenda öre.” Martin gick fram till det svalkande vinddraget vid den öppna altandörren och spanade bort mot vägen. ”Det kommer mera folk. Vi har väl aldrig haft så många besökande förut. Jag har redan sålt för nästan 13 000 och har beställningar så det kommer att räcka i månader. Folk är som galna i min Flytande grönt och Mullbärsserien.”

”De är nyfikna. På radio gick de ut med att en pojke försvunnit från krukmakeriet i Herrvik och i tidningen ser de samtidigt din annons, och plötsligt finns det en möjlighet att befinna sig mitt i händelsernas centrum som i en dokusåpa – Nilsson reality – med krukmakar-Martin och vård-Charlotta i huvudrollerna. Sedan kan man berätta för vänner och grannar att man varit där, hur de såg ut att klara den psykiska pressen och att man nästan lyckats ta på dem. Vem vet, de kanske har fickorna fulla av grus och lavendel som souvenirer från vår trädgård när de återvänder hem.”

”Nu tycker jag att du är jävligt cynisk, Susanne. Jag hoppas faktiskt att besökarna kommer för min skull. För att jag genom hårt arbete har skapat mej ett varumärke som håller.”

”Dröm på du bara. Jag tycker vi borde hjälpa till att leta tills

Andreas kommer till rätta. Hur tror du det känns för Charlotta?"

"Nu blir jag trött! Jag har inte sovit en blund i natt. Fram till klockan tre gjorde jag inte annat än att leta efter pojken. Sedan ringde Charlotta polisen. Nu har experterna tagit över sökandet. Jag ser inget fel i det."

"Och om det hade varit din son?" Susanne dängde ned den nya smörgåstårtan på bordet, smällde ned en stapel rena tallrikar och torkade av en näve bestick som hon fiskat upp ur det kalla sköljvattnet medan hon oavbrutet såg på sin man.

"Oskar, var är han förresten? Jag har inte sett honom på hela dagen. Han ligger väl inte och sover fortfarande? Jag tycker inte om att han sover bort halva dagen och är uppe hela nätterna och spelar helvetesmusik."

"Då får du väl gå och väcka honom då. Jag har annat att göra. Smörgåstårtan kommer inte att räcka. Jag måste ned till affären. Gamarna som häckar runt vår bostad är glupska, och varmt är det också. Jag måste byta till linne."

Martin knackade försiktigt på den stängda dörren till Oskars rum. Inget svar. Han knackade igen och öppnade utan att ha fått respons.

"Dags att gå upp nu, grabben."

"Stick! Jag vill sova." Oskar vände sig hastigt så att han fick ansiktet in mot väggen. Ryggtavlan var stel och spänd.

"Huset är fullt av folk. Jag har utställning i dag, hade du glömt det?"

"Varför skulle jag bry mej?"

"Nu kliver du upp." Martin fick behärska sig för att inte dra täcket av honom och ge honom en smäll över örat för att få i gång honom. I sitt irriterade tillstånd var han så nära att det stack i fingrarna, men något i Oskars hållning fick honom att avstå från den obligatoriska brottningsmatchen. Susanne hatade när de slogs även om det var på låtsas. Fäder och söner har alltid tränat sig i strid, brukade Martin säga. Det är så sönerna överlever när det verkligen gäller. Som ni pucklar på varandra riskerar Oskar att *inte* överleva, hade hon kontrat. Han kunde ha slagit huvudet i elementet. Nu slutar ni!

Sedan Oskar börjat vara med Petter Wickman hade han blivit rent odräglig. 'Varför skulle jag bry mej?' Så skulle det inte ha låtit för ett halvår sedan. Förresten var Petters farsa också odräglig. Annat hade det varit med festerna på den tiden när Tommy Nilsson var med. Då hade det varit roligt att ha fest.

"Vi är en familj, där bryr man sig om varann."

"... och du bryr dej om morsan då?"

"Vad menar du med att jag inte bryr mej om mamma? Det är klart jag gör."

"Visst!" Oskar vände sig inte om nu heller.

"Vad menar du då?" Elviras nakna kropp i krukmakeriet och herdestunden i gröngräset dök upp på näthinnan som blixtbilder.

"Inget." Oskars rygg var en ointaglig mur.

"Inget? Du kan väl inte bara häva ur dej såna saker utan att mena något." Den oroande känslan tog ett tag om strupen. Kunde vara inbillning, förstås, så lätt att tolka in sitt dåliga samvete i det som andra säger och inte menar något med. Ett ord och man hänger där och sprattlar på en krok man själv har böjt. Vad kunde grabben veta? Vad kunde han mena med det han sa? En knackning på ytterdörren fick Martin att stöna högt. Varför måste besökarna av utställningen nödvändigtvis börja i boningshuset? Var de rädda att vinet skulle ta slut? Han hade verkligen behövt få prata med Oskar innan hemfriden bröts.

"Maria Wern från polisen. Min kollega, Tomas Hartman", sa hon och klev över tröskeln. "Får vi stiga in?" Martin tog ett steg mot hallen, drog de svettiga handflatorna mot byxbenen och blundade. Vände sig sedan mot sonens rum och formade händerna till en lur.

"Vi tar det sedan. Okej. Vi måste snacka sedan, du och jag."

Martin följde med poliserna ut på gårdsplanen.

"Har ni hittat Andreas?"

"Nej, inte än", sa Maria Wern. "Vi vill gärna se oss om på plats och få en så detaljerad redogörelse för kvällen i går som möjligt."

"Jag pratade med polisen i morse. Är det nödvändigt? Jag har inget mer att tillägga. Inte som jag kan komma på." Martin gick fram till fönstret och konstaterade att ytterligare en bil hade anlänt. ”Jag har utställning. Illa valt tillfälle, men vi kunde ju inte veta att det skulle bli så här. Man känner sig kluven.”

”Kan vi börja med att se oss om i krukmakeriet”, undrade Hartman och gick ut på trappan utan att vänta på svar. Där blev han stående en stund och rådslog med sig själv. Borde man spärra av området? Hittills fanns det inget som talade för att det skulle handla om ett brott, men svaret stod skrivet i framtiden. Femton timmar och tjugo minuter hade passerat sedan pojken försvunnit. Det kunde vara till skada för krukmakarens försäljning att spärra av området en sådan här dag, men det skulle vara ännu värre om man gick miste om värdefull information om vad som hänt pojken. Hartman delade sin fundering med Maria och kontaktade länskommunikationscentralen. Man beslutade att spärra av krukmakeriet och de delar av trädgården där sällskapet vistats under middagen. Hartman ställde en fråga och blev kopplad till KUT:en där man under förmiddagen samlat in ett något vagt och inte särskilt samstämmigt signalement på den eller de män som ofredat barn i Ljugarn och i Sandviken. I ena fallet talade man om en storväxt man med grått skägg och vid den senare iakttagelsen om en slätrakad och skallig, normalstor man med glasögon. Behövde inte ens vara samma person, men kunde givetvis vara det. I båda fallen hade mannen haft jeans och mörk fritidsjacka. Brun, kanske blå. Man hade även tagit fram listor över tidigare dömda pedofiler för en jämförelse.

Dessutom hade dagmamman börjat vackla i sin anmälan. De frågor hon ställt till dagbarnen om och om igen, skapade av den egna oron, kunde ha fört dem vilse. Svaren var inte längre desamma som från början. Hon var inte längre helt säker. Inte så övertygad att hon ville stå för en anmälan och riskera att någon oskyldig blev anklagad, hade hon sagt. Särskilt inte sedan en väninna hade berättat att hennes man varit på utedasset på stranden utan att haspa på. Han hade cellskräck och låste aldrig om sig på toaletten. Det kunde faktiskt vara så det hade gått till när pojkarna tyckte att en man hade blottat sig för dem.

”En försiktig liten kille som Andreas skulle knappast ha följt med en främmande man någonstans frivilligt. Det verkar inte troligt när man lyssnar till vad de berättar om honom”, sa Maria.

På håll kunde hon se Martin avfärda nya besökare i grindhålet. När bilen svängde ut på vägen började han vifta med armarna och springa runt i cirklar som en besatt.

"Helvetes bin! De svärmar vid soptunnan", flämtade han påtagligt andfådd när han lyckats skaka av sig sina plågoandar och återvända till krukmakeriet. De gick in och blev stående i förmaket. Ett milt ljus från fönstret fångade en vintergata av dammkorn innan det lyste upp fotspåren av lera på de breda golvplankorna framför dem.

"Grabben kan ha blivit indragen i en bil mot sin vilja. Eller lurad", sa Martin. "Det är inte länge sedan jag läste om ett fall med en falsk polis som bad barn om hjälp att hitta vägen. Han bad dem hoppa in i bilen och följa med för att visa en plats han visste att de kände till. Så genomtänkt och djävulskt planerat. Skulle ett barn, mot alla odds, be att få se polislegitimationen har de redan kommit inom räckhåll."

"De flesta övergrepp begås av någon som barnet känner. Kan Andreas ha träffat någon utan att mamman haft vetskap om det?" Hartman kände vreden bli till en klump i halsen och svalde kraftigt ett par gånger utan att bli av med känslan av ett hinder. Mycket vidrigt hade han under åren konfronterats med och ändå behållit sin jämvikt och tankeskärpa, men när det hände något med barn var det alltid svårt att bevara sitt lugn.

"Där borta på golvet syns märken efter brädan som ramlade ned, den trasiga krukan har jag slängt i tunnan där borta." Martin pekade, införstådd med det olämpliga i att sätta ytterligare fotspår på golvet. Maria följde riktningen med blicken. Om pojken hade varit här inne kunde det inte vara svårt att hitta avtryck i dammet. På fönstret bakom drejskivan fanns ett synbart avtryck av en liten hand, mindre än hennes egen och på fönsterbrädan hade någon skrivit *ankskit* med ett barns kantiga bokstäver. Maria lät ögonen vandra över rummet. Genom orons slipade lins var detta krukmakeri rena utställningen av potentiella mordvapen, skärtråd, knivar, sylar, vassa skrapor och utanför en stor bassäng för förvaring av lera, brännugnar för stengods och lergods som hettades upp i temperaturer av 1 000 grader, enligt Martin. När de närmade sig krukmakargården från avtagsvägen hade Maria lagt märke till röken från en stor vit ugn på gårdsplanen, en risugn efter förebild från kontinenten, som Martin själv byggt. Om pojken inte snart kom till rätta skulle man behöva gå igenom allt detta i detalj, med en frågeställning som skulle kunna uppfattas av krukmakaren som en ren kränkning. Maria hoppades vid alla höga makter att de skulle slippa en sådan procedur.

De fortsatte vandringen genom garage, uthus och till sist en sväng i boningshuset för att slutligen slå sig ned i syrenbersån där de tre familjerna suttit under festen som slutat så snöpligt.

"Charlotta uppgav klockan 22.00 som tidpunkt för försvinnandet. Det var då hon först saknade pojken." Hartman skrev några rader i sitt block. "Hon ville vara utsövd om hon skulle bli inringd för att arbeta extra på Östersol i dag på morgonen. Men om jag förstår det hela rätt har ingen egentligen sett pojken sedan cirka 21.30 då han lämnade bordet. Satt ni kvar allihop till dess att hon tackade för sig och tänkte gå hem?"

"Jag kommer ihåg att hon ville bryta upp tidigt." Martin såg koncentrerad, nästan sammanbiten ut. "Det är ju en bit att gå. Hon har ingen cykel och grabbens cykel var tydligen trasig. Kedjan hade hoppat av igen eller nåt sånt."

"Ni satt alltså kvar vid bordet allihop, utom Andreas?"

"Kanske inte precis satt." Martin såg ut att fundera. Han tvinnade sin mustasch hårt mellan fingrarna och kliade sig i skägget under hakan. "Killarna reste sig och gick in på Oskars rum, Andreas följde efter dem." Martin spärrade upp ögonen, som om han plötsligt kom på något. "Oskar ligger till sängs i dag, han har lite feber och ont i halsen. Jag hoppas det inte är halsfluss. Syrrans ungar hade halsfluss förra veckan. Smittsamt som tusan. Hela familjen låg däckad i ett par veckor. Syrran mår fortfarande inte bra. Man ska nog passa sej för att gå in där. Oskar har inte mer att säga än det han berättat för mej, så vi kan ta det här ute."

"Var Andreas med de andra killarna på kvällen?"

"Nej, det tror jag inte. Han brukar vilja leka för sig själv. Det är ändå en viss åldersskillnad."

"Satt ni vuxna kvar vid bordet?" förtydligade Hartman.

"Nej, inte hela tiden. Elvira spillde på sin klänning. Jag lät henne prova att dricka ur ett gycklarkrus. Det är inte så lätt innan man lär sig tekniken, det mesta rinner utanför. Min fru ville låna henne något annat att ta på sig, men jag tror Elvira såg det som en ren förolämpning. Min fru har storlek 36 och Elvira är något mer omfångsrik, om man så säger. Hon cyklade hem för att byta klänning, men var strax tillbaka. Charlotta gick med Amanda på toa och sen tror jag hon var och tittade på vinplantorna i mitt växthus medan Amanda gungade. Lars vet jag inte riktigt vart han tog vägen. Han gick avsides och talade i sin mobil eller skickade sms, jag vet inte vad det är han håller på med. Han tycker väl det är häftigt att ständigt vara anträffbar och viktig. Inte drack han något heller, han bara satt där med sin lättöl och teg."

"Men du var kvar vid bordet hela tiden?"

"Nej, jag hjälpte Susanne att plocka in disken, och sen gick jag väl en sväng och letade efter de andra när hon sa att hon kunde klara sig själv. Jag såg inte till någon så jag gick upp mot vägen för att möta Elvira. När vi kom tillbaka skulle Charlotta just till att bryta upp. Så var det. Hon såg trött ut och Amanda var ganska gnällig. Ibland tycker jag att Charlotta är lite, vad ska jag säga, pjoskig med sina barn. De får inte vara uppe sent och det är sockerförbud och såna saker och så är hon emot videovåld och dataspel och det mesta som ungarna tycker är kul. Jag fattar inte att hon orkar hålla på så där. Jag menar, det är väl bra att vara konsekvent, men hon går till överdrift. Man måste ändå tillåta sina barn att leva i samma värld som kompisarna gör, eller hur?"

Hartman undvek att svara på frågan och gjorde en anteckning. "Det var alltså Oskar och Petter som sist såg Andreas i går kväll? Jag skulle gärna vilja tala ett par ord med Oskar. Ingen fara, jag är inte rädd för smitta. Ont krut förgås inte så lätt. Mej kan de nog tappa upp på flaska efter min död och använda som motgift mot det mesta. Jag brukar inte värja mej för baciller." Hartman reste sig upp.

"Han kanske sover, vi har varit uppe hela natten. Han behöver få ta det lugnt", sa Martin ängsligt. Maria funderade en kort stund på att fråga vem som var pjåskig nu, men sa inget. Andreas försvinnande måste gå före alla andra hänsyn, det borde han förstå.

På väg in i huvudbyggnaden mötte de Susanne, med tunga kassar i båda händerna. Hon ställde ned dem på golvet och synade de djupa märkena i sina händer där plasthandtagen skurit in. Hon såg trött ut.

”Soptunnan är inte tömd. Visst skulle de komma i dag. De måste ha glömt bort oss. Vi kommer att svämmas över av sopor när folk dricker ur engångsmuggar. Var ska vi göra av dem?”

”Det är bina. De svärmar där borta. Det började i morse. Sopåkaren försökte närma sig tunnan, men det gick inte, så han gav upp. Och jag kan ju inte. Inte sen jag blev allergisk”, sa Martin förklarande till Hartman. ”Jag blir så in i helvete sjuk. Kan inte andas och får utslag över hela kroppen. Det blir ambulans. Vi har talat flera gånger om att göra oss av med bina, men det blir liksom inte av. Du känner ingen som skulle vara intresserad?”

”Du lovade att ta tag i det där.” Susannes röst var skarp. Det här var inte första gången saken dryftades. ”Varför har du tagit ned skylten vid vägen, Martin?”

Hartman förklarade att man beslutat att spärra av området. ”Jag skulle vilja tala med dej i enrum en stund, Susanne. Jag vill att du så noggrant som möjligt berättar för mej vad som hände på festen i går, från och med att Andreas lämnade bordet. Hur verkade han, var han glad eller ledsen, kommer du på något särskilt? Minsta detalj kan vara av betydelse.” Hartman tog matkassarna från golvet och följde efter henne in i köket för att kunna fortsätta samtalet utan att hindra henne i arbetet. Maria gick för att söka upp Oskar och Martin blev på ett obehagligt sätt hängande i luften, i ett laddat tomrum där han inte kunde lyssna till samtalen eller påverka vad som skulle dryftas. Det här som hänt med Elvira var ju så onödigt, hade varit så lätt att avstå ifrån om han bara vetat vart det skulle barka hän.

KAPITEL 10

Maria knackade på dörren med den hemmagjorda skylten: ”Föräldrafri Zon”. Skylten var textad med aggressivt kantiga bokstäver på en bit pizzakartong där ena halvan av tillverkarens namn kunde läsas uppochned. Hon meddelade sitt ärende utanför den stängda dörren och väntade på svar. Fötter sprang över golvet, en dörr eller låda öppnades och slog igen. Maria kunde mycket väl föreställa sig att grabben hört ordet polis och nu gömde ett par brända cd-skivor eller ett piratkopierat spel, kanske en butterflystilett eller något annat småkriminellt. Men det var inte därför hon hade kommit och det tänkte hon låta honom veta. Hon knackade en gång till, och dörren öppnades av en ung man i kalsonger och en urtvättad T-shirt med en välkänd älg i månsken under ett sömnigt träd. Rummet såg ut som pojkrum gör mest. En obäddad säng. Strumpor och kalsonger i spridda högar på golvet. Ett överbelamrat skrivbord med en dator. Halvdöda kaktusar i ett skräpigt fönster. Små plastprylar som brukar komma med Kalle Anka-tidningar strödda över byrån, skruvar, muttrar och nubb. En gapande träningsväska med en hopknycklad handduk. Ett par smutsiga träningsskor och knäskydd på tork på elementet och en gammal hederlig gul ölback med serietidningar bredvid sängen.

”Hur mår du?” frågade hon. Grabben såg onekligen hängig ut.

”Ba' skit.”

”Har du ont i halsen?”

”Nej, men jag är trött. Har inte sovit på hela natten ju.” Oskar satte sig med en duns på sin säng, kröp upp med kudden i famnen och slog armarna runt knäna som en sköld mot kommande anfall.

”Vill du berätta för mej om festen i går kväll.”

"Vadå berätta?"

"Tyckte du att Andreas var som vanligt?"

"Det var han väl. Eller jag tänkte inte på det." Oskar stirrade stint på sin ena tumnagel.

"Vid halv tio-tiden gick du och Petter in på ditt rum, sa din pappa. Stämmer det?"

"Jag vet inte precis när det var. Det gjorde vi väl, om han säger det." Oskar tryckte ned hakan i kudden så bara ögonen och det bruna halvlånga håret blev synligt ovanför det mjuka tyget och fortsatte att studera tummen.

"Var Andreas med er när ni lämnade bordet efter middagen?" frågade Maria och sökte ögonkontakt vilket inte var så lätt med en så kompakt skyddsmur av hår. Pojken såg rädd ut.

"Nej, jo, men vi släppte inte in han. Han är bara för jobbig. Du fattar inte hur jobbig han kan vara."

"Vad gjorde han som var så jobbigt?" Maria kunde inte låta bli att dra lite på mun. Framför sig såg hon sin egen Emil och tänkte på hur uppfinningsrik och provocerande han kunde vara när han inte fick vara med de stora killarna.

"Andreas är väl egentligen inte så jobbig, det är mest hans morsa. Hon tycker att allting är farligt och ska förbjudas. Dataspel, video, teve – allting. Hon kan bli skitarg."

"Jag vet, småkillar och deras morsor kan vara påfrestande. Så han följde med hit till ditt rum och så fick han inte komma in. Vad gjorde han då? Vart tog han vägen, vet du det?"

"Nej." Svaret kom hårt och bestämt.

"Du har ingen aning om vart han kan ha tagit vägen?"

"Nej. Han bankade på dörren, men vi öppnade inte för han. Jag vet inte var han är. Faan! Kan jag få vara ifred nu?"

"Vi vet inte varför Andreas är försvunnen eller vad som har hänt honom. Hans mamma är förtvivlat ledsen, det kan du säkert förstå. Vi behöver din hjälp att hitta honom. Stannade ni på ditt rum resten av kvällen, du och Petter?" Maria såg hur Oskar blinkade och gled undan med blicken upp i taket för att behärska gråten som var på väg. Hon hejdade en impuls att röra vid honom. Det sista en tonårskille vill är att börja gråta inför en främmande människa, det begrep hon. "Var ni kvar på ditt rum resten av kvällen?

Det är viktigt att du svarar på den frågan även om du är trött. Det du har att berätta kan vara viktigt. Det förstår du, va?"

"Vi cyklade runt nere i hamnen. Petter och jag, alltså. Vi skulle kolla på båtarna."

"Såg du Andreas någon mer gång under kvällen?"

"Nej. Han kunde i alla fall inte ha följt med. Hans cykel är trasig. Kedjan är av. Jag vet inte var han är!" Oskar borrade in fingrarna i underarmen hårt, hårt för att smärtan skulle hjälpa honom att hålla kontrollen och inte ta till lipen. Maria såg sig runt om i rummet och småpratade mjukt för att orden skulle trösta när hon inte kunde röra vid honom. Två pinnstolar framför datorn, en framställd till Oskar och en till Petter, ingen åt Andreas.

"Träffade ni någon nere i hamnen? Var det någon mer ute så dags på kvällen?"

"Nej. Jo, jag såg han som gräver på kyrkogården, vet inte vad han heter. Han gick in på Hamnkrogen och sen satt det en gubbe i en bil och sov. Han hade en tax i famnen."

"Vad gjorde ni sen när ni hade cyklat runt i hamnen en stund?" Inget svar. "Vad gjorde ni sen?" Maria märkte en tydlig oro i grabbens kropp. Han vred sig och suckade högt och pillade otåligt på täcket och sparkade undan det i fotändan och stönade.

"Jag måste gå och pinka nu." Oskar ställde sig upp på ben som verkade ha domnat under honom. Med ostadiga steg gick han mot dörren. Maria nickade sitt bifall. Behovet av en toalett kunde förstås vara en förklaring till hans oroliga rörelser, kanske var det så enkelt.

"Okej, jag väntar på dej här. Du har varit till stor hjälp. Jag har ett par frågor till. Sedan får du gå och lägga dej igen om du vill." Maria reste sig upp från golvet där hon blivit sittande på huk. Ett barns säng är en privat plats där man inte slår sig ned utan vidare, och stolarna var fullhängda med kläder på tork, strumpor och en T-shirt över den ena och ett par jeans över den andra. De kändes fortfarande fuktiga när hon rörde vid dem. Det var svårt att släppa känslan av att den här grabben tryckte på något. Kanske var han känsligare än man först kunde tro och kände skuld för att han varit taskig och inte släppt in Andreas, som nu var försvunnen och kanske inte ens var vid liv. Eller också var det något annat som tryckte honom. Piratkopiering, nej. En tonåring i dag gråter inte över en piratkopierad cd. De flesta kopierar, det är ingen stor skam att ertappas med det. En kniv? Nej, bara om han hade hotat någon med den. Tanken var värd att pröva. Någonting gjorde honom rädd och arg, inte bara ledsen. Maria gick fram till skrivbordet och såg ut genom fönstret bort mot växthuset med sina gröna rankor, sandlådan och gungorna som svängde svagt i vinden. När hon sänkte blicken hajade hon till. Var det möjligt att hon såg … det hon trodde att hon just nu såg … bakom datorns skärm? Först tänkte hon att föremålet måste vara av plast eller gips, men vid en närmare anblick tvivlade hon på det. Det var verkligen ett mänskligt kranium med en cigarettfimp instucken mellan de sammanpressade käkarna som delvis saknade tänder. En riktig dödskalle.

”Jag fick den i födelsedagspresent av Andreas”, förklarade Oskar när han kom tillbaka. Han verkade lättad. Om det berodde på toalettbesöket eller på att fokus nu hade riktats åt ett nytt håll kunde Maria inte avgöra.

”Fick du den i födelsedagspresent”, sa hon inte utan en viss förvåning. ”Den är ju riktig! Var har han fått den ifrån? Det är inte precis något man köper på Ica, om du skulle fråga mej.” Oskar skrattade och blottade en blänkande tandställning. Skrattet övergick i ett hysteriskt fnitter som blev till ett gapflabb. Kanske var det anspänningen och så tanken på dödskallar i en kundkorg bland kålhuvuden och purjolök som fick honom att flabba så ohämmat. Denna veckas erbjudande. Dödskallar till halva priset. ”Var har han fått den ifrån?” frågade Maria igen.

”Från kyrkogården, så klart.” Skrattet låg kvar och lekte i hans mungipa fast han försökte behärska sig.

”Har Andreas tagit ett kranium från kyrkogården och sen gett det till dej i födelsedagspresent? Blev du överraskad?” Maria kunde inte låta bli att dras med i skrattet. ”Det kan väl knappast ha varit något du önskat dej, eller …?”

”Jag tycker han ser cool ut.” Oskar böjde sig fram över datorns skärm och såg på den rödfjuniga dödskallen.

”Jag kommer att behöva låna honom av dej ett tag, det förstår du säkert.”

”Det är klart. Men jag tror det var ett tag sen han dog. En laglig död alltså. Av ålder, typ.”

”Nu tillbaka till kvällen i går. Vad gjorde ni när ni cyklat runt i hamnen? For ni hem till dej, eller någon annanstans?”

”Petter drog hem till sej och jag hem till mej. Mamma var hemma. De andra var ute och letade efter Andreas.”

”Dina kläder är fortfarande våta.”

”Jo, det regnade som fan när jag cyklade hem. Skorna blev dyngsura.”

Så fort kriminalinspektör Hartmans Ford lämnat gårdsplanen gick Martin Ahl in för att ha ett samtal med sin son. Oskar hade krupit ner under täcket och dragit lakanet över huvudet för att skärma av den onda dagen.

”Vad sa du till dem?” frågade han ängsligt. Oskar svarade inte. ”Du måste ju berätta för mej vad ni pratade om. Är det något du vet som du vill berätta? Vi är väl en familj, vi håller väl ihop. Vad sa du till polisen? Det kan bli en massa trassel om man säger olika saker, därför är det bäst att vi kollar av med varandra, eller hur?” Han gav Oskar en vänskaplig smäll under hakan och boxade honom i magen.

”Är det nåt du vet som du vill berätta?” härmade Oskar. Sedan brast det och han grät. ”Jag vet inte var han är. Vi skulle inte ha slagit till han.”

”Vad sa du nu, Oskar?” Martin lyfte upp honom till sittande. ”Vad sa du nu? Har ni slagit Andreas?”

”Han tiggde stryk. Jag tror han slog huvudet i en sten. Petter trodde att han va död och tyckte att vi skulle slänga han i vattnet så polisen skulle tro att han hade drunknat. Men så öppnades en bildörr och ut kom en gubbe med en tjock gammal tax och då stack vi.”

”Berättade du det för polisen?”

”Nej. Du är fan inte klok.” Oskar lutade huvudet i sin pappas knä och grät ännu mera.

”Jag tror det är bäst att vi håller tyst om det här tills vi vet vad som har hänt. Kan vi vara överens om det, Oskar?”

”Jag sa inget till dem och det kommer inte Petter att göra heller. Vi har blandat blod och lovat att tiga tills döden skiljer oss åt. Men du är ju min pappa."

"Jag är din pappa. Vi håller ihop. Vad hade Andreas gjort? Varför blev ni så arga på honom?"

"Han sparkade på min cykel. Det blev ett märke."

"Och då slog ni honom?"

"Tänk om vi slog ihjäl han, pappa."

"Då skulle han ha legat kvar och polisen skulle ha hittat honom för länge sen. Jag tycker vi gör som du och Petter har bestämt, vi håller tyst om det här eller hur? Jag kan väl lita på dej Oskar? Snackar gör småglin och kärringar."

"Det är så hemskt."

"Ja, men jag tror inte det blir bättre av att vi berättar sånt som bara leder till trassel med myndigheterna. En riktig karl kan tala för sig, men han vet också när det är bäst att tiga. De hittar honom snart ska du se."

KAPITEL 11

Susanne satt vid köksfönstret och följde polisernas arbete med avspärrningen. Känslan var som den i krigstid eller tid av beredskap. En belägring, tänkte hon. Det kändes besvärande att ha dem så nära inpå sig och att vara iakttagen. Vad skulle grannarna tänka egentligen? Vem skulle man misstänka och hur skulle pratet gå? Martin sov som en död ute i hammocken med ena armen släpande i marken och Oskar hade överhuvudtaget inte stigit upp ur sin säng fast klockan var över två. Susanne kände också av tröttheten, men ändå mer en gnagande oro som gjorde henne rastlös. Hon borde cykla över till Charlotta, hon om någon. Som kusin och dessutom utbildad psykoterapeut borde hon ställa upp, det var vad man väntade sig av henne. Det var vad hon förväntade sig av sig själv. Men varje gång hon tänkte tanken kom en förlamande känsla av motvilja över henne. Det var rent skamligt, hon borde kunna ta sig i kragen och åtminstone lyssna på Charlotta och vara i närheten i hennes svåra stund. Det är lättare att vara professionell samtalspartner än att stötta privat och personligen dela de känslor som pendlar mellan djupaste förtvivlan och ett krampartat hopp. Att fara dit kändes nästan oöverstigligt.

En stor trötthet, både fysisk och psykisk, hade en längre tid dämpat livskraften, men inte bara det. Ett frö av misstanke hade såtts under de senaste månaderna och börjat växa till svårbemästrade proportioner. Sådant tar kraft. När man väl har en bild i sinnet verkar alla pusselbitar falla på plats. Hon var väl medveten om den risken, att man tolkar allt efter den helhetsbild man har och lätt glömmer de detaljer som inte passar in. Och ändå fanns tanken där, gnagande och ful, misstanken att Martin hade något på gång vid sidan om, något som tog hans uppmärksamhet. En förälskelse. Han var inte längre helt närvarande när de var tillsammans. Han gled undan. Satt med tidningen framför sig, men läste den inte. Stod vid fönstret och log för sig själv, men ville inte berätta vad han tänkte på. Det hade bildligt talat skapats ett rum i det gemensamma huset dit hon inte hade tillträde.

På ett mer eller mindre omedvetet plan hade hon börjat söka bevis för den tanken. Uppmärksamheten hade skärpts. Sinnet för detaljer som inte stämde hade vässats. I natt när hon ställde in sin cykel i uthuset efter att ha letat efter Andreas hade hon lagt märke till att det var fuktig jord på spaden. En fånig detalj bara. Hon hade noterat det i förbigående, och inte funderat närmare på det förrän alldeles nyss när hon stod i köket och gjorde smörgåstårta. Fuktig jord. Någon måste ha använt spaden under natten, efter regnet. Hon hade frågat Oskar och han hade svarat nej. Så hade hon frågat Martin och han hade först nekat och sedan, när hon vägrat att släppa samtalsämnet, ändrat sig. Det var möjligt att Charlotta grävt upp några plantor ramslök, erinrade han sig plötsligt. Han hade lovat henne det tidigare. Men några sådana plantor hade Susanne inte sett skymten av när Charlotta skulle gå hem. Det borde ha stått en kasse med plantor på trappan eller i hallen. Saken var egentligen inte särskilt svår att kontrollera.

Susanne klev i träskorna och gick ut i solljuset. Där ute kändes allt så annorlunda, avdramatiserat och enkelt. Så märkligt att en liten nioårig pojke var försvunnen en dag som den här när naturen lyser av välvilja. Smultronjasminen vid husknuten doftade underbart efter regnet, liksom lavendel, mynta och oregano i kryddgården. Blåelden brann över hällmarken och tulkörten stod intensivt grön mot den gula fetknoppen. Bulliga vita moln jagade över en klarblå himmel och havet hade som en spegel antagit samma klarblå färg som skyn. En dag som den här borde man ligga på en filt på den vitklöverdoftande gräsmattan och läsa en god bok och äta solvarma jordgubbar från växthuset och lyssna med ett halvt öra på radions sommarpratare. Martin var inte mycket för att läsa, men han kunde gärna få ligga bredvid och skriva kärleksbrev med pekfingret på ryggen. Gissa vad jag skriver. Mjuka sirliga bokstäver som gav underbara rysningar i hela kroppen, och så brukade han massera in lite solkräm där han kom åt och kyssa henne i nacken.

Det var länge sen nu. Vart hade smeksamheten, lekfullheten och lusten att bara vara tillsammans tagit vägen? Längtan? De hade arbetat var och en med sitt med ryggarna vända från varandra som treåringar i en sandlåda, han i krukmakeriet, hon vid datorn med sin uppsats och manus till föreläsningsserien om kommunikation i arbetslivet. På senare tid hade han slutat krypa över i hennes säng om mornarna för att gosa en stund. Han var morgonpigg, hon var morgontrött, men de här stunderna av kravlös närhet var ändå en sorts kärna i förhållandet. Hon hade aldrig avvisat honom, även om det hänt att hon somnat under pågående kärleksakt. Hur länge sen var det de hade älskat? Hon kunde inte minnas säkert. Några halvhjärtade försök efter alltför mycket vin hade ebbat ut i ingenting. Det var ingens fel. Det hade blivit så. De gemensamma stunderna hade blivit framför teven. Att se ett matlagningsprogram och äta djupfryst pizza i stället för att laga en god middag tillsammans. Fotboll eller hockey eller tennis på teve i stället för att ge sig ut på en cykeltur och upptäcka nya platser, en kärleksfilm i stället för allt det huden längtade efter. Borde man inte kunna återta kontrollen?

Susanne hade under sina funderingar kommit ända ned till sänkan vid tomtgränsen där ramslöken växte under de skuggande björkarna. Beståndet var ganska begränsat och det tog inte lång stund att se att ingenting hade blivit rört. Med en stor spade borde det ha blivit ordentliga märken. Det Martin sagt stämde alltså inte, spaden hade använts till något annat än att gräva upp ramslök med. Han ljög. Efter femton år tillsammans vet man det, en maggropskänsla bara. Varför? Vad fanns det att dölja? Funderingarna kring vad spaden kunde ha brukats till var så långsökta att Susanne först hade slagit bort dem som ett utslag av sjuklig fantasi. Nu kändes det inte längre så. Någonting hade blivit nedgrävt, något som fick Martin att komma ur balans så till den grad att han till och med ljög sin fru rakt upp i ansiktet. Kunde det ha med Andreas att göra? Eller med Charlotta? Hans ansikte hade skiftat färg och han hade sett så konstig ut kring munnen när han nämnde henne vid namn innan polisen kom. Kunde det vara så att han och Charlotta hade hemligheter ihop?

Susanne vägrade först att låta tanken ta plats, men den sökte henne oavbrutet. Charlotta och Martin? Charlotta var ganska söt och nätt i kroppen. Lite svag och vek och hjälpsökande i sin framtoning. Det vädjade väl till hans styrka och manlighet. En del faller för sådant för att de växer själva av att ha en ängslig kvinnovarelse att värna om. Borde hon kanske ha lyssnat på Tommy när han berättade hur Charlotta egentligen var att leva med? Vem tog hans anklagelser på allvar? De låg ju i skilsmässa. Värre anklagelser än lösaktighet förekommer i skarpt läge. Hon är en slampa. Precis som om det var ett statiskt tillstånd som inte kunde förändras över tid. En gång slampa, alltid slampa. Ett snedsteg sätter sin stämpel i evighet. Vem ska man tro på i en vårdnadstvist?

Charlotta avgick med segern och fick behålla barnen och vännerna. De var ju kusiner, i alla fall. Så vad var mer naturligt än att Charlotta bad Martin om hjälp med sådant som Tommy gjort förut? Förhoppningsvis inte *allt* det Tommy hade gjort förut. Susanne tillät sig ett bistert leende. Det är först vid en skilsmässa arbetsfördelningen verkligen kommer i dagen. Charlotta hade aldrig bytt däck på bilen, aldrig öppnat proppskåpet, aldrig deklarerat, aldrig hanterat en borrmaskin, faktiskt aldrig ens tänt grillen. Det är en sorts ömsesidigt kyskhetsbälte att reducera sig själv på det viset. Du kan inte klara dig utan mig. Susanne var inte så säker på att hon skulle ha klarat sig bättre vid en separation än vad Charlotta gjorde.

Martin hade ofta varit över och hjälpt till med än det ena och än det andra. Var det något mer än så? Tanken var förstås befängd. Och ändå kunde Susanne inte slå bort den, inte när han verkade så konstig. Inte när han faktiskt ljög. Han måste ju ha låst upp skjulet och givit henne spaden, om det nu var så att Charlotta grävt upp plantor. Sedan måste han ha låst skjulet igen och hängt in nyckeln i nyckelskåpet i hallen. När skulle han ha gjort det? Han satt ju vid trädgårdsbordet tills hon skulle gå hem, med ett kort avbrott för att möta Elvira uppe vid vägen. Kanske är jag fel ute, sjukligt misstänksam och överspänd, tänkte Susanne. Mitt i det här behövde Charlotta hennes hjälp. Det var absurt, men tills misstankarna var bekräftade måste hon agera förnuftigt och ställa upp. Fast hon varken hade tid eller lust. Vi skulle verkligen behöva avsätta tid för vår relation, hade hon sagt till Martin så sent som i morse. Vid närmare analys och oavsett Charlottas roll i det hela var behovet akut. Susanne blundade och gned sig över ögonen. Det är inte bra att läsa för mycket om relationsproblem, psykopatologi och kriser, man ser spöken överallt. Det skulle kännas bra att få diskutera det här med någon, men i nuläget fanns ingen att dela tankarna med. Elvira var visserligen en förnuftig kvinna, men lite trögtänkt. Hon skulle slå det ifrån sig och bli arg eller åtminstone tycka att det var överdrivet. Scenariot lät onekligen som hämtat ur en amerikansk B-film eller tevesåpa. Men ändå. Om det sedan skulle visa sig vara så illa att Martin och Charlotta verkligen hade något på gång, hur skulle man hantera det? Det kanske hade pågått länge. Alla andra kanske redan visste och tassade på tå runt dramat, utan att något blev sagt till den bedragna hustrun.

I sina funderingar hade Susanne vandrat fram och tillbaka i trädgården i hopp om att hitta något ställe där det såg ut att vara nygrävt, och hon fann det. Bakom komposttunnorna alldeles invid den utblommade syrenhäcken. Utan förvarning kände hon sig kraftlös och skakig i hela kroppen. Ville hon veta? Tänk om det nedgrävda faktiskt hade med Andreas försvinnande att göra. Om hon plötsligt skulle stå där med en oönskad sanning. Det susade i huvudet när hon gick för att hämta spaden i uthuset. Martin sov fortfarande i hammocken men han hade vänt sig över på sidan. En av poliserna nickade vänligt åt henne när hon gick förbi krukmakeriet.

Efter ett par spadtag stötte hon mot något hårt, kanske en sten. Bäst att ta det lite försiktigt. Jorden var lös och nyligen bearbetad. Hon satte sig på huk och grävde med sina bara händer. Nu kände hon ytan på ett föremål med sina fingertoppar. Hon tog ett par tag till med händerna, lyfte upp och sopade av en jordig och tämligen tung pjäs av keramik. Först såg hon inte vad det var men vände sedan föremålet helt om. Det var en liten skulptur av en naken kvinna med yppiga former. Bakåtlutad med särade ben och ett öppet sköte vilade hon med armarna behagfullt bakom nacken. Ansiktet var utslätat och utan personliga drag. Vad i helvete? Martin! Susanne släppte föremålet som om hon bränt sig. Sparkade på skulpturen så den slog i komposttunnan med en smäll, men utan att gå sönder. Henne kvittade det vilket. Där låg den med ett hånfullt leende på de fylliga läpparna. En liknande skapelse hade hon sett en gång tidigare, och då hade det funnits saker att tala om. En konstkurs för nybörjare som plötsligt blev väldigt angelägen och drog ut på tiden till sena natten ibland. Susanne hade följt sin intuitiva känsla och tagit dem på bar gärning i elevens egen ateljé.

Obegripligt. Den andra kvinnan var inte vacker alls, blek och intetsägande i sitt tunna stripiga hår, inte särskilt begåvad och säkert tio år äldre än Martin. Med tanke på vilken apa han valt att kopulera med var snedsprånget snarare att betrakta som tidelag än som otrohet i vanlig mening. Martin hade inte kunnat förklara varför det hände fast de ältat det i månader. Vad såg du hos henne? Hur kunde du? Och han hade inte hittat orden eller ens en förklaring han kunde stämma in i fast hon hjälpte honom med olika tankemodeller. Åldersnoja med rädsla för sviktande potens? Kåtslag? Längtan efter en modersgestalt? Svårigheter att stå emot andra människors förväntningar, svag jag-känsla? Ser du mej som en sorts madonna och behöver en annan kvinna som hora? Tänder du på mej alls? De hade inte lyckats finna någon rimlig orsak och så småningom hade hon gett upp och låtit honom vara ifred. En gång är ingen gång, det kunde hon förlåta. Men om det nu hade hänt igen visste hon inte om hon skulle klara att leva med det.

KAPITEL 12

Charlotta Nilsson satt med telefonluren i ett krampaktigt grepp och väntade. Att ringa främmande människor var inte lätt i vanliga fall, men allting går om man måste. Hon hade talat med bibliotekarien i Katthammarsvik, som just nu gjorde sig omaket att gå upp på övervåningen till Albatrossmuseet som var stängt för dagen. Kanske hade Andreas smugit sig in och blivit inlåst där när museiintendenten gick hem. Var pojken skulle kunna gömma sig på en så liten yta hade Charlotta inget riktigt begrepp om, men tanken ville inte släppa. Inga möjligheter fick lämnas utan prövning. Amanda lekte högljutt med sin docka och Charlotta hyssjade på henne att vara tyst. Flickan försvann in på Andreas rum en liten stund. Precis när bibliotekarien återkom i luren stegade Amanda fram över golvet med ett munspel i munnen, med fullt inblås och fullt utblås överröstade det alla andra ljud. Ögonen lyste av triumf. Kolla då mamma. Hör vad jag kan. Jag kan spela munspel. Charlotta flög upp från köksstolen och slet oljudet ur flickans händer. Amanda började gallskrika både av rädsla och ilska och sträckte sig efter munspelet.

”Håll tyst. Du måste vara tyst. Jag hör inte vad de säger ju.” Charlotta skakade Amandas axlar och skjutsade henne framför sig över golvet. ”Gå in på Andreas rum och var tyst!” Amanda klamrade sig snyftande fast runt Charlottas ben och släpades med när hon gick tillbaka till telefonen. ”Förlåt mej, är du kvar?” frågade Charlotta när hon åter fattat luren. ”Fanns han där? Nej. Nej. O Gud var kan han vara? Tack så mycket då. Tack för hjälpen i alla fall.” Munspelet låg på diskbänken. Amandas hand trevade sig dit. Med munspelet i munnen sprang hon in på Andreas rum, snubblade över tröskeln och slog i golvet. Den vassa kanten på munspelet skar in i läppen så det blödde, och skriket lät inte vänta på sig. Charlotta var där på sekunden och lyfte upp sitt barn. "Förlåt mej, Amanda, förlåt." Trots att Charlotta tryckte en handduk med kallt vatten mot Amandas mun blev det ändå en stor fläskläpp. "Jag är så orolig för Andreas, och jag måste få vara ifred och ringa till folk för att höra om någon har sett honom. Kan du inte se på teve en stund?"

"Va, får man se på teve nu för tiden? Vill du att jag ska se på vuxenprogram? Det är konstigt." Amanda gick in på Andreas rum igen och precis när Charlotta lyft luren för att komma i kontakt med läkaren på jourmottagningen hördes en liten prövande ton från munspelet och sen ett lite starkare ackord.

"Snälla Amanda, låt bli munspelet!"

"Nä! För jag är arg på dej mamma! För du är dum. Jättedum." Charlotta lade på luren igen trots att hon blivit ställd i kö och stängde dörren om Amanda.

"Nu stannar du där inne. Jag ska prata med en doktor och det är jätteviktigt. Förstår du vad jag säger Amanda?"

"Gullan och jag ska också prata med en doktor och det är också jätteviktigt, så nu får du vara tyst mamma. Annars blir jag *besviken* på dej."

Charlotta slog siffrorna till jourläkarmottagningen igen. Hon kunde dem utantill vid det här laget och väntade. Proverna som tagits på Andreas borde vara klara. Om polisen fick en bekräftelse på att Andreas verkligen var sjuk skulle de säkert sätta in alla resurser för att hitta honom och folk skulle bli mer angelägna att hjälpa till i letandet. Varför ville ingen tro henne? Kunde de inte se att han var trött och blek? Lymfkörtlarna var förstorade. Är du orolig? hade sköterskan frågat med en ton som om hon inte trodde att Andreas var sjuk. Vadå? Man kan inte hitta på förstorade lymfkörtlar och trettioåtta graders feber. Herre Gud, var kunde han vara? Du har nu blivit ställd i kö och vi tar hand om ditt samtal så snart vi kan. Charlotta kände oron i hela kroppen och kunde inte längre sitta stilla på stolen. Hon reste sig och såg ut genom köksfönstret. Det låg ett halvätet Mariekex på fönsterbrädet. Charlotta tog det i handen för att slänga det när pausmusiken tystnade för nästa repetition. Du har nu blivit ställd i kö och vi tar hand om ditt samtal så fort vi kan. Jävla pianomusik! Var det meningen att man skulle bli lugn av ett sånt helvetes oljud? Ett enerverande hamrande på klaviaturen och en efterhängsen fiol som jagade upp och ned i ett halsbrytande tempo. Om man bara slapp lyssna på eländet så man kunde tänka en egen klar tanke. Charlotta mosade kexet i handen så det krasade när hon nästa gång fick bekräftelse på att hon stod i kö.

”Vi kan inte lämna ut några provsvar per telefon”, sa en spröd röst när hon äntligen kom fram.

”Då kommer jag in så jag får veta vad proverna visade. Jag kan vara i stan på en halvtimme. Jag måste få tala med en läkare, nu.”

”Nej, doktor Johansson som ni träffade är inte här i dag. Det är olika läkare varje dag. Doktor Johansson har för övrigt gått på semester och doktor Engkvist, som ni träffade gången innan, arbetar inte längre här. Han är tjänstledig för att forska.”

”Vem har svaret på de prover som tagits då?”

”Du behöver inte vara orolig. Är det något så hör vi av oss.”

”Om provsvaren kommer bort då? Det händer väl?”

”Varför skulle de göra det? Om pojken inte mår bra får du väl fara in med honom akut. Vad är hans största problem just nu? Har han feber?”

”Det största problemet just nu är att jag inte ens vet om han är vid liv”, sa Charlotta och slängde på luren.

KAPITEL 13

När ytterdörren slagit igen, Lars startat bilen och ljudet av motorn tonat bort, lyfte Elvira Wickman huvudet och såg upp mot urtavlan på väggen. Klockan var nästan tre på eftermiddagen. Hon sträckte sig fram och knäppte på radion i hopp om att nyhetssändningen skulle ha något att säga om Andreas försvinnande. Stackars Charlotta. Hur hade hon det egentligen? Elvira gjorde en ansats att resa sig för att ringa upp henne men föll tillbaka mot kuddarna igen. Radiorösten fångade hennes uppmärksamhet. Programmet handlade om den gotländska kyrkokonsten. Temat för dagen var de skvallrande kvinnorna i Linde kyrka. Elvira hade själv sett kalkmålningen en regnig eftermiddag tidigare under sommaren när de beslutat sig för att göra en utflykt, hela familjen tillsammans. Väggmålningen föreställde fyra behornade smådjävlar som hämtade kvinnor till helvetet. En av dem hade placerat sig på en tron. Han räknade in de fördömdas själar vars namn han skrivit på sin stentavla. De skvallrande kvinnorna hämtades utan pardon, men till de sedesamt bedjande kvinnornas försvar fanns en liten men oerhört alert skyddsängel. Och när en djävul stod i begrepp att hämta även den goda kvinnan till helvetet blev han slagen av ängeln med en träklubba mellan hornen. 1400-talskonstnären var nog så tydlig i sitt budskap: måtte fan ta alla skvallrande kvinnor.

”På samma vägg finns även djävulen avbildad som kvinna, mager så att revbenen syns, men med stora fylliga bröst. En hondjävul. Hur ska vi tolka det budskapet?” fortsatte programledaren, och Elvira stängde av radion. Allt det som hänt under det senaste dygnet kom över henne, Andreas försvinnande men också tankarna på

Martin. Säkert gick han i vånda och tänkte på möjligheten att hon sanningsenligt skulle berätta allt för polisen, utan tanke på honom och vad det skulle innebära i hans liv. Han kunde vara lugn. Hon tänkte tiga ända in i graven. Men hur skulle det bli när de hittade Andreas? Vad kunde han ha sett? Det som Martin lekfullt kallade en liten enkel påsättning i det gröna skulle få gigantiska proportioner om det basunerades ut i vänskapskretsen. Skilsmässan för hennes egen del skulle vara ett faktum. Egentligen var det redan nu bara en tidsfråga innan det var dags att bryta upp, men det kunde ske under värdigare former. Lars tänkte bosätta sig i Bryssel, själv skulle hon inte ge upp sitt liv och följa med. Det skulle bli skönt när han gav sig av. Hon såg fram emot det med glädje. Det skulle bli en sådan lättnad att slippa det eviga hackandet. Om det bara hade varit inom hemmets fyra väggar, men att i andra människors sällskap ständigt få höra att man är dum i huvudet, överviktig och otillräcklig är så förnedrande. 'Se på henne vad hon äter. Är det gott, Elvira? Du kanske ska ha en fläskkotlett till. Jag skar bort fettet på min köttbit, ta det också och slafsa i dej du. Nej, sätt dej inte på den stolen. De kanske inte vill se sitt möblemang bli kaffeved.' Tråkigt för de vänner som måste lyssna på gnatet, snart blev de väl inte bortbjudna längre. Hon hade försökt att inte ge igen, men lyckades sällan med att bara ta emot spottloskorna utan att få torka av sig.

När det gällde den egna skilsmässan fanns egentligen ingen återvändo, men för Martin såg det helt annorlunda ut. Han älskade sin fru. Vad som fått honom att ge sig ut på irrstigar var en gåta. Den senaste veckan hade varit fylld av frågor. Hur kunde det hända? Varför leker han sådana lekar med mig när han har sin fantastiska fru? Susanne var vacker, självständig, verbal och framgångsrik. Var förförelseakten i krukmakeriet och den enkla påsättningen i det gröna ett sätt att öka sitt mervärde och nå upp till den gudomliga genom meriter? Vad annat kunde det handla om? Genom att samla andra kvinnors beundran som troféer visade han sig värdig att närma sig madonnan. För Martin skulle en separation vara en stor förlust, inte bara känslomässigt med tanke på Oskar och Susanne, utan också rent materiellt skulle det vara en katastrof. Susanne ägde gården. Det var hennes föräldrahem.

Sedan generationer tillbaka hade gården funnits i släkten. Föräldrarna hade krävt att det skulle skrivas äktenskapsförord. Utan Susanne inget krukmakeri för Martin. Vart skulle han ta vägen med sig själv och sitt liv? Elvira kände ett styng av skuld. Hon borde inte ha låtit det gå så långt, för Martins skull borde hon ha sagt nej. På alla sätt hade han varit värd den omtanken. Men längtan hade varit så stark. Så öronbedövande och sinnesförvirrande i sitt krav på näring att hon för stunden hade förlorat omdömet.

Om ingen får veta något har det inte hänt, hade hon intalat sig själv. Varför skulle jag inte ta emot den kärlek jag kan få? Livet har inte varit alltför frikostigt på den punkten. Vad skulle Susanne säga om hon fick veta sanningen? Det skulle bli en ren katastrof. Elvira och Martin. Vilken besvikelse för henne. Skulle det någonsin gå att reparera den skada som skett? Antagligen inte. Hur kan man bli så blind, så drogad av lust att bedömningen av riskerna och förlusterna blir totalt snedvriden? Hon kunde se Andreas leriga ansikte framför sig när det dök upp ur gräset. De lysande ögonvitorna. Nysningen och hur han sedan hade sprungit nedåt hamnen med Martin efter sig i fladdrande skjorta, tills han kom på att han inte hade några byxor. Om man inte hittade Andreas vid liv skulle hemligheten vara säkrad. En förbjuden tanke. Men så såg sanningens fula tryne ut i dagsljus. Om Andreas förblev borta, skulle ingen veta vad som hade skett.

De älskande tu hade under tystnad rättat till sina kläder och återvänt till festen som om inget hade hänt, men oron hade malt och frätt under den socialt anpassade ytan. Vad fanns det för bevis? Elvira hade erinrat sig skulpturen som stod inne på kontoret i ett av skåpen. Martin hade visat henne den tidigare under kvällen. Vad tycker du? Han hade pressat sig mot hennes bak så hon kände honom växa och hårdna mot det mjuka hullet. Hans händer hade sökt hennes bröst, hans läppar hade letat sig ned över halsen. Inte nu, Martin, det kan komma någon. Resten av kvällen hade varit ett febrigt sökande efter ett tillfälle. Blickar. Händer som snuddat vid varandra, vid huden på hennes bara armar, händer som dröjt sig kvar under bordet på hennes lår och färdats uppåt. Hon hade långsamt slickat bort grädden från sina fingrar och fångat hans blick i sin. Hur drogad av lust kan man bli? Hur kan huden längta så efter beröring att man inte hör varningsklockorna dåna? Han hade tagit fram gycklarkruset och drickan hade sprutat med förlösande kraft över hennes klänning. Jag måste hem och byta. Med de orden var redan en överenskommelse gjord. Han hade väntat på henne uppe vid vägen. Hon hade gömt cykeln i ett buskage. En kyss. Kanske inte riktigt så mjuk och kärleksfull som den hon närt i sina dagdrömmar. Underbara smekningar. Några minuter av himmelrike. Var det värt det? Utifrån sin omedelbara känsla kunde Elvira tycka det, ja. Med sitt förnuft måste hon svara nej. När de återvände var hennes första tanke att gömma skulpturen som så tydligt och skamligt visade hennes lust. Hon var tvungen att sopa igen spåren.

De andra försvann åt olika håll efter maten, uppslukade av skymningen. Stämningen vid bordet hade varit lite tryckt och när kravet att sitta kvar släppte hade alla rest sig. Hon hade tagit nyckeln till redskapsboden och sedan smugit i väg med spaden. I skydd av utedasset och ett buskage hade hon grävt ned skulpturen bakom komposten medan Martin hjälpte Susanne att bära in disken. Säkert skulle han upptäcka att den var borta och förstå vad hon gjort. Då skulle han också förstå att hon inte tänkte yppa deras hemlighet. Nu var det bara att vänta och se. Elvira lyfte luren och slog numret till Charlotta. Det dröjde ett par signaler innan någon svarade.

”Hos Charlotta Nilsson.” Susannes röst. Den var nästan bara en viskning. Elvira förlorade fotfästet för en stund och kom sig inte för med att säga något. ”Hallå, vem är det jag talar med? Är det någon där?”

”Jo, det är jag, Elvira. Hur är det?”

”Förtvivlat. De har inte hittat honom ännu.”

”Hur är det med Charlotta?” Elvira harklade sig för att göra rösten stadig. Hjärtat pumpade hårt i bröstet.

”Hon sover. Nej, nu är hon uppe på benen igen. Hon mår inte alls bra. Jag tänker stanna här ett tag. Vi får se hur det utvecklar sig.”

”Är det något jag kan göra?” Elvira hörde den lilla hånfulla rösten inom sig själv som härmade det nyss sagda. Hade hon inte gjort tillräckligt som det var? Andreas hade sprungit sin väg när han upptäckte deras kärleksmöte i gräset, och nu var han försvunnen. Charlotta var sjuk av oro och allt var åt helvete. Kanske skulle hon ändå ringa Martin för att höra vad de skulle göra. Nej, han skulle inte tycka om det. Även om Susanne inte var hemma kunde Oskar höra samtalet. Polisen var kanske där. Han skulle bara känna sig pressad.

"Inte just nu, men du kanske kan byta av mej lite senare", sa Susanne och Elvira måste fundera en stund och samla ihop sina tankar som varit på annat håll innan hon svarade.

"Självklart, ring mej du."

Elvira knackade på dörren till Petters rum och öppnade försiktigt när hon inte fick något svar. Rummet var tomt. Det luktade instängt och surt av svett och våta kläder. Hon plockade upp det som låg på golvet. Han måste ha gett sig av när hon sov. Elvira satte sig med högen av tvätt på sängen och lutade huvudet mot knäna. Hon tänkte på sin son med kärlek, men också med en tilltagande känsla av sorg. Han sa inte mycket nu för tiden. Gradvis hade förtroligheten försvunnit och ersatts av korthuggna tillmälen. I sitt sätt att tala till henne hade han börjat imitera sin far. Det gjorde ont att hela tiden mötas av en nedlåtande attityd. Hörde det tonåren till? Var det så i andra familjer? Elvira kunde inte bedöma det. Var tonen mellan Oskar och hans mamma annorlunda? Hon trodde inte att Martin skulle tillåta Oskar att agera på samma sätt som Petter, utan markera vilken respekt man kan förvänta sig att medlemmarna i en familj visar varandra.

Under det senaste halvåret, när tankarna på skilsmässa kommit allt oftare, hade hon tagit för givet att Petter skulle stanna hos henne. Han gick ju i skolan här. Hade kompisar här. Men om Petter valde att bo hos sin far … Tanken gjorde henne illamående. Det fick inte hända. Om affären med Martin uppdagades skulle Petter kanske välja sin far, trots att det skulle innebära att byta miljö. Det var svårt att veta vad som rörde sig i pojkens huvud. Han satt ju jämt vid sin dator och ville inte bli störd för att han var inne i något spel. Hon hade sett en del av våldssekvenserna och tyckte inte alls om det. Men ensam rådde hon inte längre på honom och av Lars fick hon inget stöd. Det kändes som om han för länge sedan övergivit sin familj och bara lämnat det uppblåsta skinnet med sina rapningar och fisar kvar hos dem. På festen i går hade han talat mer med människor i sin mobil än han pratade med dem som bjudit in honom. Det var knappt så att han svarade när Martin tilltalade honom, och Elvira hade skämts för det. Politikerveckan i Almedalen låg framför dem, det var en anspänning för honom givetvis men ingen ursäkt att bete sig illa. Skulle publiken komma? Hur skulle medierna framställa hans budskap? År efter år hade hon lojalt stöttat honom i hans karriär, kunde man då inte kräva en liten smula i gengäld? Till exempel att han inte skulle nonchalera hennes vänner. Var de mindre värda för att de inte tillhörde den medieomspunna kretsen? Bara vanligt folk. Var det inte dem han sa sig representera?

Elviras far hade varit socialdemokrat av den gamla stammen med en levande vision om folkhemmet, utan kelgrisar och styvbarn. Det var inte svårt att gissa vad han skulle ha sagt om dagens företrädare i allmänhet och Lars i synnerhet. Vart har lojaliteten och idealen tagit vägen? Sänk politikernas löner så kanske man kan få idealister i stället för karriärister i partitoppen, brukade han säga. Att vara förtroendevald var en hederstitel när jag började i politiken, i dag är det nästan ett skällsord. Men vi får de politiker vi förtjänar, engagerar man sig inte kan man inte vara med och avsätta dem som missköter sig och rösta fram dugligt folk. Någonstans på vägen hade Lars förlorat sina ideal, dem hon kunde dela och arbeta för. Han hade blivit mera cynisk. Mer medveten om mediernas roll och sin egen framtoning och mindre benägen att av hjärtat bry sig om de sämst ställda och marginaliserade.

Elvira gick ut i badrummet och sköljde ansiktet i kallt vatten. Hon strök det tjocka ljusa håret bakåt och såg på sin kropp i spegeln utan förskoning. Om man kompenserar kärleksbrist med mat, får man ta konsekvensen av det. Och om man kompenserar kärleksbrist med att ta emot de allmosor man kan få av en gift man, får man ta följderna av det också. Om något hänt Andreas skulle hon aldrig komma att förlåta sig själv. Kärleksmötet och pojkens försvinnande var alltför intimt förknippade. Hon insåg det i den stunden och tillät sig att känna hur förtvivlat sorgligt det var och lät tårarna rinna, och när de väl kom var det som om de aldrig ville sluta. År av uppdämd gråt och missräkning, allt kom över henne i en ulkande, gnyende kramp, och under tårarna fanns vreden. Hon reste sig upp och slängde tillbaka Petters kläder på golvet, sparkade på dem. Så for hon ut i storstugan och ryckte åt sig tidningsbunten från Lars bokhylla.

Överst låg ett nummer av Illustrerad Vetenskap och därunder hela traven med herrtidningar av olika grov kaliber. Faan! Docksöta tonåringar med bara rumpor. Underkuvade kvinnor kravlande på alla fyra med koppel om halsen. Utmärglade kvinnor med jättebröst, precis som hondjävulen i Linde kyrka, tänkte Elvira och rev sönder tidningen hon höll i sin hand i små bitar. Det är en nidbild, en djävulsk illusion att verkliga kvinnor ser ut så. Kvinnor med stora bröst är inte utmärglade så att revbenen syns. Bröststorleken följer vikten. Det är en naturlag. Män som regelbundet läser porrtidningar är mindre nöjda med sina kvinnors kroppar, hade det nyligen stått i en av kvällstidningarna. Hon hade visat honom artikeln så sent som i förrgår. Tackar för det, hade han sagt. Män med bredarslade fruar som sjavar omkring i frottémorgonrock kanske måste kompensera sig för att behålla sin potens. Hon hade inte låtit honom komma undan med det. Tycker du att jag är ful? Tycker du? Svara mej då? Hon hade ställt sig framför honom. Tänder du inte på mej längre? Äcklar jag dej? Nehej, varför vill du inte älska med mej då? Får du inte upp den? Han hade rest sig från frukostbordet med en djup suck, föst undan henne och sedan låst in sig i badrummet med sina tidningar. Hon hade ställt sig vid dörren och fortsatt att tala med honom, tänkte inte låta honom slippa undan så lätt. Förstår du att jag blir ledsen när du aldrig rör vid mej, aldrig ser mej. Det var inte så här jag tänkte att vårt liv skulle bli. Jag vill ha en man. Jag vill bli älskad! Jag är levande. Tror du att de där pappersdockorna du dreglar över ens skulle vilja ta i dej med tång, tror du det, Lars? Tror du att de frivilligt skulle låta dej röra vid dem? I deras ögon är du en gammal gubbe, ett ömkansvärt äckel. Hör du det! Hon hade bankat på dörren och sedan vandrat varv på varv i rummet och slutligen blivit stående vid fönstret och stirrat in i granskogens mörker. Ingenting rörde sig där ute. Allt hade stelnat och torkat som ett för länge sedan framkallat fotografi. Vad hade de här ute att göra, isolerade med varandra i en stuga i Sysne?

Två främlingar, vars enda knutpunkt var ett gemensamt barn som snart skulle flyga ur boet.

Ett skrapande ljud hade fått henne att vända på huvudet. Dörren till badrummet gick upp och han kom emot henne med ett märkligt uttryck i ansiktet. Han grep tag i hennes armar och vräkte ned henne på bordet. Hans tjusiga monogrammärkta morgonrock gled isär. Hon såg hans erigerade lem och ansiktsuttrycket mellan vrede och gråt. Han såg henne inte i ögonen, blicken sökte sig ut genom fönstret. Du bad om det, hade han viskat med munnen mot hennes hals. Hon försökte värja sig. Sluta, du gör mej illa. Det gör ont! Jag är inte beredd. Sluta! Kan du ta det lite lugnt? hade hon vädjat. Men du ville ju, stönade han. Du får väl bestämma dej. De sista stötarna brände genom ryggen. Så hade han lämnat henne liggande där med svidande sköte. Hon hade känt sig som en spottkopp, en urtagen höna. Naken och ful och mer förtvivlad än arg. Just då. Vreden hade kommit senare. Bilens ljud hade avlägsnat sig. Tystnaden skärpts till en viskande susning från höga granar och sorlet från radion som stod övergiven och pratade för sig själv på verandan.

Elvira skakade av sig olusten och tankarna på det som hade hänt. Hon stängde av vattenkranen och såg på sitt ansikte i badrumsspegeln. Såg sin svällande kropp. Det löst gungande hullet. Hon försökte att se sig själv med Martins ögon, försökte tvinga fram en bild av den fantastiska och härliga kvinna han sett, men det gick inte alls.

KAPITEL 14

Torsburgen, ett nytt landskap som spirar efter den ödeläggande branden. Förkolnade trädstammar, backtimjan, ormbunkar och mängder av söta röda smultron. På väg in till Visby hade Hartman stannat för att visa Maria sitt smultronställe och för att diskutera om de borde vända om till Östergarn för att tala med någon på kyrkogårdsförvaltningen innan de for in till Visby för att avrapportera dagens arbete. Maria satte sig på huk i gräset.

”Det här är ett märkligt ställe. Så tyst och ödsligt. Är det en fornborg?” Hon tog en hel näve smultron till munnen, blundade och njöt. Det hade inte blivit av att äta någon lunch och nu var klockan över fem.

”Ja, en av Nordens största. Enligt 1200-talets gutesaga blev Gotland överbefolkat, maten räckte inte efter år av missväxt så man beslutade att var tredje person måste lämna ön. De flydde då hit till Torsburgen och förskansade sig. Fast om det är sant vet man inte. Fick du något svar när du ringde pastorsexpeditionen i Östergarn?”

”Nej, antagligen är prästen med bland dem som fortfarande letar i berget. Jag tyckte jag hörde någon säga att han skulle prata med Andreas klasskamrater om det som hänt. Jag tänkte på att skolan ligger alldeles intill kyrkogården. Andreas kan ha smitit över vilken rast som helst och skaffat sig den där dödskallen.”

”Han har väl förhoppningsvis inte grävt fram den själv. Jag gissar att han har passat på när någon grav har öppnats och då måste det finnas någon vi kan prata med. Frågan är om vi kommer längre i dag? Vad tror du, Maria?”

”Det kanske går att få tag på den som sköter kyrkogården, fast det är sent på dagen. Jag chansar." Maria gick bort till bilen och efter en liten stund vinkade hon honom till sig. "Jag har ett namn, Sten Åkerblom heter kyrkogårdsförvaltaren, och jag har en adress i Ljugarn. Han borde finnas hemma om någon timme."

"Då tycker jag vi tar ett snack med honom. Vi hinner till och med få oss en bit mat innan dess. Jag föreslår vägen över Gammelgarn och Ardre."

De passerade fält där höet var bärgat och hässjat på störar och mest av allt liknade långhåriga och flerpuckliga kameler. Maria mindes med ett styng av dåligt samvete att hon lovat hjälpa Mona Jacobsson med höskörden. Nu skulle det knappast bli så mycket tid över för det, och inte för jordgubbsplockning heller. Det hade varit enklare att få betala hyra i stället för att komma som gäst. Men Mona hade varit omutlig på den punkten. Du är min vän. Du kan räkna dej som hemfolk, kom och gå som du vill. Mitt skafferi är ditt.

Folhammars raukområde låg framför dem. De åldriga stenpelarna såg ut som om de formats av en konstnärs hand för att smycka landskapet med lekfulla skulpturer av jättar och troll, urdjur och demoner. Maria lovade sig själv att återvända dit, kanske i sällskap med Per Arvidsson, om han ville följa med på picknick vid havet. Dagdrömmens bilder förenade sig med den vackra utsikten och gjorde längtan efter honom ännu starkare. Hartman märkte att hon svarade allt mera enstavigt och lät henne vara. Det är möjligt att han anade var hon befann sig i tanken, men han hade den goda smaken att avstå från att kommentera hennes tystnad.

I Ljugarn hamnade de på restaurang Smakrikes balkong, med utsikt över Frejs magasin och Claudelinska huset, ett gammalt köpmanshus med kringliggande lagerlokaler. Tanken hade varit att de skulle äta på Lövängens pensionat, men hungern fick dem att stanna upp vid första tillfälle och det var ett utmärkt val visade det sig. Maria beställde grillad piggvarfilé med saffran, hummerbuljong, ramslökcrème och sauterade primörer och Hartman tog lammfilé med sky på soltorkade tomater. Vid bordet bredvid satt en ensam dam, som kom över och bad att få låna saltet så snart servitören tagit upp deras beställning.

”Ni ä här och besöka ön, förstår ja. Ja hör ju på fruns dialekt att hon ä från fastlande. Det är vackat nu vid midsommartid. Så förundaligt grönt. Fast vi sku behöve få lit mer regn. Ja heta Siv Jacobsson. Ja bor här.” Hon räckte fram handen och de tvingades göra detsamma. ”Va ska ni göre här da?”

”Vi tänker besöka Sten Åkerblom, om han är bekant?” Maria kunde inte låta bli att blinka åt Hartman. Här togs man utan och vidare för herr och fru Hartman fast åldersskillnaden var drygt tjugo år. Hade det varit tvärtom hade man tänkt: mor och son.

”Dögrävarn? Han bor uppe i samhället. Ni ska int hyr av han väl?”

”Nej, det hade vi inte tänkt.” Hartman såg hjälplöst på Maria. Den här stunden hade de behövt för att gå igenom förhöret med dödgrävaren och lägga upp det fortsatta arbetet, en omöjlighet när de var föremål för bordsgrannens ogenerade uppmärksamhet.

”Jag bor granne me han. De ä synd um Sten, frun gick ifrån han. De ble väl för tyst. Han ä int särskilt språksam. Hon träffe en stockholmare och flytt ti fastlande och han ble liksom folkskygg ettar de. De prates ju en del i ett så litet samhälle, sum de här.” Onekligen, tänkte Maria utan att kunna avbryta kvinnans ordflöde då hon hade en enastående förmåga att kunna tala både på in- och utandningen. ”Ä ni släktingar till han da?” fortsatte Siv. ”Ja ska flytt öva till ert bord så hör ja lit bättre. Ljude försvinna me åren, man hör int syrsorna på samme sätt längre.”

”Nej, vi är inte släkt.” Hartman makade undan sin jacka så att Siv fick plats. Han suckade hörbart och Maria hyssjade på honom. Även om Siv inte hörde syrsorna längre så kanske andra frekvenser ändå kunde göra sig gällande.

”Det ä väl int så vidare bra betalt, det där dögrävajobbet. Han ä en studerad karl, Åkablom, fast de aldri blev någe av han. Han ä övaintelligent, um du sku fråge mi.”

”Vad läste han för något då?” undrade Maria.

”Han låg i Lund och läst juridik å slikt onyttit vit ja. Så börjde han grubble på om de var rätt att försvare folk med penningar mot vanligt folk utan penningar för å förtjäne sitt uppehälle. De ble ingen examen, han brände upp sine papper. Frun orkte int me han. Fru och fru förresten, di var aldri ordentlit gifte och inge barn had di hella. Men han ä en snälla sork för han bruka hjälp mi å klipp gräsmatten och snön skyffla han bort från brevlåden på vintarn, så de ä inge ont i han även um det aldri ble någe riktigt av han.”

Hartman tackade för den upplysningen och gjorde ett tecken åt servitören att han ville få in notan.

”Um ni ska ner till samhället kanske man kan tänke si att få skjuts? De ä ju en bit å gå, u baini ä int som förr nä man kund ränne umkring hur sum helst.” Hartman såg ut som om han svalt en rå flundra, och Maria gömde ansiktet i servetten för att inte skratta högt. ”Va ha ni för ärende till han da? Ni ä mäklare förstås. Ja, ja ser det nog på hans portfölj. Tro int de går att lure av Åkablom den kåken för mindre än miljonen. Vi bor avsides, men vi är inte dumme för de. Mitt hus är likadant sum ett annat hus di visede på bild i Allehanda, å de huse ble värderet till nie-hundratusen och hans ä lit större, um du sku fråge mi.”

”Vi får väl se”, sa Hartman och öppnade bildörren åt den gamla damen och gav henne stöd under armen.

Med list och uppfinningsrikedom lyckades de hindra Siv Jacobsson från att följa med över till Sten Åkerblom sedan hon blivit avlämnad på gatan utanför sitt hus. Maria hade avböjt recept på saffranspannkaka, ingefärspäron och kroppkakor, blomskott av pelargon och sista numret av Icakuriren men tvingats tacka ja till en kopp kaffe nästa gång de skulle besöka Ljugarn. Det skulle antagligen dröja.

Hartman ringde på dörrklockan ett par gånger. Signalen verkade vara ur funktion. Just när han knackade på dörren skymtade de en rörelse bakom gardinen, och så stod Sten Åkerblom där i dörröppningen med ett frågande ansiktsuttryck. Maria presenterade dem och lade märke till hur hans hållning blev alltmer reserverad. Hon räckte fram handen för att hälsa, men han tog den inte. När hon med blicken följde de slappa armarna som hängde utefter hans sidor och kom till händerna, hajade hon till. Var de blodiga, eller vad var det för röd färg han hade på fingrarna?

”Har du gjort dej illa?”

”Nej. Men jag skulle behöva tvätta händerna lite bättre.” Han gjorde ett halvhjärtat försök att dölja dem bakom ryggen. ”Jag har precis nackat en höna. Jag försöker vara självförsörjande så gott det går. Skjuter en rabbis ibland, fiskar, odlar mina egna grönsaker och min egen potatis." Dödgrävaren visade in dem i sitt vardagsrum. Genom fönstret kunde de se Siv Jacobsson slå sig ned i en storblommig hammock alldeles vid tomtgränsen intill hönshuset. Hennes blick var oavlåtligen fästad vid Åkerbloms ytterdörr. Maria funderade i ett svagt ögonblick på att fråga dödgrävaren om det fanns någon alternativ utgång, men hejdade sig. Han måste ha tänkt ungefär detsamma.

"En mera nyfiken människa får man leta efter. Häromdagen satt hon här inne i mitt arbetsrum vid datorn. Jag hade inte hört när hon kom in. Hon kan knappast ha ringt på. Hon brukar inte göra det, vill inte störa, säger hon. På skrivbordet låg en påse med lite saker jag köpt i bokhandeln. Några blyertspennor, en ask med jungfruben och en musmatta. När jag kom in i rummet såg jag att hon satt och tittade på dem. Hon tar sig verkligen friheter, den kvinnan. 'Va ä det här för någe?' sa hon. 'Det ser ut som en sån där skumgummilapp som barna ha på dagis å sitt på. Fast di bruka vara större. Ä den inte lite liten å sitte på?'

'Det är en musmatta.'

'Va? Musmatte! Driva du me mi?' Och så skrattade hon så jag trodde hon skulle ramla av stolen. 'Musmatte. Vad ska du med en musmatte till? Lena flytt ju för flere år sen. Ska den ligg framme så här da, tycka du de?' Jag förklarade för henne att mus på dataspråk är en annan sak än i hennes fantasivärld, och då blev hon lite generad. Sen dess har hon hållit sig passiv. Så länge det nu varar. Vad vill ni mej?"

"Som du kanske har hört på radio har en nioårig pojke försvunnit i Östergarn. Han heter Andreas Nilsson. Känner du honom?" Sten Åkerblom hejdade sig i sin rörelse på väg att sätta sig mitt emot Hartman vid bordet.

"Jag lyssnar sällan på radio. Nej. Jag har inte hört något om det här. Varför frågar ni mej?"

"Vi tänkte att han kanske har varit och lekt på kyrkogården. Skolan ligger ju alldeles intill. Det är lätt att springa över på en rast." Maria såg sig om i rummet. Möblemanget var genomgående av udda pjäser som såg ut att komma från loppmarknader och secondhandbutiker men ändå smakfullt och genomtänkt arrangerade. Väggarna var täckta med bokhyllor av lagerhyllemodell som inte riktigt verkade räcka till för sitt innehåll. Ovanpå varje bokrad låg ytterligare en trave böcker och på golvet bredvid dörren fanns ännu en hög. I ett hörn fanns två fåtöljer klädda med slitna lammskinn och ett litet läsbord och över det en affisch med texten: Rättvisa, inte välgörenhet. Där de själva satt var bordsskivan av glas och under glaset såg man ner i en låda med sand, fossiler och ett vitnat fågelskelett. Medan hon väntade på svaret på den fråga hon just ställt om Andreas funderade hon på om han kunde ha snickrat det själv. Han tog god tid på sig innan han öppnade munnen.

"Det är så många barn som springer där", sa han tvekande.

"Vi söker Andreas Nilsson. Vid försvinnandet var han klädd i shorts och en blå T-shirt och grå gympaskor. Eventuellt kan han ha haft en keps på sig, en John Deere-kebba, gulgrön." Maria visade honom ett fotografi.

"Andreas med kepsen. Då vet jag vad det är för en liten grabb. Han är väldigt fascinerad av Albatross, fartyget som gick på grund. Det finns ett museum i Katthammarsvik. Jag tror han brukar vara där så ofta han kan smita i väg. Han verkade ha kläm på varenda detalj i händelsen och höll en lång föreläsning för mej om hur Albatross bevakades av fyra svenska jagare, Wale, Sigurd, Ragnar och Vidar, och hur epidemisjukhuset i Roma blev fältlasarett. Han visste inte vad epidemi var för något och ville få det förklarat och så ville han diskutera hur man använde en gradskiva med kanonsikte och hur man skulle kunna komma över en ljuskrona av bajonetter från Remingtongevär. Prata kan han så man blir yr."

"När såg du honom senast?" frågade Hartman.

"Det var i förra veckan, på onsdagen eller var det på torsdagen."

"Vad höll du på med för arbete då?"

"Grävde. Det behövde beredas plats för nya gravar." Sten såg frågande ut. Nästan ängslig. Vart ville de komma? Maria noterade hans oro och svarade.

"Andreas hade ett kranium. Ett riktigt kranium. Han måste ha fått det någonstans ifrån."

"Jädrans rackarunge, var det inte det jag trodde. Han ville ha en dödskalle och jag sa nej. Han var otrolig på att argumentera. Nej, jag gav den inte till honom. Han snodde skallen och cyklade i väg som en kanonkula." Sten smålog vid tanken.

"Och sen har du inte sett honom?" Maria mötte hans blick och höll den kvar.

"Nej. Det har jag inte."

"Var var du i går kväll mellan 21.00 och midnatt?"

"I går? På kvällen? Jag tog en cykeltur från Ljugarn upp till Herrvik och tog en öl och en bit mat på Hamnkrogen."

"Kan du visa på kartan vilken väg du cyklade? Det är viktigt att du är så noggrann som möjligt. Det finns en möjlighet att du har sett något av värde utan att du själv är medveten om det."

"Det var en sak jag kom att tänka på nu. Jag såg en sån där keps nere i hamnen. En sån som grabben har. Jag behövde pinka, kom på det när jag skulle fara hem, och jag iddes inte gå in på toaletten så jag gick bort mot buskarna till vänster om ingången till krogen. Det låg en keps på marken mellan ett par stenar. Jag hängde upp den i hagtornsbusken så den skulle synas. Vill det sig illa kan den ha blåst i väg. Han gillade den kepsen."

"Cyklade du hem samma väg?"

"Nej. Jag fick faktiskt ringa efter en taxi. Min cykel var borta. Stulen. Jag letade efter den men, nej. Det är väl någon som tagit den på rent djävulskap."

"Har du anmält stölden?"

"Nej, cykeln var inte mycket att ha. Jag hade faktiskt inte ens låst den. Det är ingen som har rört den förut."

"En fråga av ren nyfikenhet", Hartman som avbrutit sig för att uppsöka en toalett återkom med ett förbryllat ansiktsuttryck. "Alla glasögon du har i lådor där ute, vad ska du göra med dem?"

"Jag samlar in glasögon som inte används längre och skickar dem till Zimbabwe. Alla bidrag är välkomna. Barnkläder, skor – jag skickar allt jag får tag i. Fast egentligen är det bara smulor, bara välgörenhet. Inte rättvisa."

KAPITEL 15

Maria satt och stirrade ut i sommarskymningen. Från sitt fönster i Eksta kunde hon skymta havet och den vidunderligt färgrika solnedgången mellan träden. På bordet brann ett stearinljus i en ärgad mässingsljusstake. Lågan fladdrade lätt i vinddraget från det öppna fönstret. Ängsblommorna Mona Jacobsson ställt in på slagbordets ljusblå linneduk doftade svagt som av hö. Det hade varit en trevlig kväll. Monas son Olov hade tittat förbi och efter kvällsmaten hade de gått ut till hagen för att se på hans nyinköpta quarterhästar. Mer på skämt än allvar hade han frågat om hon ville rida. Han kunde ju inte veta att hon tillbringat hela sin uppväxt på hästryggen. De hade ridit längs en av de spikraka grusvägarna ned mot stranden och följt vattenlinjen. Vid Kronvalls fiskeläge hade de suttit av en stund och Olov hade berättat att Mona ville att han skulle ta över hennes föräldrahem, granngården till Henrik Dunes där de nu bodde. Olov var tveksam till att driva jordbruk och ha nötkreatur. Bundenheten avskräckte honom mest, men de osäkra ekonomiska villkoren var också något man behövde fundera över. Hur får man lönsamhet i verksamheten om man måste lösa ut två bröder först och hur vet man vilka villkor som kommer att gälla för jordbruket om tio år? Vad subventioneras då? I dag är det mest lönsamt att låta allt ligga för fäfot och det är inte riktigt den vision jag har av ett meningsfullt jordbruk, hade han sagt. Huset skulle han inte tacka nej till förstås. Men det är mycket att sköta ensam. Av resonemanget förstod Maria att han fortfarande levde utan livskamrat. Efter Birgittas tragiska död hade det inte blivit någon annan. Det tar tid att våga älska någon igen, hade han sagt. När man inser att det är så lätt att förlora det man tror är för alltid. Det pratas så mycket om att leva i nuet, att ta vara på stunden. Jag kan väl inte riktigt det. Jag behöver mer trygghet och garantier än så för att våga satsa. Just nu känns det lugnare att umgås med hästar än med människor.

"Är du fortfarande med på riddarspelen under medeltidsveckan?" hade hon frågat.

"Så länge de vill ha mej, sen får man väl bli väpnare och rådgivare åt någon ungtupp. Jag börjar bli en åldrad man. Snart fyrtio. När de gamla romarna närmade sig den aktningsvärda åldern lade de sig i ett hett bad och skar upp sina ådror i kretsen av sina nära och kära för att slippa ålderdomssvaghet och krämpor. En lockande tanke om det inte hade varit för det där med nära och kära. Har man ingen familj som sörjer en är det liksom ingen mening med att gå hädan. Så jag avstår i väntan på bättre tider."

"Det låter förnuftigt", hade hon svarat utan att riktigt veta hur mycket allvar som fanns bakom hans utläggning. I förtroende hade Mona sagt att Olov fortfarande medicinerade efter den depression som totalt lamslagit honom för ett par år sedan.

Maria visste att hon borde försöka sova, men tankarna sökte sig oupphörligen till den försvunne pojken i Östergarn. Över ett dygn hade passerat och ännu hade man ingen aning om vad som hänt honom. Efter dödgrävarens vittnesmål om kepsen, som sannolikt var Andreas, hade man beslutat sig för att dragga i Herrviks fiskehamn under morgondagen, trots att det var midsommarafton. Det fanns ingen som sett pojken nere vid hamnen under kvällen, utom möjligen den gamle mannen med taxen man ännu inte lyckats få kontakt med, men man kunde ändå inte utesluta att pojken varit där. Han var intresserad av båtar. Han kunde inte simma. Vid avrapporteringen innan Maria lämnade polishuset hade mängden av information från östra Gotland varit överväldigande stor, men slutsatserna få. Ett femtiotal personer hade hörts, listor hade upprättats på personer som rört sig i området, fartygstrafiken i hamnen hade registrerats och en förteckning hade gjorts över vilka som befunnit sig på Hamnkrogen, vilket var ett sextiotal personer som firade en femtioåring samt ett tjugotal strögäster. Någon av dem borde ha sett honom om han varit där. Folk går ut och tar en cigarett, en nypa luft eller för att prata på tu man hand. En telefonlinje hade öppnats för alla som hade upplysningar angående pojkens försvinnande. Men ännu hade inget av uppenbart värde framkommit. Kända pedofiler som vistats i området hade varit en infallsvinkel som snart kunde avskrivas. Två personer hade funnits i åtanke. Den ena var på besök hos en syster i Alingsås, den andra satt inne. Grottsystemet i Östergarnsberget hade med hjälp av hemvärn och en engagerad allmänhet, polisens hundar och helikopter noga genomsökts. Inte heller det hade givit något resultat.

Vid arbetsdagens slut hade Maria laddat ned bilderna Hartman tagit med sin digitalkamera under dagen och studerat dem. Den grotta som kallades namngrottan verkade särskilt ha fångat hans intresse. Ingången till grottan hade rasat igen och det tog tid att göra en säker passage, hade han berättat. En liten pojke skulle möjligen med viss möda ha kunnat ta sig förbi stenmassorna, men för en vuxen var det svårt. På namngrottans väggar hade barnen sedan långt tillbaka i tiden ristat sina namn i den mjuka kalkstenen. En fin tradition. Så många namn, så många barn. Nybörjarens spretiga bokstäver. Storstilade autografer med gott självförtroende och små klottrade namn i mörka hörn och sirliga snirklade namnteckningar med blommor. På ett ställe stod det kort och gott Mamma är dum. Hon hade letat efter Andreas namn. Hartman hade pekat ut det åt henne, alldeles intill namnet Patrik, precis vid grottans mynning. Namnen stod ristade på vardera sidan om ett fartyg och på skrovet kunde man läsa ordet Albatross. Ett annat fotografi från grottan hade fångat Marias uppmärksamhet. Ett hjärta. Kanske hör det midsommartiden till att se kärlekens symboler mer än vid andra tidpunkter på året. I hjärtat som ristats i kalkstenen fanns två namn skrivna, nästan utsuddade av ålder men med lite god vilja kunde de tydas till Martin och Elvira. Hade inte Charlotta Nilsson nämnt att Martin och Elvira varit klasskamrater? Maria ville minnas det. En tanke bland många andra som snurrade runt och inte fann struktur. Elvira hade bott flera år på fastlandet och för en tid sedan flyttat tillbaka till ön med sin man. De bodde i en lägenhet i Visby under vinterhalvåret och ämnade bo i Sysne under sommaren och pendla till stan, hade hon sagt. Lars brukade övernatta i lägenheten i stan nu och då när arbetet så krävde.

Den kollega som talat med Lars Wickman hade inte haft mycket att tillägga trots att förhöret hade dragit ut på tiden. Lars själv hade inte gjort några särskilda iakttagelser under kvällen i Herrvik. Hans observationer stämde väl överens med de andras. Martin hade möjligen varit mer berusad än vanligt när han hällde Gotlandsdricka över hela Elviras klänning och försökte torka bort det med bordduken. När alla bröt upp från middagen hade Lars Wickman tagit en promenad av och an längs grusvägen utanför krukmakeriet för att i avskildhet ta några viktiga samtal inför planeringen av politikerveckan i Almedalen. Sedan hade han hjälpt till att leta efter Andreas. Vid tvåtiden på natten hade han givit sig i väg hemåt tillsammans med Petter och därefter fortsatt till stan. Elvira hade stannat kvar medan Charlotta kontaktade polisen och sedan hade hon tagit cykeln till Sysne. En uppgift man borde kontrollera.

Maria kände oron i hela sin kropp. Att gå och lägga sig var inte att tänka på. Gång på gång fick hon hindra sig själv från att slå numret till Krister för att höra att allt var bra med barnen. Hur Charlotta Nilsson mådde just nu kunde hon bara föreställa sig. Susanne Ahl skulle stanna hos henne över natten och sedan kanske Elvira skulle byta av henne. Kan man sova alls när man inte vet vad som har hänt ens barn och när tankarna avlöser varandra, den ena mer otäck än den andra?

Maria drog en tröja över huvudet och gick ut i trädgårdens vänliga svalka. Det var mörkt i stora huset där Mona Jacobsson och Henrik Dune bodde. De sov säkert redan tätt omslingrade och fyllda av varandras närhet. Ett mera lyckligt medelålders par fick man leta efter. Oavbrutet solade de sig i varandras ansikten, rörde vid varandra som om de aldrig kunde få nog, precis som nyförälskade tonåringar. Så hade de också fått vänta på varandra i många, många år och kämpat för sin kärlek. I kärlekens förunderliga perspektiv blir varje stund en fest och varje liten handling djupt meningsfull. När Mona kom ut på åkern med kaffekorg gick han henne till mötes med utsträckta armar och alla runtomkring måste le för att det var så vackert att se dem älska varandra så mycket. Och när Mona inte var med talade han om henne oavbrutet och ansiktet lyste av stolthet och glädje. Det är en nåd att en enda gång i livet få uppleva en sådan kärlek. Till och med en obesvarad eller högst osäker kärlek är bättre än ingen alls, tänkte Maria. Det värsta som kan drabba en människa är tomhet. Att inte älska, att inte längta, att inte ha någon att spinna sina fantasier omkring.

Hon vandrade ned över ängarna mot havet. Vallmon lyste röd i havren som en solnedgång i solnedgången. Akvilejans färger som blåbär och mjölk blandades med brudbröd och gulmåra i dikeskanten och långt nere vid havets yttersta rand smälte solen ned i rodnande guld och blev till en glödande skärva. Doften av nyslaget hö, timjan och mynta flödade i fuktiga dunster mot hennes ansikte och hon längtade efter kärlek så som man bara kan längta vid midsommartid. I morgon skulle Per komma med färjan. Mona skulle bjuda på sill och potatis ute på verandan med utsikt över havet och Karlsöarna. Henrik hade redan klippt gräset, pyntat med björkar och burit in stora höganäskrukor med lupiner. Och senare på eftermiddagen hade Hartman föreslagit att de skulle följa med på picknick till Fjäle ängar, en tradition i hans släkt. Så underbart att få uppleva allt detta med Per. I fantasin vandrade hon redan bland hassel och ekar genom fuktiga ängsmarker med orkidéer, mandelblom, tjärblomster och kattfot. Det är en så förunderligt stark och oemotståndligt pirrig känsla alldeles i början, innan man vet hur det ska bli eller ens *om* det ska bli. Hoppet. Dagdrömmarna som flätas ihop med verkligheten. Att tänka att det bara är början och att det kanske kommer en fortsättning, att löftet i händerna bara är en inledning på något som vill mera. Sedan när de lämnat de andra och blivit ensamma med varandra utom synhåll för nyfikna blickar skulle han stanna mitt framför henne. Kanske stryka hennes kind, och låta den öppna handen stanna där och sedan komma alldeles nära. Tveka, inte riktigt våga. Vänta för att se om hon stod kvar eller valde att dra sig ur den magnetiska sfären. Då skulle hon le mot honom, lyfta upp hakan lite så att han visste. Han skulle pussa henne försiktigt, vänta in ett gensvar och sedan kyssa henne med all den längtan som blir starkare och starkare när man somnar ensam och vaknar ensam och bara vill att någon ska finnas där bredvid och hålla om en. Så skulle hon låta handen glida genom hans tjocka röda hår, så som hon längtat efter att få göra många gånger men inte vågat. Det var så hon tänkte att det skulle bli, och allt det trassliga och svåra som fanns mellan dem nu skulle vara förlåtet.

Maria närmade sig havet. Vassruggarna böjde sig i frånlandsvinden som svepte håret över hennes ansikte. Hon tog av sig sandalerna och gick barfota i den kalla våta sanden. Vattenytan krusades lätt. Hon följde en vit fågelfjäder med blicken. Den låg som en luftig farkost i vattnet och fördes utåt på vågorna, guppade framåt utan att själv kunna styra sin färd. Fjädern försvann bort mot horisonten och följdes av en bild av Andreas storebror på sin gummimadrass. Maria kände att hon skakade till i kroppen. Framför sig såg hon hela förloppet. Var det frånlandsvind den dagen han drunknade? På förmiddagen brukar det vara pålandsvind, på kvällen frånlandsvind. Men ingen regel utan undantag. Säkert hade man kontrollerat olycksdagens vind- och väderleksförhållanden noggrant. Så rädd Patrik måste ha varit, så maktlös när han inte kunde simma och märkte att han drev utåt. Skrek han på hjälp? Vem hörde honom mer än Charlotta? Fanns det ingen annan? Kamraterna hade cyklat hem, men Charlotta såg honom och sprang ut i vattnet och kämpade mot vattenmassorna för att hinna fram i tid. Hon kände paniken när avståndet ökade. Maktlösheten när hon inte själv nådde botten. Kämpade. Gav sitt yttersta. Någon annan än Charlotta hade ringt larmcentralen, ville Maria minnas. Någon hade ringt när Charlotta skrikande kom i land med sin son. Utan liv.

Maria blundade och höll andan. Hur känns det att drunkna? Som barn hade hon precis som alla andra försökt att hålla andan under vattnet så länge som möjligt. Tills det sprängde i öronen, tills det pressade över bröstkorgen. Hur känns det när man inte orkar hålla emot och vattnet forsar in och fyller lungorna och man hostar upp och drar i sig mera vatten av hunger efter luft? Ser man livet passera i revy, som de säger. Väljer man själv sina bilder eller får man dem slumpvis tilldelade ur arkivet av en hjärna i syrebrist. Maria hoppades att man kunde välja själv, att det skulle vara meningsfulla bilder till tröst. Ett kroppens avsked från själen i en sista grandios filmförevisning av önskerepriserna. Välj tio ögonblick ur ditt liv och jag ska säga dig vem du är, skulle kunna vara rubriken på en föreläsningsserie i personlighetsutveckling och självkännedom. Världen är full av män som vill berätta för kvinnor vad de ska känna och tänka och som inte drar sig för att ta rejält betalt för det. Lyssna till min röst på ett kassettband vid din huvudgärd och jag ska guida dig genom galaxen mot lycka, välgång och evig hälsa för endast 199 kr plus moms, rabatt för kursdeltagare. Köp boken. Metoden att välja bilder ur sitt liv skulle kunna vara ett kostnadsfritt alternativ, ett gör-det-själv-test i budgetformat för att se sina prioriteringar i livet. När var livet mest levande? För Kristers del skulle säkert tio av tio bilder handla om erotik, tänkte Maria lätt sarkastiskt och kanske en smula orättvist. För egen del var det en mera blandad kompott. När var livet som mest värt att leva? I stunder av passion och verklig närhet till en annan människa. Vid avgörande insikter om livets sanningar och lögner. I triumfen att nå ett mål med absolut flow och odelat fokus. När man har vågat det omöjliga och jorden inte rämnade. Att hålla små svettiga babyfötter mot kinden. En varm och inspirerande kväll bland vänner, när man brinner för en sak man just då skulle kunna gå i döden för. I tider av verklig upprättelse när rättvisan segrade. I en stund av stillhet på en sten vid havet när allt får en mening och en djupt andlig dimension av helhet. Eller i en kort sekvens när någon kommer springande över ängen med öppen famn – i det hisnande ögonblicket innan man når fram till sin älskades famn.

Och alla de andra dagarna, vardagarna, vad är de värda? Efter skilsmässan hade de fått en helt annan betydelse. När det inte längre är en självklarhet att få säga god natt till sina barn varje kväll och inte längre självklart att få fläta håret på Linda och att hjälpa Emil med läxorna, så framstår vardagsögonblicken som hägringar i en öken av ensamtid. Den ensamtid som förut hade tyckts så eftersträvansvärd och viktig. När Linda ringde i går hade hon låtit ledsen på rösten, en antydan bara men det gick rakt in i modershjärtat. Någon på fritids hade varit dum och sagt att hon inte fick vara med. Hur gärna hade Maria inte velat få hålla om henne, direkt och utan fördröjning prata öga mot öga precis som varje annan vardag. Kanske är de verkligt stora ögonblicken de små vardagshändelserna, att höra ett barns underbara skratt, att sitta vid samma frukostbord som den man älskar och känna sig vacker bara för att man är älskad, att läsa en saga för barnen och känna att man inte önskar att man vore någon annanstans. En bild var i alla fall given om livet skulle passera i revy, tänkte Maria, och det var kvällen hon suttit på Värdshuset Lindgården med Per Arvidsson och han hade frågat: Vad har du för drömmar, Maria? Hon hade inte svarat honom då, men snart, snart skulle hon få möjlighet att berätta för honom om sina önskningar för framtiden.

KAPITEL 16

Efter en natt av oroliga drömmar där Maria sökt genom mörka gränder och i brinnande hus efter sina egna barn och vaknat svettig och uppskakad, hade morgonens verklighet kommit som en befriare. När hon i bilen in till stan knäppte på radions nyhetssändning hade hon hyst ett vagt hopp om att Andreas Nilsson skulle ha återfunnits under natten, eller åtminstone hans far. Men så var inte fallet. I stället hade listan med efterlysta personer utökats med ytterligare ett barn. En nioårig pojke från Tjetjenien, vars familj sökt asyl och skulle avvisas. Avvisningsbeslutet hade tagits före midsommarhelgen och skulle verkställas första vardagen efter helgen. Fadern i familjen hade tagits i förvar. Övriga familjemedlemmar hade inställt sig hos polisen, men en pojke på nio år, Andrej, saknades. Maria försjönk i egna tankar och resten av nyhetssändningen och väderleksrapporten gick henne helt förbi. Vad fanns det för den tjetjenska familjen att vända åter till? Hur länge hade de väntat och hoppats på att få stanna? Hade de överklagat? Antagligen flera gånger. Skulle man komma att avvisa familjen även om ett barn saknades? Kanske. Att skicka i väg familjen är ett bra sätt att få ungen att komma fram, hade en cynisk kollega i Kronviken sagt i ett tidigare ärende. Och om han inte gjorde det? Om det hade hänt honom något? Är det mindre viktigt att ta reda på hur det förhåller sig med ett flyktingbarn än med en liten nioårig pojke från Östergarn där släkten varit gutar sen Tjelvars tid? Två nioåriga pojkar försvunna inom loppet av ett par dagar. Var det en slump?

Tystnaden vilade över polishuset i Visby. Maria Wern stirrade med oseende ögon på dataskärmens skrivbord utan att komma sig för med att klicka sig vidare. Det var midsommarafton och ingenting, absolut ingenting hade blivit som hon i sin fantasi hade föreställt sig när hon vandrade med Hartman genom Visbys gator och fick veta att Per Arvidsson snart skulle komma till Gotland. Vad har du för drömmar, hade han frågat och i en enda mening raderat allt det hon velat svara. När hon strax efter midnatt återvänt från sin promenad längs stranden hade det lyst i köket hos Henrik och Mona Jacobsson. Nyfiken hade hon tagit svängen över gårdsplanen och fått se Arvidssons vinröda PV stå parkerad bredvid Grållen, och hjärtat hade svällt som en torkad svamp i vatten. Han hade alltså kommit med en tidigare färja! All förväntan var inte längre fokuserad på morgondagen. Det var nu. Blodet rusade genom kroppen. Hon kände sig yr och glad och förlägen och väldigt nervös på samma gång. Om hon bara hade vetat att han skulle komma tidigare skulle hon ha tvättat håret och tagit en annan jumper och kanske en gnutta parfym och mött honom sval och nyduschad, inte varm och svettig efter en långpromenad med håret vindrufsat och stripigt. *Som om det skulle ha spelat någon roll.* Försiktigt hade hon öppnat köksdörren, tvekat en stund med andan i halsen. Det var nu det hände. Per hade kommit, till och med ordnat så att de kunde bo tillsammans under samma tak. Han fanns så nära att hon inom ett ögonblick skulle kunna krama om honom. Se honom. Prata med honom. Det luktade kaffe och nygräddat bröd. Hon kunde höra Mona slamra med koppar och fat. Henrik skrattade sitt goda bullrande skratt. Stolarna skrapade när de satte sig till bords.

”Ska vi gratulera dej, Per? Varför då om man får fråga? Har det hänt något. Cigarr, säger du. Man kanske ska ta fram bästa konjaken?”

”Ja, jag har blivit pappa igen. Jo, det är säkert. Skratta du. Det trodde du inte va? Min sambo Rebecka och barnen kommer med båten i morgon vid middagstid. Jag tänkte att jag ville prata med Maria, är hon här?”

Mer hade hon inte klarat av att höra. Lika tyst som hon kommit in i huset smög hon ut, gled längs husväggen och rusade barfota över gräsmattan för att få vara ensam med sin stora besvikelse. Aldrig att han skulle få se henne så här uppriven. Aldrig att han skulle få veta vilka drömmar hon hyst. Att man kan vara en så inbilsk fjolla. En ren idiot! Hur hade hon någonsin kunnat förvänta sig att han skulle vänta i evighet på att hon skulle trassla sig ur sitt äktenskap och komma till insikt om vad hon egentligen ville? Maria låste dörren till flygelbyggnaden så fort hon kom in. Tryckte sig mot dörrposten och andades ut. Hon hade hört honom komma gående över grusplanen. Steg för steg hade han närmat sig. Han hade knackat på en lång stund, ropat, kastat sten på fönstret och ringt på mobilen. Inte nu – det gick inte att tala nu. Först måste hon bygga upp sin motståndskraft, sin styrka för att inte ta till lipen. Han förväntade sig ett grattis, och tills hon kunde klara att leverera det utan att gråta fick han faktiskt vänta. Hon hade inte givit ett livstecken ifrån sig trots hans ihärdiga ansträngningar och så småningom hade allt tystnat. Ljuset hade släckts i huvudbyggnaden och hon hade lämnats ensam att vaka över sin missräkning. Hur länge hon hade blivit stående där med huvudet lutat mot dörrposten visste hon inte själv.

Klockan halv sju hade hon farit in till polishuset. Mona hade hört när bilen startade och kommit ut ur lagården med mjölkspann i handen. De vänliga ljusblå ögonen hade studerat Marias ansikte och sökt sig rakt in i ömtåligheten med sin fråga. Det hade varit meningslöst att försöka servera en nödlögn. De ögonen såg vad de såg. Inget behövde sägas, tillrättaläggas eller skrivas om. Mona hade givit henne en klapp på kinden med all den ömhet hon förmådde. Jag förstår mer än du tror, sa hennes blick, och så hade Mona lämnat henne ifred att fara in till Visby.

Eks kollega i bilen var sjuk och Maria hade utan betänketid sagt ja till hans kvällspass när Jesper Ek föreslog det mest på skämt. Vill du frivilligt arbeta midsommaraftons kväll med stökiga kroggäster, halvt medvetslösa tonåringar och rattfylla? Ja, tack, hade hon svarat och i brist på personal hade hennes önskan bifallits av operativa chefen på Näpo fast hon var lite ringrostig när det gällde lagar och förordningar i yttre tjänst. Tills det var dags för extrapasset fanns det åtskilliga förhörsprotokoll och annat material att ta del av kring försvinnandet av Andreas Nilsson. Läget var som tidigare resultatlöst, inga spår av pojken, och i dag på morgonen skulle först dykare gå ned i fiskehamnen och sedan, om det inte gav resultat, ämnade man dragga. Maria gick ut till automaten i kafeterian för att hämta sig en kopp kaffe. Hon nappade åt sig en lokaltidning och fortsatte in på rummet. Första sidan dominerades av en bild på Andreas Nilssons allvarliga ansikte. Nioårig pojke försvunnen i Herrvik. I sitt snaggade hår var han så lik Emil för ett par år sedan att Maria fick en klump i halsen. Det hade gått över ett dygn sedan polisen blivit kontaktad. Ett dygn i ohygglig ovisshet. Maria ögnade igenom texten. Längst ned på sidan fanns en notis om den avvisningshotade familjen från Tjetjenien. Deras pojke hade fortfarande inte kommit till rätta, han heller. Maria kände hur tröttheten skar i ögonen och kaffet gav ett lätt illamående på tom mage. Hon vände sida, bläddrade utan att egentligen se. Lokaltidningens dödsannonser var generösa i storleken jämfört med den dagstidning hon var van vid. På en mindre ort är vigslar, dödslar och födslar nyheter som får ta ett ordentligt utrymme i tidningen. Namnet Andreas Nilsson i en dödsannons under en symbolisk båt med en ensam fiskare fick Maria att nästan sätta kaffet i vrångstrupen tills hon såg att födelseåret var 1914 och att det på intet vis kunde handla om den Andreas de sökte.

Engång skall du vara en av dem som levat för längesen.
Jorden skall minnas dig så som den minns gräset och skogarna,
det multnade lövet.
Så som myllan minns
och så som bergen minns vindarna.
Din frid skall vara oändlig så som havet.

Pär Lagerkvist

Det är mycket man kan läsa ut om en människas liv i en dödsannons. Ibland finns det två annonser, efter en skilsmässa med ny familjebildning, och en annons från arbetskamraterna och en från föreningslivet. Och verserna, ibland mycket vackra och ibland ren pekoral, speglar också det liv som har levts ur de efterlevandes synvinkel. De talar om hastiga oväntade avsked och långdragen sjukdom, förtröstan på ett kommande liv och mor som väntar på andra stranden.

Du styrde, du ställde, du ville oss väl… fick Maria att omedelbart tänka på sin före detta svärmor. En hädisk tanke och med den kunde hon tillåta sig att se sig själv en smula från utsidan. Patetisk och självömkande, satt hon och läste dödsannonser med gråten i halsen på själva midsommarafton, ynkade sig för att den tänkta kärleken blåst förbi som en storm på öppet hav. Krister hade faktiskt förbjudit henne att läsa dödsannonser för att hon blev så uppfylld av det och så pinsamt melankolisk. Ändå kunde hon inte låta bli. När han gått till jobbet brukade hon ta fram tidningen igen och fortsätta sin läsning. Det är som att gå och se en kärleksfilm med garanterat olyckligt slut så att man får gråta. Det finns ett behov av att få använda hela känsloregistret även om man måste ta till artificiella medel för att låta de mindre tillåtna känslorna flöda. Hon skulle just vika ihop tidningen när Hartman stegade in genom dörren. Han såg overkligt nystruken och välkammad ut. Vega på Klinten kunde tänkas ha en sådan inverkan på honom, med största sannolikhet hade hon en åsikt om hur en polisman i tjänst bör se ut, precis som hon hade åsikter om precis allting annat och lite till. De beslutade sig för att fara österut till Herrvik för att se vad dykarnas arbete i hamnbassängen kunde tänkas ge, och för att höra en äldre fiskare och tillika taxägare, som eventuellt hade upplysningar att komma med.

De satt tysta i bilen, var och en i sina egna funderingar. Maria tyckte det var skönt. När man känt varandra länge upphör kravet på konversation och det finns möjlighet att dela tystnaden. Det blåste snålt över östlandet. Vinden slet i trädkronorna och plöjde fram genom rågfälten, som böljade av och an som vågor på ett hav. En lätt dimma låg över marken. Solen, som sparsamt strilade genom diset, glittrade till i vattenytan. Folk hade samlats i huttrande klungor för att se skådespelet i Herrvik. Hartman och det yttre befälet hade diskuterat att ”repa av” området men beslutat sig för att mota bort de alltför närgångna i stället. En avspärrning kan många gånger dra mera folk till platsen. En roddbåt med en orörlig hund i fören gled spöklikt i dimman genom vattnet. Det var alldeles tyst på kajen i väntan på att likhunden skulle ge skall om det fanns någon kropp på botten. Den lätta dimman fick siluetten av hunden att ömsom försvinna, ömsom träda fram, som på en scen med skira ridåer. Räddningstjänstens dykare hade inte funnit någon kropp i vattnet, meddelade yttre befäl, som fanns på plats.

Längst ut på kajen stod Charlotta Nilsson med en svart långkofta virad om kroppen och lilla Amanda vid handen. Runt om dem hade det bildats en folktom zon på sex-sju meter, som om olycka och sorg var smittsamt om man kom för nära. Man talade lågmält, nästan viskande. Någon pekade bort mot fiskebodarna där teve- och tidningsjournalister fanns på plats. Maria gick fram till Charlotta och försökte hälsa men fick inget gensvar. Charlottas ansikte var uttryckslöst, munnen hängde slappt och ögonlocken var nästan slutna. Anspänningen och kylan fick henne att skälva synbart. Maria lade sin arm runt hennes axlar, men blev irriterat bortmotad. Charlotta andades häftigt. En kraftig dunst av svett och alkohol kändes i luften. Hon snörvlade till, hostade och spottade ut i vattnet.

”Han är inte död. Jag kan inte tro det.”

”Nej.” Maria följde båten och hunden med blicken när de långsamt rörde sig genom vattnet i ett förutbestämt rutmönster. I tystnaden som lagt sig över folkmassan hördes varje årtag och varje mening sagd från båten med tydlighet. En rostig cykel och en zinkbalja med bara ett handtag bärgades till ytan med en trekrok i rep som åter slängdes över bord. Tång och en stålvajer, ett trasigt nät och segelduk drogs upp till beskådan. Folkmassan tätnade. Susanne Ahl och Elvira Wickman kom gående ned för vägen och anslöt sig till dem. Maria kurade ihop sig. Vinden från havet strök över deras ansikten. Kölden rev genom kläderna. Fingrarna stelnade. Maria körde ned sina frusna händer i byxfickorna och spände kroppen mot blåsten.

”Vi tog med lite varmt kaffe om du vill ha och lite choklad till Amanda.” Elvira vände sig till Charlotta. Utan att få svar hällde hon upp en kopp och satte den till Charlottas mun för att få henne att dricka. ”Du behöver få något i dej. En smörgås.” Charlotta skakade på huvudet, men svalde lydigt drycken som serverades. ”Du måste äta.” Elvira lirkade in en smörgås i Charlottas stela händer och fick henne att ta ett bett. Sakta och metodiskt fick hon henne att äta hela smörgåsen. Det här hade Elvira gjort förut. Det var tydligt. Det sitter väl i ryggmärgen hos en sjuksköterska att se till att patienten äter för att få nya krafter. Maria kände en lättnad över att någon visste vad som behövde göras och tog över ansvaret. Hartman fattade tag om Marias arm och visade med en kort släng på huvudet att han ville tala med henne avsides.

”Vi har ett tips”, sa han. ”En iakttagelse som kan vara av värde.”

”Någon som har sett Andreas?” frågade Maria hoppfullt och kastade en blick bort mot Charlotta för att se om hon följde dem med blicken. Men hon verkade inte ha noterat att de lämnade gruppen.

”Ja. Kanske. Mannen med taxen vi försökt få kontakt med sitter i sin bil och sover. Jag tänkte vi skulle prata lite med honom. Konrad Hultgren, heter han. Pensionär, tidigare yrkesfiskare. Jag pratade lite med en av de unga damerna som serverar och hon känner honom väl. Han är lite originell. Hon berättade att han har en påse vit flugsvamp i frysen. Det säger han i alla fall. Hans stora skräck är att hamna på långvården och den dag han känner att det börjar dra ihop sig tänker han göra en god omelett med svampstuvning och tacka sig själv för trevligt sällskap så länge det varade.”

”Hoppas han har märkt upp påsen ordentligt.”

”Ja, det sägs att han är ordningsam, fast på sitt eget sätt.” Hartman log med ögonen utan att dra på mun. ”Han har alltid skött sitt fiske även om det dricks en hel del däremellan. I almanackan har han nogsamt skrivit bokstaven R och T varannan dag, för att inte glömma bort livets väsentligheter.”

”Glömma bort vadå?”

”Gissa det du, kriminalinspektör Maria Wern.”

”R och T, nej jag kan inte. R och T varannan dag. Nej, du får säga det. Jag kan inte gissa.” Kan inte och har inte lust att göra det heller, tänkte hon.

Nu log Hartman med hela ansiktet. ”R betyder raka sig och T betyder tvätta sig. Han är mån om sitt yttre, Konrad Hultgren. Fast han börjar få det besvärligt med benen, säger servitrisen.” Hartman nickade åt en ung kvinna med mörkblått förkläde som gick in på Hamnkrogen med en bricka. ”Det är svårt när taxen behöver motion. På vintern sätter Konrad Hultgren sig på snöslungan och taxen följer med i sitt koppel, och på sommaren tar han åkgräsklipparen för att hunden ska komma ut på en runda. Det går så länge det går. Häromveckan körde han ned i gruset med sin åkgräsklippare så småstenar sprutade i väg som gevärseld genom fönstren till källarvåningen. Kom sig inte för med att stänga av den, reaktionsförmågan är inte den bästa. Glasbitarna yrde. Det är smällar man får ta här i livet, menar han. Grannen har hjälpt honom sätta masonitskivor för fönstren tills farbrorn har råd med en glasmästare. Konrad har en gammal rostig Saab också, det är den som står precis utanför ingången till Hamnkrogen. Så länge den rullar tar han sig fram. Ska vi gå och ta ett snack med honom?"

Konrad Hultgren satt nedsjunken i framsätet på bilen med sin tax i knäet. Hans magra fingrar var instoppade i pälsen som om han frös. Hartman satte sig bredvid honom och tog upp nödvändiga formalia innan han frågade om kvällen då Andreas försvann. Konrad Hultgren brukade enligt servitrisen tillbringa kvällarna nere på Hamnkrogen.

"Jag satt i bilen och hade nog somnat till en stund. Klockan var nog närmare tio eller kanske halv elva. Jag har ingen klocka. Det finns inga tider att passa längre. Tessan här gnydde och behövde gå ut och då följde jag med en bit upp i backen och där fick jag se kepsen hängandes på en gren. Jag kände igen den direkt. Charlottas sork har en sån. Han fick den av sin bror, han som drunknade. Den kepsen har sorken aldrig lämnat ifrån sig frivilligt, det kan jag gå i god för. Han har den alltid på sig. Det är för hemskt, det här." Konrad rev upp en brokig näsduk ur byxfickan och snöt sig ljudligt. "Tänk att det skulle hända något med just den pojken. Han som är så ängslig av sig. De andra barnen är inte alltid så snälla mot honom. Det måste jag säga. Det var bättre när bror hans levde."

"Han var nog lite ensam", sa Maria.

"Inte den kvällen. Jag slumrade till en stund igen och sen såg jag två likadana grabbar. En med kebba och en utan som cyklade på en rostig gammal herrcykel. Den ene stod och trampade och den andre satt på pakethållaren. Det såg vingligt ut."

"Två Andreas? Får man fråga om du var helt nykter då?"

”Det är jag aldrig. Jo, när jag kör ned bilen till hamnen på kvällen. Då är jag nog tämligen nykter, men sen vete fåglarna. Jag brukar sova i bilen och sen kör jag hem när jag vaknar.”

”Hur mycket hade du druckit när du såg två pojkar?” frågade Maria.

Konrad drog med handen över skäggstubben så det knastrade. Antagligen hade det stått T i almanackan, för rakad var han inte. ”Ett helrör vodka och ett par öl. Det är efter många år av träning. Jag rekommenderar det inte. En nybörjare, som du, ska nog passa sig för att ta en sån rotblöta.”

”Förstår du att de uppgifter du lämnar nu är viktiga? Att det är allvar?” Hartman spände ögonen i gubben. ”Hur var det med det du såg? Är du säker på din sak när du säger att det var två pojkar på en cykel?”

”Nej. Säker kan man aldrig vara.”

Efter ytterligare samtal med serveringspersonalen fick de bekräftelse på att både Sten Åkerblom och Martin Åhl hade varit inne på krogen, den senare för att fråga efter Andreas Nilson, det var vid 23-tiden. Men några småpojkar, med eller utan keps, hade ingen annan än Konrad Hultgren lagt märke till den kvällen.

KAPITEL 17

Trots den kyliga morgonen var midsommarkvällen varm och ljus. Maria stod och såg längtansfullt mot dansen kring midsommarstången på Paviljongsplan. En man, inte olik Krister, dansade runt till ”Små grodorna” med en pojke på axlarna och en liten flicka vid handen. Blomsterkransen hon hade på huvudet var för stor och ville glida ned i ansiktet. Hon skyfflade hela tiden tillbaka den med en liten solbränd näve för att till slut låta den falla ned runt halsen. När det kom till själva hoppandet kiknade pojken av skratt, ett underbart kvillrande skratt av bara lycka. Maria kände hur det högg tag i henne. Flera familjer satt grupperade kring picknickkorgar på filtar i gräset. Dragspelsmusiken, barnrösterna, folkdräkternas färger och midsommarstångens blommor flöt ihop och blev till dimma. Maria drog handen över ögonen och märkte att hon grät. Längtan efter barnen blev i ögonblicket så stark. Önskan att bara få hålla om dem. Småprata. Höra dem skratta. Vid en skilsmässa skiljer man sig inte bara från sin man, man avstår från det dagliga umgänget med sina barn. Det är ett högt pris. Var det rätt mot barnen? De hade inte fått välja. Maria kunde höra Lindas röst: Jag vill inte skilja oss. Det är ni. Jag vill ha oss tillsammans. Och ändå, tanken på att tillbringa tio år till med Krister kändes omöjlig när hon irriterade sig på honom varenda minut och inte tålde tanken på att han någonsin mer skulle röra vid henne. Det finns inget rätt och fel, inget sådant som en enkel skilsmässa.

”Maria, hör du mej?” Jesper Ek öppnade bildörren och stack ut huvudet. ”En restaurangägare behöver handräckning på Strandgatan. Värsta stråket, om du frågar mej; Strandgatan genom stan och Hästgatan upp mot Östercentrum och Österväg. Det brukar vara så tjockt med folk vid Österport att man knappt kan ta sig förbi. I fjol fick vi in 39 anmälningar om misshandel, bara på Österväg. Två hamburgerrestauranger, en korvkiosk och en taxistation gör att det samlas folk. Det är där vi kommer att få jobba i kväll. De som åker på stryk är främst yngre män, den vanliga allmänheten brukar det inte vara någon större risk för. Undrar hur det ser ut på Strandgatan. Det är väl nån jäkla Svensson som inte är van att dricka och som tagit sig ett glas för mycket, blivit stor och stark och försöker styra stan efter nya regler. Börjar med ett par förolämpningar till ledaren i ett ungdomsgäng och så är det i gång. Det är så medelålders män blir misshandlade. Hörde av Hartman att Arvidsson skulle komma hit till midsommar. Roligt. Vi kanske kunde hitta på något ihop. Du är väl ledig i morgon? Vad säger du?"

"Arvidsson har blivit pappa för andra gången. Han har två barn. En flicka och nu har han fått en pojke och jag visste ingenting."

"Å fan." Han gav henne en hastig blick och skakade på huvudet. "Och nu sitter vi här och är övergivna du och jag."

"Ungefär så." Maria kände tårarna stiga bakom ögonlocken. Faan! Hon slet fram kartboken ur handskfacket, öppnade den på måfå och bläddrade klumpigt. Vägrade att möta Eks medlidsamma ansikte. Inte nu. Hon ville behålla kontrollen. Det fanns en karta över Visby längst bak. Hon följde Strandgatan med fingret, åt fel håll och svor och bet sig själv i knogen när han korrigerade henne. Då fångade han hennes ansikte mellan sina händer och vände henne mot sig medan han strök henne försiktigt över kinden. När hon såg medlidandet i hans blick brast allting och hon grät mot hans axel och dunkade handflatan mot instrumentbrädan."

"Fan, fan, fan!"

"Det finns choklad", sa han efter att ha hållit om henne en stund medan han bökade runt med andra handen i handskfacket. Ek var en handlingens man, en gråtande kvinna kräver snabba insatser. Vad som helst, bara hon slutar gråta. "Här, du kan ta hela om du vill." Av det skrynkliga papperet att döma verkade chokladkakan ha varit med ett tag, men det gjorde inget. Maria tog emot den utan att tveka. Mer än så blev inte sagt om Per Arvidsson, och när de tagit sig ned till Strandgatan hade den överförfriskade mannen frivilligt följt med sin fru hem och restaurangägaren var nöjd för stunden. De fortsatte över Donnersplats och ned mot hamnområdet.

"Kolla där", Ek saktade in bilen och pekade ut genom rutan mot en av krogarna. "Vad tänker du när en man i sextioårsåldern går och håller en flickunge under armen? Vad kan hon vara? En sexton, sjutton år? Nu går de över gatan ned mot gästhamnen. Inte fan är det morfar hon är ute med. Kolla, nu tafsar han henne på ändan." Maria följde paret med blicken. En mycket söt flicka i kort kjol och högklackade vita stövletter balanserade i armkrok med en äldre man i kostym ned mot båtarna. Antagligen var hon inte helt nykter. Ek hade säkert rätt. De noterade att båten hade litauisk flagga.

"Finns det någon organiserad prostitution här?" frågade Maria.

"Det är jag övertygad om. Men vi kommer inte åt dem. För att kunna ingripa måste någon göra en anmälan. Torskarna gör det inte, det är ju straffbart att köpa sexuella tjänster numera. Tjejerna gör det inte heller. De verkligt fula gubbarna sitter tryggt. Flickorna lockas hit med förespeglingar om ett välbetalt jobb. På en vecka kan en prostituerad här tjäna vad en läkare i hemlandet har i årslön, om hon får behålla pengarna. Det är vad man lockar dem med. Ofta blir de av med passet så fort de kommer hit och sen är de fångar, har inget uppehållstillstånd och hotas med misshandel. De tvingas betala av på sin skuld för resan, uppehälle och marknadsföring. En skuld de sällan lyckas bli av med, och under tiden utnyttjas de gratis. Båtarna som lägger till i fritidshamnen kan ha hur många flickor med sig i lasten som helst utan att vi har några egentliga möjligheter att kontrollera det, om vi inte får in tips. Det är ett jäkla problem med de prostituerade som kommer hit."

"Jag håller inte med dej där. Problemet är inte i första hand de prostituerade, problemet ligger i efterfrågan. Att det överhuvudtaget finns en marknad." Så typiskt Jesper att se flickorna som problemet. Maria kände sig irriterad över sin kollegas snäva bild av verkligheten. Det stora problemet är att den som har pengar kan ta sig rätten att köpa sig en annan mans dotter och våldföra sig på henne. Fattigdom är det som tvingar flickorna att komma hit. Vår oförmåga att dela med oss av vårt välstånd. ”Ta FN-soldaterna i Kongo till exempel. Läste du om dem? Deras uppgift var att skydda civilbefolkningen. För några ägg, mjölk och småpengar köpte de sex av unga kvinnor och barn. Många av de där kvinnorna hade förlorat sin familj, utsatts för våldtäkt under kriget och var i desperat behov av mat och pengar. Tack för hjälpen!”

”Vadå, prostitution är väldens äldsta yrke. Män har alltid behövt få utlopp för sin sexualitet. Finns det möjlighet att gå till en prostituerad kanske man undviker att våldtäkter begås.”

”Skitsnack! Det har du inga som helst belägg för. Dessutom är det att omyndigförklara män på grund av deras sexualitet. Kan man överhuvudtaget låta män vistas ute om de har så svårt med sin impulskontroll?” Fan, det här trodde jag inte om dej, Jesper Ek. Jag trodde du hade vidare vyer än så. Maria kände en hastigt uppflammande vrede. Vilket stöd har de flickor som blir misshandlade och söker hjälp hos polisen om det fortfarande på sina håll finns en så fördomsfull inställning till den manliga sexualiteten och till kvinnosläktet som uppdelat i horor och ärbara kvinnor. ”Vid sekelskiftet tillämpade vi brottsprovokation för att sätta dit prostituerade, visste du det? Det gick till så att en polisman klädde sig civilt och försökte charma kvinnor. Om kvinnan visade intresse och var villig att träffa honom igen häktades hon misstänkt för skörlevnad och dömdes att leva som allmän egendom om hon inte kunde bevisa sin oskuld. Vilka möjligheter till maktmissbruk gav inte det?”

”Vad du tar i.” Ek såg både intresserad och besvärad ut på samma gång. ”Blir du förbannad, eller?”

”Det här är ren kriminalhistoria. Så gick det till, och synen på kvinnor som råkar ut för övergrepp har inte förändrats särskilt mycket. En prostituerad ses som en sämre sorts människa, inte som ett offer för en orättvis värld där somliga har pengar i överflöd och andra inte har medel till det nödvändigaste.”

”Du måste väl ändå hålla med mej om att det är ett problem att de kommer hit? Polisen har väl annat att göra? Okej, det är inte politiskt korrekt att säga som det är, men hur fan ska man kunna hjälpa dem om man inte först beskriver verkligheten?”

”Målsättningen är att skicka hem dem och bli av med problemet, menar du. Skicka tillbaka dem till vad då? Hur ska vi få flickorna att vittna om de sedan skickas tillbaka? För den flicka som har vittnat är det en enkel biljett till evigheten. Vilka väntar på henne när hon kommer hem, tror du? Det minsta vi kan göra för dem är att visa lite respekt medan de tar sig igenom rättegången och sen lova dem uppehållstillstånd för att de ska våga prata. Hur ska vi annars få tag i de verkliga brottslingarna som ofta sysslar med betydligt mer än människohandel?"

"Det är klart man skulle önska att man kunde ta hand om alla som far illa, men det går inte. Har vi möjlighet att låta alla stanna i landet som säger sig vara prostituerade och villiga att vittna? Jag träffade en torsk en gång", sa Ek. "… en vanlig trevlig kille. Vi tog en öl ihop när vi hade spelat golf. Han visste inte att jag var polis, då skulle han väl aldrig ha snackat som han gjorde, men stämningen var för det. Vi kom att prata om prostitution och han berättade att han brukade gå till kvinnor då och då och jag frågade vad han tänkte om det. Jag menar hur det känns att göra det med någon som egentligen inte vill, möjligen fejkar men som faktiskt föraktar en så in i helvete och det man gör. Vet du vad han sa? Han sa att det var den enda formen av sex som kändes ren för honom, som inte gav en känsla av att han var skyldig något efteråt. Inte när han hade betalat. Det var en avslutad affärsöverenskommelse. Man var överens om priset och han var utan skuld. De gånger han haft sex med någon frivillig utan att betala för sig mådde han bara dåligt."

"Och det skulle vara normalt, tycker du?"

Efter en sillbit utan nubbe, lättöl och en bit jordgubbstårta i polishusets matsal tog Ek och Wern sig till fots ned till Östercentrum igen. Utanför McDonald's hade säkert ett hundratal ungdomar samlats, en del ganska högljudda och stökiga. Tryckta i täta klungor stod tunnklädda och småfrusna tjejer, en del med armarna om varandra, andra satt och grejade med någons hår eller rökte. Solen hade just försvunnit bortom ringmuren och skymningen bredde ut sig över stan. Hyfsat lugnt ändå, kampanjen med "varannan vatten" kanske har gjort sitt till, tänkte Maria och log nostalgiskt igenkännande åt en tjej som koketterade om sin vikt och nöp sig lite i sidan för att visa att hon ”ba va så tjock”, fast det knappt gick att få något hull mellan fingrarna. Flickan kastade sitt långa hår bakåt med en släng på huvudet som i schamporeklamen och log mot en ung man, och budskapet gick hem. Han la sin arm om hennes smala bara midja och ansiktet mjuknade i ett barnsligt leende. Smycket i hennes ena näsvinge gnistrade till i ljuset som strömmade ut från hamburgerbaren när hon vände sig om. Ung kärlek i midsommarnatten, visst var den vacker.

”Min brorson piercade sig i tungan förra sommaren”, sa Ek. ”Det gick knappt att höra vad han sa. Han läspade och kunde inte säga R och till allt elände fick han jobb på nummerupplysningen. Folk blev förbannade på honom så klart. Det kostade ju pengar när de inte hörde vad han sa och måste fråga om. Det blev ingen långvarig anställning. Varför gör dom så?”

”På vår tid låg man på golvet för att få igen dragkedjan i gylfen och sen kunde man inte sitta ned utan risk för att spräcka byxan. Jag vet inte om det var bättre, bara annorlunda.” Maria kunde inte låta bli att småle vid tanken.

De fortsatte in genom Österport förbi festklädda människor som trängdes utanför restaurangerna, vek av vid Wallersplats upp på Adelsgatan, passerade Strykjärnet mot utsiktsplatsen vid Metodistkyrkan med överblick över nedre delen av Hästgatan och S:t Hans konditori när larmet från campingen nådde dem. Ett knivslagsmål. Oklart hur många inblandade. Det skulle ta dem cirka femton minuter att komma till campingområdet söder om staden. Man hinner tänka en del på den stunden. En patrull var på väg från Roma, men Wern och Ek skulle sannolikt komma först till platsen.

”Slagsmålen har blivit råare. Det är fler som bär vapen. Vet du att var femte åttondeklassare bara under det sista året burit kniv. Det är en otäck utveckling”, sa Ek. ”Man vet inte vad man kommer att få se.”

”Är ambulansen på väg?”

I grindhålet vid campingens reception möttes de av en uppskrämd flickunge i en stor säckig bomullsjacka med alltför långa ärmar, säkert ett lån. Det var uppenbart att hon hade gråtit. Rösten var liten och tunn och fötterna trampade som om hon stod i en myrstack medan hon pratade. Oavbrutet snörvlade hon och satte ömsom den långa luggen bakom örat, ömsom stoppade hon den i munnen och sög på hårtopparna.

”Där borta. De har rivit ned flera tält och en av killarna har en kniv.”

”Är någon skadad?” Maria steg ur bilen och tog fram en ficklampa.

”Vet inte. Det var någon som skrek och sen föll tältet ihop över oss. Det är så jäkla otäckt om någon sticker med en kniv in genom tältduken. Hugger bara på måfå utan att veta var det träffar. Jag har sett det på film. Fy fan, vad psyko det är. Petter har kniv, skrek en kille och jag lyckades få upp dragkedjan på tältet och sen bara sprang jag hit. Dom är skitfulla ju. Dyngraka, en av killarna spydde bara rakt ut i vasken där man hämtar vatten. Jag vill hem. Det är så jäkla otäckt. Jag vill inte vara här längre.” Maria meddelade vakthavande att de var på plats. Sen var det var bara att följa musiken som spelades på hög volym och ett sorl av röster i riktning mot tälten.

”Det är den långe killen som står vid tältet, som har kniv. Petter alltså, som böjer sig ned nu. Han är också skitfull. Men säg för guds skull inte att jag har sagt det. Lova! Jag får ett helvete om de vet att det är jag.” Flickan klamrade sig fast vid Marias arm. Hon luktade inte välling precis, hon heller. Den långe magre killen som blivit utpekad stod dubbelvikt och drog ut någon ur tältet när de kom fram. Med ett stadigt tag om gymnastikskorna på sin liggande kompis tog han spjärn med fötterna i backen och drog av alla krafter tills ett par ben och en kritvit mage blev synlig i ficklampans sken.

”Den fan har spytt – inne i tältet. Han var ute och sen kröp han *in* för att spy. Fy faan vad äckligt! Det är inte många hemma där. Alla popcorn är inte poppade.” Den magre pekade mot den framdragne kompisens panna och knackade på hans huvud. ”Jag tror han har pinkat ned sig också. Helvete! Jag har mina grejor där inne, ditt jävla pucko.” Maria lät ficklampans ljuskägla söka upp ansiktet på den anklagade. Hon kände igen honom direkt, Oskar

Ahl, som hon så sent som i går hört angående Andreas Nilssons försvinnande.

"Oskar, hur är det? Kan du försöka se på mej och svara."

"Låt mej va ifred. Jag mår illa." Han vände sig på sidan och slappnade av i kroppen, snarkade till och släppte en ljudlig fjärt. Den långe smale såg på Maria och himlade sig. Han svajade betänkligt med överkroppen när han tog ett steg bakåt.

"Va fan gör ni här? Har det hänt nåt eller?"

"Tänkte fråga dej detsamma. Vad heter du?" frågade Maria.

"Petter Wickman. Va fan är det om?" Han tog ett steg åt sidan och snubblade över tältlinan, fick tag i tältduken och lyckades hålla balansen utan att riva hela tältet. Ek vände sig om och lät lampan lysa bort mot serviceanläggningen där ett par killar kom gående och ställde sig på några meters avstånd från dem.

"Ge mej kniven, Petter. Nu!" sa Maria. Petter släppte stiletten på marken och svor till. Maria plockade upp den. "Har du något mer?" Han skakade på huvudet.

"Han rispade min kompis i armen och så här på halsen. Kolla." En liten rödhårig kille i träningskläder försökte knuffa fram sin kompis i rampljuset. Killen tvekade och försökte backa tillbaka.

"Fan, det var ju bara på lek, det blev en rispa för att han ramlade mot mej. Det såg ni väl själva. Det var ju på skoj, för fan." Petter nickade mot grabbarna för att få deras bifall och kastade en hastig blick på Ek för att se hans reaktion. Maria gjorde detsamma.

"Har ni flera vapen så plockar ni fram dem. Knivar, kaststjärnor. Rubbet." Eks röst var hård som ett piskrapp. För några år sedan hade han fått en kniv i magen, opererats i timmar och med en hårsmån sluppit få påse på magen. Maria letade tecken på att Jesper Ek skulle kunna gå över gränsen och gripa till våld, men hans ansikte röjde ingen aggression.

"Jag hade fan bara kniven. Det var ju på skoj", upprepade Petter.

"Skoj! Han kunde ju ha dött." Killen i träningskläder lade armen runt sin kompis. Killen med stickad mössa neddragen till näsroten och rispa på halsen blev lite kaxigare nu och tog ett steg fram.

"Du är inte riktigt klok ju, Petter. Slåss jämt. Håller på och trackar varenda jävel tills någon svarar dej, och då blir du arg och slåss utav helvete." Han visade sina armar och halsen. Maria tittade över skadorna. Ytliga rispor i huden, säkert värre sår på självkänslan.

"Hur gammal är du, Petter?"

"Fan vilken fråga." Han såg överlägset leende på de andra grabbarna för att få medhåll, men de gav honom inget stöd.

"Jag vill ha ett svar." Marias röst visade att hon menade allvar. Hon ställde sig mitt framför honom och krävde hans fulla uppmärksamhet. Det var bättre att hon tog tag i det här än att Ek blev provocerad.

"Fjorton, fyller femton i augusti."

"Och Oskar?"

"Han är också fjorton. Fan va jag är pissnödig. Ska vi stå här länge eller?" Petter sneglade bort mot serviceanläggningen där en ensam glödlampas sken visade vägen till herrarnas domäner.

"Jag tänker ta med er till stationen, så får era föräldrar komma och hämta er där. Jag vill ha telefonnummer. Mobilnumren också. Ni kan packa ihop era saker."

"De skiter väl i var jag är. Farsan är nog i sin lägenhet i stan och morsan drar ur jacket och tar sömntabletter för att slippa ifrån skiten. Vem fan bryr sig, tror du? Fast Oskars morsa kommer nog. Hon blir skitförbannad. Fattaru vad förbannad hon blir? Det är inte roligt. Stackars jävla Oskar vad hon kommer att snacka! Han kommer att få öronen nedmalda till pulver. Måste Oskars morsa få veta det här?"

"Vad har ni druckit? Vodka och cider?" Ek lyste in i tältet, hittade ett par petflaskor och tömde ut det som fanns kvar av innehållet i en tetradunk på marken. "Var har ni fått vodkan ifrån?"

"Fan, vad gör du? Det är ju vårat." Petter gjorde en ansats att ta lådan. "Den är min."

"Inte nu längre, var kommer spriten ifrån?"

"Vi snodde en dunk av Oskars pappa, han har inte precis stenkoll. Han har massor i källaren, köper det billigt av en snubbe i hamnen. Han säljer vodka i trelitersdunkar med tappkran, skitfränt."

Maria satte sig på huk bredvid Oskar och försökte efter bästa förmåga få kontakt och resa honom upp till stående.

”Hör du mej, Oskar. Kan du se på mej, det är Maria Wern från polisen.” Hon klappade honom hårt på kinden. Plötsligt spärrade Oskar upp ögonen och stirrade på henne. Det såg ut som om han tänkte börja skrika. Munnen var öppen, men det kom inget ljud. Maria skakade honom lätt. ”Oskar, hur är det?”

”Är han död? Har ni hittat Andreas nu. Fan-fan-fan-fan. Han är död, va?” Oskar började snyfta och snyftningarna övergick i högljudd gråt. Petter lutade sig hastigt fram och höll för munnen på honom med båda händerna.

”Sluta gapa för fan och skärp dej!”

”Låt honom vara”, sa Maria. ”Oskar se på mej. Vi har inte hittat Andreas. Vi vet inte var han är eller vad som har hänt honom. Kan du försöka resa dej upp och gå själv?”

Efter att ha kontaktat vakthavande och meddelat hur saker och ting utvecklats sanerade de Oskar och fick på honom andra byxor så att han blev i transportabelt skick. De packade ihop sakerna med tveksam assistans från Petter. Eks vaksamma blick sökte igenom persedlarna. Det såg inte ut att vara gods på drift. Cd-spelaren var inte av senaste märket, inte heller grabbens mobil, och något annat fanns inte som verkade vara stulet. När man efter upprepade försök kommit i kontakt med pojkarnas föräldrar beslutade man sig för att skjutsa hem dem i stället för att ta dem till stationen. Ingen förälder var nykter nog att hämta dem på själva midsommaraftonen när saken kom på tal. Petters mamma verkade inte alls förstå vad som hade hänt och svarade trögt och svävande på det mesta, men Petter hade egen nyckel så han skulle åtminstone kunna komma in i huset. Sen fick de se om det gick att lämna av honom där eller om man skulle tvingas koppla in socialjouren mitt i natten.

KAPITEL 18

Elvira Wickman stängde av mobilen och kände att hon skakade inombords. Sömntabletterna hade ännu inte släppt sitt grepp om medvetandet. Vad hade polisen tänkt när hon svarade fel och orden kom med sådan sävlighet? Fast de hade väl en viss rännstensvana efter att ha patrullerat utanför krogarna under andra helger. Vem är redbar klockan två på midsommarnatten? Det kräver säkert sin pedagog att få fram ett meddelande när man överrumplar folk mitt i natten. Först hade hon tänkt att samtalet gällde Andreas, att de hade funnit honom. En stor lättnad. Sen kom rädslan för vad han kunde ha sagt till polisen om henne och Martin, och polismannens utläggning om Petter gick henne helt förbi. Tålmodigt bad han henne repetera de ord han just sagt. Förstår du vad jag säger? Petter är full. Vi kommer hem med honom. Inget om Andreas? De hade inte sagt ett ord om Andreas. Samvetet hade spelat henne ett spratt. När polisen ringer måste det naturligtvis handla om Andreas. Hon borde ha berättat sanningen för dem när de frågade henne. Vilken lättnad det skulle ha varit att få säga som det var, även om Martin aldrig skulle förlåta henne. Kanske skulle det bli nödvändigt att säga sanningen om hon skulle kunna förlåta sig själv.

Elvira gick fram till fönstret fast det ännu skulle dröja någon halvtimme innan de kunde vara på plats. Det började redan ljusna. Petter full! Var Petter så full att han blivit tagen av polisen? Varför hade de inte kontaktat Lars förresten? Det borde ju vara närmare till hands att han hämtade pojken när han bodde över i lägenheten i stan. De hade väl inte fått tag i honom förstås. Ibland var det omöjligt. Ganska ofta var mobilen avstängd. Han satt i möte, sa han. Det kanske var så för det mesta, vem vet. Fast inte nu, just nu mitt i natten borde de kunna nå honom på mobilen? Han hade rest till stan direkt efter middagen. Kaffe på maten ratade han och jordgubbstårtan hon köpt rörde han inte. Han behövde vara i Visby och förbereda sig för att ta emot en kollega som skulle komma med båten på själva midsommarafton. Genomskinligt som en cellofanförpackning. Petter! Herregud, polisen skulle komma hem med honom. Det var ju förfärligt. Vad hade han gjort? Varit berusad, sa dom. Oskar också, redlöst berusad. De borde inte ha fått lov att tälta på egen hand. Hon hade verkligen varit emot det och velat säga nej, men Lars hade redan lovat. Två viljor mot en. Vad hade hon att sätta emot? Skulle de sociala myndigheterna och hela räddningskåren kopplas in nu var det faktiskt Lars fel.

Ändå var det en liten tröst i det hela att Oskar kom hem med samma transport som Petter. Susanne kunde vara väldigt kategorisk och dömande när det gällde andra människors sätt att uppfostra sina barn. När det gällde andra människors sätt att tänka och leva överhuvudtaget förresten. För att visa att det verkligen inte handlade om något allmänt tyckande från hennes sida refererade hon ofta till studier. Det finns en amerikansk studie som visar ... Vad har man att sätta emot amerikansk expertis utan att bli undervisad och tillrättavisad och tilltryckt? Det var faktiskt bra att Oskar också hade druckit. Rättvist på ett sätt, även om Susanne säkert skulle få det till att Petter hade lockat hennes lilla sockertopp i fördärvet. Man följer sitt hjärta och gör sitt bästa för att man älskar sina barn. Ibland är det svårt att säga nej när man borde säga nej, och ibland är det svårt att veta om man bör krama om dem eller låta dem vara ifred. Susanne trodde alltid hon visste bäst. Den jäkla hoppan. Elvira tillät sig att känna efter hur illa hon egentligen tyckte om Martins fru som fick andra att känna sig fula och mindervärdiga och ohjälpligt korta i roten. Hon svepte morgonrocken om sig och gick ut på toaletten. Den bedövande tröttheten gjorde rörelsen så klumpig att hon slog ned en burk nattkräm från kommoden innan hon med en duns föll ned med baken på toalettsitsen. En knivskarp sveda vid vattenkastningen fick henne att vakna till en smula. Hon knep om strålen och försökte igen. Det sved. Måste vara urinvägsinfektion. Hon skulle inte ha tagit det där kvällsbadet i havet i går. Det kunde inte ha varit mer än 12 grader i vattnet. I bästa fall skulle eländet gå att kurera med C-vitamin och litervis med vatten.

Ytterdörren öppnades ut mot natten och där stod Petter upphängd mellan två poliser. Elvira tände lyset och såg på honom. Han var mycket blek. Hans kyliga ansiktsuttryck hindrade hennes första impuls att rusa fram och krama om honom. Nu blev hon stående där i hallen och tittade på sina bara fötter som stack fram under morgonrockens fransiga nederkant och kände sig billig. Hon kunde väl åtminstone ha klätt på sig när hon visste att de skulle komma, men det fanns ingen ork kvar sedan hon börjat fundera på gynekologiska åkommor. Allt var åt helvete. Poliserna stirrade på henne och väntade sig svar på något. Lars var inte hemma och kunde tala med dem. Hon kände sig plötslig så liten och övergiven och uppträngd mot väggen.

”Vad har hänt? Vad har du gjort, Petter?” skrek Elvira när hon äntligen fick mål i mun och skämdes i samma stund för att hon inte lyckades hålla rösten behärskad. Maria Wern redogjorde för vad som inträffat sakligt och lugnt. ”Vi är skyldiga att skriva en anmälan på det här och det kommer att bli en utredning.”

”Utredning?” Orden sjönk sakta in. Petter hade rispat någon med kniv. Brukade han bära kniv? ”Vad kan hända då om det blir en utredning?” Elvira hade svårt att formulera sig, det lät som småbarnsspråk. Det kändes som om bara det faktum att frågorna blev uttalade skulle öka risken för en katastrof. Vad händer nu, finns ungdomsvårdsskolorna kvar? Vad säger den andre killens föräldrar, han som blev rispad? Det är ju förfärligt. Kommer de att höra av sig och bråka? Blir Petter skadeståndsskyldig? Oskar då, har inte han gjort något?

”Eftersom Petter inte har fyllt femton år och inte är straffmyndig gör man en utredning enligt LUL, lagen om unga lagöverträdare. Det som händer är att någon från de sociala myndigheterna kommer att kontakta er för ett samtal.”

”Ett samtal? Och vad händer sen?”

”Det beror på vad de kommer fram till. Vet du var Petter har fått sin kniv ifrån?” Maria tog upp en plastpåse ur sin väska och förevisade innehållet.

”Ja, den köpte han när vi var på semester i Spanien förra sommaren.” Elvira ångrade sitt uttalande så fort det rann över läpparna. Lars fick faktiskt skylla sig själv när han inte var hemma och lade orden till rätta. Han skulle säkert ha kommit på något sätt att undvika alla fällor och få dem att framstå som praktföräldrar och Petters överträdelse som ett litet hyss. Själv ägde hon inte den förmågan.

Poliserna verkade inte göra sig någon brådska. De slog sig ned vid köksbordet medan Elvira hjälpte Petter att komma i säng. Ville de se om hon klarade av det? Om hon var tillräknelig nog att ta hand om sin son eller om de skulle behöva blanda in soc. Elvira skärpte sig till det yttersta för att inte ruska om sin son, korsförhöra honom och skälla ut honom och få honom att förklara sig. Det var uppenbart att han inte var i skick för det.

”Han kanske behöver en hink bredvid sängen, han kräktes i bilen”, upplyste Ek.

”Behöver den städas ur?” frågade hon matt och hoppades på ett negativt svar. Naturligtvis måste hon skura rent om det var så. Det var väl det minsta hon kunde göra när de hade skjutsat honom hem och allting. Golvet gungade och yrseln drog genom kroppen när hon tänkte på att stå böjd genom en bildörr och torka spyor. Hur illa var det, hade det kommit på sätet också?

”Vi ordnar det sen.” Den kvinnliga polisens röst. Elvira orkade inte säga emot. Även om det var förargligt, så var hon tacksam.

”Jag tänkte på Andreas, ni har inget nytt?” Hon drog ut en av köksstolarna för att sätta sig en bit ifrån dem. Hon kände sig så avklädd i sitt nattlinne.

”Inget.” Marias bärnstensbruna ögon skiftade i en mörkare nyans när hon böjde sig fram över bordet och talade dämpat för att inte Petter skulle höra dem. ”Draggningen i dag gav inget. Du har inte själv några tankar, något du kommit på, som kan vara till hjälp? Även om det verkar obetydligt kan det vara viktigt.”

Elvira kände ett lätt illamående komma när pulsen ökade, pressade på så hon kunde höra slagen i sitt inneröra. Hon borde säga det. Hon borde berätta att de sett Andreas. För Charlottas skull. Vilket helvete det måste vara att inte veta vad som hänt med ens barn. Det skulle ändå var en sorts nyhet. Hon hade ingen rätt att hålla det för sig själv längre. Nej, nej, hon måste tänka först. Inte förhasta sig. Det gällde ju Martin också. För Martins skull måste hon tiga. Hon måste prata med honom innan hon sa något. Elvira tog ett djupt andetag och riste i hela kroppen. Så nära det var att hon hade råkat säga sanningen. Marias ögon vilade på henne och väntade på en fortsättning. Tystnaden slog lock för öronen, svajade och blev till en ringande ton. Elvira knep sig hårt i armen. Hon blev plötsligt rädd för sig själv. Vad skulle ha hänt om hon berättat sanningen? Säkert skulle hon ha ångrat sig sen när det var för sent. Martin skulle aldrig ha förlåtit henne. Susanne skulle hata henne och Charlotta skulle inte heller förlåta att hon hållit inne med sanningen så lång tid. Martin skulle bli rent rasande om hon yppade deras hemlighet. För henne var det lite genant, men för honom skulle jorden rämna. ”Jag får en känsla av att du vill berätta något för mej”, sa Maria.

”Nej.” Elvira kände hur rodnaden flöt ned över halsen. Hon kunde inte längre möta Marias blick.

”Det finns en grotta i Östergarnsberget. Den kallas namngrottan”, sa Maria och Elvira kände sig lättad över att hon så snabbt bytte ämne. ”Det har tydligen varit en tradition sedan länge att barnen i skolan skriver sina namn där.”

”Ja, det gjorde vi”, sa Elvira. ”Jag tror till och med att Ester som bor bredvid mej skrev sitt namn när hon gick i skolan.”

”Jag la särskilt märke till två namn med ett hjärta runt om. Martin och Elvira stod det.”

”Nej. Ja.” Elvira kände hur luften i rummet tog slut, det gick inte att andas. ”Absolut inte. Jag menar det är ingenting, inte nu.”

”Inte? Vi är bara människor eller hur? Konstigare saker har hänt än att en man och en kvinna känt attraktion till varandra.” Maria kunde inte låta bli att le åt Elviras bestörtning.

”Jag begriper inte hur du kan få något sådant för dej. Det är ju helt absurt. Martin och jag är bara vänner, om ens det. Vi tyckte väl om varandra när vi var barn, men det är allt. Martin älskar sin fru.”

När polisbilen uppslukats av den ljusa midsommarnatten som sakta övergick i gryning smög Elvira in till sin son och satte sig på hans sängkant. Hon såg på honom när han sov. Nyss en liten pojke som sprang emot henne med öppen famn för att kramas och sitta i knäet. En liten pojke som öppet berättade allt han funderade på. Han rörde sig i sömnen nu. Pannan var svettig. En stor ömhet kom över henne och hon smekte honom över håret. Plötsligt satte han sig upp.

”Hur mår du nu, Petter?”

”Skit. Sa dom nåt om Andreas?”

”Nej, inget nytt. De har inte hittat honom ännu. Men gråter du, Petter? Är du ledsen för det här med Andreas? Vi är oroliga och ledsna allihop. Det är förfärligt och värst är det för Charlotta och lilla Amanda och för Tommy. Om man bara kunde begripa vad som hänt, var han finns någonstans. Du såg inte till honom när ni cyklade nere i hamnen efter festen?”

”Nej, för fan.”

”Jag tänkte bara …”

”Ska du och pappa skiljas?” Petters röst var en försiktig viskning.

”Varför tror du det?” Elvira hade förberett samtalet gång på gång, men just nu kände hon sig inte alls i skick att ta upp saken.

”Ska ni skiljas nu?”

”Vi har inte haft det bra tillsammans på länge, pappa och jag. Det har blivit så att han lever sitt liv och jag mitt, men vi har inte direkt pratat om att skiljas, och vi älskar dej båda två och vill att du ska ha det bra. Det är det allra viktigaste. Vi är dina föräldrar och det ändrar sig inte.”

”Kommer Oskars föräldrar också att skiljas?” Elvira kände frågan som ett slag i mellangärdet. Visste han något eller var det bara en trevare. Hon hade ingen beredskap eller kraft över för ett sådant samtal.

”Nej, Petter, varför säger du så?”

”Det var en grej Andreas sa.”

”Träffade du Andreas nere i hamnen?” Elvira kände adrenalinet rusa genom kroppen. ”Petter, se på mej. Du har varit så konstig och arg och lättretlig de senaste dagarna. Hände det något nere i hamnen?” Elvira tog tag i hans armar och drog honom närmare. Svaret som uteblev skar genom rummet. ”Hände det något med

Andreas? Vet du något du inte har sagt till polisen? Svara mej, Petter. Vad du än har gjort, så älskar jag dej, det vet du. Du måste kunna berätta för mej som det är. Träffade ni Andreas i hamnen?"

"Ja. Mitt huvud, jag har så ont i huvudet. Jag mår illa." Elvira höll fram hinken och väntade tills ulkningarna avtagit. Polisens skildring av hur Petter rispat en annan kille med kniv tog sakta plats i Elviras medvetande. Andra saker som lärarens samtal hem en sen kväll när hon berättade att Petter mobbat en flicka i skolan och sparkat henne, och tidigare under terminen en mamma som ringde och talade om att hennes Erik inte vågade gå till skolan för att Petter hela tiden trakasserade honom. Allt fanns där i hennes tankar och virvlade runt, runt. Illamåendet, oron och känslan av skuld gjorde henne rasande. Hon drog honom till sig och skakade honom så att huvudet for av och an på hans axlar.

"Slog du Andreas? Svara mej Petter, slog du honom?"

"Nej, det var Oskar. Oskar slog honom. Men du får för helvete inte säga något till Oskars mamma. Andreas ramlade och slog huvudet i en sten."

KAPITEL 19

Midsommarnatten gled sakta över i gryning. Wern och Ek fortsatte från polishuset ned mot stan genom Österport. ”Bartendern gör det på bardisken. Servitrisen gör det i ditt knä. Kocken gör det överallt. Gästerna gör det hela tiden. Sjunger karaoke på Borgens bistrobar, så klart”, sa reklamen. Musiken hördes långt ut på Hästgatan. En ung dam med ölburk i handen höll en lång ostrukturerad utläggning om sin syn på polisväsendet. Hon gav Ek en puss rakt på munnen och iakttog honom sedan lite under lugg när han på sitt strikta sätt besvarade batteriet av frågor och felaktiga antaganden.

”Kan du inte följa med och beskydda mej. Jag bor på Stadshotellet rum nr 204”, var hennes slutreplik och han lovade lägga det på minnet.

”Om det här hade hänt vid sekelskiftet, hade jag satt dit henne för skörlevnad”, sa han med en provocerande blick på Maria när de lyckats bli av med sitt bihang, men hon tog inte upp diskussionen. Svarade bara kort och oinspirerat.

”Du bör nog testa dej för rabies. Hon dreglade så konstigt.”

De passerade grupper av festklädda människor på vägen mot Stora Torget. I slutet av Smittens backe stod en medelålders man i kostym och pinkade med stöd av ena axeln mot en husvägg. Ek gav honom en tillsägelse i förbigående och han bad om ursäkt. Nöden har ingen lag. Är det fullt på krogen så man inte får komma in måste man pissa när man måste. Det borde ha blivit femhundra kronor i böter, men Ek lät det passera utan åtgärd. Klockan var närmare tre, konstaterade Maria och gäspade stort. Två småkillar sparkade en läskburk mellan sig och dribblade den upp på gamla systembolagets trappa, förbi en lättklädd kvinna med örhängen stora som bestick. Kvinnan väjde för dem med knapp marginal och tände en cigarett.

”Hur vet man säkert om en kvinna är festklädd eller om hon klätt sig utmanande för att ta betalt för sexuella tjänster? Ibland är gränsen hårfin.” Ek nickade menande mot kvinnan på trappan. ”Hon där, vad tror du? Klädmodet är lite märkligt just nu, håller du inte med mej om det?”

”Jag vet faktiskt inte. Det är inte säkert du direkt kan se på kläderna om en man är statistiker på SCB, rörmokare eller tandläkare heller. Har du inte tänkt utnyttja deras tjänster så spelar det kanske ingen roll.”

”Förr klippte man håret av lösaktiga kvinnor för att kunna identifiera dem”, sa Ek medan han, inte utan en viss beundran, såg kvinnan på trappan fimpa sin cigarett med tåspetsen och med utmärkt precision stiga ned från trappstegen i sina högklackade skor.

”Har alltid varit bekymrad över din frisyr, Ek. Är den ett sätt att manifestera sexuell lössläppthet?” Maria tryckte ihop hans hårt sprejade helikopterplatta med handflatan.

”Sluta. Vet du hur lång tid det tar att fixa en sån frisyr? Kolla, nu kommer en svart Merca. Det sitter en man i bilen. Han har sagt en enda mening till henne och hon hoppar in i framsätet. Jag har registreringsnumret. Vem vet, det kan förstås vara hennes farsa, å andra sidan kan det vara en kund. Hur vet man det? Ska vi stoppa dem och kolla nykterheten?”

”Absolut.”

När chauffören blåst och körkortet var kontrollerat och bilens säkerhet genomgången så minutiöst som det fanns lagstöd för och lite till blev de stående en stund och såg ut över vimlet på Stora Torget, som sommartid har kallats Lilla Stureplan. Särskilt under Stockholmsveckan när Stureplan med omnejd kommer med sina lyxiga fritidsbåtar till Visby hamn och ockuperar alla bord på Gute och Burmeister som de bokat redan i mars. Endast kändisar göre sig besvär att köa. ”Vad tyst du är, Maria.”

”Jag tänkte på Andreas mamma. Finns det någon hos henne nu eller är hon ensam? Jag förstår Susanne Ahl, det är klart hon ville hem när det händer saker i familjen. Oskar mådde ju så dåligt. Hon kan väl inte stanna hos Charlotta hur länge som helst, men ändå. Det är hemskt att hon ska vara ensam på midsommarnatten med all sin oro. Vilket helvete. Hoppas hon kan sova någon stund."

"Ja, det är för jävligt. En svår press för Andreas lillasyster också. Jag kan inte glömma hennes blick. Barn begriper mer än man tror." Ek såg för sig den lilla flickans runda bruna ögon som betraktade honom nästan utan att blinka. "Är det någon som har hört Amanda Nilsson ännu? Jag försökte prata med henne, men det var svårt att få kontakt. Hon blev väl rädd av all uppståndelse."

"Jag gjorde också ett försök", sa Maria, "men vi beslutade att ta det efter helgen. Hon vägrade släppa sin mamma, eller snarare var det så att Charlotta vägrade släppa Amanda ifrån sig. Vi får gå varsamt fram. Jag vet inte om det var så bra att Charlotta hade barnet med sig nere i hamnen heller när vi draggade. Om vi hade hittat kroppen där och dragit upp den ... Hur vet man vad som är bäst för ett barn? Att vara i närheten av sin mamma i det hemska eller att stå utanför och göra sig egna bilder?"

"Det är inte lätt att veta."

"Nej, är det barnet man vill skydda när man avskärmar det från verkligheten eller vill man bara skydda sig själv från de känslor det väcker när ett barn upplever död och sorg. Det är, som sagt, inte enkelt."

"Jag tycker det är så märkligt", sa Ek som inte gärna fördjupade sig i ämnen som barn och döden och annat känslosamt, "att ingen av de gäster som fanns på hamnkrogen såg Andreas, om han nu sprang dit ned. Ingen utom Konrad Hultgren som såg två grabbar på cykel. Man kunde tro att han blandade ihop det med Petter och Oskar, men de hade ju varsin cykel. Det fanns närmare ett sjuttiotal människor på plats. Någon borde ha sett honom om han kom ned i hamnområdet. Det var ju upplyst och månljus."

"Om han alls kom fram dit. Petter och Oskar cyklade samma väg, vi får anta att Andreas sprang, men de såg honom inte. Eller gjorde de? Vi kommer att få anledning att återkomma till det när de är i skick för ett samtal. Förresten tog jag chansen att prata med Oskars pappa när vi med gemensamma krafter hade fått Oskar i säng. Martin följde med mej ut i trädgården. Jag frågade honom rakt på sak om något liknande hade hänt förut med pojkarna. Men han nekar till det. Oskar har aldrig druckit förut, inte ens smakat alkohol. Om man nu ska tro på det? Jag tyckte det verkade lite mer etablerat än en engångsfylla. De hade med sig vodka hemifrån, det handlade inte om att ta en klunk ur en flaska vin i kylen och sen fylla upp den med vatten som man gjorde själv i den åldern. De hade med sig en hel dunk och antog att ingen skulle sakna den. Jag menar, hur mycket finns det då att ta av därhemma, det måste vara rena spritupplaget?"

"Ändå får man en känsla av att de här grabbarnas föräldrar verkligen bryr sig", sa Ek. "De är som folk är mest. Har svårt med gränserna för vad som bör tillåtas från vilken ålder och vilket ansvar barn klarar av att ta. Man är väl ingen expert själv, men ibland ser man beklämmande exempel på hur föräldrar gett upp och slutat bry sig. Förra veckan hämtade jag in en påverkad tolvåring till station. Pappan kom motvilligt och hämtade ut honom och släppte sen av ungen utanför dörren till stationen. En timme senare hade vi fått in grabben igen. Den här gången i sådant skick att vi fick köra ned honom till lasarettet och få honom magpumpad."

De fortsatte ned över Stora Torget förbi Gutekällaren och Munkkällaren där man under vinterhalvåret hade en jazzklubb.

"Det skulle ha varit rena flugpapperet för Arvidsson", tänkte Ek högt och Maria gav honom en sur blick. Om Arvidsson hade de talat klart. Han skulle inte nämnas vid namn. Hon trodde det var underförstått.

Gränden var full av folk. När de trängde sig fram genom mängden fick Maria syn på Lars Wickman på väg ut från krogen. Hon sicksackade sig fram till honom.

"Har du tid en stund." Han stannade till och sken upp. Maria resumerade nattens hämtning av sonen medan Lars grävde i innerfickan efter sin mobil. I konkurrens med ljudet från barerna fick hon begränsa sig till det väsentligaste. "Ja, du borde nog ringa din fru."

"Jag måste ha lagt ifrån mig mobilen i lägenheten när jag bytte kläder." Han beklagade sig och vände sedan hela sin uppmärksamhet mot Munkkällaren där en vacker blond kvinna kom honom till mötes. Trots solglasögonen och sjalen hon virat runt huvudet kände Maria igen henne från tidningarna och teves utsändningar den senaste månaden som oppositionens kandidat till statsministerposten. En kompetent kvinna, om än kontroversiell i sina uttalanden om flyktingpolitik och biståndsfrågor. Kvinnan gav dem ett artigt leende och smög sedan med en min av äganderätt in sin arm under Lars Wickmans och kramade den lätt.

"Tack för i kväll Lars, det var trevligt. Jag fick precis samtal från min man, han hälsar."

Ek och Wern skulle just fortsätta nattvandringen vidare mot Strandgatan och hamnen när de hörde hans röst bakom sig.

"Vänta, vänta lite. Jag vill tala med er." Lars Wickman kom efter dem med andan i halsen. "Jag måste få veta mer om vad som hände. Jag uppfattade inte riktigt vad ni sa om Petter. Ville inte att min kollega skulle höra ... Ni förstår ..." Samtalande fortsatte de ned genom stan över S.t Hansgatan förbi konstmuseet med Erik Ohlssons vackra mosaik där de blev stående en stund innan de fortsatte Bremers gränd, Dubbesgränd och trappan ned mot Strandgatan. Över muren från trädgårdarna vällde rosenbuskar, gullregn och klematis. På Strandgatan var trängseln stor. I stället för att gå åt höger mot Burmeister som de först tänkt passerade de Packhusplan med sin fontän och Kalvskinnshuset. Fast nattens händelse med pojkarna hade diskuterats ur alla tänkbara synvinklar och borde vara utagerad för stunden följde Lars med dem som om han kände sitt ansvar att guida dem som turister genom stan. Man kunde tycka att han borde ha tagit kontakt med sin fru i stället. Men något sådant verkade inte angeläget för honom, trots att Maria tog upp saken vid ett par tillfällen. Hon sökte ögonkontakt med Jesper Ek och han tittade tillbaka, men ingen av dem kom sig för med att avbryta Lars monolog.

"Kung Birger bad att få en bit mark så stor som ett kalvskinn att bygga på. Det fick han utan vidare, och när han strimlat det i tunna strimlor och lagt ut det i en fyrkant räckte marken att bygga ett vinhus på. Det var precis där det hände", sa Lars och nickade bort mot en grå mur.

”Är inte det en gammal klassiker från grekiska antiken?” Maria letade i minnen från gymnasietidens filosofilektioner.

”Kanske det. Fråga inte mej om greker. Egentligen borde det ha stått en staty av riddare Roland på det här torget. Kanske gjorde det det på medeltiden. Riddare Roland symboliserade marknadsrätt och handelsfrihet. Kunde alltså vara skyddshelgon för dagens EU, ska ta upp det på nästa möte. Trist att man inte har mobilen med. Jag kunde ju ha tagit ett kort på er och mejlat över det till din dator, Maria.”

”Tog du några bilder på festen i Herrvik?” Marias uppmärksamhet som vilat på sparlåga under den ofrivilliga guidningen skärptes avsevärt.

”Jag tog ett foto när Martin lekte med sitt gycklarkrus och spillde på Elviras klänning. Jag har mejlat över det till kriminalinspektör Hartman. Andreas är inte ens med på bild. Men Martin håller sin hand på Elviras knä och hon bara skrattar. Jag tyckte det var konstigt att hon inte blev förbannad. Hon fick ju cykla hem och byta kläder och allting.”

De fortsatte ut genom fiskarporten och Lars följde med dem och pekade och talade utan att de riktigt visste vad de skulle göra för att bli av med honom. När Ek tillrättavisade en cyklist utan lyse lade sig Lars i samtalet och hade åsikter som om han själv varit en del av ordningsmakten och Maria fick be honom lugna ned sig. De passerade Ödins garveri och dammen med röda fiskar och blev sedan sittande alla tre på en bänk i Almedalen. Vinden var mild och varm. Några änder kurade i strandkanten. Från Thyra Lundgrens solfågelstaty föll en mörkare skugga i ljuset från Almedalens hotell där den stod en bit ut i vattnet. Invid ringmuren låg ett ungt par på marken. Det var svårt att hålla ögonen ifrån dem. Unga och vackra och fullständigt koncentrerade på varandra lekte de kärlekslekar i gräset. Tag vara på de underbara ögonblicken, de är färre i livet än man tror, tänkte Maria. Lars såg också på dem, gråtmild efter kvällens krogrunda och väldigt olik den korrekte och något distanserade politiker de träffat tidigare.

”Se på dem. Det är kärlek det. Vart tar livet vägen? I alla år när jag har arbetat och slitit har jag gjort det för saker jag tror på. För det samhälle jag vill leva i och för min familj. Jag begriper inte hur det har kunnat bli så här. Jag tror att Elvira är på gång att lämna mej. Jo, det är sant. Det är som att ingenting längre spelar någon roll för henne. Hon struntar i sitt utseende, hur det ser ut hemma, fixar inte mat tills jag kommer hem som hon gjorde förut. Förr kunde vi prata. Förr engagerade hon sig i mitt arbete och lyssnade när jag skrev mina tal. Jag vet inte vad det är som håller på att hända med oss. Det har blivit så kyligt. Jag känner mej inte välkommen när jag kommer hem till min egen familj längre. Kommer du hem *nu*? frågar hon och besvikelsen går inte att ta miste på. Så skönt det ska bli att få vara ensam några timmar, säger hon när jag far in till stan. Man är fan inte önskvärd längre."

"Tycker du att du har förändrat dej eller är du likadan mot henne nu som i början när ni träffades?" Maria kunde inte låta bli att ställa frågan, även om det inte direkt åligger en polis att agera familjeterapeut. När man arbetar i yttre tjänst blir man på något vis kurator och sjuksköterska och morsa och städerska, alltefter-som behoven uppstår. Hon märkte hur Lars hela uppmärksamhet slukades av kärleksparet. När hon talade till honom suckade han högt och strök med händerna över ansiktet som för att sudda bort bilden av önskedrömmen.

"Nej, så klart inte, det blir väl vardag. Jag blir rädd när jag inte når henne. Hon släpper inte in mej. Visst är det fånigt. Jag är yrkespolitiker, jag är van att få kontakt med människor och att få dem att lyssna på vad jag har att säga, men min fru kan jag inte tala med. Hon är väl immun. Jag blir arg när hon nonchalerar mej. Då säger jag taskiga saker för att få henne att reagera. Fel taktik, men det gör mindre ont att bli avvisad när man varit elak än när man försökt vara snäll och bjudit till. Jag älskar min fru. Jag vill ha henne tillbaka, men allt verkar gå åt helvete. Va fan ska jag göra?"

"Berätta för henne att du är rädd att förlora henne. Det krävs ett jäkla mod till det, men det är det enda raka. Sen kan du köpa blommor, eller parfym eller ett presentkort på någonting lyxigt. På kvinnors språk betyder det – jag ser dej, du är värd min uppmärksamhet", sa Maria och reste sig från bänken. Det var kallt att sitta stilla och för att hålla tröttheten stången var det bäst att vara i rörelse.

"Hartman sa att ni hade försökt få kontakt med Andreas pappa hela förmiddagen, Tommy Nilsson, heter han va? Fick du tag i honom, till slut?" frågade Ek när de sagt god natt till Lars Wickman, som full av tankar och goda föresatser gick Strandgatan i motsatt riktning för att sova ett par timmar innan han for hem till Sysne och tog tag i sitt privatliv. Maria önskade honom verkligen lycka till. Han behövde det mer än han förstod, antagligen.

"Nej, vi har inte lyckats nå Tommy. Han vet inte ens om att vi har gått ned med dykare och letat i Herrviks hamn. Ingen vet var han är. Han har enligt uppgift en särbo, men henne har vi inte heller fått tag i. Andreas pappa är så märkligt oengagerad, tycker jag. Han har inte självmant hört av sig till polisen en enda gång och han håller sig inte anträffbar på mobilen. Vi kanske skulle ta vägen förbi hans restaurang och se om de vet var han är? Jag tror att de stänger klockan fyra i natt."

KAPITEL 20

Med en fimp i munnen och en handduk nedstoppad i kjollinningen stod Tommy Nilssons särbo, Linda Molin, och smuttade på ett glas vin i Smedens kök. Hennes stora självlockiga hår var uppfästat med ett antal spännen i olika färger. Den taniga kroppen i alltför stora kläder i lager på lager utan tanke på färgkombinationer gav ett något bohemiskt intryck.

”Sauvignon Blanc”, sa hon med en grimas och sippade på vinet. ”Man kan misstänka att de anställer inkontinenta vintrampare för att producera sånt kattpiss. Vad vill ni?”

”Vi är från polisen, Maria Wern.” Maria sträckte fram handen. Kvinnan tog den efter att ha torkat av sig på handduken med tydliga fläckar av stekfett, vin och kaffesump. ”Vi söker Tommy Nilsson.”

”Jaha, och Andreas, har ni hittat honom ännu?” Lindas röst trängde ut i lokalen och fick de sista gästerna att uppmärksamt vända sina huvuden mot köksregionen.

”Nej. Han har inte kommit till rätta.” Ek hälsade och tog sedan ett steg bakåt och lutade sitt trötta huvud mot väggen medan han iakttog henne bakom halvslutna ögonlock. ”Sedan i går kväll har vi försökt få tag i Tommy, du vet inte var han finns?”

”Är han inte på avgiftning så ligger han väl på stan under någon tidning. Bakfull – i hans fall är det mera en livsstil. Har blivit. Jag är så förbannad på han. Det är hur mycket som helst att göra på restaurangen och han bara smiter undan. På måndag blir det någon helvetes inspektion. Är han inte tillbaka till dess så förlåter jag honom aldrig, det ska han ha förbannat klart för sig. Jag hade förstått honom om han hade farit till Östergarn och letat efter grabben, men det har han tydligen inte gjort. Han ynkar sig, och det har han gjort i flera veckor nu. Det har inte bara med Andreas att göra. Han klagar över allting."

"När såg du honom sist?" Maria kände hur ögonen sved av trötthet. Den rökiga lokalen och det faktum att hon snart varit vaken i ett dygn gjorde inte saken bättre. Linda hällde upp ytterligare ett glas vitt och tände en cigarett medan hon funderade.

"I förrgår, jag hörde på radion att Andreas försvunnit och gick hit för att prata med Tommy. Det var på eftermiddagen. Han satt och sov, bra packad fast han skulle ha hämtat varor hos grossisten. Jag blev så förbannad på han. Jag fick hjälp av Vladas att få honom hem och i säng och att hämta varorna till helgen. Sen har det gått för runt här. Jag har inte haft tid att se till honom, har jobbat för oss båda två och ramlat i säng de få timmar jag har fått chansen att göra det. Jo, jag har försökt ringa honom förstås, men det är ingen som svarar. Det är inte det att jag inte älskar honom, om han så hade sju barn på stan, med sju olika kvinnor, så är han min Tommy. Så är det. Men man måste ändå klara sig själv och stå på egna ben, om ni förstår. Jag har tre ungar att ta hand om. Med Tommy blir det fyra när han är på det viset. Fast just nu är småbarnen hos sin pappa i Lärbro."

"Har du nyckel till Tommys lägenhet?" frågade Ek med en blick på urtavlan på väggen. Frågan var samtidigt ställd till Maria. Klockan är mycket, orkar du? Maria reste sig från den kökspall hon sjunkit ned på under samtalets gång. De skulle utan tvekan hinna dit och se om de kunde få tag i honom innan det var dags att fara in till stationen och skriva. Hon nickade åt Ek.

De parkerade bilen vid Bingebyhallen och följde efter Linda Molins yviga kjol in mellan de putsade husen. Det var alldeles tyst. Någon hade hängt ut lakan på tork på sin balkong, de rörde sig sakta i vinden. På lekplatsen låg en kvarglömd traktor i plast, ett par sandaler och vissna ängsblommor i en gul hink. För övrigt är det ödsligt som i rymden, tänkte Maria och fångade en försiktig stråle morgonsol i handen när den föll in mellan husen. Vi kanske är de enda överlevande på jorden, var en tanke hon ofta tänkt som barn.

”Det har varit så mycket nu till midsommar. Jag har inte orkat bry mej om honom. Tänk om det har hänt honom något! Om det har hänt något allvarligt, och jag har varit arg på honom ... Tänkte att jag kommer fan inte hit och gör mej till om han inte kommer till restaurangen när han ska. Trevlig midsommar vi har haft i år, du.” Lindas röksträva röst lät liten och osäker när hon med stora kliv gick över gården mot ett av hörnhusen. ”Där uppe bor han. På tredje våningen”, pekade hon. ”Det var ett rent helvete att få upp pianot för alla trapporna. Det finns ingen hiss. Han spelar som en gud, det var väl det man föll för. Pladask och utan skyddsnät.”

På andra våningen morrade en hund med nosen i brevinkastet när de gick förbi i trappan. Det luktade rent och fräscht i trapphuset. Linda trevade med nyckeln i låset sedan hon knackat på utan att få svar. ”Antingen sover han som en död eller också är han inte hemma.”

De gick in i en mörk hall med direkt anslutning till ett sparsamt möblerat vardagsrum. Mot ena innerväggen stod pianot, och ovanpå det låg travar av pärmar och papper och en stapel med glassbackar i olika färger. ”Bokföringen”, förtydligade Linda och gick vidare genom köket och in i sovrummet. Maria följde efter och noterade en ansenlig mängd flaskor och burkar på bordet men diskbänken var putsad och blank. ”Här är han inte”, konstaterade hon besviket från sovrummet. ”Om jag kunde begripa ... han har inte sagt att han skulle resa bort.”

Maria sjönk ned i vardagsrumssoffan. ”Har Tommy bra kontakt med Andreas?”

Linda skärskådade Maria en lång stund innan hon svarade. ”Du tror förstås att han tagit pojken och att de håller sig undan? Vet du, det kanske är hans enda möjlighet att få träffa sin son. Fattar du hur Charlotta är? Du skulle inte tro mej om jag berättade det. Hon är rent för jävlig när det gäller att förhala och hitta på orsaker till att Tommy inte ska få träffa Andreas ens varannan ynka helg som de har kommit överens om. Andreas har feber eller ont i benen eller ont i magen eller mår illa och kräks och ska till läkare.”

”Tror du att han har gjort det? Att Tommy kan ha pojken och att de håller sig gömda?” Ek satte sig bredvid Maria på soffans slitna armstöd. Han kunde utan svårighet förstå tanken, att man till slut blir så desperat när man inte får träffa sitt barn att man tar lagen i egna händer. Han hade själv varit nära den gränsen vid ett par tillfällen, men han behöll funderingen för sig själv och valde att säga de ord han tyckte att professionen krävde. ”Tommy förstår väl att vi letar, att Charlotta är helt förstörd och att det kommer att försvåra för honom att få träffa pojken i framtiden om han inte håller sig till överenskommen tid?”

Linda svarade inte. Hon såg ut genom fönstret och kliade sig på benet. Konstaterade att hon just hade rivit hål på ett av de ilsket kliande myggbett hon fått när de suttit ute och druckit öl på nattkröken. Hon slickade på pekfingret och torkade bort blodet. Suckade sedan högt och såg på dem med uppgivenhet inför den uppenbara bristen på insikt om sakernas verkliga tillstånd här i livet. ”Charlotta håller aldrig överenskommen tid. Straffas hon för det? Den goda modern kan inte ha fel, ifrågasätts inte. Såg ni teveprogrammet häromkvällen med den frånskilde mannen som hade klätt ut sig till Batman och klättrat upp på fasaden till Buckingham Palace för att demonstrera mot att pappor inte får samma rätt till vårdnad om barnen som mammor får i England?”

”Ja, han hade en kompis som var utklädd till Robin som blev gripen innan han tog sig upp på fasaden. Jag såg en del av programmet som hastigast när jag passerade teven”, sa Ek. ”Man måste nog vara ganska desperat för att göra något sådant. Det såg livsfarligt ut. Tror du att Tommy har pojken?”

”Jag vet inte. Jag vet inte om han är förtvivlad nog att göra en sån sak. Det är svårt att veta vad som rör sig i honom. Han talar inte gärna om vad han känner. Han har svårt för känslor och sånt. Sen är det ju det ekonomiska. Restaurangen har väl inte gått så lysande. Han försöker ha öppet året om på helgerna. Men det bär sig inte riktigt. Och så ska han ut med underhållet, fast han inte ens har råd att gå till tandläkaren, och betala fast han inte ens får träffa grabben. Det är inte rättvist. Han har lånat pengar av Vladas och han har lånat av mej, det lilla jag har. På socialen säger de att han inte kan få några pengar alls förrän han har avvecklat firman. Avvecklat firman! Vad ska han då leva av? Då får samhället försörja honom helt och hållet. Till allt helvete har han studielån. De ska också betalas.”

”Vladas?” Maria hoppades på en utförligare förklaring.

”Vladas Navakas. Han äger Bukfyllan och ett par andra mindre krogar utanför stan. Han jobbar nästan dygnet runt, men så går det bra för honom också. Om Tommy hade haft lite mer av den andan skulle det inte ha blivit så eländigt, ibland är han hopplöst oföretagsam. Ett ynk. Vladas har inte heller sett Tommy förresten, det sa han när han tittade förbi i kväll. Han ville få tillbaka sina pengar. Ska köpa bil. De väntar tillökning i familjen.”

”Det låter som om Tommy är pressad.” Vem skulle inte bli deprimerad av att ständigt oroa sig för sin ekonomi och att inte få träffa sin son, tänkte Ek. ”Ni är ett par, du och Tommy, har vi förstått. Men ni lever inte ihop va?”

”Vi är av myndigheterna dömda att leva åtskilda”, sa Linda med högtidlig röst och kvävde en gäspning i handen. ”Om vi flyttade till samma adress skulle våra ekonomier räknas ihop. Han skulle bli tvungen att lägga ned firman om jag skulle få fortsatt bostadsbidrag och socialbidrag. Jag har inget jobb. Flextronics har lagt ned och kommunen säger upp folk, det är inte lätt att hitta något. Ja, jag har pratat med honom om att sälja, men han vill inte. Vem skulle jag vara då, om jag inte hade min restaurang? säger han. Smeden är hans stolthet, trots allt.”

”Tycker du att han har verkat deprimerad på senare tid? Jag menar riktigt deprimerad, inte bara låg och jagad av sin ekonomi? Har han någon gång talat om att ta sitt liv?” Maria kunde för sitt inre öga se honom där han satt vid bordet på restaurangen när de skulle meddela att Andreas hade försvunnit. Om Andreas har drunknat skjuter jag mej en kula för pannan, hade han sagt. Hur mycket låg det i det hotet? Det gick inte att mota bort tanken på att han ändå kunde ha gjort sig illa. Det händer ibland i extrema situationer att föräldrar blir så pressade, så djupt deprimerade att de tar sina barn med sig i döden i ett utvidgat självmord.

”Han har pratat om att sätta en kula i pannan, men det är bara som han säger. Han har ingen pistol. Tål inte se blod. Han har inte ens gjort lumpen.” Linda reste sig plötsligt upp och gick fram mot pianot. ”Så konstigt?” Hon blev stående där med ryggtavlan mot dem. När hon vände sig om såg hon skärrad ut. ”Tommys plånbok. Hans plånbok ligger här.” Hon öppnade sedelfacket och konstaterade att den innehöll fyrahundra kronor. ”Om han har gömt sig någonstans med Andreas behöver han ju sina pengar. Varför har han lämnat kvar sin plånbok?”

”Vi bör nog lysa honom”, sa Ek. Maria hade redan tagit fram sin telefon för att meddela länskommunikationscentralen att de var på ingång.

KAPITEL 21

”Har inte du arbetat i natt?” undrade Hartman och höjde ena ögonbrynet när Maria steg in på hans rum vid tolvtiden.

”Är inte du ledig i dag?” kontrade hon och gled ned på stolen framför hans skrivbord och lutade huvudet i händerna. Tröttheten fick henne att känna sig lätt illamående och ganska irriterad. Låt mej bara vara i fred! Efter ett par timmars sömn hade hon vaknat av värmen och av att solen sken in genom fönstret i springorna runt rullgardinen. Det hade inte funnits en möjlighet att somna om. En försiktig knackning på dörren vid elvatiden hade fått henne att sluta andas, men det var bara Mona. Goaste Mona, som hade tassat över gårdsplanen till flygeln för att höra hur det var fatt, under förespegling att Maria måste smaka en bit av saffranspannkakan från i går. Inte tänkte hon på att Maria hade arbetat natt och bara sovit ett par timmar. Det blir inte alltid som man tänker, hade hon sagt och Maria hade med några få ord bekräftat att hon hade gissat rätt. Ännu var hon inte redo att möta Per Arvidsson och hans lyckliga lilla familj. Om man ska gratulera bör det komma från hjärtat eller åtminstone se ut att göra det. Maria återvände till nuet när hon kände att Hartman studerade henne i smyg.

”Jo visst, sa han. Jag hade bara vägarna förbi och tänkte att jag ville se på grabbens teckningar en gång till. Han är duktig på att rita, Andreas.” Tomas Hartman höll upp en detaljrik bild föreställande en fiskeskuta med Herrviks röda strandbodar i bakgrunden. ”Flaggorna slår i vinden, måsarna cirklar över båtens däck och solen lyser över vattnet med långa gula strålar.”

”Mycket duktig för sin ålder, måste man säga, en riktig iakttagare." Maria jämförde omedvetet teckningen med de alster Emil brukat tillverka. Hans bilder var alltid hastverk, nästan streckgubbar. Han hade inte någon ro att sitta stilla. "Föreställer alla teckningarna båtar?"

"Ja, nästan, det finns en och annan bunker också. Kanske är det själva kriget som fascinerar honom. Här har han ritat av sin lillasyster med horn och svans. Hon sitter bakom galler och där ser du ett lås i grinden. Syskonkärlek? Kolla den stora droppande näsan med vårtor som på en trollpacka. Det är inte snällt." Hartman gav till ett frustande skratt och drog händerna genom sin självlockiga hårman, sen blev han allvarlig. "De här platserna pojken har tecknat måste vi syna av. Se här. Den här teckningen är från kyrkogården i Östergarn. Där har vi Albatrossgraven med örnen högst upp på stenen, Patrik Nilssons grav med en duva och ytterligare en öppen grav och där står en grävmaskin."

"Det är en mörk teckning. Antingen valde han att bara använda svart krita eller också var det vad som fanns till hands. Det ligger ett klot vid kanten av graven. Kan det vara dödskallen han tog, tror du?"

"Ja, kanske." Hartman lyfte papperet från bordet och synade det noga sedan han putsat glasögonen på skjortan och justerat den vänstra skalmen. "Jag hade faktiskt hoppats på att du skulle komma hit. Fick ett samtal från Andreas lärarinna, ja, precis innan du kom. Hon hade erinrat sig en sak till. Andreas var ju ofta på kyrkogården vid sin brors grav. Inget konstigt i det, egentligen. Han var ganska ensam och längtade mycket efter sin bror. Men när hon kom att tänka på det så här efteråt, hände något märkligt för en dryg vecka sedan. Det var efter en rast, när Andreas inte kom in när de ringde. Fröken Appelros hade då gått ned till kyrkogården för att leta efter honom, och där kom dödgrävaren ut ifrån ett skjul och med sig hade han Andreas lillasyster Amanda. Lärarinnan var alldeles säker på att det var Amanda. I den stunden kom Andreas fram bakom stenbåten i minneslunden. De gick tillbaka till skolan och hon tänkte inte mer på den saken förrän i natt när hon hade en så konstig dröm om dödgrävaren och den lilla flickan. Antagligen är det så när man står inför ett svårt problem att hjärnan prövar olika lösningar och infallsvinklar under sömnen. Sådant man glömt bort eller inte har tyckt vara viktigt. Vad fick du för intryck av Sten Åkerblom när vi var där?"

"Om det är möjligt att han förgriper sig på barn, menar du. Hur vet man någonsin det? Risken är större att man misstänker en enstöring än en familjefar. Har någon konfronterat honom med den frågeställningen?" Maria kände hur det drog i käkarna av lust att gäspa. Det kändes verkligen opassande att gäspa nu, men efter knappa tre timmars sömn är man inte riktigt herre över sin kropp.

"Inte än, fast han är väl inte dummare än att han inser att misstanken finns. Jag tycker vi bör tala med Amanda. Du har erfarenhet av förhör med minderåriga. Vad säger du?"

Vad skulle hon svara? Jag har just inte sovit, är inte i tjänst. Förhör med barn kräver full sinnesnärvaro och måste förberedas noga, så att man slipper höra dem vid flera tillfällen. Förhöret bör dokumenteras med videokamera så det kan användas i rätten. Och ändå – tiden rann bort mellan fingrarna. Andreas möjligheter att bli funnen vid liv minskade statistiskt sett för varje timme. "Jag ska bara plocka ihop utrustningen och ta en kopp kaffe. Talar du med åklagaren? Jag vet inte vem som har jour."

"Melkersson. Jag ordnar det."

Ett fint regn hade lagt sig som små glaspärlor i det höga gräset när de sneddade över trädgården mot Charlotta Nilssons torp. Vätan som sugits upp av byxbenen var knappt märkbar förrän de kom in i värmen och kände fukten genom kläderna. Det var Susanne som öppnade dörren. Hon var klädd i morgonrock som när de senast sågs i Herrvik och det kopparröda håret var uppsatt i en slarvig knut med en mängd färgglada rosetter, spännen och ett diadem av pärlor. När hon märkte Marias lätt roade blick gjorde hon en svepande rörelse med handen över håret, som för att sudda ut vad de just hade sett. Så log hon och plockade ur ett par kammar.

"Amanda och jag har lekt hårfrisörska."

"Hur är det med dem?" frågade Maria med låg röst. Susanne skakade på huvudet. Hon såg mycket trött ut. Hennes svar hördes knappt över radions nyhetssändning där efterlysningen av restauranggägare Tommy Nilsson upprepades av en djup kvinnoröst utan gotländsk dialekt. Man uppmanade även allmänheten att komma in med upplysningar om den tjetjenske pojke som försvunnit från familjens bostad på Jungmansgatan.

”Inget vidare, så klart. Charlotta har hört att Tommy är försvunnen och hoppas att han har pojken. Hon är förbannad och det är nog bättre för henne än att bara vara förtvivlad och förlamad av oro. I dag har hon ätit och duschat av sig i alla fall.”

”... och Amanda?” Maria hängde av sig jackan utan att släppa Susannes ansikte med blicken. Det såg ut som hon hade svårt att formulera det hon ville säga, svaret dröjde.

”Charlotta släpper inte henne ifrån sig en meter.”

”Det kanske inte är så konstigt”, menade Hartman.

”Neej.” Susanne lät inte övertygad. Det fanns mer att säga, men stunden och platsen var inte den rätta. ”Elvira byter av mej i eftermiddag, vi får se om hon är av samma åsikt”, viskade hon. ”Jag ringer dej när vi kan tala ostört.” Hon gav Maria en intensiv blick och tillade. ”Det är inte som det ska med Charlotta.”

Charlotta satt i sin breda säng med Amanda i famnen och höll henne som om hon var ett spädbarn tätt intill sitt bröst. Rullgardinen var neddragen. Det tog en stund för ögonen att vänja sig vid dunklet. Framför dem fanns ett uppslaget fotoalbum i rosa plast och flera lösa fotografier låg spridda över det randiga påslakanet. Andreas ansikte, ofta sorgset eller kanske tankfullt, fanns där på bilderna och mötte dem med anklagande bruna ögon. Hjälp mig! Ni måste hitta mig! Maria lyfte bort en hög med kläder från en pinnstol och satte sig ned på den bredvid sängen. Efter att inledningsvis ha pratat en stund om de uppenbara tingen; Susannes frisyr och Amandas tjusiga flätor, regnet och efterlysningen på radio kom Maria fram med sitt verkliga ärende.

”Jag skulle vilja ta med Amanda till polisstationen för ett filmat förhör.”

Charlottas röst var ett skri. ”Nej! Hon orkar inte med det.” Modern tog ett hårdare tag om flickans kropp. ”Hon har feber. Jag tror att hon varit ute i solen och bränt sig. Hon har soleld på händerna och i ansiktet och så mår hon illa. Jag kan inte begripa det, jag har sagt åt dagmamman att hon ska smörja in barnen när det är sol. Men det har hon uppenbarligen inte gjort.”

”Jag håller med dej, man behöver vara med och se till att de blir insmorda. Solen tar även om det är disigt, särskilt här vid havet. Min Linda har ljus hy och bränner sig direkt. Hon brukar få ha en T-shirt på sig på stranden.” Samtalet flöt från solskydd till säkerhetsbälten, cykelhjälm och skolmat till dåliga teveprogram. Hartman höll sig passiv i bakgrunden. Maria vann förtroende bit för bit, varsamt ledde hon in tankarna på Andreas och hur viktigt det var att få in information om allt som kunde hjälpa dem förstå vad som hänt honom. En till synes oviktig händelse, en person han råkat träffa, en sak som försvunnit eller påträffats på fel plats kan vara den pusselbit som leder till kännedom om vad som har hänt. ”Det är viktigt att få veta vad Amanda har sett och vad hon tänker om det här.”

”Jag vill inte, säger jag ju. Hon mår inte bra.” Charlotta lät mera tveksam nu och släppte efter lite på omfamningen så Amanda kunde krångla sig ur greppet. Flickan tittade på dem med sina runda ögon, forskande och vaksam. Maria lyfte upp fotoalbumet och småpratade om bilderna. Amanda som först bara svarat på direkta frågor föll snart in och berättade i långa meningar om vem de såg och var de var och vad som hände på bilden.

”Andreas fyller år och får tårta. Han åt upp rosen. När man har födelsedag får man äta upp rosen, fast den är inte så god. Och så fick han en keps av Patrik och en bok om fåglar. Fast han ville inte få en bok, han ville få en mobil.” Hon avbröt sig endast för att dra efter andan ibland och vände till nästa blad när hon berättat färdigt. Maria lyssnade uppmärksamt och gillande tills albumet slogs ihop, sedan frågade hon ytterligare en gång om det gick bra att ta med Amanda in till stationen för förhör.

”Mamma följer med dej så klart”, tillade hon.

Amanda nickade och log ett litet leende för första gången sedan de kom. ”Får jag åka polisbil då?”

”Jag tänker inte släppa i väg henne. Hon är ju sjuk. Ni kan inte tvinga mej att göra det.” Charlotta bet ihop käkarna när hon talade och drog upp påslakanet över axlarna som om hon frös fast hon satt där påklädd.

”Nej, det kan vi inte, men om det skulle visa sig ligga ett brott bakom Andreas försvinnande är det viktigt att ha ett material som håller i rätten. Filmar vi förhöret behöver Amanda inte upprepa sig. Det är för hennes skull och för Andreas jag vill att vi gör på det här viset, även om det känns jobbigt. Vi kan ta förhöret här om du vill. Jag har kamerautrustning med mej."

"Blir det du som kommer att förhöra henne? Jag menar, det kommer inte hit ännu fler personer som Amanda inte känner?"

"Det är bara vi. Är det okej?" Charlotta tvekade och Maria höll andan i väntan på svaret. Utan Charlottas medgivande skulle det bli hart när omöjligt att få höra Amanda, i alla fall i nuläget.

"Ja, det är okej. Om hon får sitta i mitt knä."

"Visst. Det är klart hon får sitta i ditt knä. Men du får inte prata under inspelningen eller meddela dig med henne på annat sätt. Har du något att tillägga tar vi det efteråt."

Medan de väntade på att Charlotta skulle klä på Amanda, hon tänkte inte låta flickan bli filmad i nattlinne, fick Maria ett par ord med Susanne. Håret hade nu återtagit sitt vanliga utseende i en samlad hästsvans och Susanne utstrålade en annan säkerhet än nyss när håret glittrade som en julgran av Amandas pynt.

"Det var något du ville berätta för mej, eller hur?"

"Ja, men jag vet inte riktigt hur jag ska uttrycka det." Susanne såg ut genom fönstret för att koncentrera sina tankar och väga sina ord innan hon vände sig mot Maria. "Charlotta har alltid varit en ängslig mamma. Satt snävare gränser och haft fler regler än någon annan jag känner. Det är svårt att säga vad som är sjukt och vad som är friskt, särskilt nu sedan Andreas försvann. Kanske började det redan när Patrik drunknade. Naturligtvis är hon i kris. Men ändå, det är inte bra för Amanda att bli behandlad som ett spädbarn. Charlotta mosar hennes mat och matar henne. Hon får knappt gå själv, utan blir ofta buren eller får åka vagn. Hon har sovtider som ett spädbarn. Charlotta tål inte att hon är uppe och leker, eller att hon gör ljud. Jag tror inte det är bra att Charlotta är ensam med flickan. Nu byter vi av varandra, jag och Elvira, men i längden går det inte. Som du vet har det hänt tråkigheter med Oskar och Petter och jag borde vara hemma och prata med min son. Jag känner mej så kluven. Vi kanske borde koppla in soc om det här drar ut på tiden? Du förstår vad jag menar? Det är min rent yrkesmässiga bedömning att hon inte borde vara ensam med flickan.”

”Ja. Tack för att du berättade det här. Jag ska se vad vi kan göra.” Maria kände tröttheten som en tyngd över pannbenet. Att vistas i förtvivlans hus var som att andas in en förlamande drog. All kraft försvann. Det syntes på Susanne att hon kände likadant och inte visste hur snabbt hon skulle kunna komma ifrån torpet. Varje rörelse var otålig och ryckig och blickarna ut genom fönstret var långa. Hon ville egentligen inte vara där, men hon gjorde sin plikt.

KAPITEL 22

Maria Wern vände sig mot den ena videokameran och angav datum, plats och vilka som var närvarande i rummet. Amanda Nilsson tittade nyfiket in i sin kamera och lade huvudet på sned.

”Är jag med på teve nu?”

”Man kan se den här videofilmen på en teve sen”, sa Maria. ”Jag skulle vilja fråga dej lite om Andreas. Vad brukar han göra när han kommer hem från skolan?”

Amanda fnittrade och fnittret bubblade fram och växte till ett kvillrande skratt. ”Han brukar bajsa. Visst mamma?”

Maria tänkte direkt på sin egen Linda. Kiss och bajs är jättekul, utom förstås när Linda var förstoppad och fick en krona varje gång hon bajade och Emil blev sur och oregerlig för att Linda kunde baja ihop mer pengar än han fick i veckopeng fast han var äldre. Maria försökte hålla sig allvarlig även om barnskrattet var smittande. ”Okej, jag tror dej. Vad gör han mer? Brukar han leka något?”

”Han leker med plastgubbar. Jag bet huvudet av hans cornflakesgubbe och då slog han mej, här.” Amanda pekade på sin arm. ”Det blev nästan blod. Jag bet på den för jag inte fick vara i hans rum och sen svalde jag hans Yoda. Han sa att Yoda var hans finaste, men det är bara ljug. Yoda var inte alls finast, Yoda blev finast sen när jag hade ätit upp den och jag kunde inte kräkas fast jag stoppade fingrarna i halsen. Så den fick komma ut den naturliga vägen.”

”Jag förstår. Har Andreas några kompisar han brukar leka med?”

Amanda funderade. Kliade sig på benet och förlorade uppmärksamheten när en fluga långsamt kröp ned mot vristen. Med hela överkroppen följde hon flugans väg när den spatserade ned på den bara foten. Om inte Charlotta hållit ett stadigt tag om hennes mage skulle hon ha förlorat balansen och ramlat i golvet. ”Jag har en tand som är nästan lös”, sa hon när hon kommit upp i sittande ställning och pekade in i munnen.

”Jag ser det. Har Andreas några kompisar han brukar leka med?” upprepade Maria när Amanda satt stilla och hon fått ögonkontakt igen.

”Nej.” Amanda såg rakt in i kameran och svarade klart och tydligt.

”Har han ingen som han brukar vara med?” frågade Maria.

”Han får vara med mej, men han vill inte för jag är för liten. Jag är inte liten! Jag är sex år.” Amanda spretade med ena handen och höll upp tummen på den andra. ”Sex”, förtydligade hon. ”Fast de stora killarna tycker att Andreas är för liten så han får inte vara med dem och då är han med Patrik. Fast jag kan inte se Patrik, det kan bara Andreas för han har fågelblick. Han är en Stormfågel som ser allt och hör allt. Patrik är en vind.”

”Vet du var Andreas brukar leka någonstans?”

”Han bara är på sitt rum och är sur.” Amanda visade med hela ansiktet hur sur han kunde vara.

”Vad gör han när han är på sitt rum då?” undrade Maria.

”Han pratar med Patrik för dom har en hemlig skatt och en hemlig klubb i en bunker.” Amanda såg mystisk ut och gjorde sen en grimas mot kamerans öga. ”Fast jag vet nåt som är hemligt.”

”Vad kan det vara?” Maria antog samma konspiratoriska min som Amanda.

”Pappa gjorde ett lönnfack i Andreas garbedrob, garde… du vet där man har kläder.”

Maria nickade. ”Jag vet, vad har han där?”

”En skatt”, viskade Amanda och lät ögonen spela och knep ihop den lilla munnen som om hon plötsligt kom på sig med att ha sagt något som borde förtigas. ”Fast det är inget guld.”

”Nehej”, sa Maria. ”Vad är det då?”

”Fågelbajs.” Amanda fick en ny fnitterattack och Maria bytte ämne.

”Du sa att Andreas har en hemlig klubb. Vet du var han brukar vara när han håller på med sin klubb. Du sa något om en bunker?”

Amanda funderade och tittade sen på sin mamma för att få hjälp att klara frågan. Maria befarade det värsta men Charlotta höll sig helt neutral och Amanda vände sin uppmärksamhet mot Maria igen. ”Patrik vet, men han svarar aldrig. Man kan stå där vid graven och ropa hur mycket som helst, men han pratar ingenting.”

”Brukar Andreas vara på kyrkogården?”

”Så klart. Patrik är ju där, och Sten.”

”Vem är Sten?” Frågade Maria för att få höra Amandas egen presentation av dödgrävaren.

”Sten är ju Sten, fattar du väl. Han har kattungar som man kan få klappa. En helt svart och en grå och två som är randiga, fast en har lite vitt på nosen så man vet vilken som är Murre. Först kunde de inte öppna ögonen. Ska man dränka katter måste man göra det innan de får ögon och kan se vem som gjorde det. Fast nu har de ögon. Ha! Så nu kan han inte dränka dem. Nu får de leva kattliv. De har nio liv.” Amanda försökte få till fingrarna igen, men tvekade lite mellan åtta och nio.

”Var har Sten katterna någonstans?”

”I ett hus. Det är kallt där. Men katter har päls, så det är inte kallt på dem.” Amanda skruvade sig oroligt i sin mammas knä och såg allt mer olustig ut. Hon tog sig i grenen.

”Vad är det Amanda? Är det inte bra?”

”Kattmamman är en vildkatt. Hon rivs.” Amanda vred sig som en mask och höll båda händerna mellan benen.

”Var du ensam med Sten i huset där katterna fanns?”

Amanda skakade på huvudet och höll för ögonen. Maria undrade för sig själv om hon kunde ha skrämt flickan med sitt allvarliga ansikte. Hon ställde om frågan och ansträngde sig att se vänlig ut. Amanda tittade upp.

”Mamma, jag är kissnödig.” Hon vände sig om och slingrade sig sen ur Charlottas grepp. ”Jag måste kissa”, förklarade hon för kameran och Maria gjorde ett avbrott.

”Var det bara du och Sten i huset där katterna fanns?” återtog Maria när Amanda kommit tillbaka.

”Mamma var också där. Fast jag får inte ta hem någon katt för Andreas är allergisk mot nötter och blir svullen i ansiktet som Nalle Puh.”

”Jaha. Har du träffat Sten många gånger?”

”Jodå. Mamma och jag brukar cykla upp till kyrkogården och prata med han och en gång pussades de.” Amanda fnittrade högt. Hon såg inte sin mammas min när hon yttrade den sista meningen, men på videofilmen framgick reaktionen tydligt. Efter det uttalandet var Amandas ork att sitta stilla förbrukad och hon rann ned på golvet och ålade sig mot dörren. Maria avslutade förhöret och som väntat bad Charlotta Nilsson att få klarlägga ett par saker i enrum.

”Sten är pappa till Amanda. Jag tycker att han har rätt att få träffa henne ibland. Han skulle gärna ta på sig faderskapet och betala underhåll, men jag låter honom inte göra det. Tommy skulle bli vansinnig. Jag vet inte vad han skulle ta sig till om han visste att det var Sten som var pappa till Amanda. De har alltid haft ett ont öga till varandra, ända sen de gick i första klass i Ljugarns skola. De har inte tålt att se varandra förrän de har slagits som vilddjur. Fråga mej inte varför. Det har i sin tur något med deras pappor att göra, någon gammal släktfejd. Förresten tycker jag det är bra som det är. Jag vill inte ha någon karl mer i mitt liv. Det får räcka med de år jag och Tommy hade tillsammans. Nu äntligen kan man få rå sig själv och göra som man vill utan att ständigt jämka och gå på tå.”

”Vet du något om den hemliga bunkern Amanda talar om?”

”Nej, inte en aning. Jag förstår inte riktigt. Andreas får inte ge sig i väg själv till stranden. Det vet han. Det här med bunkern är antagligen en fantasi, precis som allt annat han hittar på att han och Patrik gör. Jag skulle önska att han kunde släppa tankarna på Patrik och försöka få vänner bland sina skolkamrater i stället. Alla andra har kompisar med sig hem och blir bjudna på födelsedagskalas, men Andreas räknas inte. Inte så att någon är direkt elak mot honom, men ingen är heller hans vän. Det gör mej så ont. Jag tänker på det hela tiden, vad jag skulle kunna göra för att hjälpa honom att få kompisar. Tro mej, jag har försökt allt, men han är inte intresserad av fotboll eller hockey eller annat som killar i hans ålder gör. Det är bara fantasilekar om krig och sjunkna fartyg och för länge sedan döda kalkpatroner som ingen annan kan dela. Det är så hopplöst att se honom gå ensam på rasterna i skolan och ensam här hemma utan att någon kommer eller ens ringer och frågar efter honom. Jag tror inte man kan fatta det om man inte upplevt det själv." Det blev tyst en stund. Maria väntade och lyssnade men kom inte på något att säga. Vad fanns det att säga som inte skulle ha gjort ont värre?

"Hur är det med lönnfacket i hans garderob? Kan vi undersöka den saken?" frågade Hartman som hittills hållit sig tyst och avvaktande på en stol vid dörren till vardagsrummet.

"Det är inget jag känner till, men vi kan se efter. Jävla Tommy om han har stuckit med Andreas. Då har han väl förbrukat all rätt till umgänge? Är det inte så? Jag menar, då måste jag kunna få enskild vårdnad."

Andreas rum var prydligt men sparsamt möblerat med en säng och ett skrivbord. Genom fönstret, i glipan mellan de tigermönstrade gardinerna, såg man ut över ängarna mot havet och Östergarns holme. På skrivbordet låg färgkritorna som om han just hade släppt dem ur sin lilla näve på sidan av blocket med ritpapper. Över stolen hängde skolväskan, vars innehåll man redan gått igenom i detalj utan att för den skull ha blivit klokare på vad som hänt pojken. Hartman öppnade dörren till garderoben och böjde sig ned under plaggen som hängde på galgar för att komma åt den bakre väggen och föste undan ett par vinterkängor och ett par nötta gymnastikskor. Han kände med handen utmed listen och gav ifrån sig ett svårtolkat ljud.

"Hur går det?" undrade Maria.

"Jag har fått loss en plywoodskiva, kan du ta emot?"

"Karljävel!" Charlotta stod alldeles bakom ryggen på Tomas Hartman. Han kunde se hennes fötter trampa ilsket, stampa som för att bli av med bitande insekter. För ett ögonblick var han inte säker på om invektivet var riktat mot honom själv eller den frånvarande Tommy Nilsson. "Var-i-helvete har han tagit vägen med Andreas? Det är människorov eller hur? Jag är vårdnadshavare, han har umgängesrätt. Jag hatar honom. Fattar ni hur det känns att behöva lämna sitt barn till ett sådant svin? Nu har han faktiskt fyllt sin kvot."

"Det finns något här inne", sa Hartman. "Det är en låda." Han drog fram trälådan i ljuset. På sidan stod "Albatross" skrivet med stora kantiga bokstäver med svart tuschpenna. Amanda jublade.

"Den fanns. Jag visste att den fanns för jag såg när han tog fram den och jag fick hålla i en av snäckorna som det är hav inuti." Hartman lyfte på locket och konstaterade att Amanda hade rätt. Skatten bestod av blå och vita snäckor och någon sorts grå pulveriserad sten.

"Fågelbajs", sa Amanda med kännarmin.

"Var det inget annat", sa Maria besviket.

"Vi kanske skulle låta någon tekniker titta på det vid tillfälle. Jag vet inte vad det är." Hartman ställde upp lådan på Andreas säng och reste sig från golvet. "Om vi har förstått saken rätt har du den senaste tiden bara talat med Tommy via ombud?"

"Det går inte att prata med honom. Han är fan inte klok. Ni skulle antagligen inte tro hälften om jag berättade hur han är. Han bryr sig inte ett dugg om Andreas. Han kan inte ens hålla sig nykter när han ska ta hand om honom. Inte ens då. Och den där kvinnan han har ihop det med är inte ett dugg bättre. Jävla drägg. Hon sköter inte sin personliga hygien en gång, luktar svett och rök och gammal fylla lång väg. Det är klart hon inte kan ta hand om några barn. Hon låter sina ungar cykla utan hjälm och ordet bilbälte finns inte med i hennes ordlista. Va fan ska vi göra? Om jag kunde fatta vart han har tagit vägen?"

"Vad heter den socialsekreterare som ni har kontakt med?"

"Gunilla Bodin. Hon var hemma för vård av sjukt barn förra veckan men skulle vara i tjänst på måndag. Varför frågar du? Vad tänker du prata med henne om?"

KAPITEL 23

Efter radions nyhetssändning kom efterlysningarna av de tre personer som försvunnit under loppet av bara några dagar. Det lät som en anklagelse när reportern gång på gång upprepade att polisen ännu inte hade några spår efter de försvunna pojkarna, inte heller av den krögare som lagts till listan över efterlysta personer. På väg till sammanträdesrummet passerade Maria Hartmans rum. Han vinkade in henne med sin lediga hand, i den andra höll han en kaffemugg, telefonluren satt fastklämd under hakan.

”Per Arvidsson har sökt dej, han lät angelägen.”

”Och ... då ringde han dej?” Maria satte sitt långa ljusa hår bakom öronen och rynkade det ena ögonbrynet i ett försök att härma Hartmans favorituttryck, men hon lyckades inte få till samma vinkel.

”Han har försökt få tag på dej sen i torsdags, Maria.” Hartman såg undrande ut men Maria vägrade diskutera saken. Tillsammans gick de till genomgången av dagens arbete. Maria slog sig ned vid fönstret och fäste blicken på innergården där några kolleger satt och fikade i solen. Det såg ut att bli en outhärdligt vacker sommardag.

”Det har nu gått drygt fyra dygn sen vi fick in anmälan om Andreas Nilssons försvinnande och vi har fortfarande inget att gå på. Hans far, Tommy Nilsson, är också anmäld försvunnen. Man kan anta att de är tillsammans, men vi kan inget veta och måste arbeta vidare förutsättningslöst.” Hartman lät båda händerna glida genom sin lockiga kalufs och fortsatte. ”I natt träffade kollegerna Haraldsson och Ek en för de flesta bekant man som understundom förser oss med nyttig information, Masen, vad han heter på riktigt har jag glömt." Någon av kollegerna inflikade namnet Rune Bengtsson och Hartman muttrade ett tack för hjälpen. "Masen var ovanligt glad och tillmötesgående och lät meddela att han på sin dagliga runda för att samla tomglas och burkar från papperskorgarna längs Strandgatan hade sett Tommy Nilsson gå ned i vinkällaren till sin restaurang Smeden. Enligt uppgift, Masens alltså, var restaurangägaren för stunden redigt berusad. Detta skulle ha varit i torsdags kväll strax före klockan 19.30. Masen var helt säker på det för han var på väg till Frälsningsarméns lokal för att se på teve, Rapport. Han kom precis i tid. Det kan ligga något i det Masen berättar, vi får kolla upp lokalen. Han talade också om en förbannelse, ett hot över staden. Månsnack eller inte är svårt att bedöma. Enligt Masen ska flera restaurangägare ha blivit hotade med att få sluta sitt jordeliv med colombiansk slips, vad han nu menar med det?"

"Tungan blir utdragen genom ett snitt i halsen. Ett vanligt inslag i gangsterfilmer, ett sätt att avrätta tjallare på. Det gick en film på teve i går med en sådan scen. Masen kan ha fått det därifrån. Hans förmåga att skilja mellan verklighet och fiktion är ofta satt ur spel, om du skulle fråga mej", upplyste Stensson. "I somras när de hittade en ringbrynja i Tofta kyrka från 1200-talet sa han att han hittat två likadana i tornet i Lye som han satt på brorsans traktordäck som slirskydd. Blev ett jäkla liv på kulturvännerna förstås. Det kostade 200 000 att restaurera den ringbrynja man fann i Tofta. Ett unikt fynd. Det behövs så lite inspiration för att han ska gå i gång. Jag brukar säga åt honom att det som inte försvinner när man trycker på off på kanalväljaren, det är verkligheten."

"Okej", sa Hartman. "Vi bör nog kolla upp det i alla fall. Vinkällaren alltså. Sen har vi uppgifter från ett förhör med Andreas lillasyster, Amanda Nilsson. Hon säger att Andreas ofta lekt i en bunker. De teckningar grabben har gjort tyder på att hon kan ha rätt. Haraldsson har tittat närmare på vem som äger de bunkrar som finns längs Östergarnskusten med tanke på hur vi ska kunna komma in där det är låst och på smidigaste sätt undersöka om han finns eller har funnits i en sådan."

Haraldsson reste sig och gick fram till podiet.

"Jag har forskat lite, och det förhåller sig så att man för ett antal år sedan lät hågade spekulanter hyra en bunker under en tioårsperiod för femtio kronor. Jag har dragit ut en förteckning med ett 70-tal namn. Mitt förslag är att vi undersöker de bunkrar som är utan lås först och sedan kontaktar vi hyrestagarna till de andra och ber dem låsa upp."

"Det låter bra. Men det tar tid och det är osäkert om det ger någon ny information, men någonstans måste man gräva. Finns det fler förslag?" Ett svagt mummel hördes men ingen tog till orda.

"Jag har en sak att tillägga. När det gäller Tommy. Vi gick igenom hans plånbok tillsammans med särbon." Maria Wern bläddrade fram en sida i sitt anteckningsblock. "Särbon, Linda Molin, tyckte det var märkligt att Tommy var borta utan att ha tagit med sig plånboken. Det fanns fyrahundra kronor kvar och några kvitton. Ett på systembolaget med summan 468 kr. Ett Statoilkvitto på bensin och en korv med bröd och ett kvitto från en restaurang i Ljugarn från i onsdags, samma kväll när Andreas försvann från festen i Herrvik. Det är väl någon mil mellan Ljugarn och Herrvik? På kvittot som antagligen sparats för att ingå i firmans redovisning finns namn på dem som varit med och ätit denna, som jag förmodar, affärsmiddag. Först står det Tommy Nilsson, sen Vladas Navakas och Adam Kossak. Vladas har restaurang Bukfyllan och ett par restauranger till utanför innerstaden, Adam Kossak har tre restauranger varav två i Visby, ett skomakeri med två anställda och ett skrädderi med fyra anställda. Kossaks verksamheter gick med förlust i fjol."

Hartman gjorde en anteckning innan han delade ut uppgifter för dagen. "Upplysningsvis tänker jag höra den socialsekreterare som har hand om familjen Nilsson. Gunilla Bodin sitter som en sorts mellanhand eftersom Tommy och Charlotta inte talar med varandra. Men som sagt, det som ändå känns mest angeläget för stunden är att följa upp Masens tips." Hartman avslutade mötet med några allmänna upplysningar och gick sedan mot garaget för att tillsammans med Maria Wern fara till den källarlokal där Tommy Nilsson senast varit synlig.

Trots att klockan ännu inte passerat nio på förmiddagen gassade solen och det var alldeles vindstilla. Det skulle bli en het dag. Maria ångrade sitt beslut att ta en långärmad jumper och inget tunnare under. Det hade varit kyligt i Eksta i gryningen, eller var det kanske bristen på sömn som gjort henne frusen och ruggig?

”På midsommarafton hämtade Ek och jag två alkoholpåverkade killar i fjortonårsåldern på en camping söder om stan. Den ene av dem hade rispat en annan kille på halsen med kniv. Han heter Petter. Son till Elvira och Lars Wickman. Jag tror du såg honom som hastigast. Jag skulle vilja prata med den grabben igen och hans kompis Oskar. De var nere och cyklade på hamnområdet i Herrvik efter festen i krukmakeriet. De kanske har sett något de inte ville prata om vid ett första förhör. Eller gjort något de inte borde.”

”Med Andreas?” Hartman parkerade Forden och gjorde en gest åt Maria att stiga ur. Det var lättare att ta sig fram till fots den sista biten. Trots den tidiga timman var det folk i rörelse på Strandgatan.

”Kanske. Om det nu inte är så att Andreas pappa har rymt med sin son för att få umgås med honom utan regler och begränsningar. Sånt händer ju också. Även om det i sig är en desperat handling så vore det en lycklig upplösning.” Hartman steg ur bilen och kisade mot solen. Så tog han av sig kavajen och slängde den över framsätet. ”Det blir varmt i dag.”

”Anta att killarna verkligen har misshandlat honom”, fortsatte Maria, ”... att de slog honom så illa att han dog. Var har de då gjort av kroppen? Vi har letat igenom hela Herrvik ända upp till Östergarn och Katthammarsvik. Har de grävt ned honom? Eldat upp kroppen? Jag tänkte faktiskt på det när vi såg risugnen i krukmakeriet. Om det var din son som slagit ihjäl någon, vad skulle du ha gjort då, Tomas?”

”Gjort? Jag skulle bli rädd och förtvivlat ledsen. Jag vet inte?”

”Skulle du ha hjälpt till att skaffa undan kroppen?”

”Vilken fruktansvärd tanke, kanske, om jag fick panik och inte visste vad som skulle hända med min grabb om det uppdagades. Även om det inte blir någon rättslig påföljd när man är minderårig så kommer händelsen att valsa runt i pressen. Alla skulle få reda på vad han gjort. Det är kanske det hårdaste straff vi har i vårt samhälle, ett skamstraff. Ibland ganska godtyckligt utdelat. Man skulle antagligen bli tvungen att flytta och hoppas att få vara ifred om man bytte namn. Nej, Maria, jag vet inte vad jag skulle ha gjort."

"Martins hela liv och försörjning är krukmakeriet." Maria blev stående i korsningen Strandgatan-Brännerigatan och tittade uppåt gränden. En pojke inte alls olik Andreas Nilsson, så som han sett ut på fotot, satt på gatan och lutade ryggen mot en husvägg. Samma snaggade hår, bruna ögon och kortbyxor. Hon tog Hartman i armen, och han saktade in och blev stående också han och skyggade med handen över ögonen mot solen.

"Är det han?"

"Jag vet inte", sa Maria. "Det är väldigt likt." Hon tog ett par försiktiga steg i riktning mot pojken. "Andreas", sa hon. Men han gav henne ingen uppmärksamhet. "Andreas", försökte hon igen, men grabben lutade huvudet mot knäna så att hon inte längre kunde se hans ansikte. Han hade sett sorgsen ut. Eller arg. En större kille på cykel kom uppifrån backen och gjorde en sladd framför pojken i gränden och skrek.

"Förlåt Jocke, det var inte meningen." Killen som för bara några sekunder sedan varit Andreas fick ett annat namn och saken var utagerad. Ännu ett exempel på selektivt seende, det händer hela tiden. Man ser vad man förväntar sig att se, tänkte Maria och skyndade på stegen förbi fornsalen och Packhusplan.

"Vi går väl förbi Smeden och ber att bli insläppta? Sa inte särbon Linda Molin att de skulle ha en inspektör på besök i dag?"

"Ja, när du säger det så. Då är väl åtminstone hon på plats." Hartman kavlade upp skjortärmarna och torkade sig i pannan med handens baksida. Det var varmt.

KAPITEL 24

Linda Molin öppnade kylskåpet där grönsakerna förvarades och svor till. Inte för att hon var restaurangutbildad, men ett och annat hade hon snappat upp under åren med Tommy Nilsson. Inspektörer är inte att leka med. Grönsaker och rått kött ska inte förvaras i samma kyl, och inte under några omständigheter så att köttsaft kan droppa ned i salladen. Förpackningen med köttfärs åkte ut på diskbänken. Hon luktade på den och rynkade näsan. Sista förbrukningsdag var passerad med god marginal, men den som har lite branschvana uppfattar märkningen som en rekommendation, inte som en absolut regel att hålla sig till. Man måste kunna lita på sitt luktsinne, annars blir det dyrt. Helvete så sent det blev i går. Ingen hade orkat diska knivar och skärbrädor och golvet var genomskitigt. Var skulle hon börja? Hälsovårdsmänniskan, eller hur han nu titulerades, kunde ju vara här när som helst. Rykten gick om att de alltid kom på inspektion tidigt på morgonen, som om de kände på sig att det slarvades med rengöringen på kvällen när alla var trötta och bara längtade hem och i säng.

Jävla Tommy! Hur kunde han bara lämna henne ensam med allting? Det var hans eget fel om restaurangen stängdes på grund av snusk. Linda kunde se tidningsrubrikerna framför sig. ”Restauranger du bör undvika i sommar.” En tio-i-topplista med Smeden på en utmärkande första plats. Inspektion med nedslag på samtliga punkter. Tjejerna han betalade svart för att hjälpa till i köket hade ju knappt slutat grundskolan. Av dem kunde man inte begära så mycket. Linda såg på den kletiga diskbänken. Disktrasan låg rödbrun och hopknycklad i en skål med aioli och diskmaskinen var inte ens körd, bara slarvigt iställd. Hälften av det som stod på den överbelamrade diskbänken gick in i maskinen om man plockade i den med förnuft. Karljävel! Linda kände gråten i halsen. Varför hade han stuckit? Hade han blivit helt vrickad och tagit Andreas med sig och dragit till fastlandet? Och glömt plånboken? Det var det minst otäcka av de alternativ som for genom hennes skalle och det scenario hon försökte intala sig var mest troligt. Då skulle han kunna komma tillbaka nykter och välbehållen och de skulle kunna fortsätta livet som vanligt. Inte utan svårigheter, men ändå. Det fanns stunder när livet var helt okej. När det var fest och skratt och kärleksyra.

Då och då kom förstås de andra tankarna. De hon inte riktigt vågade tänka, men som ändå poppade upp när hon inte orkade mota undan dem. Tanken på att han kunde ha gjort av med sig. Inte med en kula för pannan förstås, skjuta kunde han inte och inte ägde han något vapen heller vad hon visste. Men det finns ju andra sätt. På senare tid hade han ofta pratat om det, om döden som en utväg. Att supa skallen av sig och somna i snön, måste vara det behagligaste sättet, eller att krypa ned i en frysbox när man just satt på kylan – det borde bli samma resultat. Man dör i sömnen och känner knappast kylan och snön ligger som ett bårtäcke över jorden. Det blir ingen lukt. Tack och lov var det sommar nu. Linda släppte kniven hon just spolat ren under vattenkranen. Det heta vattnet brände handleden. Han ville aldrig låta henne få insyn i ekonomin. Men av de halva meningar hon hört honom muttra under rusets inverkan var situationen om inte katastrofal så i alla fall väldigt bekymmersam. Han borde vara här nu och försvara sin verksamhet. Hur många grader skulle det vara i kylrummet och vilken temperatur skulle frysarna hålla? Hon hade inte den blekaste aning. Det var bara att hålla god min och hoppas att allt stod rätt till. På midsommarafton hade hon varit en sväng ned till källaren med ett par flaskor vin som blivit över och sett att stora frysboxen var påslagen fast de inte väntade leverans av lamm förrän om fjorton dagar. En sån box drar multum av ström, det vet alla. Kan bli flera tusenlappar på ett år om det är en gammal dålig box. Vladas hade fått en elräkning på sextontusen kronor mer än de förväntade sig. Sextontusen! Bara på grund av en gammal frysbox! Hon hade stängt av det gamla åbäket givetvis. Ett sånt slarv att den bara fick brumma och gå till ingen nytta. Linda ryckte fram hink och mopp ur städskrubben och började svabba bort de värsta fläckarna på golvet. Vin, fimpar, kaffesump och damm. Det fanns ingen tid att sopa först, i en svepande rörelse måste allt bli klart för snart var inspektören här för att hålla rättegång, och inte hade hon kunnat sova heller. Ställer han frågor om livsmedelshantering och inköp kommer jag att svara goddag yxskaft, tänkte hon för sig själv. Hur kunde Tommy bara ... Jävla karl!

Vladas fru hade viskat något i Lindas öra när gubbarna rest till Ljugarn för att fira i onsdags, med darr på underläppen och alla meningar oavslutade och hängande i luften. Hon var rädd. Rädd att något skulle hända barnen. Varför? Det hade hon inte velat svara på. Det var som om hon väntat sig en bekännelse. Om jag säger A så säger du B. Vad hade hon tänkt berätta om de rätta orden kommit? Lösenord mot lösenord och sedan? Hade familjen Navakas blivit utsatta för hot? Nej, Linda ville inte tänka på det. Det här var Gotland, inte Sicilien. Här finns ingen beskyddarverksamhet och maffia. Här hotas inga barn till livet för att föräldrarna ska betala för beskydd av sin restaurang. Och ändå kunde hon inte värja sig för tanken, ju längre tiden gick, desto troligare var det att det hänt Tommy och Andreas något allvarligt. Linda gick fram till spegeln och tryckte sitt glåmiga ansikte mot glaset. Formade munnen till en kyss. Tänk om han aldrig mer skulle kyssa henne och säga att allt var bra. Vem i hela världen skulle vilja göra det då? Vem vill ha mej då? sa hon in i spegelrummet bakom glaset och samtidigt öppnades en dörr utan föregående knackning och där stod en tämligen rund man i brun manchesterkavaj med en portfölj tryckt mot bröstet som ett skydd mot tänkta skadedjur, bakterier och mindre tillmötesgående restaurangägare.

"Svensson. Jag har stämt träff med Tommy Nilsson här klockan 8.00."

Linda vände sig sakta om. Hon såg på klockan över bardisken. Den var 07.58. Någonstans föddes ändå ett fåfängt litet hopp. De hade bestämt en tid och fristen var ännu inte ute. Tommy kunde faktiskt fortfarande dyka upp.

"Om du slår dig ned en stund, så är han säkert strax här", hörde hon sig själv säga. "Du kanske vill ha en kopp kaffe så länge." Hon log sitt allra raraste leende och hoppades att han inte skulle märka hur hon darrade på handen när hon ställde koppen på bordet. Inga kakor. Det fick inte verka som de behövde fjäska för att få ett godkännande. Enkelt och präktigt skulle det vara. Han tittade på klockan. Visarna spretade isär allt längre. Hon log och erbjöd påtår medan de talade om det vackra vädret och turistströmmen som minskat något det senaste året om man fick tro den senaste mätningen. Vad det nu kunde bero på. Höjda biljettpriser på båttrafiken, föreslog inspektören. Linda kände att hon inte var mäktig någon analys. De pratade om rökförbudet på restauranger, där Linda avstod från att säga sin mening när hon märkte vilket engagemang inspektören kände i frågan. Tur att hon vädrat i köket.

”Ett rökfritt bord på en restaurang är som en pissfri zon i en bassäng”, sa han. Inte utan viss belåtenhet. Han hade sagt det förr och skulle komma att säga det igen. Det var hon övertygad om.

”Det ser ut som om han fått förhinder. Skulle vi kunna ta inspektionen en annan dag”, föreslog Linda hoppfullt. Inspektörens blick mörknade. Han antog en rakare hållning. Linda uppfattade det som ett avslag redan innan han öppnat munnen.

”Det skulle ingalunda vara till hans fördel.”

”Då får vi väl börja utan honom.” Vad som helst bara mardrömmen tog slut. Låt det gå fort. ”Vad vill du se först?”

”Förvaringen av kött, fisk och grönsaker. Hur maten hålls varm, respektive kyld. Har ni vattenbad för att varmhålla såser och liknande?”

Han såg vänlig, nästan lite blyg ut, när han sa det och Lindas nervositet lättade något. Tills hon fick syn på disktrasan som låg slängd över vattenkranen. Helveteshelvete! En analys av den trasan skulle kunna leda misstankarna till förberedelse för terroristattack med biologiska vapen, multiresistent e-coli och listeriaförgiftning av ett okänt antal medmänniskor. Tommy brukade skoja om det. Linda backade långsamt mot diskbänken medan inspektören mätte upp temperaturen i kylrummet, sedan grönsakskylen och kylen där det förvarades fisk. ”Jag skulle behöva en kniv och en skärbräda för att ta prov från den här köttfärsen”, sa han just när Linda greppat tag i disktrasan och lyckats knöla in den i sin koftärm. Den sura lukten stack henne i näsan. Hon servade honom med redskap och såg hur han försiktigt stoppade ned proverna i plastpåsar och förslöt dem. En blodfläck på golvet fick henne att hastigt ta ett steg i sidled tills den doldes av hennes träskor, så där ja. Resten av golvet såg hyfsat ut. ”Jag tycker att jag känner igen dej”, sa han. ”Vi kanske gick i skolan ihop? Jag är från Sanda.”

Hon tittade upp i hans ansikte och försökte se bortom tiden. Bestämt var det något bekant över honom. Dan? Hon hade i förskräckelsen inte uppfattat hela hans namn. Danne? Jo det måste det vara.

”Din lillasyrra gick i min klass. Carina? Hon var hästtokig.” Och du hade ofta näsblod och problem med polyper, fast det sa hon inte högt.

”Vad jag minns hade du tandställning och var anskrämligt mager. Du är absolut till din fördel nu när du lagt på dej lite grann.” Han log med hela ansiktet, och just då föreföll det henne märkligt att hon inte hade sett det med en gång. Det var ju Danne Svensson, fast i en mycket rundare kropp. ”Är du gift med Tommy Nilsson?” frågade han utan att se henne i ögonen.

”Nej, jag bara jobbar här ibland.”

”Vi kanske skulle ses någon kväll. Ta en öl och snacka gamla minnen. Man kanske skulle kunna få bjuda på middag för gammal vänskaps skull? Vad säger du?”

”Absolut.” Redovisningen av civilstånd förblev ofullständig. Men vad då? Han hade inte frågat rent ut om de var ihop. Tommy hade varit jävligt tråkig på senare tid. Det här kanske var en chans till något nytt, om så bara en minnenas afton med någon som fortfarande tyckte att man var till sin fördel och var villig att hala upp plånboken för att ordna en trevlig kväll. Inget ont i det.

”Finns det fler utrymmen där ni förvarar livsmedel?”

”Vi har en fin vinkällare. Den kanske du vill se?” Hon kände sig med ens säker och faktiskt lite stolt över verksamheten. ”Tommy har en flaska vin som är något alldeles extra i sin samling. Han kom över den på en auktion förra hösten. Ett Bordeauxvin, Château d’Yquem. Den har av ålder antagit en bärnstensröd ton och man kan ana att det har sjunkit lite i flaskan. Vinanden har tagit sin del, brukar han skoja och sen säga att han spar den till sin begravning.”

”Det är inte helt nödvändigt för inspektionen, men i ditt sällskap ser jag den gärna.” De fortsatte prata gemensamma minnen och forntida lärare medan de sneddade över gatan till vinkällaren mitt emot. Linda letade i förklädesfickan och fick fram en grov nyckel från knippan och försökte sätta den i låset. Någonting var i vägen. En nyckel på insidan? Hon vred och tryckte flera gånger allt hårdare innan ett metalliskt ljud klingade mot golvstenarna och nyckeln gick att föra in i låset och dörren gled upp. De hukade sig och gick in. Hon vred om en stor strömbrytare invid dörren, men ingenting hände. Det luktade unket och fuktigt. Hon försökte vrida igen, men källaren förblev mörk. Med händerna mot stenväggen trevade hon sig framåt över den skrovliga ytan. Fastnade i gammalt spindelnät, händerna blev fuktiga av något obestämt och kletigt, men hon fortsatte att känna sig fram till den hylla där hon ville minnas att de hade en ficklampa uppställd, i fall att. Jo, där var den. Bara det nu fanns batterier i den som fungerade. Lampan kändes också kletig, kanske av batterisyra. Hon torkade av sig på förklädet och pressade ned knappen. Ljuset fladdrade till och blev stadigt. Där låg Tommys källarnyckel på golvet, så märkligt. Hur kunde det komma sig att dörren varit låst från insidan? Linda lät blicken följa ljuset från lampan. Längs väggarna på båda sidor låg dammiga vinflaskor uppradade på hyllor och längst fram mot kortväggen fanns två frysar, en ålderdomlig box och ett lite nättare skåp. En rå fuktig kyla slog emot dem när de närmade sig, en sötaktig kväljande lukt som inte funnits där förut och som hon inte riktigt kände igen. Det första hon tänkte på var råttor eller i bästa fall bara möss. Lukten var på något sätt organisk, intim och omöjlig att undkomma. Hon hoppades att Dan inte skulle känna odören lika starkt. Och sen slog det henne plötsligt …

”Jag stängde av frysboxen på midsommarafton. Hjälp! Det kan väl aldrig ha varit något i den? Jag öppnade aldrig och såg efter. Tommy kanske fick lammköttet tidigare. Helvete. Jag kollade inte.” Hon skyndade sig fram och blev tveksamt stående med handen på locket. ”Det skulle sabba hela inspektionen va? Kan vi ta det utanför protokollet? Du sa …”

”Vi måste inte nödvändigtvis ta med det i inspektionen. Låt oss se det som hobbyverksamhet. Eller för husbehov.” Han lade smeksamt armen om henne i halvdunklet och log medan han tog över lampan så hon kunde öppna frysboxen. När hon inte tog illa upp av beröringen lät han handen glida ned över hennes rygg och stanna på baken som ett stöd när hon lyfte det tunga locket. Samtidigt gjorde ljuskäglan en oförutsedd svepande rörelse bortom vinhyllorna. Vad var det som låg där borta i gången? Hans ansiktsuttryck genomgick i den stunden en kraftfull förändring från det självbelåtna leendet till förvåning och sedan ren fasa. Han tog ett par snabba steg mot det bylte som fångat hans uppmärksamhet och lämnade henne bakom sig i mörkret. Hon skyndade sig att sträcka ut handen, tog tag i hans kavaj och följde efter. Locket till den tomma frysboxen föll igen med en smäll. Hon ryckte till av ljudet. Stanken slog emot dem innan de riktigt kunde se vad det var. En mus sprang över golvet och in under det svarta byltet. Hon borde ha skrikit, men inte ett ljud kom över hennes läppar medan hon stirrade in i det kritvita ansiktet med sina slutna ögon. Tommy! Det fanns ingen tvekan om att han var död. En skarp, ringande ton ökade i styrka inne i hennes huvud och försvann i en känsla av kraftig yrsel. Hon mådde illa. Hans haka hade fallit ned och den öppna munhålan var så förskräckande svart i det bleka ansiktet. Kroppen låg i en märkligt vriden ställning på golvet. Hon klev i något kladdigt och vått. Fötterna klibbade fast mot stengolvet. Då fick hon syn på vinflaskans etikett. Den fina Bordeauxen låg krossad vid hans bara vita fötter. Ett ljud vid dörren fick henne att vända sig om. Tanken på att bli instängd i denna gravkammare med Tommys stinkande kadaver var mer än hon mäktade med. I panik rusade hon över golvet och famlade blint mot ljusspringan vid dörren. Hon måste ut. Något tog emot. Hon slog vilt omkring sig. Träffade ett ansikte. En stor kropp. Hon rev och klöste tills ett par starka armar låste hennes egna på ryggen och hon pressades upp mot den fuktiga väggen av en kraftig mansperson och framför henne dök ett bekant ansikte upp ur det bländande ljuset från dörröppningen. Kriminalinspektör Maria Wern.

KAPITEL 25

Elvira Wickman satt vid köksbordet och stirrade ut genom det fläckiga fönsterglaset mot granskogens skuggor och ljusa gläntor. Med ett halvt öra lyssnade hon på sin make som gick av och an i hallen med mobiltelefonen tryckt intill örat.

”Det måste väl finnas regler att gå efter ... måste jag uttala mej om det? Ärligt sagt tycker jag att den tjetjenska familjen ska utvisas om reglerna säger det ... utan unge. Varför kan jag inte säga det, menar du? Det är väl för fan inte mitt problem. Vi kan inte bara öppna portarna och släppa in alla som vill komma hit. Ekonomiska flyktingar, medicinska flyktingar, människor som flyr från krig och katastrofer. Vad säger att det ena är en större tragedi för den enskilde än det andra ... den välfärd som vi har byggt upp kollapsar. Vi kan inte ta flera i båten ... Okej jag kan inte säga det, men det är vad jag tycker. Vad i helvete ska jag säga då? Vadå inte politiskt korrekt? Ska vi vänta på att familjen blir lyckligt återförenad så vi kan utvisa dem gemensamt till sitt sönderssprängda helvete, är det bättre ... Jag tycker det är regeringens sak när det fått sådana proportioner i media ... Världen är orättvis. Okej, jag kräver att de ska hitta pojken först ... okej. Okej!” Hon hörde honom slå handflatan i väggen. ”Faan, det här kom olägligt.” Han gick med hasande steg över golvet och ställde sig i dörröppningen till köket. ”Är du klar då? Petter sitter redan i bilen. Han har dom där förbannade hörlurarna till freestylen på sig, hör inte ett dugg. Fast dom lär han få ta av när vi kommer till soc. Tänk att det skulle gå så här långt. Det är ju själva faan! Var det Gunilla Bodin, hon hette? Det är väl samma människa Charlotta brukar prata med. Man får ju skämmas.”

”Ja.” Elvira kom sig inte för med att säga något mer. Egentligen skulle hon ha arbetat en extra dagtur på sjukhuset. Men nu hade hon fått ringa sig sjuk. Vad fanns det för andra alternativ? Vård av sjukt barn har man tills barnet har fyllt tolv, sen får de klara sig själva om de så har 41 graders feber och hjärnhinneinflammation. Förresten handlade det inte om någon sjukdom i dag. Inte alls, men hur stor procent av alla sjukskrivningar gör det? Att sjukskriva sig för vantrivsel, mobbning, livsleda, dålig arbetsledning och försämrade arbetsvillkor gör man lite till mans. Vad är sjukdom? Att må dåligt? Inte kan man säga att man mår särskilt gott av att fara in med sin son till de sociala myndigheterna för att han rispat någon på halsen med kniv.

”De ringde från socialtjänsten när du var i badrummet och undrade om vi kunde ta mötet tillsammans med Oskar och hans familj. Det gick bra för Susanne så jag sa att det gick bra för oss också. Det skulle ha sett illa ut annars. Som om vi hade fler problem som vi inte vill redovisa tillsammans med dem.” Han gav henne ett skarpt ögonkast.

”Med Martin och Susanne? Skulle vi träffa socialsekreteraren tillsammans med Martin och Susanne?” Elvira kände en påtaglig yrsel. Tankarna flög hit och dit och plötsligt mådde hon illa. Rodnaden sköt upp i ansiktet. Det susade i huvudet. Skulle de sitta på socialkontoret hopträngda i en soffa tillsammans med Martin och Susanne? Neej! Vad som helst men inte det!

”Har Oskar några andra föräldrar än dem? Jag sa att det var okej. Har du något emot det får du ringa och ändra själv. Jag vill få det ur världen så fort som möjligt. Jag har inte tid med en massa trassel. Du vet hur mycket jag har att göra.”

”Nej, jaa”, skyndade hon sig att säga medan adrenalinet fortsatte att forsa genom kroppen och nå fingrarna med sina nålstick. Sakta gick den fulla konsekvensen av det sagda upp för henne. Hon skulle bli sittande på ett möte ansikte mot ansikte med Susanne och Martin och man skulle diskutera barnen tillsammans. Petter skulle bli anklagad för att med vett och vilja ha rispat en annan kille med kniv. Vad gör den som blir anklagad? Fördelar skulden. Var skulle hon göra av sig om Petter började tala om problem hemma, om en eventuell skilsmässa? Kunde han veta något eller kanske gissa vad som hänt? Det är klart att de skulle tala om Andreas också, oundvikligen. Så fruktansvärt. Och hon skulle tvingas sitta där öga mot öga med Martin. Varför inte ta allt på en gång när familjerna med barn ändå hade samlats? Lägga alla kort på bordet, begå harakiri gemensamt för att sedan frakta bort delarna i Svarta Maja till kremering och en stilla rök skulle stiga mot himlen till åminnelse av …

”Elvira du svarar ju inte.”

”Va?” Hon försökte få kontroll över sin andning och hitta en passande min.

”Lyssnar du på mej alls, finns jag i din värld? Vet du, ibland får jag en känsla av att du inte vill leva med mej längre. Du verkar helt ointresserad av mej och mitt arbete.”

”Sch … tänk på Petter!” Elvira såg hastigt bakåt. Sonen satt nedsjunken i baksätet med freestylens svarta proppar i öronen och ljudet på hög volym. Han mimade med i texten och verkade helt absorberad. ”Vad ville du?” frågade hon.

”Jag ville veta om vi har något hemma till middagen i kväll eller om vi ska handla på hemvägen. Jag tänkte att jag kunde sätta av dej vid Atterdags medan jag fixar ett annat ärende. Går det bra?”

”Fy tusan vilken värme. Funkar inte luftkonditioneringen?”

”Atterdags är ett av de svalaste ställena i stan. Behöver du handla, bestäm dej. Ja eller nej?”

”Vet inte, jag har inte hunnit tänka på det.”

”Men för fan, Elvira, vad gör du hela dagarna? Jag sliter varenda minut, upp tidigt, jobbar långt in på nätterna och du kan inte ens se till att det finns mat på bordet.”

”Du gör det du har valt att göra. I ditt val ingår inte hushållsarbete och det ska jag ställa upp på, menar du? Om jag väljer det jag har lust att göra ingår inte hushållsarbete i mina åtaganden heller. Jag kanske vill gå en kurs i akvarellmålning på min fritid i stället för att laga mat.”

”Men va i helvete! Är det Charlotta som satt griller i huvudet på dej? Jävla ninjafeminist. Hon hatar ju karlar. Det är inte konstigt att Tommy fick nog, inte konstigt alls när hon bara ställde krav och inte gav något tillbaka. Vart har vårt liv tillsammans tagit vägen, Elvira? Förr när jag kom hem på kvällen hade du gjort dej vacker, för mej. Middagen var klar. Petter sov i sin säng och vi fick en stund tillsammans när vi kunde prata. Vad fint vi hade det då."

"Och sen fanns det andra kvällar när jag satt där och väntade och inte visste var du var. När du glömde att ringa och klockan blev ett och den blev två. Och allt i hela världen var viktigare än hur jag och Petter hade det."

"Jag gjorde det för oss, för det vi trodde på."

"Vet du alls vad jag tror på och vad jag tycker, Lars? När frågade du sist efter min åsikt utan att ironisera?"

"Jag behöver köpa nya batterier till min cd-spelare." Petter stack fram huvudet mellan sätena och samtalet tystnade. "Fan vad ni håller på. Kan du stanna vid Shellmacken, farsan. Jag behöver batterier."

De båda familjerna hälsade tyst och lite skamset på varandra i väntrummet utanför Gunilla Bodins dörr. Något i väntrummets atmosfär gjorde det omöjligt att tala annat än viskande. Den röda upptagetlampan lyste.

"Har du hört något från Charlotta i dag?" undrade Elvira, mest för att ha något att säga. Rodnaden sved i ansiktet och hettade ända ned på halsen. Hon var förrådd av sin egen kropp och utlämnad till andras tolkning utan att kunna göra något åt det. Hon kände sig gråtfärdig. Susanne skakade på huvudet.

"Nej, ska jag vara ärlig så orkade jag inte ringa henne i dag. Det känns som om vi har nog av det här." Hon lät handen svepa framför sig som för att visa problemets omfattning. "Man måste ta hand om sin egen familj först. Det går inte att räcka till överallt, men oss emellan känns det inte bra att lämna henne ensam med Amanda, men vad gör man."

"Nej, jag håller med. Det är inte bra för Amanda att vara ensam med Charlotta som hon mår just nu. Jag vet inte vad vi ska göra för att hjälpa henne." Elvira kände en lättnad. Det var bra att ha något annat att diskutera än de stora problem som malde och malde i tanken. Charlotta som problem och syndabock var en omväg för att slippa ta i den verkliga dyngan. Ett stråk av självförakt for genom Elviras medvetande, men hon kunde ändå inte låta bli att gå ett steg längre. ”Man kanske skulle koppla in soc, Charlotta har problem med sin föräldraroll. Det är inte som det ska vara.”

”Precis vad jag har sagt hela tiden.” Susannes röst steg med ivern. Hon tog väninnan om armen och gjorde en gest mot väntrumssoffan där de satte sig ned förtroligt avskärmade från de andra. ”Hon har alltid överbeskyddat sina barn och nu har det slagit över helt. Det är inte friskt. Hon letar sjukdom hos dem. Sen de förlorade Patrik, skulle jag säga. Det är klart att man blir mer medveten om att man inte har immunitet mot livets onda efter att något sådant har hänt. Självklart. Men Charlotta har inte kommit ur det. Minsta tecken på infektion och hon söker läkare om det så är på jourtid i stan. Olika symptom hela tiden, fantasifulla diagnoser som byts ut allteftersom de kan uteslutas.”

”Ja, när du säger det så. Ja, du har rätt”, inflikade Elvira och reste sig för att gå till toaletten och svalka sitt ansikte innan de gick in i striden. Bilden av de skvallrande kvinnorna på kyrkväggen i Linde kom för henne, och med en rysning skakade hon av sig hela klasen med smådjävlar som ville förpassa henne till helvetet. Ibland har man inget val. Och ibland skulle man verkligen behöva en alert skyddsängel med klubba i näven.

Susanne lutade sig bakåt med huvudet mot väggen. När hon tänkte efter hade Charlottas problem börjat långt innan Patriks död. Anta att det var så att Charlotta själv gjorde sina barn sjuka. Som någon sorts projicerad hypokondri. Susanne ville minnas att hon läst om en sjukdom där mödrar lägger sjukdom på sina barn. Modern i exemplet hade givit sitt barn råttgift. Barnet hade fått blåmärken och utretts för blodsjukdomar. Sedan hade hon givit det sömnmedel. Se så slö han är! En ny utredning med tanke på infektioner, alltmer långsökta diagnoser. Fler sjukhusbesök på jourtid tills de blev inlagda. Sakta hade hon ökat dosen tills barnet dog i sömnen på själva sjukhuset. Den mamman hade arbetat i hemtjänsten, precis som Charlotta. Med full tillgång till läkemedel. Vem märker om en dement åldring inte får hela sin kvällsdos av sömnmedel? Till nästa rond ökas medicineringen på om nätterna varit stökiga. Susanne rannsakade sig själv. På senare tid hade de skrämmande funderingarna kring Charlottas förhållande till barnen kommit allt oftare. Fruktansvärda tankar, kanske felaktiga. Om barnen verkligen var sjuka, skulle det vara ett svek att hysa sådana tankar om en hårt kämpande mor och särskilt just nu. Och ändå … Patrik var död, Andreas var borta. Tänk om Amandas liv var i fara? Nej, nej, så fick hon inte hålla på att fantisera. Herre Gud! Hon var väl yrkesskadad. Om det verkligen var så att Charlotta var kapabel att göra sina barn illa skulle det krävas åtgärder. Då skulle flickan behöva omhändertas med en gång. Om det sedan visade sig vara fel, vilket fruktansvärt misstag det skulle vara. Susanne vågade inte tänka tanken till sin fulla konsekvens.

KAPITEL 26

Gunilla Bodin öppnade dörren till sitt tjänsterum och släppte ut en hårt nedgången kvinna i solkig långkofta och grått okammat hår. Själv stod hon där som en bjärt kontrast i sin kritvita skjorta med ärtigt uppkavlade ärmar, den marinblå knälånga kjolen utan en skrynkla och med en kortklippt frisyr där varje hårstrå tycktes ligga rätt. Kvinnan utstrålade fasthet och kompetens. Elvira såg henne inte i ögonen när de hälsade utan fixerade hennes näsrot. Ett automatiskt beteende hon lagt sig till med genom åren. Få människor märker skillnaden. Att koncentrera sin tanke på något annat än det som generar gör att man inte rodnar så lätt. Den mest effektiva av alla motbilder var tanken på att dammsuga under soffan i vardagsrummet. Att koncentrerat suga in dammråtta för dammråtta i dammsugarmunstycket. Då lade sig rodnaden. Elvira kände sig tung i kroppen, ful och plufsig när hon satte sig i soffan bredvid Susanne. Martin satt mitt emot dem med möjlighet att i ett enda ögonkast jämföra sin hustrus smärta ungflickskropp med Elviras sorgligt slappa uppenbarelse inklämd i en trång kavaj som inte ens gick att knäppa. Det var inte någon idé att försöka dra in magen eller att räta på ryggen. Det var som det var. Nu kunde han sitta där och se sitt misstag i ögonen och önska det ogjort. Det kanske rentav äcklade honom. Antagligen. Han fick skylla sig själv. Hon vägrade se honom i ögonen. Vågade inte. Lars skrapade irriterat med naglarna över sina byxben tills hon fick lust att skrika åt honom att sluta. Situationen var helt absurd.

Vänd mot de båda pojkarna gick Gunilla Bodin med hög klar röst igenom de uppgifter hon fått av polisen. Fyllan. Kniven. Skadorna. Sedan fick de med egna ord återge sin version av berättelsen. Oskar såg socialsekreteraren rakt i ögonen, erkände allt som hänt under tiden de tältat och bad om ursäkt. Mönstergossen. När Petter skulle börja sin berättelse drog Elvira efter andan. Ljudet undgick inte någon. Rodnaden kom som en het våg och gick inte att hejda. Hjälplöst såg hon upp i Martins ansikte, men han vände bort blicken. Vad hade hon väntat sig? Petter mumlade något och blev uppmanad att höja rösten.

”Det var den andre killen som började. Han snackade skit.”

”Vad sa han?” frågade Gunilla.

”Hur fan ska jag komma ihåg det? Han var stöddig.”

”Försök. Vad sa han?”

”Att Petters mobil var töntig”, svarade Oskar tjänstvilligt och fick en giftig blick av sin kompis. ”Killen frågade om Petter hade ärvt den av sin morsa eller hittat den i en sopcontainer.”

”Och vad sa du då?” fortsatte Gunilla utan att släppa fokus på Petters ansikte. Han skakade på huvudet och sparkade till stolen framför sig. Elvira kröp ihop där hon satt och väntade på skrällen. ”Vad gjorde du då?” upprepade Gunilla.

”Det vet du för helvete.” Petter sparkade på stolen igen och fick en hård klapp på axeln av sin far. Nu lugnar vi ned oss. Skäm inte ut dej.

”Ja, men jag vill höra dej säga det själv.” Gunilla verkade helt oberörd av det aggressiva tonfallet.

”Jag visade honom kniven”, mumlade Petter.

”Högre, jag hör inte riktigt vad du säger när du hänger med huvudet mot halsen så där. Se på mej.”

”Jag visade honom kniven, men han fortsatte att mucka så jag rispade han lite. Man måste få respekt annars kan varenda jävel sätta sig på en.”

”Jag sa åt Petter att han skulle låta bli, men han gjorde det ändå.” Oskar såg på sin mamma för att få ett godkännande. Susanne nickade gillande mot honom och Elvira hade kunnat hälla kokande olja över henne i den stunden.

”Du var fan dyngrak, du sa inte ett piss.” Petter snörvlade till och drog med handen under näsan.

”Att bära kniv är straffbart och att misshandla någon med kniv är ett mycket allvarligt brott. Hade du varit lite äldre, Petter, skulle det här ha fått rättslig påföljd. Jag hoppas du inser allvaret i det du har gjort."

"Man kan få fängelse", sa Oskar hjälpsamt.

"Skulle du kunna tänka dej något annat sätt att hantera den här situationen på?" frågade Gunilla utan att ta större notis om Oskar som log förbindligt och välartat. Ja, nästan räckte upp handen för att få svara på frågorna.

"Kunde ha snackat med han, fast det fanns inge att säga. Han var så störig. Du fattar inte." Petter måttade en spark mot Oskar men hejdade sig när han såg Susannes blick.

"Jo då, jag fattar, men man kan inte ge sig på alla som argumenterar bättre än man själv. Ibland får man erkänna sig besegrad och gå hem och träna på vad man ska säga. Finns det något du kunde ha sagt i stället för att ta till kniven, tänk efter. Fanns det någon möjlighet att fixa situationen på ett bättre sätt? Använd din intelligens."

"Och hålla på som morsan och farsan då? Gräla i evigheter. Mala och mala." Petter såg upp på Elvira när hon drog efter andan igen, nästan som om han först då lade märke till hennes närvaro. Han gav henne en urskuldande min. Förlåt mamma, men jag blev provocerad.

"Vi kanske kan ta den diskussionen hemma", sa Lars med en myndighet i rösten han inte kände.

"Vi har haft lite problem", viskade Elvira.

"Det är bara bra när vuxna ger uttryck för sina känslor. Barn far inte illa av det. Martin och jag försöker alltid vara tydliga i våra konflikter." Susanne log vänligt och lade handen på Martins arm. Han såg ut som om han skulle kräkas. Elvira fick bita sig i tungan för att inte säga vad hon tänkte. Jag har nyss blivit påsatt av din man, han kanske vill berätta om det så vi kan diskutera saken alla tillsammans i grupp. Men det sa hon så klart inte, önskade sig bara långt därifrån. Bort från den sanning som hotade att vilken sekund som helst spränga dem i luften. Martin stirrade på sina skor som om han aldrig sett dem förut. Rodnaden lyste genom skägget.

"Jag skulle vilja ha ett uppföljande samtal med var familj för sig, vi får försöka hitta lämpliga datum. Till nästa gång får pojkarna i läxa att hitta lösningar på hur man skulle kunna hantera den här konflikten på ett annat sätt. Jag föreslår att vi ses om en vecka."

"Det är bättre om man försöker prata om saker, än om man slåss", sa Oskar just när Elvira trodde att de var utom fara.

"Ska du säga din skenhelige jävel!" Petter reste sig upp så hastigt att stolen tippade. "Ska du säga. Slog du inte Andreas kanske?"

"Det var du som började", pep Oskar.

"Vad är det du säger?" Susanne reste sig också och fattade tag om Oskars axlar och vände honom mot sig. "Har du slagit Andreas?"

"Inte så mycket som Petter, han slog hårdast."

Gunilla, som också rest sig, redo att ta i hand och säga adjö, satte sig igen och såg på dem. Från Oskar till Petter och från Petter till Oskar. Hon gjorde en gest med båda händerna och fick alla att sätta sig ned. Elvira sjönk ihop med ett djupt stönande ljud och höll händerna för ansiktet.

"Andreas Nilsson? När hände det här?" Gunilla fixerade dem och nu var hon mycket allvarlig, nästan blek i det bländande solljuset från fönstret.

"Håll käften", väste Petter mellan tänderna utan att se på Oskar.

"Pojkarna brottas lite ibland. Jag vet inte om det är så mycket att ödsla tid på." Martin såg på sitt armbandsur och försökte sig på en nonchalant attityd som helt förfelade sitt syfte och blev till en grotesk grimas när han inte fick något gensvar. Susanne satt med öppen mun och fick ingenting sagt. Elvira kände yrseln komma starkare än förut. Ljuden blev förvrängda och konstiga, inte längre möjliga att greppa, kroppen försvann och tappade kontakt med hjärnans kontroll och hon föll bakåt i ett vakuum. Vad skulle hon säga, vad skulle hon ta sig till när sanningen uppenbarades? Martins rodnad hade lagt sig och han var nu så blek och blodtom att han borde ha svimmat vilken minut som helst. Lars letade papper i sin dokumentportfölj som inte hade det minsta med saken att göra. Ett helt irrationellt beteende och så typiskt för honom, tänkte Elvira suddigt.

"När hände det här?" Gunilla gav dem ingen respit. Oskar blev den som först föll till föga.

”På kvällen när han försvann. Vi tänkte inte slå honom så hårt.”

”Han hängde efter oss och vi ville inte ha honom med. Så var det, eller hur, Oskar?” Petter gav honom en vädjande blick efter att ha sett hur Elvira allt mer sjönk ihop i soffan.

”Så var det. Han bara hängde efter och gjorde barnsliga saker. Han gjorde pruttljud med armhålan och så gjorde han ett märke på min nya cykel. Han sparkade på den. Petter knuffade honom och då ramlade han. Det var inte meningen.”

”Vi knuffade till honom lite”, förstärkte Petter. ”Vi vet inte vart han tog vägen sen.”

”Vi cyklade därifrån.” Oskar satte sig lite närmare Petter och nickade i samförstånd.

”Hotade ni honom med kniv”, frågade Gunilla. ”Ni måste berätta sanningen för mej. Det här är viktigt.”

”Absolut inte. Kniven låg bredvid min sovsäck i garderoben. Jag hade den inte med mej den kvällen. Inte hade jag, Oskar?”

”Nej, det hade han inte. Vi vet inte vart Andreas tog vägen sen.”

Martin gav sin son ett tacksamt ögonkast. En riktig karl kan tala för sig men han vet också när han bör tiga. Nu måste det väl ändå vara slutpratat. Han reste sig halvvägs upp.

”Jag måste vidarebefordra de här uppgifterna till polisen, det förstår ni, eller hur? De kommer att vilja prata med er igen. Vi måste hjälpas åt för att förstå vad som kan ha hänt med Andreas. Även om ni har slagit honom och har dåligt samvete för det måste ni berätta allt ni vet för polisen. Är vi överens om det?”

KAPITEL 27

Charlotta Nilsson satt på bussen in till stan. Grönskan flimrade förbi fönstret och hon slöt ögonen. Bakom ögonlocken fortsatte skuggspelet i hastiga växlingar mellan mörker och guldgult. Ett lätt illamående fick henne att hålla hårt om handtaget på ryggstödet framför sig. Bussen krängde till och svängde i rondellen. Beskedet om Tommys död hade märkligt nog lämnat henne helt kall. Den ljusa kvinnliga polisen hade tagit det så varsamt och försiktigt när hon berättade att de funnit honom död i sin vinkällare. Ja, var annars. Hon hade försökt lägga armen om och säga några lugnande ord och Charlotta hade känt en absurd lust att skratta högt åt hennes missriktade omsorger. Stundtals hade hon faktiskt önskat honom dithän. Till och med fantiserat om den frihet det kunde innebära att slippa delad vårdnad om Andreas. Det var otäckt förstås att tänka på Tommys kropp utan liv. Att de händer som en gång smekt hennes hud nu hade stelnat och aldrig mer skulle röra vid en kvinna, eller för all del en flaska. På Östersol hade det hänt några gånger att Charlotta varit med när någon avlidit. Det hade varit värdigt och nästan vackert när allt blev stilla och lugnt och en liten blomma lagts i de samlade händerna på täcket. Hur skulle det bli med begravningen, vem skulle ta tag i den? Om det inte fanns något skrivet mellan Linda och Tommy var det väl upp till Tommys kusin i Halland att ordna den saken. Och arvet, om det nu fanns några pengar i firman, vem skulle det tillfalla? Andreas? Fastigheten borde vara värd en förmögenhet, en krog i Visby innerstad, ett par miljoner borde man kunna få ut minus eventuella skulder. Charlotta slog ifrån sig tanken och steg av bussen när den stannade på busstationen utanför

Gutavallen. Resan hem var ordnad i förväg. Martin hade lovat att ta henne med sig när han var klar med sina ärenden i stan. Klockan halv sex hade de bestämt tid på parkeringen utanför Söderport. Innan dess hade Charlotta själv ett ärende hon måste klara av. Under midsommarhelgen hade hon förgäves försökt få svar på de prover som tagits på Andreas. De sista veckorna hade de farit runt till olika vårdcentraler i Roma, Slite och sedan Visby på Söderväg, Bredgatan och till och med till vårdcentralen på Gråbo för att få besked om vad som var fel. Vem som helst borde kunna se att pojken inte mådde bra, att han var blek och hängig. Ett lite för lågt blodvärde hade inte utlöst någon större aktivitet. Ni kan väl ta om det om en vecka. Han har många blåmärken. Trombocyterna är lite låga, men ni kan väl komma hit och ta om det ifall du är orolig. Skulle inte du vara orolig om det var ditt barn? hade hon frågat sköterskan och fått ett överseende leende till svar, som när man ler åt ett barn som inget begriper.

Charlotta kände på dörren till vårdcentralen. Det var låst. Det satt en lapp upptejpad på glasrutan. Stängt måndag för utbildning. Helvete! Här hade hon rest hela vägen till stan i onödan och förlorat tid då hon kunde ha knackat dörr och deltagit i sökandet. Hon måste få svar på proverna nu! Om polisen bara fick svart på vitt på att pojken var dödligt sjuk så skulle de sätta in alla resurser och hitta honom, och allt skulle bli bra igen. Hon måste få tag på svaren om hon så skulle krossa en ruta och klättra in genom fönstret. Kanske provsvaren bara låg på doktor Johnssons rum, medan tiden rann i väg utan att något hände. En mor känner på sig när det är allvar. Hon om någon visste väl hur Andreas brukade vara. Varför kunde de inte lyssna på henne och tro på det hon sa? Andreas är dödssjuk. Något är väldigt fel. Jag känner väl mitt barn! Var fanns den berömda kliniska blicken? Samverkan som man talade så fint om? Nej, ville man komma någon vart måste man kämpa för det, det var tydligt.

Nedanför fönstret till det rum där de senast träffat doktor Johnsson låg en stor rund sten, nästan som en uppmaning att skrida till verket. Charlotta såg sig om. Det fanns ingen där och utan att fundera längre på det rimliga i sitt beslut dängde hon stenen med kraft genom rutan. Ljudet av krossat glas dämpades av grönskan. Charlotta lossade ett par stora skärvor ur karmens nedre del och lade väskan på fönsterbrädet som skydd för händerna när hon segade sig upp och klättrade in. Antagligen fanns det ett larm, direktkopplat till polisen. Det skulle säkert ta dem 5-10 minuter att komma dit. På fem minuter skulle hon i bästa fall kunna hitta svaret på varför Andreas hade mått som han gjort den senaste månaden. Charlotta bläddrade frenetiskt i plastbackarnas pappershögar och i pärmarna, men förgäves. Hon vecklade upp ett papper som låg i papperskorgen. Det var en turlista över avgångstider från Visby flygplats. En tanke slog henne i den stunden: tänk om det var så att alla provsvar var inlagda på det interna nätet? Datajournaler hade Elvira talat om. Det fanns fördelar och nackdelar. Charlotta hade hört henne diskutera saken med Susanne. Doktorn hade suttit vid datorn när hon var där senast med Andreas. Alla svar kom papperslöst via datorn. Helvetes skit! Hon knäppte på burken och väntade medan hon skärpte hörseln för att höra om polisen närmade sig med sirener. Kom igen då! Bilden klarnade och datorn krävde ett lösenord. Ett lösenord. Brukar kunna vara ett hund- eller kattnamn. Charlotta gjorde några försök utan resultat. Hon såg på klockan. Fyra minuter hade hon varit i doktor Johnssons rum. Det var lika bra att ge upp. När hon hävde sig över fönsterkarmen fastnade ena byxbenet och hon skar sig på knät. Hon lyckades rycka med sig glasbiten och stoppa den i väskan och sedan sprang hon bort från platsen in mellan husen och försvann in i en affär. Väl där inne slet hon med sig några plagg för att få vara ensam en stund i en provhytt och andas ut. När expediten tittade in efter en kort stund och frågade om hon önskade prova en annan storlek, höll hon på att skrika högt av förskräckelse.

KAPITEL 28

Elvira huttrade som av feber, trots sommarvärmen som nådde rekord denna eftermiddag då hon satt på Konditori Siesta och väntade på Susanne. Lars skulle köpa en ny mobiltelefon till Petter och det var upprörande dumt och onödigt. Som om det skulle lösa några som helst problem att köpa en ny mobil. Vad gav det Petter för signaler om han fick en ny telefon efter att ha hotat en kille med kniv som retat honom för den gamla? Hade det inte varit mer motiverat med ett kännbart straff? Utegångsförbud? Dataförbud? Teveförbud? De där spelen han höll på med på datorn, där han sköt ned människor och körde över dem med bil, tyckte hon inte alls om. Han blev som besatt av dem, aggressiv och otillgänglig. Det gick inte att få honom att avbryta för kvällsmat. Lars tyckte att han kunde få hållas, men nog skulle det ha varit trevligare om de kunnat äta tillsammans. Och egen teve på rummet hade han fått. Det hade Lars också ordnat utan att fråga vad hon tyckte om idén. Fixat en begagnad från jobbet bara. När ska vi träffas för att prata med varandra som en riktig familj, hade hon frågat och fått något ironiskt till svar. Petter åt frukost, middag och lunch i sitt rum vid datorn eller framför teven precis som Lars. Det kändes som om hela familjesammanhållningen höll på att vittra sönder. Som om en förbannelse hade lästs över huset och placerat dem djupfrysta och styckförpackade framför varsin underhållare de inte förmådde slita sig ifrån. Elvira snörvlade till och såg sig hastigt om, men ingen på kaféet tycktes ha lagt märke till henne. Varför skulle någon ha gjort det, vem iakttar en överviktig medelålders kvinna som sitter vid ett bord och trycker i sig småkakor och wienerbröd full av självömkan? Händerna höll hårt om kaffekoppen. Hon kände hur de skakade. Utanför fönstret passerade sommarklädda turister som om inget hade hänt, vardagsmänniskor med triviala ärenden på väg till banken och apoteket, mammor med barnvagnar, pensionärer med hundar och en och annan lodis och ungdomsgäng i täta flockar. Susanne hade bett att få tala med socialsekreteraren i enrum och sen hade hon efter tio långa minuter kommit ut till de andra röd om kinderna. Jag måste tala med dej sen efter jobbet, Elvira. Jag ringer så vi kan ses på stan. Du måste komma, hade hon sagt.

Hur länge skulle Elvira behöva vänta på sin avrättning? Hon såg på klockan. Susanne borde vara här när som helst. Elvira kände kallsvetten i pannan och en fuktig rännil kittlade på sin väg ned mellan brösten. Situationen var ju helt olidlig. Det enda rätta var att ta ett ordentligt samtal med Lars och sedan se hur de skulle gå vidare. Vem vet, han kanske skulle bli lättad. Om han hade någon annan bredvid, en arbetskamrat … Eller om han gick till prostituerade. Den möjligheten hade hon inte tänkt på tidigare. Antagligen skulle han ljuga om hon frågade honom rent ut, som hon misstänkte att han på senare tid hade ljugit om så mycket annat. Det fanns tider och stunder när han borde ha varit anträffbar på sitt arbete utan att någon kunde säga var han var. Han svarade inte lika ofta på sin mobil längre och det här pratet om att de skulle ha åtskild ekonomi, att det hon handlade till sig själv var för dyrt, vad handlade det om, egentligen? Vad höll han på med? Tanken på att han skulle spendera pengar på en prostituerad kändes ändå rätt långsökt. Han var nog för snål för det och han hade sina ideal, hade i alla fall haft det förr när de fortfarande pratade med varandra om väsentliga ting. Hur hon skulle tolka det sista anfallet, när han låst in sig på toaletten med sina herrtidningar för att sedan komma farande som en furie för att förnedra henne, visste hon fortfarande inte. Höll han på att bli impotent och var tvungen att bevisa något? Det kanske var mindre skamligt att misslyckas inför en prostituerad än inför sin egen fru? Ju mer Elvira tänkte på det, desto troligare verkade det ändå vara. Hon försökte föreställa sig honom i den situationen. Tanken äcklade henne kraftigt. En ung flicka, inte äldre än Petter. Skulle Lars någonsin komma på tanken att ha sex med någon av Petters klasskamrater? Knappast. Där fanns det en sorts tabu. Men om den unga damen kom österifrån? Människor från andra delar av världen gills inte riktigt. Om de svälter eller säljer sina barn till prostitution är det inte samma sak som om det hände med grannen eller med ens egna barn. Inte ens om de kommer hit och far illa mitt framför ögonen på oss. Hon blundade och såg scenen framför sig igen, Lars och en ung prostituerad kvinna. Om han hade gjort det skulle hon flytta direkt. Vart som helst. Det var definitivt värre än vanlig otrohet, tänkte hon och genomskådade sig själv i samma ögonblick. Det dåliga samvetet. Det känns bättre om man kan fördela skulden. Hade Lars gått till en prostituerad var det egna lilla snedsteget inte så farligt. Kanske var det lika bra att ställa sig i kö till en lägenhet i stan så fort som möjligt. Separationen var egentligen redan ett faktum. Elvira rörde om i kaffekoppen och tog en sockerbit mellan läpparna och drack upp den sista ljumma skvätten med en rysning.

Vad kunde Susanne ha på hjärtat? Om Elvira bara visste säkert att det gällde pojkarna skulle det vara mera uthärdligt att sitta och vänta. Eller om det gällde Charlotta. Charlottas sjukliga beteende gentemot barnen. Superterapeuten Susanne var så lätt att genomskåda. Charlotta var bara ett redskap, ett sätt att nå målet som var att få briljera. Ju svårare det var att ta hand om Charlotta, ju galnare och farligare hon var, desto mer glänsande framstod Susannes självuppoffringar och godhet och storstilade förklaringar. Vem var i behov av vem? Vad Susanne inte begrep var att hennes fantastiska prestationer och kompetens drev Martin på flykten. De fick honom att krympa. Superterapeuten förstod sig inte ens på sin egen man. Men det gjorde Elvira. Martin behövde uppskattning och okomplicerat sex. Grundläggande behov. Men otillfredsställda. Fortfarande kände Elvira en sådan längtan efter honom. Efter hans händer på sin kropp. Blickarna som gjorde henne vacker och älskansvärd. Orden han viskat. Förbjudet och farligt, men drömma måste man få göra. En stund hängav hon sig åt fantasier. Lät handen röra vid tyget på hans byxor för att känna honom växa och hårdna. Att befria fången ur mörkret och se den i all sin stolthet, den fascinerande förvandlingen. Han hade velat älska med henne framför spegeln i krukmakeriet, för att kunna se henne från alla sidor när hon satt i hans knä och följde vågrörelsen i hans händer. En viskad önskning och hon hade skrattande sagt nej, någon kunde ju komma, men fantasin hade levt kvar och utvecklats till en fulländad dagdröm. Elvira smekte sin kind och följde läpparnas kontur med sitt pekfinger, som han hade gjort när de möttes på strandängen. Egentligen borde man få medalj för alla de gånger man klarat att vara trogen i stället för att bli anklagad för den enda gång man fallit till föga, försvarade hon sig. Förslag hade inte saknats under årens lopp, bara lusten och modet. En rörelse vid dörren fick henne att lyfta på huvudet, och där stod Susanne. Elvira gned snabbt bort fett och socker från munnen och gömde pappe-ren till wienerbröden under servetten, bevisen för hennes lust och slappa karaktär, och mötte sedan Susannes blick.

”Har du väntat länge?” Hon slog sig ned och drog i linningen på sin ljusa bomullsklänning. ”Vilken värme. Dricker du kaffe? Jag tror jag beställer något kallt att dricka. Är du inte varm i den där svarta kavajen?”

”Jo, jaa.” Men jag har en mage att kamouflera och man ser mindre ut i svart. Fast sånt har du aldrig behövt fundera över. Det är en brist i din förmåga till inlevelse. Elementär kunskap om illusion och verklighet, fast det sa hon naturligtvis inte. ”Ta med ett glas vatten till mej.” Förresten spelar det ändå ingen roll om man äter upp sig ett kilo till när världen snart ska gå under. Hjärnan behöver en glukoskick för att ta sig igenom den yttersta av dagar, som en sista cigarett innan den dödsdömde går till snaran. Allt annat är inhumant, tänkte Elvira när hon kände Susannes kritiska blick när servetten följde med kaffekoppen upp till munnen och blottade en hög av smulor och pappersformar. Det är inhumant och onödigt att ha moraliska synpunkter på andra människors njutningar över huvudtaget. Skaffa dig egna i stället så kanske du blir snällare och lättare att umgås med.

”Jag tänker äta upp mej till D-kupa”, viskade Elvira in i servetten när hon var säker på att Susanne kommit utom hörhåll. Att äta upp sig till D-kupa är en positiv förvandling till skillnad från viktökning i kilo och kanske det mått man bör gå efter i stället för att mäta magens omfång och förfasa sig över risken att få hjärtinfarkt och diabetes.

Vid bordet bredvid låg en kvarglömd dagstidning. Elvira norpade åt sig den och slog upp första sidan som dominerades av en bild på Tommy Nilsson. Hon kände hur kaffekoppen gled ur händerna och slog mot golvet utan att gå sönder. Den låg där och vickade av och an med örat uppåt. Hon böjde sig ned för att ta upp den. Allting snurrade. Hon försökte fixera tidningssidan med blicken. Rubriken berättade att Tommy hittats död i sin vinkällare. Visste Charlotta om det? Antagligen. Polisen informerar väl anhöriga innan nyheten går ut i press. I upprördheten inför besöket på socialkontoret på morgonen hade det inte blivit av att hämta in tidningen. Konstigt att Charlotta inte sa något när vi pratades vid i morse, tänkte Elvira och sökte Susannes ansikte i kön vid disken. Hon kom strax gående med en bricka med en Loka citron och två glas. Men inget av livets goda.

”Du kanske hade velat ha påtår?” frågade hon.

Elvira skakade på huvudet och höll fram tidningen.

”Visste du om det här?”

”Ja, men jag tyckte inte det var läge att ta upp saken när pojkarna var med. Det var jobbigt nog som det var för dem. Jag talade med Gunilla Bodin och vi är ganska ense om att Charlotta kan behöva avlastning ett tag.”

”Hur menar du, rent praktiskt alltså?” Elvira tog en försiktig klunk av vattnet. Det var nog inte så farligt som hon hade inbillat sig att det skulle bli. Susanne verkade inte ha anat det värsta.

”Som jag sa, jag tror inte att Charlotta är riktigt frisk, hennes beteende gentemot Amanda är inte som det ska. Det kanske skulle vara bra för Amanda att vara i en annan familj ett tag.”

”Du är tokig! Det skulle Charlotta aldrig gå med på.”

”Om det är för Amandas bästa kanske hon måste det. Du har ju sett själv. Hur länge orkar vi byta av varandra och vara där? Inte hur länge som helst.” Susanne tvinnade ihop det långa röda håret till en knut och lutade sig fram. ”Har du aldrig tyckt det var något konstigt med Patriks död? Jag menar att han hela tiden var så sjuk och hade blåmärken och ont i magen och så plötsligt är han död, drunknad, utan att Charlotta som är så på sin vakt har honom under uppsikt. En tanke bara. Det var bara hon som såg honom drunkna. Ingen annan. Inga vittnen. Sen försvinner Andreas. Samma sak där. Har hon inte farit ut och in med honom på sjukhus?”

”Med samma symptom”, inföll Elvira. ”Feber, ont i magen, ont i benen och blåmärken har han ju haft så man undrat ibland om det står rätt till. Vad tänker du, Susanne, du tror väl inte att hon tagit livet av dem?”

”I går höll Charlotta på igen om att Amanda har feber och att de skulle fara in till vårdcentralen. Det kan vara ett rop på hjälp. Förstår du?”

”Du tror på fullaste allvar att hon själv gör sina barn sjuka. Det är ju ren barnmisshandel. Tommy frågade mej en gång om jag trodde att Andreas verkligen var sjuk. Vad svarar man? Jag menar, om inte ens han trodde på henne ...” Elvira tog en klunk vatten till och tystnade.

”Och nu är Tommy död. De skriver inte i tidningen hur det gick till. Bara att han hittades död i sin vinkällare av sambon och en inspektör. Brott kan inte uteslutas står det. Jag vet att Tommy ville ha vårdnaden om Andreas, inte bara träffa honom varannan helg, om ens det. Charlotta gjorde allt för att hindra honom ju. Polisen kommer säkert att ta reda på var hon befann sig när Tommy dog. Tänk om det är så illa som man kan befara. Då lever Amanda farligt. Tills vi har Gunilla Bodin helt och hållet med på vår linje måste vi turas om att vaka över Amanda. Jag skulle kunna tänka mej att ta henne som fosterbarn själv, det är en rar liten flicka. Hon skulle få det bra hos mej. Du vet, jag har alltid längtat efter en liten flicka.”

”Som fosterfamilj är man väl berättigad till ett visst ekonomiskt anslag?”

”Jag skulle aldrig tänka i de termerna. Ett blygsamt bidrag, men det är naturligtvis inte därför jag tänker ställa upp, det hoppas jag du förstår, Elvira?”

”Jag skulle inte förlåta mej själv om något hände Amanda, inte när man väl har tänkt tanken.” Elvira hatade sin feghet. ”Jag har semester i två veckor till. Hade tänkt arbeta lite extra för att få pengar till en utlandsresa, men det här är viktigare.”

”Jag har tagit tjänstledigt för att skriva en bok om hypokondri och tänkbara behandlingsmetoder. Jag har legat lite lågt med att berätta det för så många, men oss emellan är det vad jag har på gång. Det kanske går att kombinera med att vara hos Charlotta.

Och du, det är en sak till som bekymrar mej ..." Susanne såg sig omkring och rösten blev till en viskning. "Jag tror att Martin är otrogen."

"Va!" Elvira kom sig inte för med att säga något annat. Rodnaden bröt igenom, att dämpa den tog hennes hela uppmärksamhet.

"Jag säger det till dej, för att jag vet att jag kan lita på dej. Jag tror jag vet vem det är."

"Gör du?" Elvira var tillbaka med dammsugaren under soffan i vardagsrummet, koncentrerade sig på att suga in dammråtta för dammråtta i munstycket för att förhindra en värre katastrof. Rodnaden sjöd under huden, sved och blossade.

"Ester som bor granne med Charlotta berättade för mej att Charlotta träffar en man i smyg. Hon gör sig vacker och tar på sig högklackat och så ger hon sig ut ett par timmar och kommer sen tillbaka och ser salig ut, precis så sa hon. Salig! Vad ger du mej för det? Granntanten har aldrig sett karln, så hon kunde inte beskriva honom. Men det är något på gång. Jag kollade nummerpresentatören på Charlottas telefon för att se om han ringt, men de är listigare än så."

"Tror du?" sa Elvira dumt.

"Det kan vara så. Jag menar det har hänt förut. Det här är inte första gången, ska du veta. Jag läste i Illustrerad Vetenskap om en undersökning man gjort på amerikanska präriemöss. Det är en viss gen och ett visst hormon som bestämmer om en hane ska vara otrogen. Tydligen kan man genom att tillföra ett ämne som heter vasopressin få mushanar att stanna hos sina ungar och sin hona. Det är väl bara en tidsfråga innan det finns ute i handeln."

"Tror du?" sa Elvira automatiskt.

"Nej, jag tror det är mera komplicerat än så. De biologiska förklaringarna är bara en del av en större komplexitet. Det finns andra teorier också, att män har sin kris i 40–50-årsåldern för att de är biologiskt redo att skaffa en nästa kull med ungar", sa Susanne. "Det är kanske det man ska erbjuda dem. En sladdis? Vad tror du? Eller ett fosterbarn. Jag tror att Amanda skulle passa in i vår familj just nu."

KAPITEL 29

När Oskar Ahl sent samma kväll stod och väntade utanför Gutavallen på att bli hämtad av sin pappa tänkte han på förhöret hos polisen tidigare under eftermiddagen. Martin skulle säkert som ögat be honom berätta i detalj. Innan förhöret hade farsan velat lägga upp taktik. Det hade varit så mycket enklare om morsan hade kommit. Hon skulle så klart också ha frågat om det var något han ville berätta. Men om man stod ut med hennes genomträngande blick tillräckligt länge, skulle saken ha varit ur världen och hon skulle ha börjat diskutera regler för datortid och tid att komma hem i stället. Med pappa var det annorlunda. Han skulle kräva att få veta allt och sen måste han visa vem det var som bestämde. Fatta ett hårt tag om armen, boxas, finta och slå till igen. Helst i solarplexus. Nu gör vi så här förstår du. En riktig karl ... Oskar hatade just de orden mer än något annat. Om du inte är en riktig karl är du i bästa fall ingenting och i sämsta fall en kärring. Är det något fel på att vara en kärring? hade han frågat Martin en gång och då hade farsan nästan tappat fattningen. Om det är fel? Sedan hade han skrattat så hela prisen snus kom i dagen. Fan vad du skräms. Medan Oskar stod där ute vid vägen och väntade försökte han formulera orden. Martin var inte den som ville vänta på ett svar. Ett svar som levererades efter betänketid var sannolikt en lögn och ledde ofelbart till flera frågor. Okej, berätta nu vad som hände? Vad sa du? Oskar ansträngde sig att minnas alla detaljer. I stället för att få stöd av Petter, som han hade räknat med, hade de blivit separerade och hänvisade till varsitt rum. Den äldre polismannen hade talat med Petter och Jesper Ek, som varit med och forslat hem dem från campingen, hade visat in Oskar till sitt rum.

Det var ingen behaglig överraskning. Blotta åsynen av Ek och de minnen som dök upp gjorde honom generad och kallsvettig, vilket innebar ett underläge redan från början. Trots att Jesper inte var större än han själv, och definitivt magrare, utstrålade han en avundsvärd självsäkerhet. Skjortärmarna var uppkavlade och visade de vältrimmade armmusklerna och han rörde sig med en smidighet som hos en dansare. Oskar hade känt hur han började svettas, och inte blev det bättre när Ek fixerade honom med blicken.

”Vad äre om?” Ingen snygg början, men han hade inte pallat trycket i tystnaden längre stund än så.

”Jag tror att du vet varför du är här. Hur skulle det vara att berätta sanningen? Om din kompis där inne säger som det är och du kommer med något annat kan det bli problem.” Hans sätt att säga ordet problem fick Oskar att tänka på maffians sätt att lösa problem, en liten nick med huvudet av bossen och den olyckliges huvud satt inte längre på hans axlar. Små gester från någon med stort självförtroende är mer skrämmande än om någon skriker åt en. ”Ni träffade Andreas i hamnen och ni misshandlade honom. Berätta hur det gick till.”

”Han sparkade på min cykel och fånade sig och Petter knuffade honom så han ramlade. Men han levde, för han jämrade sig.”

”Knuffade ni honom bara en gång eller hände det något mer?” Ek verkade inte behöva blinka en gång. Hans ögon borrade sig in och Oskar hade känt sig helt tom i tanken utan förmåga att vända bort blicken. Det blev svårt att minnas och ännu svårare att sätta ord på det som hänt.

”Petter sparkade honom i ryggen.”

”Och du, vad gjorde du, Oskar?”

”Jag pissade på honom.” Svaret blev en viskning och när Ek hade bett honom repetera det med hög röst hade han brustit i gråt. Som en kärring. Det kunde han definitivt inte berätta för farsan. ”Jag pissade på honom.”

Fast det gått flera timmar sedan förhöret kände Oskar hur tårarna steg i ögonen och han vände ansiktet in mot muren till Gutavallen. Helvetes helvetes helvete. Ingen fick se att han grät. Oskar nöp sig själv hårt i armen. Någon passerade honom på trottoaren. Han hörde en bil närma sig och sakta in. Det fick bara inte vara farsan. Inte nu. Oskar vände sig inte ens om när han kände ett hårt grepp om överarmen. Han rörde sig inte förrän han såg kniven blänka till framför ansiktet.

"Hoppa in i bilen, vi ska bjuda dej på en liten åktur."

"Vem är du? Jag har inte gjort något. Vad vill du?"

"Håll käften!" Oskar fick ett kraftigt slag över nacken och föll in i skåpbilens lastutrymme. "Ge hit mobilen. Ska det vara så svårt att fatta. Släng hit din mobil." Dörrarna slogs igen och ett klickande ljud hördes från låset innan bilen började röra sig. Det gjorde fruktansvärt ont i huvudet. Mobilen. Oskar började gråta igen. Han hade själv fått spara ihop till den nya mobilen och den hade kostat fyratusenkronor. Alla pengar från jul och födelsedagen och sedan timmar av snöskottning och gräsklippning åt helvete. Men om det var mobilen mannen var ute efter, varför hade han inte bara tagit den då? Varför ville de svartklädda männen ha honom med sig?

"Släpp ut mej!" Det var mörkt och luktade bensin och Oskar började må illa. Bilen krängde och hoppade. Tvärbromsade och vände. Han hade ingen aning om var de var. Smärtan i bakhuvudet molade och illamåendet tilltog. Kallsvettig och ulkande kämpade han för att slippa kräkas och plötsligt bromsade bilen in och stod stilla. Han bankade på rutorna och skrek.

"Släpp ut mej! Jag vill ut."

Skåpdörrarna slogs upp och en man med mask för ansiktet, som inte var chauffören, visade med en nick på huvudet att han kunde kliva ur.

"Så vill vi ha ett leende." Den svartklädde som hela tiden fört talan tog ett foto med Oskars mobil. Oskar kände trycket av knivbladet mot halsen. Vad skulle de med bilden till? "Snyggt va?" Oskar skulle just sträcka sig efter mobilen när han fick ytterligare ett slag i nacken.

"Gå framåt." Han kände knivens spets i nacken. De var i en skog. Långt borta hördes ljudet av bilar. De kunde inte vara så långt från en trafikerad väg, eller var det havet han hörde? "Dit ska vi, till skjulet. Öppna dörren och gå in där." Oskar kände en hård knuff i ryggen när han klev över tröskeln. Ett lås knäppte till bakom honom.

”Vem är du? Jag har inte gjort dej något. Du måste ha tagit fel person. Jag heter Oskar Ahl. Jag ska inte säga det här till någon bara du släpper ut mej. Släpp ut mej! Jag vill uuut!” Det fanns inga fönster. Mörkret var kompakt tills ögonen vant sig. Oskar trevade med händerna längs väggen. Det fanns vedträn. Om mannen med kniven kom igen kanske han skulle kunna slå sig ut med ett vedträ. Nej, han skulle aldrig våga. Inte när det kom till kritan, det insåg han. Kanske om det fanns en yxa till veden. Nej. Nej. Och mobilen. Nu kom de helvetes tårarna igen. Mobilen var säkert borta för alltid. Oskar satte sig på golvet. Först nu märkte han att han hade kissat på sig. Inte mycket men säkert tillräckligt för att det skulle synas som en mörkare nyans av jeansblått i grenen. En bil startade, växlade upp och ljudet försvann och uppslukades av tystnaden.

”Hjälp. Jag är inlåst! Hjälp! Hjälp!” Han skrek tills rösten inte längre bar. Vad skulle farsan tänka när han kom till Gutavallen och inte hittade sin son där? Han skulle väl vänta en stund och bli väldigt, väldigt irriterad och sedan tro att Oskar hade följt med Petter hem. Tänk om han skulle bli sittande här hela natten. Eller ännu längre.

”Hjälp. Hjälp!” Oskar tog upp ett vedträ och började slå mot låset i dörren. Vid varje slag kändes ansträngningen i bakhuvudet och han tvingades sluta. Nu när ögonen vant sig något så när vid mörkret kunde han till sin besvikelse se att det inte fanns några verktyg. Bara ett stort getingbo alldeles bredvid dörren. Antagligen hade han stört dem med sitt bankande för surrandet var oroväckande och gjorde honom riktigt rädd. Bilder av farsan när han blivit stucken av bina och så sjuk att han fick fara med ambulans in till lasarettet kom för honom. Ansiktet hade blivit fullt av bulnader som flutit ihop till en jämn svullnad. Han hade blivit alldeles gråblek. Oskar hade trott, verkligen trott, att Martins sista stund var kommen. Farsan fick inte luft. Kunde inte prata, bara väsa. När han gick mot ambulansen stödd av morsan hade han svimmat bredvid soptunnorna. Ambulansmannen hade injicerat något i hans arm, och han hade långsamt vaknat till liv igen. Sedan hade farsan förstås inte velat följa med dem in till lasarettet. Bra karl reder sig själv, men Susanne hade tvingat honom. När det verkligen gällde var det faktiskt hon som bestämde.

Hur länge kan man klara sig utan vatten? Tänkte de låta honom törsta ihjäl här inne? Kanske var det ändå bäst att försöka bräcka upp låset medan man har några krafter kvar, tänkte Oskar. Om det bara fanns en brädstump som var tillräckligt tunn så skulle man kanske kunna bända upp dörren om man fick skruvarna som höll låset vid dörren att släppa träet. Oskar kände tårarna komma och nöp sig själv hårt i kinden. Han tänkte inte gråta. Längst in i ett hörn fann han vad han sökte, en tunn plankstump. Med alla krafter pressade han den genom springan i dörröppningen och lutade hela sin tyngd på den utan att något hände. Med risk för att oroa getingarna igen sparkade han på den med all kraft. Och plankan brast med ett krasande ljud. Oskar föll ned i sittande ställning och lutade huvudet i armarna. Nu grät han.

KAPITEL 30

Charlotta kom precis ut genom Söderport när hon såg Martins röda Volvo köra in på parkeringen där de bestämt träff. Han svängde in i hög hastighet och tvärbromsade alldeles framför henne.

”Har du sett Oskar?” var hans första fråga redan innan hon hunnit sätta sig ned bredvid honom i framsätet.

”Oskar? Neej. Skulle han med hem? Han har inte åkt i förväg med Susanne då?”

”Nej.” Martin fick bita sig i tungan för att inte berätta att Oskar och Petter suttit i förhör hos polisen. Det var en ren familjeangelägenhet och inget som angick utomstående. ”Vi måste vänta på honom. Jag kan inte förstå vart han tagit vägen. Om vi bestämmer en tid så räknar jag med att han ska respektera den. Halv sex är halv sex och inte en minut senare. Jag hoppas han har en godtagbar förklaring.”

”Kan du knäppa på radion så länge. Jag vill höra nyheterna.”

”Det är en stund kvar”, sa Martin men gjorde ändå som hon bad honom. Charlotta iakttog honom från sidan. Han var sig inte lik. Det fanns något rastlöst och oroligt i hela hans kropp. Händerna trummade ömsom på byxbenen, ömsom mot ratten.

”Vad är det, Martin?”

”Och det ska du fråga mej? Förlåt mej Charlotta, jag skulle ha frågat dej först. Hur är det? Hur går det för dej?”

”Jag har brutit mej in på en vårdcentral. Ja, se på mej du. Det är sant. Jag ville höra om de säger något om det på nyheterna.”

”Va?” Martin tog sig för pannan och gnuggade sig med handlovarna i ögonen. ”Driver du med mej?” Hon skakade på huvudet. ”Varför?” frågade han förbryllad.

”För att få veta vad det är för fel på Andreas, men jag lyckades inte hitta något. Men när jag ringde vårdcentralen på Bredgatan sa de att de låtit provsvaren gå till barnkliniken och att det skulle komma en kallelse därifrån. Då måste det ju vara något allvarligt, eller hur?”

”Du är ju inte klok. Bröt du dej verkligen in?”

”Krossade en ruta. Jag försökte få sköterskan att svara på vad det var för fel och hon sa att det var något med de vita blodkropparna man ville titta närmare på. Man ville göra en cristapunktion, ta ett benmärgsprov från hans höftbenskam. Kallelsen bör komma i morgon. Jag förklarade att jag inte vet var han finns men hon missförstod mej och sa att det var viktigt. Mycket viktigt att han kom till lasarettet så fort som möjligt. Det förstår jag väl att det är viktigt. Men vad ska jag göra? Vad ska jag ta mej till när jag inte ens vet var han är, vad som har hänt honom. Det är som en enda ond jävla mardröm alltihop. Lyssnar du på mej Martin? Vart ska du? Martin …?”

”Fick ett sms. Måste ringa ett samtal. Förlåt mej Charlotta, men det kan inte vänta.” Hon såg hans ansikte förvandlas medan han talade. Hon kunde inte höra orden, men känslan gick rakt genom glaset och träffade henne som ett gevärsskott i magen. Det var något allvarligt. Något han inte ville berätta för henne. Varför var alla så konstiga? Undanhöll de henne sanningen? Det kändes som om hon höll på att bli tokig. Var det en konspiration? Susanne och Elvira talade med varandra över hennes huvud, och till henne som vore hon mindre vetande. Hon öppnade bildörren.

”Vad är det, Martin?” Han viftade avvärjande med handen och hans läppar var så hårt sammanpressade att de vitnade, blicken stirrade på henne och genom henne utan att se något annat än det hot han lyssnat till på sin mobiltelefon.

”Gå ur bilen. Du får ta en taxi hem.” Han rev upp plånboken ur bakfickan och slet upp två femhundralappar. När hon protesterade slöt han hennes hand om sedlarna och sköt henne åt sidan ut genom dörren. ”Jag ska inte hem ännu på en stund”, sa han med tillkämpat lugn och hon tordes inte annat än lyda honom och stiga ur bilen.

*

Oskar visste inte vad klockan var eller hur lång tid som förflutit när han hörde ljudet av en bil. Det fanns en klocka på mobilen, det räckte, något armbandsur hade han inte haft sedan han började på mellanstadiet. Mobilen! Det är klart att man riskerar att bli rånad när man går omkring med fyratusen kronor i handen. Var det verkligen billjud han hörde? Han skärpte sin hörsel till det yttersta. Vän eller fiende? De smala springorna av kvällsljus som letat sig in i skjulet hade gradvis slocknat. Men mörkret var inte längre så skrämmande, ovissheten var det som gjorde honom mest rädd. Om de kommit tillbaka för att slå honom igen eller ännu värre …

”Hjälp! Jag är inlåst! Hjälp!” En bildörr slog igen. Ljudet av kvistar som knäcktes och steg över marken fick honom att spänna musklerna i hela kroppen till försvar. Det kunde vara de svartklädda igen. Kanske skulle de bli riktigt förbannade för att han ropade, men vad skulle han annars göra. Vad hade han för chanser?

”Oskar, är du där?”

”Pappa!”

”Ja, det är jag.” En kofot bände upp dörren som var den av smör. Och där stod farsan. Oskar började gråta igen. Det gick inte att hålla tillbaka tårarna. Han snörvlade och grät och Martin tog honom i sin famn och kramade honom så hårt att det gjorde ont, innan han höll honom på armlängds avstånd för att se på honom.

”Är du oskadd?”

”Min mobil. De tog min mobil. Vi måste ringa polisen.”

”Nej, Oskar, det ska vi inte göra.” Martins röst var mycket djup och bestämd. En svag darrning avslöjade att gråten inte var långt borta för honom heller. Han tog upp Oskars mobil ur fickan och räckte den till sin son.

”Hur fick du tillbaka den, pappa?”

”Du ska inte fråga så mycket, pojk. Ibland är det bättre att inte veta. Nu pratar vi inte mer om det här, det gör bara morsan orolig. Jag kan väl lita på att du är karl nog att knipa käft?”

I bilen hem kom de överens om att en karl vet när han ska tala, men också när det är bäst att tiga, och när Susanne frågade varför de kom så sent sa Martin att han träffat en god vän på stan som behövde prata av sig en stund. Det hade blivit en öl och lite V65 och du vet. Susanne verkade uppfylld av sina egna tankar på att lösa det praktiska om Amanda skulle komma till dem som fosterbarn och ställde inga ytterligare frågor.

”Vi måste tapetsera om syrummet så att flickan kan bo där och så måste vi köpa lite nya möbler. Kan vi åka till Liljeborgs i helgen, tror du? Jag försökte ta ut pengar från huskontot innan jag for hem. Men det gick inte. Det måste vara något fel. De sa att om någon nyligen tagit ut kontanter kan det vara spärrat. Har du tagit ut pengar i dag, Martin?”

KAPITEL 31

Vladas Navakas satt på en stol på andra sidan av Maria Werns skrivbord och såg bortkommen ut. Klädseln var oklanderlig, skägget ansat i en smal rand på överläppen och ned runt hakan och avslutades i ett pipskägg. Håret kammat i bena. Han såg på något sätt mindre imponerande ut nu än Maria mindes honom från när de som hastigast hade mötts i dörren hos Tommy Nilsson.

”Jag skulle vilja att du berättar vad som hände när du kom till Smeden, den dagen”, sa Maria när hon tagit upp nödvändiga uppgifter på bandspelaren. Det susade lätt i fläktsystemet. Hettan i rummet var tryckande. Utanför fönstret gled en mås förbi som ett vitt pappersflygplan kastat mot den klarblå himlen. En sådan här dag borde man ha tillbringat på stranden med en god bok och en vattenmelon och en stor chokladglass.

”När jag kom in genom dörren till Smeden träffade jag ju dej och han den andre polisen.”

”Tomas Hartman”, fyllde Maria Wern i.

”Ni var på väg ut. Tommy satt vid bordet nära fönstret. Han mådde inte bra. Han hade druckit för mycket och sovit för lite och hade bekymmer.”

”Vad hade han för bekymmer?”

”Alla sorters bekymmer. Pengar du vet. Fruar. Det var mycket. Jag stannade bara en liten stund. Tjugo minuter. Det gick inte att prata med han.”

”Hade han lånat pengar av dej?”

”Ja, jag försökte hjälpa. Han behövde laga tänder. Mycket ont, vet du.” Vladas vred händerna i knäet och skruvade sig i stolen.

Han kände sig inte alls komfortabel med situationen, det var uppenbart. ”Tommy lånade flera gånger av mej för att laga tänder.”

”Hur mycket var han skyldig dej?”

”53 000 kronor. Han kan inte betala dem nu. Vad gör man för att få tillbaka dem? Jag behöver faktiskt få dem tillbaka för att betala min skatt. Är det kört? Jag behöver verkligen mina pengar.”

”Jag ska hjälpa dej att få kontakt med en jurist som kan mer om den saken. Vet du om Tommy var skyldig någon annan pengar?”

”Nej.” Svaret kom snabbt och blicken flackade. Maria fick en stark känsla av att han ljög. Hon upprepade frågan och väntade. Vladas tog tid på sig och föreslog sedan att Linda, Tommys särbo, säkert lånat honom en slant. Fast så mycket kunde det inte röra sig om. Hon hade ju inget arbete egentligen.

”Samma kväll som Andreas försvann var du tillsammans med Tommy och en man som heter Adam Kossak och åt på en restaurang i Ljugarn. Stämmer det?”

”Jo kanske, vet inte.” Vladas lade pannan i djupa veck och såg ut att fundera. Blicken vandrade runt i rummet som om svaret hade funnits sufflerat på anslagstavlan eller på en lapp vid datorn.

”Var det en affärsmiddag?”

”Jo.” Vladas såg ut som om han var på väg säga något mer men avstod. Han flyttade stolen lite bakåt så stolsbenen skrapade mot golvet. Så en liten bit till, antagligen tyckte han att de satt för nära varandra för att han skulle känna sig komfortabel.

”Hade Tommy lånat pengar av Adam Kossak?”

”Vet jag inte. Det är så hemskt att han är död. Hur hände det?”

”Det kan vi inte säkert säga ännu. Vi får se vad utredningen visar. Vet du om det fanns någon som ville honom ont? Hade han några fiender?” Maria kände hur det långsamma tempot kröp i henne. Att bit för bit dra ur någon korta ja- och nejsvar, som ibland bara blir till ett kanske, frestar på när värmen dallrar i rummet. Vladas skakade på huvudet.

”Jag vill gärna att du svarar ja eller nej högt så vi får med det på bandet”, sa Maria. ”Vet du om Tommy Nilsson hade någon i sin omgivning som ville skada honom?”

”Nej, det tror jag inte. Tommy var en fin man, en kompis.”

”Hur väl känner du Adam Kossak?” Maria såg en reaktion direkt, eller var det bara ett önsketänkande, sprunget ur det faktum att mannen framför henne satt obekvämt på stolen och att hon så hett önskade någon form av resultat, ett svar på varför Tommy Nilsson legat stendöd i sin egen vinkällare. Vid en första anblick hade Maria chansat på att han tagit livet av sig med vin och tabletter, möjligen att han skulle ha halkat omkull och slagit huvudet. Men Hartman hade lagt märke till metalltrådarna Tommy fortfarande höll i sina händer, samtidigt som man kunnat konstatera att en huvudsäkring hade gått. Självmord eller en olyckshändelse, det kvarstod fortfarande att bevisa. Vladas lade sina händer skyddande över bröstet och korsade benen där han satt på sin stol.

”Adam är polack. Har en restaurang, tror jag. Det är allt jag vet.”

”Har du någon aning om var vi kan få tag i honom?” Maria väntade på svaret under tystnad. Det dröjde. Hon upprepade frågan, lät honom inte slippa undan. Till slut när han tänkt tanken ända ut skakade han på huvudet igen. Maria funderade på hur bra han förstod språket. Frågade om det skulle vara lättare att tala med hjälp av tolk. Men Vladas Navakas nekade till det.

”Jag förstår, men jag vet inte var Adam finns. Han är inte min polare. Tommy kände honom.”

”Det har talats om beskyddarverksamhet. Att restaurangägare och deras familjer har hotats, vet du om Tommy blivit utsatt för något sådant?”

”Vi pratade inte om det. Jag tror inte det.” Vladas koncentrerade sig på sitt armbandsur, skakade det och tittade på det igen. När han märkte Marias irritation förklarade han sig. ”Batteriet är slut.”

”Har du själv utsatts för hot?” Maria kände att hennes egna batterier också höll på att ta slut. Vladas Navakas skulle knappast komma att överraska henne med några nyheter. Han var på sin vakt. På helspänn. Det var tryckande varmt i rummet. Skjortan klibbade i armhålorna och på ryggen. Men Vladas tycktes helt oberörd av värmen. ”Har du själv utsatts för hot?” upprepade hon.

”Nej då. Allt är bara bra. Prima liv. Nu måste jag skjutsa min fru till barnmorskan.” Han såg på klockan igen. ”Hon ska på ultraljud.” Han sken upp när han märkte att Maria förstod det glada budskapet fullt ut. Jodå, han skulle bli pappa igen. Maria avslutade förhöret och tackade för att han kommit. Hon tryckte en lapp med ett telefonnummer i hans hand.

"Om du skulle behöva hjälp eller kommer på något du vill berätta, så finns vi här."

"Så finns ni här", ekade han och Maria tyckte sig se en ironisk glimt i hans mörka ögon. Om jag behöver hjälp så finns ni här ... men inte på plats. Jag sköter mitt, ni sköter ert. Kanske var det bara fantasier sprungna ur en tröttkörd hjärna eller också var det just det man kallar intuition, att uppfatta ett underliggande budskap förmedlat av kroppsspråk. På bandet fanns det inte med, men i hans blick.

"En fråga till", Maria bet sig i läppen och knäppte på bandspelaren igen. Koncentrationen var verkligen inte på topp. "Talade Tommy någonsin om att ta livet av sig?"

"Det beror hur man menar. Han pratade mycket konstigt när han druckit. Om sätt att dö. Det blev en lek. Han tyckte det var svårt att se blod. Pratade om att skära sig på en flaska, men han tyckte det var för hemskt. Sen hörde jag honom prata med en av sina gäster. Killen han pratade med jobbar på en elfirma i stan. Han sa att det knappast skulle räcka med 220 volt för att dö. Det behöver vara 380. Tommy ville veta om säkringen går eller om den som rör vid kroppen också får en stöt och killen sa åt honom att duscha innan han kopplade in sig på strömmen. Det ger bättre effekt. Vi skrattade åt det då för han var ganska svettig. Det kanske skulle ha gått lika bra med svett, eller vad som helst; öl eller piss bara man är barfota. När jag träffade honom på Smeden pratade han om att frysa ihjäl."

När Vladas stängde dörren lämnade han efter sig en svagt kryddad doft av curry. Vilken vätska som helst. Ett dyrbart vin, en sista smörjelse inför begravningen? Han hade antagligen stått barfota i vinet när han stoppade glödtrådarna i kontakten. Hur känns det att dö av en elektrisk stöt? Marias egna erfarenheter av destruktivt beteende sträckte sig så långt som till att ha slickat på ett 9 volts batteri för att visa sin pappa att hon menade allvar när hon ville ha högre veckopeng. Dörren till vinkällaren hade varit låst från insidan. Om skadorna på kroppen i övrigt visade samstämmighet med den bild de hade, fick man nog sluta sig till att det rörde sig om ett självmord.

Värmen var olidlig. Maria öppnade fönstret och lutade sig ut mot innergården och masserade tinningarna. En dov huvudvärk bultade, det här skulle bli en lång dag. Där nere på gården såg hon en röd kalufs som bara kunde tillhöra en enda person, Per Arvidsson. Bredvid honom satt Ek, han vinkade och Arvidsson vände sitt ansikte upp mot fönstret. Helvete. Maria lutade sig bakåt. Det var för sent. Arvidsson vevade också med handen i luften. Nu gick det inte att hålla sig undan längre. Antingen kunde hon gå ned eller också skulle det bara vara en tidsfråga innan han stod där i dörröppningen. Hon beslutade sig för att gå ned till dem för att slippa vara ensam med honom på rummet. Lika bra att bita ihop och få det överstökat och sedan gå vidare ut i tomheten. Inte hänga sig kvar, inte slukas av minnen. Vägen tillbaka fanns inte mer, bara en dörr mot en okänd framtid. Grattis alla män, får vi presentera sommarens nyinkomna singel, Maria Wern, i sliten vardagslook och plisserat plyte. Rynkan mellan ögonbrynen är ny för i år, liksom den generösa ridbyxan.

”Jag hörde att du fått en son. Grattis”, sa hon och han såg så lycklig ut att hon inte kunde låta bli att le fast det skar i henne.

”Ja. Han ska heta Tomas, efter Hartman alltså.”

”Efter Hartman. Då blir han smickrad. Det är ett vackert namn. Vi har köpt en liten present.” Maria tog fram paketet ur sin ryggsäck. Händerna fumlade bland papper och matlådan och hårborsten och när hon slutligen fick fram paketet hade bandet med rosetten glidit av. Hon överräckte det och såg hur glad han blev, nästan lite rörd. ”Det är från Ek och Hartman också. Hoppas storleken ska passa. Det var länge sedan mina barn var så där små. Jag köpte gult för det passar ju till både pojkar och flickor, om man ska tycka något alls när det gäller färger till barn. Egentligen spelar det ju ingen roll.” Maria märkte själv hur forcerat hon pratade och bet sig i underläppen. Helst hade hon velat kasta sig i hans famn och sudda bort tiden som skilt dem åt, backa bandet till kvällen på värdshuset Lindgården och det magiska ögonblick när han ställde frågan hon inte hade vågat besvara sanningsenligt. ”Jag är lite på språng. Det är mycket nu som du kanske förstår. Ek har väl berättat ...” Hon reste sig för att komma därifrån, men han hejdade henne med en hand på hennes arm. Värmen från hans hud brände.

”En fika hinner du väl med?” Han lade huvudet lite på sned och såg intensivt på henne och log. ”Jag menar allvar Maria, vi måste prata.” Ett ögonblick tvekade hon sen skakade hon på huvudet.

”En annan gång. Inte nu.” Hon kände att han såg efter henne och stegen över gårdsplanen blev stela och knyckiga därför att hon inte kunde låta bli att tänka på hur hon gick. Den ena foten framför den andra, sträck upp ryggen, sänk axlarna. Hon måste bort från hans blick. Måste få vara ensam och bli sig själv igen. Varför kan man inte bestämma vad man ska känna när man kan ha full kontroll över nästan allting annat? Maria låste in sig på toaletten för att få förlora sitt ansikte ifred. Hon sjönk ned på toastolen och lutade huvudet mot knäna. Att ensam är stark är nog bland det dummaste som har sagts. I den här stunden kände Maria att hon tvivlade på allting. Sig själv, sin förmåga att skapa ett vettigt liv, till och med på skilsmässan från Krister. Det hade i alla fall funnits ett vi, någon att dela tankarna med och en famn att krypa in i. Och barnen, Maria saknade dem så hon blev tårögd. Det värkte i mellangärdet. Varför ska livet vara så in i helvete komplicerat? Hade det varit värt att stanna hos Krister för att få träffa barnen varje dag? Just nu var hon beredd att tänka att det kanske hade varit det. Trots allt. Så erinrade hon sig något och drog fram ryggsäcken för att ta fram det bruna kuvert som kommit med posten föregående dag och som hon inte hunnit öppna. Eller inte velat öppna. Det var från advokaten. Hon tog ett djupt andetag och sprättade upp det där hon satt på toaletten. Bodelningsförslag löd rubriken. Ett bodelningsförslag från Krister. Men det var ju avklarat. De hade ju tagit var och en det som var arvegods och sedan delat på resten. Generöst och utan problem och med en sorts artighet som inför en främling hade han gått med på det hon tyckte var rättvist. Hon hade verkligen inte lurat honom. Marias ögon följde texten utan att först riktigt kunna ta till sig orden. Blandrashund 12 000 kronor. Vad i själva ... Det var ju han som skaffat den. Hon hade aldrig velat ha en hund. Om han nu inte kunde ta den med sig till Malmö var det ju bara en välgärning att grannen tog sig an Molly.

Skurtrasor och klädnypor 125 kronor. Trasor av sönderrivna urtvättade lakan, var han inte riktigt klok? Galgar 20 kronor. En halv förpackning tvättmedel 20 kronor. Dammsugare och fyra påsar 500 kronor. Nu blev hon riktigt arg. 500 kronor för en dammsugare med parfymerat filter som var helt obrukbar sedan den brunnit och bolmat rök och blivit utslängd i snön. Den låg i garaget i väntan på att få följa med grovsoporna. Om det för en liten stund sedan hade funnits ett tvivel på att det var bättre att leva med Krister än att vara singel så hade det definitivt försvunnit nu. Snålhet. Av alla dåliga egenskaper var det den hon hade svårast att fördra. Människor som var snåla med sig själva, sin tid och sina pengar var de ömkligaste bland de ömkliga. Hur rik man är visar sig i hur mycket man kan avstå. Förbannade karl. All självömkan var som bortblåst. Maria såg sig i spegeln, strök undan håret från ansiktet och lyfte upp hakan. Hallå där ute i universum! Finns det någon som kan älska den här kvinnan! En frånskild något begagnad tvåbarnsmor med lätt övervikt och hyfsad byst. Svar till gemensam vårdnad om odresserad blandrashund och ett fallfärdigt träruckel vid världens ände.

KAPITEL 32

Elvira stod i köket och diskade bort fastbränd gratäng ur en glasform. Det kändes bra att ha något för händer den stund Lars var hemma. Snart skulle han fara tillbaka in till stan och ett möte inför politikerveckan som närmade sig med stormsteg. Hon stod med ryggen mot honom och såg ut genom fönstret mot havet där vågorna lojt vältrade sig in mot stranden. Solen befann sig strax ovan grantopparna. De hade just ätit kvällsmat. Hon visste att han satt där på köksstolen utan att behöva vända sig om. Nu drog han med naglarna igen över byxbenen på det där sättet hon hatade. Han gjorde det medan han läste tidningen utan att själv vara medveten om det. Hon hörde när han vände sida och bladen hakade i varandra. Så sträckte han sig fram och knäppte på radion lagom till den lokala nyhetssändningen. Elvira lät diskborsten vila. Huvudnyhet var fortfarande Andreas Nilssons försvinnande. Man vädjade till allmänheten om tips. Det lät uppgivet. ”Polisen har för närvarande inga nya spår efter den nioårige pojke som strax före midsommaraftonen försvann från en fest i Herrvik.” Elvira huttrade där hon stod. Med radioreporterns röst blev allvaret i situationen så påtagligt, fast hon hade lyckats mota undan det en bit med hjälp av sina egna vardagsbekymmer. Tänk om det verkligen var så som Susanne tänkte, att Charlotta kunde ha gjort pojken något och att Amandas liv var i fara. Elvira skakade av sig olusten. Hon hade lovat att ställa upp och vara hos Charlotta över natten. Susanne var där nu. Nyhetssändningen fortsatte med en ögonvittnesskildring av ett knivslagsmål nere i hamnen och sedan ytterligare en efterlysning av den tjetjenske pojken Andrej som skulle avvisas tillsammans med sin familj. Lars röst, len och förbindlig, kom inte från köksbordet utan från radion där han lovade att tala med statsministern om problemet, för att finna en humanitär lösning. Elvira hörde honom bräka ordet humanitär fyra gånger under samma inslag och höll nästan på att slå sönder glasformen mot diskhons kant i ren irritation. Sluta! Kunde han inte fara till stan någon gång så att hon fick vara ifred och tänka. Petter satt på sitt rum och spelade dataspel. De artificiella ljuden från skjutvapen och kollisioner överröstade då och då radion och Lars höjde volymen. Elvira dängde upp formen i diskstället och tog sig an såskannan. Fettet låg som en hinna över det ljumma diskvattnet.

”Vad tyckte du?” sa Lars och hon vände sig om.

”Hur menar du?”

”Men för helvete, Elvira. Jag var på radio. Precis nu.”

”Det var väl okej.” Hon såg inte på honom utan över hans axel bort mot fönstret där en fluga surrande hamnat på rygg och kämpade för att ta sig upp från fönsterbrädan.

”Elvira.” Han tog ett djupt andetag och rösten lät torr och spänd. ”Jag vill inte förlora dej. Jag behöver dej och vill att det ska bli som förut.” Han drog med naglarna över byxbenen och såg på henne med blicken hos en tiggande hund.

”Jag vet inte vad jag ska svara på det, Lars. Jag vet inte vad jag känner för dej längre. Jag måste få tänka på det.” Han drog märkbart efter andan.

”Så det är inte för sent? Jag menar, vi kan fortfarande jobba på det. Jag måste in till stan nu.” Han såg på klockan och lämnade bordet utan att vika ihop tidningen efter sig eller skjuta in stolen. Tallriken, besticken och glaset blev kvar. Så viktig är hans tid i jämförelse med min, tänkte Elvira och räknade sekunderna tills han skulle vara utom synhåll. ”Jag kommer hem sent. Sitt inte uppe och vänta på mej”, ropade han i dörren. Var det sagt på skämt? Hon visste inte. Hon visste just inte alls vad han menade numera. Elvira väntade tills billjuden försvunnit utom hörhåll innan hon lyfte telefonluren.

”Martin, vi måste prata”, sa hon när han svarade.

”Men för fan Elvira, du kan inte bara ringa hit. Oskar är hemma, han ...” Martins röst blev till en viskning, ”... är här bredvid mej, fattar du.”

”Okej, anta att jag ringer för att höra hur det är med Charlotta. Vi måste träffas, Martin. Vi måste prata, jag mår så dåligt.”

”Det bästa är om vi låter bli att träffas.”

”Det kan inte vänta, hör du det? Jag vet inte vad jag ska säga till polisen.”

”Du ska fan inte säga något alls till polisen.” Motvilligt gick han med på hennes förslag när han märkte att hon inte gick att tala tillrätta per telefon. Elvira slet åt sig den svarta kavajen trots att den var fläckad av sylt på kragen. Vem orkar bry sig? De hade bestämt sig för att ses på stranden nedanför Grogarnsberget på samma plats där de hade grillat tidigare på försommaren, när vattnet var lika blått som blåelden var nu. De vindpinade trädens förvridna kroppar påminde om drakar, häxor med vanställda kroppar och okända andeväsen insvepta i den rosa skymningen. Gå inte vilse i den skogen, hade tant Ester sagt till dem när de träffades i rökeriet i Katthammarsvik. När man kommer in bland träden fungerar inte kompassen som den ska. Då kan det gå illa. Man kan bli alldeles vilsen. Förr trodde man att Bysen förvände synen på människor så de måste vända tröjan för att hitta hem igen. Det kanske ligger något i det. I just den skogen lever förbannelsen kvar. Di sma har dragit sig tillbaka dit för att samla sina styrkor. Där lever andarna från förr, där bör man passa sig för Bysen.

Elvira steg ur bilen och skuggade med handen mot den lågt stående solen. Martins bil skymtade mellan träden. Han var redan på plats. Elvira kände pulsen öka och blev alldeles torr i munnen. Hur skulle hon säga det? Skulle han bli arg eller feg och ynklig eller bara kall och otillgänglig? Han kom henne till mötes. Tigande gick de in bland träden. Han rörde inte vid henne. De stora händerna hängde utefter sidorna. Händer som hade smekt, format lera, förlöst barn och svingat ett gycklarkrus. Hon rodnade vid tanken på hur de rört vid hennes kropp. Nu när han var närvarande kändes fantasierna och minnet från krukmakeriet och ängen alltför närgångna. Han tog av sig jackan och lade den på marken och bjöd henne att sitta ned. Hon sa att hon föredrog att stå upp. Tänkte på magen som skulle välla över byxlinningen om hon satte sig, hon var mera till sin fördel om hon stod upp. Vad det nu spelade för roll? Jo, det gjorde faktiskt en skillnad, för självförtroendet.

Just nu behövde hon all sin styrka. Hon måste få honom att förstå att de var tvungna att komma ut med sanningen.

”Vad var det du ville säga till mej?” sa Martin, tog upp jackan och slog sig ner grensle över stammen till ett vindfälle. Han såg ut som en ryttare till häst, eller snarare som en förvuxen pojke på en käpphäst. Elvira lutade sig halvsittande mot trädet och svepte kavajen tätare kring kroppen. Hon drog in ett djupt andetag av hav och solvarm mossa. Kinderna brände. Hon försökte samla tankarna till det hon måste säga.

”Jag tyckte det var bäst att vi fick träffas utan att någon annan var i närheten.”

”Ja. Varför ville du träffa mej? Jag hoppas att du förstår att det som hände mellan oss, bara hände. Det är inget vi kan fortsätta med. Jag tycker du är fin, Elvira men … Jag har inga planer på att lämna min hustru.”

”Nej, så klart”, skyndade hon sig att säga. ”Det var en engångsföreteelse. Inget mer.” Hon såg att han andades ut och hatade honom i den stunden för det. Så han hade gått och oroat sig för att hon kärlekskrank och trånande skulle be om en repris, eller ännu värre tynga honom med hela bördan av sin kärlek, när han bara ville få utlopp för sin sexuella drift och stärka sin självkänsla.

”Fast när vi nu är här och ingen har sett oss komma hit … finns det inget som hindrar … Du är en härlig kvinna Elvira. Du är så mjuk och …” Hon såg slöjan av lust dra över hans blick och kände hans hand smyga in under håret i nacken. Han skulle just luta sig fram och kyssa henne.

”Jag ville prata om något viktigt.” Hon böjde sig undan och tog bort hans hand från sin hals.

”Vad kan vara så viktigt”, sa han och handen fortsatte sin vandring från nacken ned mot hennes ena bröst.

”Sluta Martin! Jag tycker att vi ska berätta för polisen. Det var vi som sist såg Andreas. Det kanske har betydelse. Jag vill …”

”Du blandar inte in polisen i det här! Susanne …”

”Susanne måste också få veta det. Jag orkar inte mer. Jag kan berätta det för polisen och för Susanne om du inte vill göra det själv.”

”Du gör så faan!” Han höjde handen för att slå till henne i ansiktet. Hennes blick stoppade honom halvvägs och han försökte ta tillbaka rörelsen, men gesten var redan gjord. Slaget redan utdelat. ”Vilka vet om det här med oss? Du har väl inte sagt det till Lars?” Martin andades fort och blicken irrade.

”Jag har inte sagt det till Lars ännu, men jag hade tänkt göra det i kväll.” Martin bleknade och säckade ihop över trädstammen. Han såg sjuk ut. Elvira mjuknade. Kunde nästan tycka synd om honom nu. ”Vi går bara omkring och mår dåligt. Du satt och svettades något alldeles kopiöst inne hos socialsekreteraren. Bara det borde ha fått Susanne att undra.”

”Det är alltså ingen mer som vet om det? Vad sa du till polisen Elvira, för helvete, vad sa du till dem?”

”Jag sa ingenting, men Maria Wern frågade mej rakt på sak. Som om hon redan visste. Hon hade sett våra namn i grottan, med ett hjärta, minns du när vi gick i skolan. Gammal kärlek rostar aldrig, eller vad hon sa. Jag var inte helt vaken så jag höll väl med om att du och jag var lite kära i varandra när vi var barn. Inget mer. Jag sa inget mer.”

”De är ute efter oss. Vi skulle ha snackat tidigare, du och jag, Elvira. Helvete! Vad ska vi göra nu?” Martins röst gick upp i falsett och Elvira undrade, när hon såg hans barnsliga min, hur hon hade kunnat tycka att han var attraktiv. ”Om Susanne får reda på det här slår jag ihjäl dej.” Han andades tungt och hans förvridna ansikte kom alldeles nära. ”Jag menar det. Jag slår ihjäl dej om du förstör mitt liv. Jag tycker det räcker in i helvete väl med det Petter och Oskar har gjort. De ska till polisen igen på förhör i morgon. Vem fan vet vad de säger då? Din jävla kossa.” Han grep tag om hennes hår och drog henne mot marken, först nu blev hon riktigt rädd. Han svor över henne och saliven stänkte om hans mun, samma mun som kysst och talat ömma ord och som nu var en främlings. Han bände hennes arm bak på ryggen så det gjorde ont och hon gav till ett skrik av smärta innan hans hårda näve slöt sig över hennes mun. ”Om du säger något till Susanne eller polisen så dödar jag dej. Fattar du vad jag säger? Jag dödar dej.” Han knuffade henne ifrån sig på marken och började snörvla och gråta som ett stort barn. Hon reste sig klumpigt och sprang, skumpade fram över pinnar och stenar. Om han följde efter skulle han vara i fatt henne på ögonblicket. Hon vågade inte vända sig om och möta hans blick. Hon ställde heller inte den fråga som var den mest brännande: Vad hände nere i Herrviks fiskeläge när du cyklade ned för att se om Andreas var där? Mötte du Petter och Oskar? Fick du tag i Andreas? Vad är det, Martin, jag känner inte igen dej längre. Du som alltid varit så glad och godmodig. Vad är det som gör dig så rädd?

KAPITEL 33

Maria Wern och Jesper Ek köade utanför Gutekällaren tillsammans med några kolleger. Dagens hetta hade kulminerat i ett åskväder och kvällen var kylig. Det duggregnade. Maria frös i sin tunna vita klänning och sidenkavaj och fötterna protesterade i de ovana högklackade skorna som hade känts så bekväma när hon provade dem i affären, men som nu klämde redan innan kvällen hade börjat.

”Vi kommer aldrig in utan att visa polislegitimation”, sa Ek.

”Du låter bli. Vi är inte i tjänst. Du kommer att åka dit på det om du inte passar dej. Det är väl okej att vänta här. Du har ju mej som sällskap.”

”Skulle vara det då. Problemet är att jag just fick en Uppenbarelse, för att använda Arvidssons favorituttryck. En rödhårig. Hur många rödhåriga uppenbarelser går det på en sommar?” Ek fixade till sin frisyr och ställde sig sedan på tå för att se vart Uppenbarelsen tog vägen sedan hon passerat vakten.

”Sist du fick en rödhårig Uppenbarelse arbetade hon med tobaksprevention och du stod ut i en vecka, max, innan du valde lasten framför lusten.”

”Det är klart det inte blir Bingo varje gång, men chansen ökar om man ger sig in i spelet. Hänger du med?” Han trevade i innerfickan efter sin legitimation.

”Nej.”

”Säkert?” Han lade huvudet på sned och log sitt raraste leende

”Absolut säkert. Du är inte vid dina fem, Jesper.”

”I krig och kärlek har man allt att vinna.” Han gav henne en puss på kinden och försvann mot entrén. Så fruktansvärt dumt och onödigt att riskera disciplinpåföljd för att komma in på krogen. Maria skakade på huvudet och kände sig plötsligt övergiven. De andra kollegerna var visserligen trevliga, men hon kände dem inte lika bra som Ek. Hartman hade inte velat följa med för han var i Ala på släktkalas tillsammans med Vega, som verkligen uppskattade sin brorson när han var på ön så hon kunde bli skjutsad dit hon ville. Det fina regnet ökade i styrka och de köande trängde ihop sig så gott det gick under de tak som fanns, och Maria började så smått ångra att hon följt med ut. Kön rörde sig inte framåt, restaurangen verkade ha fyllt sin kvot av gäster. Trött, frusen och med värkande tår övervägde hon att lämna sin plats till förfogande och gå till parkeringen på öster och bilen hon tillfälligt lånat av Ek, som inte planerade att ha en nykter kväll inom en överskådlig tid. Hon vände sig om. Långt bakom sig lade hon märke till Linda Molin och den inspektör som upptäckt Tommy Nilssons kropp i vinkällaren. Han höll henne om ryggen, det såg kärt ut. Kände de varandra? Maria slog bort alla tankar på arbetet. Det här var en ledig kväll, då hon skulle koppla av och ha roligt. Roligt! Sällan hade hon känt sig så ensam och olycklig. Hon rannsakade sig själv och kom fram till att det handlade om Per Arvidsson och PMS i lika delar. Ingendera gick att göra något åt för stunden, hon kände ledsenheten övergå i irritation. Det finns dagar när man vill förklara krig mot hela världen, och det finns dagar när man kan tänka sig att avstå. I dag var en bra dag att dö.

”Har du köat länge?” Maria kände en hand i ryggen och vände sig om. Mannen som stod framför henne var klädd i vit skjorta och svart skinnjacka och verkade på något sätt bekant, eller så såg han bara ovanligt bra ut. En halvkändis kanske. Borde hon veta vem han var? Hon mumlade ett ja och fortsatte att titta på honom eftersom han fortfarande höll sin hand på hennes arm och log med hela ansiktet. ”Jag har bokat bord, du kan följa med mej in om du vill.” Innan Maria hann svara tog han henne under armen och förde henne förbi folkmassan och in i värmen. Väl där inne kunde hon inte neka till att det var skönt att få sitta ned och hans leende var verkligen mycket sympatiskt. Friska vita tänder i ett solbränt ansikte. Mörkblå ögon och ett nästan svart hår i en vågig hästsvans på ryggen hopfäst med ett läderband. På honom var det inte feminint. Han såg mera ut som en pirat, tänkte Maria när han sköt in hennes stol.

”Vad heter du, förresten? Lika bra vi tar det nu. När vi lärt känna varandra känns det lite dumt att fråga”, sa han.

”Maria Wern.”

”Du ser ut som en Maria, en jungfrulig madonna.” Han skrattade högt och hon kunde inte låta bli att le mot honom.

”Du har fel. Jag är en sliten, hårt arbetande tvåbarnsmamma. Du då, vad heter du?”

Han lät ögonen dröja vid hennes ansikte innan han svarade. Hon såg hans läppar röra sig men hörde inte vad han sa för discomusiken som flödade genom högtalarna och sorlet från de andra gästerna. Hon kom sig inte heller för med att fråga igen. Han ville bjuda på vin, men Maria krävde att få betala för sig själv. Det är så lätt att känna sig köpt och pressad att vara mer tillmötesgående än man vill. Han framhärdade och Maria fick till slut ge med sig. Han verkade ju vara normal och förnuftig. Hon beställde in det billigaste hon kunde hitta, en räksallad och ett glas vatten utan is och han kunde inte låta bli att kommentera saken.

”En stor stark vatten, är det inte att gå till överdrift?”

”Jag kör.” Han fortsatte att studera henne tills hon vidareutvecklat meningen och mot sin övertygelse berättat att hon bodde inhyst hos Henrik Dune i Eksta. Samtalet spann vidare med en lätthet som gjorde Maria upprymd och glad. Han fick henne att känna sig spirituell och intelligent. Flörtade lite, men gick inte till överdrift. I dubbeltydigheterna fanns hela tiden en utväg om man ville välja att inte förstå. När de kom till vad Maria arbetade med, fegade hon lite och sa:

”… mest administration faktiskt.” Tidigare dåliga erfarenheter hade lärt henne att det kunde vara bra att ligga lågt och han verkade nöja sig med det. Ek blinkade åt henne när han passerade med den rödhåriga Uppenbarelsen vid handen och allt kändes bara roligt och festligt. De illa klämda tårna hade hittat en vilsam vinkel i skorna under bordet och hon kände sig nästan vacker.

”Vill du dansa?”

”Absolut.” I de höga klackarna var hon aningen längre än han. Hon log lite i ena mungipan när hon såg att han sträckte på sig.

”Vad tänker du på”, mumlade han i hennes hår.

”Jag är glad bara.” De satte sig när det blev en paus i musiken. Han beställde in varsin apelsinjuice åt dem. Precis när hon skulle ta den första klunken ringde mobilen. Det var nästan omöjligt att göra sig hörd så Maria ursäktade sig och gick mot damtoaletten för att kunna höra bättre. Det var Krister och han lät väldigt skärrad.

”Linda har 41 graders feber. Det ger sig inte med Alvedon, vad ska jag göra?” Maria kände oron rusa genom kroppen.

”Du måste in med henne till akuten så klart. Det kan vara allvarligt!”

”Jag var med henne på vårdcentralen nu i eftermiddags och de sa att det bara var ett virus, inget att göra något åt.” Kristers röst hördes knappt i sorlet från restaurangen och Maria fick skärpa sin hörsel till det yttersta. Hon drog sig mot utgången.

”Är hon vaken? Dricker hon något? Har hon kissat på länge?” Maria smattrade ur sig ett batteri av frågor och kände förtvivlan över det avstånd som rådde. Om hon bara själv hade kunnat få se sitt barn och ta tag i det här. Krister var inte så värst driven när det gällde kontakt med sjukvården. Han underdrev gärna när han blev rädd. Min dotter har lite feber. ”Du måste åka i väg med en gång. Fattar du inte det?”

”Hon sover ju.”

”Sover? Kan du väcka henne. Vet du säkert att hon inte är medvetslös?”

”Nej. Vänta ett tag …” Kristers röst försvann. Maria bet på tumnageln och väntade en evighet på att han skulle återkomma. Tankar på hjärnhinneinflammation, brusten blindtarm och alla andra hemskheter rusade förbi och när Krister äntligen svarade att Linda gick att väcka kom Maria med frågor om magsmärtor och nackstelhet.

”Du måste fara in med henne till lasarettet! Nu!”

”Vad ska jag göra med Emil då?”

”Du får väl ta honom med dej.”

”Han sover ju.”

”Du tar honom med dej så han inte vaknar och är ensam!” Maria hämtade ut sin jacka, glömsk av bordssällskapet, och skyndade mot utgången. Hon trängde sig igenom folkmassan i gränden mellan krogarna och småsprang över Stora Torget när hon kände en hand på sin axel.

”Du glömde säga hej då.” Piraten stod mitt framför henne. Han log inte. ”Det är artigt att säga hej, innan man drar. Särskilt när någon har varit ens värd och man blivit bjuden. Ingen strular med Adam.”

”Förlåt. Tack för maten och sällskapet. Det har hänt en del hemma och jag behöver finnas anträffbar per telefon.”

”För all del. Vart ska du?” Han släppte inte hennes axel och det vänliga greppet hårdnade.”

”Till bilen.” Hon tyckte inte om uttrycket i hans ansikte. ”Vid Östercentrum.”

”Då följer jag dej.” Han lade armen om henne med äganderätt.

”Jag klarar mej själv.” Hon försökte slingra sig ur greppet, men han var starkare än hon kunnat tro. ”Släpp mej, vad gör du?”

”Jag följer dej bara till bilen och får en godnattkram. Sedan ska du få vara ifred.”

”Nej tack, jag vill gärna vara ensam.”

”När man bjuder en kvinna på middag vill man gärna att hon visar lite tacksamhet.” Han lät handen glida ned för Marias ryggslut och högg tag i hennes ena skinka och knep till. Maria vred sig hastigt om, stampade till på hans fot med klacken. Han släppte inte taget om hennes skinka och hon knäade honom hårt i skrevet för att komma loss. Han svor efter henne när hon sprang. Orden hora och luder följde henne upp för Smittensbacke. ”Jag ska faan få tag på dej och då jävlar.”

Först vid Österport vände hon sig om för att kontrollera om han följde efter, men hon kunde inte se honom. Det gick upp för henne att Ek inte visste att hon givit sig av, om han nu brydde sig. Han hade verkat helt absorberad av sin rödhåriga Uppenbarelse. Maria skyndade sig mot Östercentrum, när som helst beredd att möta Piraten som kallade sig Adam i en bil. Hon förbannade sin dumhet. Hur kunde hon vara så korkad att hon berättade för honom att hon bodde hos Henrik och Mona i Eksta? Hur kunde hon överhuvudtaget missbedöma honom så totalt? Han hade ju verkat så charmig och full av humor och sedan hade han plötsligt visat en helt annan sida. Om man ska träffa någon att tycka om ska det nog inte vara på krogen. Förresten var hon inte säker på att hon ville träffa någon ny man. Inte än på länge och särskilt inte efter i kväll. På det stora hela kanske det var en nyttig upplevelse. Ett sätt att bli mera ödmjuk. I stället för att tänka att tjejer som råkar ut för saker kan skylla sig själva, att de inte borde ha gått på det, så ser man hur lätt det är. För att man längtar efter någon och är öppen för möjligheten att lära känna nya människor.

Regnet hade upphört men det blåste ordentligt när Maria, fortfarande arg och upprörd och frusen, vek av åt vänster mot parkeringen bakom gallerian. Saaben hon lånat av Ek stod mitt på parkeringen. Hon började småspringa. Ljudet av en bil som närmade sig med stor hastighet fick henne att vända på huvudet. En klarblå Jaguar styrde rakt emot henne. Maria ökade farten fram till Eks bil och fumlade med nyckeln i låset, fick upp den och tog sig in samtidigt som den blå bilen tvärnitade framför Saabens kylare. Adams mörka hästsvans slängde när han kastade sig ur bilen. Maria låste dörrarna och önskade att Ek haft centrallås. Hon hann precis trycka ned låsknappen på dörren vid passagerarsätet bakom sig när hans hand nådde handtaget. Hon hörde honom skrika något. Såg munnen röra sig utan att kunna tolka vad han ville. Maria startade bilen och plötsligt hade han klivit upp på kylaren och stirrade rakt in i hennes ansikte. Med vänsterhanden gjorde han ett obscent tecken innan han hoppade ned och slet tag i bildörren igen. Maria lät bilen rulla samtidigt som hon sökte efter mobiltelefonen i handväskan. När hon såg upp igen var han försvunnen. Bara borta. Hon backade ut och fortsatte köra. På kylaren kunde hon se två stora dammiga spår efter hans skosulor. Inte förrän i Tofta kom regnet. Marias händer skakade fortfarande när hon knappade in numret till Ek på mobilen. Han svarade inte.

KAPITEL 34

Vladas Navakas, så var hans namn sedan han kommit till Sverige. Hans verkliga namn var undanstoppat så långt bort att han inte ens om någon hade ropat Sascha skulle ha vänt sig om. Han skyndade sig hem genom botaniska trädgården. Luften var ljum och rik på dofter. Ringmuren skyddade mot vinden från havet. Han kunde lika gärna ha tagit St Hansgatan för att sedan svänga upp på Wismargränd, men trots den sena timmen föredrog han den lite längre vägen hem, genom den gröna oasen med sitt lusthus och rosarium. Han behövde tänka på det som hänt Tommy Nilsson. Bilderna i pressen hade talat sitt tydliga språk även om det inte var så lätt att läsa vad som stod. Vladas hade suttit med firmans ekonomi när tidningen landade på hans skrivbord. Hade någon stuckit en kniv mellan hans fingrar rakt ned i bordsskivan hade han inte blivit mera rädd.

Budskapet var tydligt. En markering till andra som vägrade lyda. Vad skulle det annars vara? Inte hade Tommy väl tagit sitt liv självmant. Eller hade han det? I fyllan? Var det möjligt? Det hade inte talats om någon annan dödsorsak. Polisen hade väl all anledning att vara förtegna och gå försiktigt fram. De kanske också var hotade eller rentav mutade. Vladas hade lyssnat på sina kunder när samtalet rört sig om krogägarens död, men inte lyckats snappa upp några fler detaljer. Men Linda hade viskat lite ur mungipan, fast hon lovat polisen att tiga. Att frysa ihjäl lär vara ett skonsamt sätt att dö på, om det nu var det som skedde. Syret kanske tar slut först i ett så litet utrymme. Man andas sin egen luft om och om igen tills man blir förgiftad av sin egen koloxid och går in i dimman. Inte heller det en särskilt plågsam död sägs det, fast ingen har återvänt med någon förstahandsinformation om den saken. Learning by doing får liksom en annan dimension när man talar näradödenupplevelser. Nog hade Tommy Nilsson anledning att ta livet av sig, men frågan var om han hade haft modet. Vladas var tveksam till det. Det troligaste var att han fått hjälp över gränsen, och den tanken var mer skrämmande än något Vladas upplevt sedan han kom till Sverige. Först försvinner pojken, Andreas, sedan den tjetjenske lille killen och så hittas Tommy död. Kan Tommy ha blivit hotad med att något skulle hända hans son om han inte skaffade fram pengar i tid? Kanske hade han misslyckats med att få ihop vad som krävdes och så försvann pojken? Vladas kunde mycket väl tänka sig att det var så det hade gått till.

Gatlyktorna lyste upp murfallet och jungfrutornet och bakom muren var havet svart och blankt som ett sidenlakan, och himlen lila som en bordelltapet. Vladas stannade och lutade ryggen mot ett träd. I dunklet blev han ett med stammen. Han måste tänka. Kanske vore det bäst att sälja restaurangen och flytta någon annanstans innan någon i familjen blev hotad eller kom till skada. Mira var så ängslig av sig, med henne kunde han inte dela sina farhågor. Det var alldeles nog för henne med den nya babyn som skulle komma och amningen och vaknätterna. Hon fick inte ana hans oro. Om det ändå hade funnits någon att tala med. Antagligen skulle priset för att få beskydd av sin verksamhet öka kraftigt nu. Hur överlever man i konkurrensen och får vinst om man inte utnyttjar svart arbetskraft? Det innebar en risk förstås, om än en mycket liten, att polisen skulle ha resurser över att kontrollera vilka anställda som hade arbetstillstånd och identitetshandlingar och när de väl börjat snoka skulle säkert hans eget pass och hustruns komma under luppen. Femtusen kronor för ett nytt liv, ett pass med litauiskt medborgarskap och därmed rätt att uppehålla sig och arbeta i Sverige. Vad skulle Mira säga om att flytta igen? Barnen hade just börjat komma ifatt i skolan, de hade fått kamrater och restaurangerna gick riktigt bra, bara han orkade arbeta sina femton-sexton timmar om dygnet.

Vladas letade i fickan efter nyckeln till ytterdörren. Ett svagt ljusskén trängde ut genom rullgardinen i sovrummet. Var Mira vaken? Han hoppades att det inte var så. Han måste få sova om han skulle orka med morgondagens rush. Ingen fritid, bara arbete, men han kunde i alla fall skaffa mat åt sina barn och de fick utbildning. Han öppnade dörren försiktigt. Det hördes inget barnskrik som han befarat. De nätter tvååringen haft öronvärk hade varit nästan outhärdliga och Vladas hade tvingats sova i restaurangköket för att klara jobbet. Mira skulle ha mått bättre om någon kunnat byta av henne så hon kunnat få några timmars sömn hon också. Men den lyxen hade de inte haft möjlighet att unna sig, inte utan släkt eller vänner i närheten.

”Vladas, är det du?” Miras röst var gäll och ängslig. Nästan skrämd. Han såg sig om, uppmärksam nu på varje rörelse ute på gatan. Han stängde om sig och låste tyst. Men han tog inte av sig skorna. Beredskapen och vaksamheten fanns där ständigt som en orosfågel på hans axel. Han såg sig om efter ett tillhygge medan han svarade lugnande och öppnade dörren till sovrummet och blev stående med ena handen vilset trevande utefter dörrposten. Den andra handen höll han fortfarande i ett fast grepp om dörrhandtaget. Lukten fick hans magmuskler att reagera på tidigare minnen av misshandel, att spännas till försvar. Blod? En sötaktig, kvalmig lukt av blod och svett. En bil for förbi ute på gatan, ljuset letade sig över väggen och försvann. En svag nattlampa lyste upp rummet. I hans säng låg någon nedbäddad. Först såg han bara det mörka håret mot kuddens brokiga örngott. ”Jag trodde du skulle sova över på jobbet”, viskade hon och såg skrämd upp i hans ansikte. ”Vänta, jag kan förklara. Det är inte som du tror.”

”Vem är det där?” Han stirrade på det orörliga bylte som krupit ned under hans eget täcke.

”Jag vet inte, Vladas.”

”Vet inte!” Han svor högt. ”Vad i helvete. Fattar du hur trött jag är. Vet inte vem det är”, härmade han henne. ”Du vet inte vem det är! Det måste du veta! Någon ligger i min säng och du säger att du inte vet vem det är?”

”Förlåt, förlåt. Jag vågade inte ringa, i fall någon annan skulle höra.” Mira lyfte på täcket och såg rakt in i hans ansikte. ”Du kan se själv. Hon är svårt misshandlad. Hon har feber och har förlorat mycket blod. Hon behöver få hjälp av en läkare, men jag ville prata med dej först. Innan jag ringde en ambulans.” Vladas ryggade tillbaka inför synen. Det blåslagna ansiktet, uppsvullna spruckna läppar, igenmurade ögon och blodet som sugits upp av lakanen så förskräckande rött. En kort blank kjol och ett par trasiga strumpbyxor med grovt nätmönster och en djupt urringad blus där ena bröstet låg blottat gav en vink om vad kvinnan arbetade med.

”Hur kom hon hit? Hon kan knappast ha tagit sig hit själv.” Vladas såg på sin hustru, som kröp ihop inför vreden i hans blick.

”Förlåt, Vladas, jag visste inte hur jag skulle göra. Det var en annan flicka som drog henne hit på en kärra. En flicka som städar och diskar på en restaurang i hamnen, en ryska. Jag brukar prata med henne när jag går till lekplatsen i Almedalen. Hon hittade kvinnan i ett buskage i botaniska trädgården. Kvinnan …” Mira gjorde en huvudrörelse åt sängen, ”vill inte att vi kontaktar polisen eller sjukhuset. Innan hon förlorade medvetandet sa hon det. Hon talar också ryska.”

”Helvete, vad ska vi göra. Hon kommer ju att dö om hon inte får hjälp.” Vladas sjönk ihop på sängkanten och lutade huvudet i händerna. ”Var skulle vi gömma kroppen tycker du? Det är inte precis läge att servera polisen ett lik.”

”Varför säger du så?” Mira vred sina händer runt en flik av nattlinnet. ”Du får inte säga så.”

”För att om hon dör här kommer vi att få skulden. Och om vi lämnar in henne på sjukhuset blir det frågor och hon vill inte bli utfrågad och inte vi heller. Var kan man gömma en kropp utan att den upptäcks? Snabbt nu, får jag ett svar. Det är så verkligheten ser ut.”

”Du får inte säga så, Vladas. Du skrämmer mej. Vi måste hjälpa henne. Vi skjutsar henne till sjukhuset och lämnar henne där utanför entrén och sedan försvinner vi. Så måste vi göra, Vladas.” Han nickade och tog en ny titt på den unga kvinnan i sin säng.

”Hur gammal kan hon vara? Sexton-sjutton år? En flickunge bara.”

”Har du tittat i hennes väska och fickor om hon har papper som visar vem hon är?”

”Nej. Vi hjälptes bara åt att lägga henne här. Hon blöder fortfarande. Vi måste få henne till sjukhus nu med en gång. Vladas, vi måste det. Annars är vi inte människor, inte mänskliga. Vi måste ha det modet."

Vladas trevade över kvinnans kropp för att finna det han sökte. Han fick blod på sina händer. Han tvekade en stund när han kände med handen över kjolens tunna tyg, vände henne försiktigt på sidan och lossade ett spänne. Så tog han fram ett midjebälte. En sliten mörkblå påse av billigaste sort. Han drog upp dragkedjan och hällde innehållet över sängen. Ett läppstift, en rulle med hundrakronorssedlar, några kondomer och en lapp med ett telefonnummer till en mobiltelefon. Inget namn, bara ett nummer.

"Det kanske går till någon hon känner. Någon som kan hjälpa henne", sa han. "Eller kanske till hennes hallick. Hon kanske är på rymmen från sin hallick?"

"Vladas, vi kan inte vänta längre. Hon måste till sjukhus nu. Jag ber dej. Hon har förlorat mycket blod och hon blöder fortfarande från underlivet. Hon kan ha försökt göra en abort eller fått missfall eller blivit misshandlad med en glasflaska eller vad som helst. Om du inte skjutsar henne till sjukhuset så ringer jag en ambulans."

"Nej. Jag ska skjutsa henne." Vladas lade armen bakom kvinnans rygg och lyfte försiktigt upp henne i sittande ställning. Kvinnan jämrade sig och slog upp ögonen och stirrade på dem med glasartad blick. Läpparna var de vitaste han någonsin sett på en levande människa.

"Vi ska hjälpa dej." Mira strök henne över kinden. "Vad heter du?"

"Nadja Andropov." Kvinnans ögon blev onaturligt stora innan ögonvitorna rullade upp och huvudet blev hängande."

"Fort, Vladas." Mira tog tag i benen och de bar henne. Hon var lätt som ett barn och Vladas tog över henne i famnen medan Mira öppnade bildörren.

"Jag ordnar det här. Du stannar hemma hos barnen." Hans röst tålde inga motsägelser. Mira öppnade munnen och stängde den igen. Vad skulle det vara för mening med att be honom vara försiktig?

De hade inte behövt vänta länge vid akutintaget. Kvinnans tillstånd utlöste en febril aktivitet och i det tumult som uppstod hade

Vladas kunnat avvika utan att någon frågade vem han var. På väg hem erinrade han sig telefonnumret. Om han ringde från en telefon med kontantkort skulle ingen kunna spåra vem han var. På det sättet skulle han få veta mer om den gäst de haft i sitt hem. Under de omständigheter som rådde kunde den vetskapen vara mycket värdefull. Ju mer kunskap desto större chans att överleva och inte stöta sig med fel personer, om det skulle visa sig att någon hade intresse av vart Nadja tagit vägen. Vladas tog upp kortet ur fickan, placerade det i automaten och ringde det nummer han hade memorerat. Fyra signaler gick fram, sedan skedde en omkoppling till en telefonsvarare. Vladas kände hur spänningen stramade i hårbotten. Han hade sina aningar om vem numret kunde gå till, men det var inte som han trott.

”Hej, du har kommit till Lars Wickman. Jag kan inte ta ditt samtal just nu, men lämna ett meddelande så ringer jag strax upp.”

KAPITEL 35

”Vi skulle prata om vårt liv tillsammans.” Elvira ställde sig mitt framför sin make när nyhetssändningen var slut och han fortfarande satt kvar vid teven.

”Ska bara se klart det här programmet.” Han höjde volymen och lutade sig tillbaka.

”Den man som ser mer på teve än på sin hustru riskerar att få se sig i stjärnorna efter henne”, svarade hon och noterade rädslan i hans ansikte – ett kort ögonblick innan han återtog kontrollen. Hon väntade ut honom. När klockan var närmare ett kom han in i sängkammaren. Hon slog ihop boken och väntade på att han skulle säga något.

”Jag orkar inte prata nu, måste få sova.” Han vände henne ryggen när han klädde av sig. Skjortan landade på golvet vid hans fötter. Fortfarande vänd från henne tog han av sig byxorna och strumporna som om han blygdes för att hon skulle se hans kropp efter alla år de delat säng. Hon lade sin hand på hans axel.

”Jag menar allvar. Det jag vill prata om är viktigt.” Sanningens minut? Den slutliga uppgörelsen, var det den han värjde sig för?

”Inte nu, vi tar det sedan”, mumlade han och lämnade sovrummet. En evighet blev han kvar på toaletten. Antagligen hoppades han att hon skulle ha somnat. Elvira låg och väntade med pulsen dunkande i hörselgången och ett kvävande tryck över bröstet. Ängslan, men också beslutsamheten, ökade med trycket. Hon måste få berätta, ställa frågorna och få det hemska ur världen. Han spolade, tvättade händerna och smög i säng. Utan omsvep frågade hon honom om han ville älska. Han höjde ögonbrynen och himlade sig som om det var ett dåligt skämt. Varför? Nu får du ge dej, sa hans min, jag behöver sova. Efter det var chansen försutten, orden och stunden av närhet infann sig inte mer, skulle kanske aldrig komma att göra det. Elvira Wickman stirrade ut i mörkret och lyssnade till sin makes andetag. De var lite för snabba, lite för oregelbundna för att han skulle lyckas lura henne. Han sov inte ännu, även om han låtsades. Men så småningom djupnade hans andning och blev lätt snarkande.

Varför? Varför vill man älska? Varför inte bryta arm eller dra fingerkrok i stället eller sparka rövkrok eller dra hank? Därför att det i bästa fall finns en stund av genuin närhet sedan man har älskat då man inte vaktar sin gräns och sin tunga och då man är mera benägen att förlåta och förstå. Hur många nätter hade hon inte legat så här och stirrat i taket? Mer ensam bredvid sin egen man än om hon hade legat själv i en hotellsäng i en främmande stad. Avvisad hade hon smekt sig själv till sömns när han somnat och ibland gråtit tyst av självömkan. Det fanns en liten tröst i det och en hjälp att kunna slappna av och somna. I fantasin fann hon sin inspiration och lust och som hämnd fick Lars aldrig spela huvudrollen eller ens en biroll i drömmen. När han avvisat henne hade han förbrukat sin chans. Att fantisera om älskog med någon som just tackat nej faller på sin egen orimlighet. Han var helt utan tillträde till biografen där de gamla önskerepriserna med Martin spelades upp. Kanske var det därför alltihop sedan hände så fort när de träffades igen på klassåterträffen, för att bilderna av deras kärlekslekar hade förblivit så levande under kärlekslösa nätter. I mötet med Martin blev fantasierna en högst påtaglig verklighet, som borde ha hanterats på ett annat sätt, men kroppens svar gör ingen åtskillnad. Fast nu hade Martin förstört magin, nu fanns det ingen att fantisera om. Så tomt. Lusten och den belönande avslappningen ville inte infinna sig. Det fanns ingen att tänka på. För erotiska drömmar krävs ett Du och en värmande närhet. Bara tanken på Martin och örfilen han hade tänkt ge henne, fegheten, hans ömkliga uppenbarelse när han snörvlade och grät fick olusten att krypa i henne. Elvira vände sig på sidan och suckade tungt.

Petter hade i förhöret hos polisen erkänt att han slagit Andreas. Oskar hade också varit med, men slingrat sig och sagt att han bara pissade, hade Petter sagt. Den jävla råttan, jag kommer aldrig att vara med honom mer. Som tur var var de inte straffmyndiga. I bästa fall hade de kommit undan med blotta förskräckelsen om det inte var så att … Nej, hon orkade inte tänka tanken ända ut. Det måste finnas en annan förklaring till att Andreas var borta. Måste. När de lämnade honom levde han. Petter var alldeles säker på det. Andreas hade rört på sig. Elvira hängav sig åt självanklagelser en lång stund. Om Andreas inte hade avslöjat henne och Martin skulle det här aldrig ha hänt. Då skulle de ha haft vanliga konflikter med sin tonåring om attityder och tider och att hjälpa till hemma. Och om det värsta inträffat, om de slagit så hårt att han dog, var fanns då kroppen? Nej, så fick det inte vara. Det kunde inte vara så. Susanne hade en annan förklaring, en som var lättare att ta till sig även om den var mera långsökt. Charlotta hade varit ute hela natten och letat efter Andreas. Hon skulle ha haft all tid i världen att forsla undan hans kropp, till och med att gräva ned den. Nej. Det var ett rent svek att ens tänka tanken. Men om … Elvira vred sig i sängen så de fuktiga lakanen snodde sig om benen. Det var varmt och hon kunde inte sova. För de jagade tankarna fanns bara återvändsgränder. Något borde hon göra, men hon visste inte vad. Det gick inte att ligga kvar i sängen. Egentligen borde hon ruska liv i Lars. Det var inte rättvist att han låg där och sov, som om inga bekymmer i världen fanns.

Elvira gick ut i köket och öppnade kylskåpet och tappade upp ett försvarligt glas vin åt sig ur dunken. Det fanns två dunkar och hon brukade skämta med Susanne och säga att hon skulle mjölka sin röda eller vita ko. Hon svepte glaset och hällde upp ett till medan hon blängde på röran i köket. Lars grejor överallt, han plockade aldrig i ordning efter sig. Tidningen låg fortfarande uppslagen på bordet bredvid nycklarna och mobilen. Skorna stod där de stod under stolen precis som han hade sparkat dem av sig och kavajen låg slarvigt knölad över ryggstödet på köksstolen. Tanken på en egen lägenhet där allt var ordning och reda och saker och ting låg på sin plats var lockande. I fantasin hade hon redan börjat möblera den med arvegods och några nytillskott från Ikea. Elvira tog en galge i hallen för att hänga upp Lars kavaj. Hon stod inte ut med att se den där i en skrynklig hög. Just då ringde hans mobiltelefon. Den låg där på köksbordet och ringde och Elvira kom sig inte för med att svara på en gång. Det hela kändes smått absurt. Hon såg på klockan. Den var halv tre på natten. Vem kunde det vara som ringde så sent? De var ju hemma alla tre. Innan hon hann fram till köksbordet var Lars där och grabbade åt sig telefonen. Elvira stod bredvid honom när han svarade och hörde varje ord. Det var från polisen. Man var mycket angelägen om att få tala med Lars omgående, om han kunde infinna sig för förhör.

”Nu, ska jag komma nu, mitt i natten? Jag bor i Sysne.”

”Nu”, sa en tydlig mansröst i telefonen.

”Varför? Vad handlar det om.”

När Lars bil försvunnit stod Elvira kvar och höll ett krampaktigt tag om fönsterbrädan. Polisen hade talat om en prostituerad kvinna. Hon hade haft Lars telefonnummer på en lapp i sin midjeväska. Han skulle identifiera henne. Var hon död? Hans ansikte hade varit som gjutet i cement. Inte en min hade han visat när tillvaron rämnade. Mångårig träning som politiker? Han hade inte mött Elviras blick, inte bevärdigat henne med ett ord. Men Lars, vad är det? Vad har du gjort? Hela sanningen överlämnad åt hennes egna spekulationer. När dörren slog igen kände Elvira hur hon skakade. Hur länge hade det pågått? Hur länge hade han sökt sig till prostituerade medan hon legat ensam bredvid honom natt efter natt utan att han rört vid henne? Fy faan! Och nästa tanke. Polisen hade sagt att kvinnan var svårt misshandlad. Hade han gjort det? Elvira kände illamåendet skölja över henne som en våg och hon måste sätta sig ned och luta huvudet mellan knäna för att inte svimma. Kallsvetten klibbade mellan brösten och i armhålorna. En blixtbild. Lars ansikte så som det hade sett ut när han kom ut från toaletten och nästan våldförde sig på henne. Känslokylan. Vreden i hans händer. Smärtan. Under åren när Elvira arbetat på gynmottagningen hade hon träffat kvinnor som med nedslagen blick berättat om sexuellt våld. Som om skammen var deras egen. För att de hade varit ute sent på natten. Druckit alkohol. Pratat med en främmande man. Men också de som utsatts för våld i sitt äktenskap med inspiration från hårdföra p-rullar. Hur kan normalbegåvade män se på hårdporr utan att inse att kvinnorna blir misshandlade? Om en kvinna stönar högt och svimmar när hon blir påsatt av flera män samtidigt är det nog troligare att hon har in i helvete ont än att hon tycker det är skönt. Väl uppe i gynstolen kunde man se skador hos de våldtagna kvinnorna som efter en störtförlossning där man inte visste var man skulle börja sy. Mot smärtan i kroppen finns det bedövning, det finns nål och tråd, men mot värken i själen finns det inte mycket. Om Lars hade gjort sig skyldig till något sådant skulle hon kunna döda honom med sina bara händer. Slå ihjäl honom i sömnen. Skära tasken av honom. Tanken på att hon skulle vara fullt kapabel att ta livet av honom skrämde henne inte ens. Om det här kom ut i medierna kunde han se sig i stjärnorna efter sitt fina jobb i Bryssel. Det var kanske det som skulle ta honom hårdast. Elvira gick fram till diskbänken och vred på kallvattenkranen. Plötsligt slog det henne att Petter kunde ha hört delar av samtalet. Den önskan hon nyss uttalat för sig själv att Lars skulle bli uthängd i medierna bleknade snabbt när hon tänkte på Petter och kvar fanns bara den kväljande känslan av att sitta fast i en illaluktande sörja för sitt barns skull. För att man för alltid är sammanflätade när man har barn ihop. Ett barn tillsammans med en man hon inte kunde annat än förakta. Elvira tassade över golvet mot Petters rum och tryckte försiktigt ned handtaget.

”Är du vaken?”

”Jaa. Vart skulle pappa?”

”Han var tvungen att fara in till stan.”

”Nu. Har ni bråkat?” Petters röst steg upp i falsett. ”Jag vill inte att ni ska skiljas. Jag vill inte flytta. Jag vill att allt ska vara som förut och att de ska hitta Andreas. De måste hitta Andreas. Jag orkar inte längre.” Petter lutade sig fram och Elvira satte sig ned och höll om honom, hårt, hårt utan att kunna svara. Han grät så att han skakade i hela kroppen, ulkade och snörvlade mot hennes axel.

”Vad händer om Andreas är död? Vad händer med mej då? Jag slog så hårt att han kan vara död. En spark mot huvudet. Kommer det att stå i tidningen. Det bästa är i så fall om jag flyttar med pappa utomlands. Jag har tänkt på det”, sa han när han lugnat sig lite. ”Andreas ljög och sa att du och Martin hade … han såg er.”

”Det var så, Petter.” Elvira ångrade sig redan när hon uttalade orden. De skulle inte vara honom till hjälp, det handlade bara om hennes egen längtan att få lätta sitt samvete. ”Det Andreas sa att han såg var sant. Jag och Martin har haft en tillfällig förbindelse.”

”Fy fan!” Han sköt henne ifrån sig och ögonen blev till smala springor. ”Fy faan!”

”Det bara blev så. När du blir större förstår du kanske hur det kan hända. Din far och jag …”

”Jag tror inte att jag hör det här … Jag tror inte att det är sant. Vet pappa om det?”

”Inte ännu.” Elvira förbannade sin dumhet. Varför skulle hon nödvändigtvis belasta Petter med det här just nu? Räckte det inte som det var?

”Jag hatar dej! Gå ut ur mitt rum. Jag vill inte ha dej här. Gå ut.” Elvira reste sig och vacklade mot dörren. Hon hörde honom gråta, men kunde inget göra. Inte trösta, inte ta tillbaka orden. ”Gå!” skrek han. ”Gå!” Och stunden, det enda ögonblick på flera år då de kunde ha kommit varandra närmare hade just glidit henne ur händerna.

KAPITEL 36

Ännu en vaknatt. Susanne satt hopsjunken vid Charlottas köksbord och såg gryningen stiga som en glödgad skära ur havet. Det mörka vattnet ljusnade grad för grad. Himlen färgades i rosa och guld och ur ljuset föddes Östergarns holme på nytt. Måsarna vaknade. Någonstans långt borta startade en bil, ljudet accelererade och försvann. Susanne reste sig försiktigt och lyfte ut stolen så den inte skulle skrapa mot golvet. En kopp kaffe var vad som krävdes för att stå ut de timmar som återstod tills Elvira skulle komma och byta av efter en hel natts vaka. Charlottas oro hade smittat av sig på Amanda som skrikit hysteriskt, sparkat dem och gråtit. Hon vågade inte sova på sitt rum på övervåningen och ville inte sova hos Charlotta och inte i Andreas rum och till slut hade hon somnat framför teven i vardagsrumssoffan under ett debattprogram som inte intresserade någon av dem. Charlotta hade brett en filt över henne och det smyckeskrin hon vägrade släppa ur famnen. Det är klart att det var sunt att Amanda reagerade. De första dagarnas lugn och tystnad då hon bara storögt hade iakttagit det som skedde var över. Nu behövde hon få ta plats och agera. Problemet var att Charlotta bara orkade med sig själv just nu.

Vid kvällsmaten hade Amanda tagit av sig sin ena strumpa, lagt den på tallriken och hällt sås på den. Se mej mamma, se mej då. Och innan någon hann hindra henne hade hon tagit förskäraren för att skära den i bitar som en schnitzel. Charlotta hade dragit henne i håret och ruskat om och skickat Amanda ifrån bordet till sitt rum. Susanne hade försökt protestera och Charlotta hade bett Susanne att fara hem till sig om hon inte gillade umgängesreglerna hos familjen Nilsson. Lugnt och välartikulerat men med sådan vrede att Susanne helt hade tappat målföret. 'Du ska inte tro att du kan komma hit och uppfostra mina barn. Här är det jag som bestämmer vilka regler som gäller.' Var det tacken för att Susanne ställt upp dygn efter dygn när hon i stället kunde ha varit hemma och arbetat med sin föreläsningsserie? Charlotta skulle antagligen aldrig fatta vad det kostade på att stötta och hjälpa och att tassa på tå för att inte kränka henne och hennes lagar och förordningar där hemma. En liten smula tacksamhet skulle inte vara fel. Vanlig normal artighet. Som Charlotta fungerade var det mer en uppfostringsanstalt än ett hem och det där med strumpan var inte den enda kontroversen. Amanda hade velat cykla. På vårkanten hade hon lärt sig hålla balansen och nu cyklade hon riktigt bra och det var viktigt för henne att få visa det, men Charlotta vågade inte släppa henne ur sikte. Inte ens låta henne cykla själv utan att finnas på armlängds avstånd så att flickan inte skulle falla och slå sig. 'Släpp mamma, jag kan själv!' Susanne hade försökt lirka. 'Hon har ju hjälm, Charlotta. Får hon lite skrubbsår på knäna så dör hon inte av det.' Explosionen hade inte låtit vänta på sig. Att prata med Charlotta var som att gå på ett minfält. Man kunde inte veta var det skulle smälla här näst. 'Det kan du säga som lever i en skyddad verkstad, dej har det aldrig hänt något. Oskar har väl på sin höjd haft vattkoppor och halsfluss. Det är sant som du säger: Man *dör* inte av att få skrapsår på knäna. Men man är inte heller skyddad från allt ont för att man har hjälm. Vad hjälper en hjälm om Amanda blir överkörd av en bil och får ryggraden krossad eller om hon får cykelstyret i magen så hon spräcker mjälten och blir liggande i ett dike där vi inte hittar henne? Så långt tänker du inte, du lever i en låtsasvärld där inget farligt kan hända och ingen kan dö och ingen kan komma till skada. Jag har aldrig fått uppleva den lyxen.' Samtalet hade slutat i en lång laddad tystnad där de gick omvägar för varandra i huset.

Långsamt, långsamt flyttade sig visarna på väggklockan i köket. Solen letade sig in mellan pelargoniorna i fönstret, kröp över golvet och fram till den blänkande rena diskbänken. Susanne såg sig om efter något att ta sig för. Rastlösheten kröp genom kroppen. Vattenkannan stod på diskbänken. Hon fyllde den med vatten och blomsternäring och skulle just hälla när hon kände att jorden redan var genomvåt. Säkert hade Elvira på samma sätt sökt efter något handfast att göra när hon suttit hos Charlotta under dagen. På något vis verkade Elvira ha lättare att komma överens med Charlotta. Hon ifrågasatte väl inte lika mycket. Men det var inte bara det. Elvira hade en sorts värme och humor man bara måste charmas av, en självklar moderlighet och önskan att alla skulle må bra. Om bara Lars varit annorlunda skulle man ha kunnat umgås mera med dem som familj, men Martin och Lars gick inte ihop. Lars sätt att svänga sig med engelska uttryck fick Martin att gå i baklås när han inte förstod vad som menades, och Martins sätt att driva med Lars bristande fysiska styrka gjorde det inte enklare. 'Klarar du att lyfta trädgårdssoffan själv eller ska jag be Susanne göra det åt dej?' Petter var inte heller den kompis Oskar borde ha och det var skönt att han själv börjat inse det. Lite otäckt förstås att det hade behövt gå så långt som till polis och socialtjänst, men det kanske var vad som behövdes för att han själv skulle förstå att man bör välja sina vänner med omsorg.

Susanne svalde den sista skvätten kallt kaffe med en rysning. Fick hon inte komma hem och sova snart skulle hon slockna över köksbordet, det var då säkert. Charlotta hade hållit henne vaken nästan hela natten och när hon väl somnat fram på småtimmarna vågade Susanne inte slappna av. Ett kort ögonblick hade hon övervägt att ringa akutpsyk. Situationen höll på att bli ohållbar. Det är bättre att möta sin oro och växa som människa än att fly. Men ibland finns ingen annan utväg än att ta tabletter. Susanne hade blivit tvungen att ge sig på den punkten. Vattenkranen fick inte rinna. Charlotta kontrollerade fyra gånger om dörren var låst. Hon gick av och an över golvet och klöste sig på armarna medan tårarna ljudlöst föll nedför kinderna. Återvände till dörren. Kontrollerade fönstren. Satt verkligen hakarna på ordentligt? Hon kontrollerade spisen. Såg efter att sladden till kaffebryggaren var utdragen. Den vanligaste orsaken till brand i hemmet är bryggaren, sedan teven som alltid ska stängas av med knappen, inte från dosan. Så kontrollerade hon ytterdörren igen och sedan Amanda. Andas hon? Jag tycker att hon andas alldeles för långsamt. Känner du någon puls? Hur många andetag per minut är normalt? Är hon inte blek? Amanda, är du vaken? Hör du mej?

Ett svagt mummel från barnet och Charlottas vandring genom rummen tog vid igen. Varv på varv. Gråten. Armarna och låren som revs blodiga. Törsten. Glas efter glas kallt vatten, men törsten var outsläcklig. Vattenkranen får inte rinna. Är sladden till bryggaren verkligen utdragen? Med kontroll av de döda tingen gick det att mota undan kaos och få en begriplig och hanterbar värld. Susanne hade försökt hålla armarna om Charlotta och lugna henne, men blivit bortmotad. Släpp! Jag mår illa. Så hade hon rusat in på toaletten. Därinne hade hon stannat en evighet och gråtit bakom den låsta dörren medan Susanne hjälplöst hade stått utanför och väntat på vad som skulle hända. Du gör dej inte illa, Charlotta? Inget svar. Vattenkranen rann. Kanske drack hon vatten igen. Så öppnades dörren och hon stod där med medicinburken i handen och andades snabbt och skälvande. Sover Amanda? Tillsammans såg de efter om barnet sov. Så blek hon är. Hon är sjuk! Jag vet det. Vi måste ringa en ambulans. Hon behöver komma till sjukhuset. Ser du inte? Hon andas ju knappt. Och Susanne hade lugnat och sagt att flickan måste få sova, men Amanda hade ändå vaknat till av Charlottas ängsliga höga röst och börjat gråta. Länge, länge hade Susanne lirkat och lekt och pratat innan flickan kom till ro så pass att Susanne kunde gå ut i köket och bre dem ett par smörgåsar. När hon kom in sov Amanda och Charlotta hade återtagit sin vandring från rum till rum, gnyende, ylande, jämrande. Det är mitt fel att Andreas är borta. Jag skulle ha sett efter honom bättre. Jag skulle inte ha släppt honom ur sikte. Jag har dödat honom! En sista kontroll av spisen och sedan hade Charlotta fallit i orolig slummer framför teven. Susanne hade inte vågat stänga av den för att hon inte skulle vakna av den plötsliga tystnaden.

Nu borde Elvira vara här när som helst. Konstigt att inte Amanda hade vaknat. Hon brukade vara morgonpigg och då gällde det att få henne att leka tyst så hon inte väckte Charlotta som äntligen fallit i sömn. Så här länge hade hon väl aldrig sovit, men hon behövde det säkert. Anspänningen måste ha tagit på krafterna. Till sin oerhörda lättnad såg Susanne Elvira komma cyklande nedför backen, framåtlutad över styret mot blåsten. Solen och skuggan under träden fångade det ljusa håret och fick det att skifta i guld och brunt och kinderna lyste röda. Hon hade så vackra färger, men hon såg trött ut. Var nog egentligen ingen morgonmänniska, fast hon framhållit det för att slippa nattpassen hos Charlotta.

Susanne öppnade ytterdörren och hyssjade på Elvira när hon tänkte öppna munnen. Hon kunde vara högljudd ibland utan att tänka sig för.

"De sover nu."

Elvira nickade och hängde av sig kappan, steg ur pumpsen och smög barfota in i vardagsrummet för att se på dem. Medan hon iakttog det sovande barnet blev hennes ansiktsuttryck allt mer fundersamt.

"Amanda sover väldigt tungt och andas djupt."

"Ja, det brukar vara full fart på henne så här dags. Barnteven har börjat, det brukar hon aldrig missa. Men man kan ju inte väcka henne för det, eller hur?" viskade Susanne.

"Jag tänker väcka henne. Hon andas alldeles för långsamt."

"Nu låter du precis som Charlotta. Jag orkar inte mer, Elvira."

"Det är inte som det ska. Amanda, vakna! Hör du mej, Amanda!" Elvira skakade Amanda och försökte ställa henne upp men barnet bara sjönk ihop. "Det här är ingen naturlig sömn. Amanda! Amanda!"

"Vad är det? Är det något med Amanda?" Charlotta satte sig kapprak upp i soffan. Hennes blick irrade vilt i rummet och sökte fäste.

"Kan Amanda ha råkat ta av din medicin?" Elvira satte sig bredvid Charlotta i soffan och lade armen runt henne och fattade sedan med båda händerna om hennes ansikte. "Lyssnar du på mej? Försök koncentrera dej. Tror du hon kan ha tagit av din medicin? Svara mej, Charlotta. Det här är viktigt."

"Jag gav henne en tablett. Jag orkade inte med att hon skrek. Kan det vara så farligt?"

"Barn tål mindre än en vuxen. Jag tycker vi ska fara in till lasarettet med henne. Har du din bil här, Susanne? Jag kan köra. Jag förstår om du är trött", sa Elvira när hon såg Susanne luta huvudet i händerna och kväva en djup suck.

"Jag gav Amanda två tabletter tror jag." Charlotta tog burken från bordet och snurrade den mellan sina fingrar. "Hon somnade inte när jag givit henne den första. Hon bara sprang omkring och skrek och skrek. Jag orkade inte höra henne. Jag kunde inte tänka mej att det var så farligt. De är ju så små. Jag brukar inte märka någon skillnad om jag bara tar en. Jag kanske har dödat henne nu? Hon överlever inte det här, eller hur? Jag har dödat henne!" Och så stirrade hon skräckslaget på Elvira. "Jag glömde kvar burken på bordet i går kväll. Hon kan ha tagit fler. Jag tänkte mej inte för. Herregud! Vad ska vi göra? Jag har dödat henne. Jag har dödat henne också. De jag älskar bara dör, det är som en förbannelse. Det var inte min mening. Jag kunde inte rå för det."

KAPITEL 37

”Ska du inte ta och få dej något till livs i matsalen, Charlotta?” Sköterskans fråga lät mer som en befallning än som ett erbjudande. ”Det är ingen fara med Amanda längre. Vi har henne under uppsikt. Gå nu, jag stannar här hos henne och behöver jag gå ut en stund ber jag att någon byter av mej. Det är en så redig flicka. Hon klarar sig utan mamma ett tag.”

”Jag är inte hungrig.” Charlotta märkte nog blickarna de utbytte med varandra när de trodde att hon inte såg. Hon hade hört lösryckta ord. Mumlet från läkarexpeditionen där dörren stod på glänt när läkaren dikterade med mikrofonen tryckt mot sina läppar. Trodde de att hon inget begrep? Efter alla år in och ut på sjukhus tillägnar man sig språket. Leukocyter betyder vita blodkroppar. När talar man om vita blodkroppar? Vid infektioner. Som om hon inte vetat det hela tiden, att Amanda var sjuk. Allvarligt sjuk. En mor känner sådant och ser tecknen före alla andra som bara vill hitta naturliga förklaringar för att slippa besvär. Blunda ni för sjukdom och olycka. Det som inte syns finns inte förrän det är för sent.

”Det brukar inte vara någon fara. Är du orolig?”

”Ja, med all rätt, för att det är mitt barn. Det är klart att jag är mer oroad än du. Jag har mer att förlora. Allt som betyder något, faktiskt. För dej är det en arbetsuppgift. Bryr du dej överhuvudtaget mer om barn än en städerska bryr sig om lort? Är det möjligt för dej att se det här ur mitt perspektiv.”

”Jag förstår att du har det svårt just nu, men det är bara en lätt tempstegring. Inget att oroa sig över.”

”Vad vet du om det? Vet du vad hennes normaltemperatur är?

Vet du hur hon brukar vara när hon är frisk? Amanda är inte sig själv, hon är slö."

"Men du har ju gett henne sömnmedel, det kanske inte är så konstigt då." Det gick inte att påvisa någon spydighet i tonen, men en liten glimt i ögat avslöjade vad sköterskan egentligen tyckte. Resten av kroppen ljuger inte lika övertygande som munnen.

"Ja, men en sömntablett kan hon inte få feber av, eller hur? Jag kräver en ordentlig utredning." Charlotta kände hur gråten var på väg, rösten blev vass och tunn.

"Det kommer att bli en ordentlig utredning. Jag lovar det." Precis där, där fanns den där blicken igen. Sekundsnabb, men Charlotta hann med att uppfatta den. Någonting var i görningen. Något de inte hade berättat för henne.

"Hon har cancer, eller hur?" Så där, nu var det sagt. Nu måste hon få ett svar även om det var det hon bävade för mest av allt.

"Varför säger du så?" Sköterskan visade nästan äkta förvåning, ett proffs i konsten att invagga de oinvigda i det mjölkvita lugn som dränker alla upprörda känslor inom sjukhusets väggar. Vi har kommandot. Godkända känslor är trygghet och tacksamhet.

"För jag vet att det är så, här inne vet jag det." Charlotta pekade mot sitt hjärta. "Ni måste göra något nu! Röntga henne. Vad som helst, bara det händer något. Hur länge ska han" ... hon pekade mot läkarexpeditionen "... sitta där inne och nonchalera oss."

"Han läser Amandas journal och väntar på provsvar. Det tar nog en stund. Sen vill han ha ett samtal med dej. Du hinner gå en sväng till matsalen innan det är dags. Jag skulle rekommendera dej att göra det. Laxen var riktigt god." Sköterskan försvann och lämnade orden bakom sig och den spända klangen av en röst under sträng kontroll. En annan sköterska kom in och satte sig på stolen vid dörren. Var de fångar här? Charlotta hällde upp lite vatten i en plastmugg och drack i djupa klunkar medan hon iakttog Amanda. Skriket fanns alldeles under huden och hotade att spräcka henne på mitten och spränga väggarna. Fanns det då ingen människa i världen som förstod ordet oro. Den malande oron när man bara vet att allt är fel och att katastrofen nalkas utan att säkert veta i vilken skepnad den kommer att anfalla. Patrik, Andreas och nu Amanda, märkta av döden alla tre. Varför kunde de inte se det och ta henne på allvar? Charlotta kämpade mot gråten. Om hon släppte loss tårarna nu skulle hon aldrig kunna sluta gråta. När skulle livet bli sådant att hon kunde få ägna sig själv en tanke och leva ett normalt liv som andra mammor, med vanliga funderingar kring lördagsgodis och läxläsning och föräldramöten? Tommy hade aldrig förstått hennes oro. Han var så otroligt naiv och ansvarslös, även om hon inte för en sekund betvivlade att han älskade barnen lika mycket som hon själv. Och så var det blåmärkena. Hon hade konfronterat honom med det flera gånger. Frågat honom rent ut om han slagit pojkarna. Men han hade nekat till det. Det vet du väl hur pojkar är. De klättrar och ramlar och slåss med varandra.

Charlotta satte sig bredvid sin flicka på sängkanten och strök henne över det bruna håret. Så lik hon var Sten. Det borde alla kunna se. Samma kalufs. Om livet hade varit annorlunda kanske hon skulle ha vågat satsa på ett förhållande med honom, trots att hans sociala patos och den spartanska livsstilen krävde en hel del. Han blundade inte för livets realiteter. Kanske var det just den öppenheten och modet att ta konsekvensen av den verklighet han såg, hon älskade mest. Just nu fanns det ingen kraft till annat än akuta åtgärder. Slag i slag utan uppehåll. Ett kärleksförhållande kräver tid och engagemang, det ger också en bundenhet och reducerar möjligheten till självbestämmande. Men ändå, om man hela tiden ska vänta på rätt tillfälle och vaktar på sina rättigheter så kanske man en dag finner att den skatt man vaktat inte längre är något värd. Att livet runnit mellan fingrarna och att det inte finns något kvar att ge, inte ens tid. Så skönt det skulle vara att få krypa in i en famn och mötas av den stora förståelsen. Att ha någon att dela allt det hemska med. Men för att få förståelse måste man våga släppa någon nära, man måste blotta det som är ömtåligt och skört utan några som helst garantier för hur förtroendet ska komma att tolkas. Man måste öppna dörren till det som länge varit undanträngt och skamligt. Skammen att inte vara älskad av dem som borde ha älskat en, att bli slagen och utskälld och tillintetgjord när det borde ha funnits en värme. Den isande tomheten i att bli bemött med likgiltighet i stället för att få bekräftelse på att man duger. Den vuxna kvinnan i Charlotta kunde med sitt förnuft omfatta barndomens helvete så som det faktiskt varit. Till och med sätta ord på att barnet hon en gång varit inte hade någon skuld i det. Men i känslornas värld var hon fortfarande fånge. Bara med kontroll, benhård kontroll kunde hon hindra avgrunden från att sluka dem alla. Vad fanns det för alternativ till att kämpa? Att ge upp allt som var viktigt och betydelsefullt för att flyta med strömmen och sedan slukas av skulden? Skulden som aldrig, aldrig gick att återbetala.

"Mamma, jag har ont i magen." Amandas rödfnasiga lilla ansikte rörde sig ovanför den gula filten. "Det var jätteotäckt att göra en magsköljning. Jag vill inte göra det någe mer. Jag mår illa. Jag vill inte kräkas mera."

Charlotta rusade upp från sängen. Nu fick det faktiskt vara nog. Var höll läkaren hus? Han måste ju förstå att det gällde allvar. Hon sprang ut i korridoren och skrek. Ryckte upp dörren till läkarexpeditionen på vid gavel, med två kliv var hon framme hos honom och slet telefonluren ur hans hand.

"Gör något för helvete! Vi har väntat i evigheter nu. Jag klarar inte det här längre. Hon kommer att dö. Du kan säga som det är. Hon har cancer, eller hur? Allt är bättre än att inte veta. Ni har ingen rätt att bara nonchalera oss." Charlotta spottade fram orden och läkaren stirrade på henne med öppen mun. Telefonen hängde och guppade i sin sladd ur hans hand och läkarens huvud följde samma gungande rörelse medan han försökte få ordet och göra en dementi av det nyss sagda. Han följde med in på salen och fann att Amanda satt i sängen och kammade sin dockas långa hår. Hon sken upp när hon fick syn på honom.

"Hur mår du?" frågade han med tillkämpat lugn.

"Det är tråkigt här. Jag vill hem." Amanda tittade storögt på sin mor som stod bakom läkaren med en min som kunde ha skrämt vem som helst.

"Du får ursäkta mej." Han vände sig mot Charlotta. "Jag måste arbeta. Jag återkommer så vi får talas vid när jag har fått provsvar. Jag förstår att din livssituation är ohållbar och vi kanske kan ordna med en kuratorskontakt eller psykolog, om du skulle vilja det."

"Psykolog! Tror du jag är nåt jäkla psykfall. Jag vill att du undersöker Amanda och berättar vad som är fel, för helvete. Ser du inte att hon är sjuk! Kolla ansiktsfärgen. Händerna. Hon har brännskador. Kan du inte ens se det har vi inget här att göra!"

”Ja, det ser ut som om hon har varit lite för länge i solen.” Läkaren sände en tacksam blick till den sköterska som kom till hans undsättning. ”Du kanske kan ta över här, så att jag får avsluta det jag höll på med.” Sköterskan nickade, skamsen för att hon brustit i sitt uppdrag att hålla kvar dem på salen och Charlotta fick behärska sig för att inte slå henne rakt i ansiktet. Den återhållna vreden fick kroppen att skaka. Rastlös som ett vilddjur i bur gick hon av och an på golvet framför sängen, alltför utom sig att hitta ord. Oron sög tag i inälvorna och vred dem så hårt att hon tappade luften och fick sätta sig ned. Hon gungade sitt huvud av och an i händerna medan hon lutade sig framåt och andades häftigt.

”Jag orkar inte mer. Kan jag få något lugnande. Det känns som jag ska gå sönder.”

”Jag ska fråga doktorn om det.” Charlotta kände en arm om sina axlar. En värme i den ekande tomheten som malde och grävde sig in. Om du släpper mej nu så orkar jag inte leva längre, tänkte hon och intuitivt måste den vitklädda kvinnan ha förstått det. Hon stod kvar alldeles stilla och strök Charlotta varsamt över armen och tillsammans hörde de musiken från radion brytas av en nyhetssändning. Charlotta lyssnade till de välbekanta orden som handlade om en pojke som hette Andreas. Ett barn vilket som helst, som snart skulle komma tillbaka till sin familj. Ett missförstånd som snart skulle klaras upp, eller hade han kanske gått vilse. Men snart skulle han vara hemma igen och allt skulle bli bra. Och sen kom efterlysningen av den andre lille pojken som hette nästan som Andreas, Andrej. Hans familj skulle avvisas. Men snart skulle han också komma till rätta och de skulle nog säkert få stanna. Lars Wickmans röst talade långsamt och tydligt om det. Hon kunde orden utantill om humanitära skäl och sedan skulle det bli soligt och varmt och tilltagande vind från väst och en medeltemperatur på 22 grader.

”Hör du mej, Charlotta. Hur är det? Känns det som du skulle svimma? Charlotta, hör du mej! Försök dricka lite vatten. Du har inte ätit någonting sen du kom hit och kanske inte så mycket hemma heller. Försök att få i dej det här.” En plastmugg skvimpade vatten över munnen, det rann ned över hakan och halsen när hon inte klarade att svälja. Sköterskans röst var mild och bestämd.

Ljudet kom och gick, svajade in och ut genom huvudet och inget spelade längre någon roll utom suget som drog henne allt längre mot mörkret. Ett kraftigt illamående slog henne till golvet. Det rusade mot hennes ansikte och gjorde förlamande ont när hon slog i. En kvinna skrek på hjälp. Flera röster i mörkret. En mans röst. En hård klapp på kinden. Amandas röst. Mamma, mamma och sedan bara tomhet.

Det första Charlotta lade märke till när hon vaknade upp i det vita ljuset var droppet som hängde framför hennes ansikte. Dropparna föll genom droppkammaren snabbare än en i sekunden. Hon räknade dem gång på gång. Från ett till hundra. Det var alldeles tyst och skärande vitt och ljust och metalliskt. Amanda! Var hade de gjort av Amanda? Charlotta tog ett stadigt tag om droppslangen och ryckte till så plastslangen lämnade hennes åder och blev liggande på täcket. Det blödde från insticksstället. Lakandet sög upp den röda färgen. Det bildades ett kartmönster. Ett land. En världsdel. Sedan slog tyngden av den stora skulden till med förnyad kraft. Minnesbilderna tog andan ur henne. Yr och illamående vacklade hon upp ur sängen. Skyldig! Skyldig! Skyldig! Hon måste härifrån och betala av på sin skuld.

KAPITEL 38

”Gräva upp graven? Det kan inte vara ditt fulla allvar?” Maria Wern såg med bestörtning upp från sin dator och på Tomas Hartmans ansikte. ”Det kan du inte mena.” Han mötte med fasthet hennes blick och nickade.

”Det är ingen åtgärd man tar till i första hand. En motfråga, vågar vi låta bli? Det fanns ingen misstanke om brott när Patrik Nilsson drunknade. Eftersom det var en olyckshändelse utfördes inget annat än en vanlig rättsmedicinsk obduktion och standardanalyser med avseende på vanliga förgiftningar. Enligt obduktionsprotokollet var lungorna fyllda med vatten. Om han varit död när han hamnade under vattnet skulle man inte ha sett någon vätska. Men det finns flera analyser som skulle ha varit av intresse. Om Charlotta Nilsson har försökt droga Amanda med sömnmedel kan hon ju ha gjort samma sak med Patrik tidigare och använt andra mindre vanliga preparat eller hur? Fråga mej inte varför hon skulle ha gjort det, för det har jag inget svar på. Det ligger definitivt utanför min fattningsförmåga och kompetens. Min fråga är: Törs vi låta bli att undersöka den här saken? Det har gått över fjorton dagar sen Andreas Nilsson försvann och fortfarande vet vi inte vad som hänt honom. Spåret slutar i Herrvik. Vi kommer inte vidare. Charlotta Nilsson finns inte kvar på sjukhuset, visste du det? Jag ringde dit för en timme sedan. Hon har bara försvunnit därifrån utan att meddela sig med någon. Vi vet inte var hon är eller vad hon gör eller i vilket skick hon är just nu. Letar hon efter Andreas? Undanröjer hon bevis eller är hon bara förtvivlad och förvirrad? Från sjukhusets sida är man milt sagt oroad över det här. Men man hade ingen möjlighet att hålla kvar henne mot hennes vilja.”

”Det är en fruktansvärd sak att gräva upp en grav. Hur kommer Charlotta att reagera på det? Jag bara gissar att det kommer att väcka protester hos allmänheten. Tänk om vi har helt fel, om det inte ger något, menar jag. Det skulle vara ett fruktansvärt misstag. Måste man ha moderns tillåtelse för att öppna graven?” Maria skälvde till av en rysning när hon såg förloppet för sin inre syn. Hur ser en kropp ut efter några år i jorden?

”Nej, vi behöver inte hennes medgivande. Inte om förundersökningsledaren går med på det.” Hartman plockade fram protokollet från obduktionen av Patrik Nilsson och läste högt för Maria de delar han fann vara av intresse. ”Blåmärken på underben, huvud, bål och armar … Patrik hade leukemi, visste du det?”

”Nej.” Maria kände hur luften gick ur henne. ”Är det sant?” Hon lutade sig fram för att kunna läsa själv. ”Fick han diagnosen innan han drunknade eller upptäcktes det vid obduktionen?”

”Man upptäckte det vid obduktionen, men Charlotta blev inte underrättad om det. Man bedömde att hon inte var i skick att ta emot mera information. Hon var i svår chock och pojken var ju inte längre vid liv. Det spelade inte någon roll, resonerade man. Det skulle ha varit att göra det ännu mera förvirrande för henne i det omtöcknade tillstånd hon befann sig i.”

”Jag vet inte om jag håller med om det”, sa Maria. ”Om jag varit hans mamma skulle jag ha velat veta. Får man inte förutom blåmärken också infektioner om man har en leukemi? Jag vill minnas att Susanne Ahl nämnde att Charlotta varit ängslig för Patriks hälsa, Tommy nämnde det också. Men ingen visste ju något. De tyckte att hon var hysterisk och överbeskyddande. Det kanske skulle ha varit en sorts upprättelse för henne att få den vetskapen. Jag menar det skulle ha blivit mer begripligt allting. Om ingen annan såg det hon såg och Patrik blev allt sjukare och hon märkte att något inte stämde, måste hon ha känt sig väldigt övergiven och kanske till och med börjat tvivla på sina iakttagelser. Kan en sådan sak utlösa ett beteende där man hela tiden måste stämma av sina upptäckter med sjukvårdpersonal och få bekräftat att allt är normalt?”

”Kanske. Jag är nog inte rätt person att svara på det.”

”Och om man inte får den bekräftelsen kanske man måste finna andra anledningar att söka läkare, sådant som inte kan ignoreras, objektiva saker, som ett svårväckt barn. Jag vet inte, jag bara provtänker."

"Ja, du kanske har rätt. Enligt Susanne var Charlotta orolig för Andreas också. Hon hittade diffusa symptom och for till vårdcentralen med honom gång på gång. Man kanske skulle be om läkarutlåtanden från vårdcentralerna och lasarettet när det gäller Andreas, men också angående Patrik och Amanda. Vi borde ha tänkt på det tidigare. Det är inte säkert att det ger något, men vi bör kolla upp det."

"Vad händer med Amanda nu?" Maria loggade ut från datorn och samlade ihop de papper hon skrivit ut.

"Hon får stanna på sjukhuset tills vidare. Det är allt jag har hört." Hartman rev sig i håret med blyertspennan och bet sedan eftertänksamt i den så det knakade. "Från sjukhusets sida anser man inte att Charlotta är kapabel att ta hand om Amanda, och nästa fråga är: Kan man överhuvudtaget gräva upp Patriks kropp utan att ange en misstänkt? Rent moraliskt, menar jag."

"Det är ett fruktansvärt svårt beslut att ta. Säg att Charlotta har gjort det? Kan hon förstöra några bevis? Det vet vi ju inte. Kommer hon att skada sig själv? Kanske. Just nu tycker jag vi bör höra Petter och Oskar igen och deras föräldrar. Det kan finnas mera de trycker på som inte har kommit fram. Jag fick den känslan. De kanske vet var Charlotta kan vara?"

"På tal om det." Hartman sänkte rösten och böjde sig framåt. "Jag hörde i fikarummet att man fått in en kvinna till lasarettet i natt, svårt misshandlad. Möjligen en prostituerad, klädseln antyder det, men man vet ju aldrig. Hon har utsatts för grovt sexuellt våld. Man kunde inte hålla något förhör med henne i natt. Hon var knappt vid medvetande, hade tydligen förlorat mycket blod. Man ska försöka höra henne i dag med tolk. Hon heter Nadja Andropov. Henningsson har träffat henne vid ett tidigare tillfälle nere i hamnen redlöst berusad. Den gången fick hon hjälp hem av en väninna. Väninnan var rysktalande. När man i natt försökte ta reda på vem den misshandlade kvinnan var hittade man en lapp med ett telefonnummer i hennes midjeväska. Telefonnumret gick till, håll i dej nu, den politiske storfräsaren Lars Wickman. Jo, det är sant. Tänkte vi skulle ta ett snack med honom i morgon. Vid förhöret i natt kammade man noll. Han kanske har mer att berätta än vad man skulle kunna tro när man hör honom på radio." Hartman gnuggade sig i ögonen. "Och sedan har vi fått ett preliminärt obduktionsprotokoll angående Tommy Nilsson. Allt tyder på självmord. Han hade 2,1 promille alkohol i blodet. Själva dödsorsaken är en ful krosskada i bakhuvudet. Han kan ha halkat omkull med vinflaskan eller helt enkelt krossat den för att stå i vätskan med sina bara fötter för att vätska leder ström. Varför var han annars barfota? Över arbetsbänken fanns ett vägguttag för 380 volt. Han höll i metalltrådar och har säkert försökt ta livet av sig på det sättet. Han har i alla fall fått ström genom kroppen. Hjärta, hjärna och njurar var fulla med små blodproppar. Men troligtvis avled han inte av det utan av fallet där han slog huvudet i golvet och fick en intrakraniell blödning. Självmord, säger teknikerna. Det finns inget som talar för motsatsen. Inga fingeravtryck eller skoavtryck som ter sig märkliga i sammanhanget. Dörren var låst från insidan. Hans fingeravtryck finns på den nyckeln. Jag tänkte på vinet. Sambon sa att han sparat det till sin begravning."

Maria Wern röjde upp lite på skrivbordet, läste den senaste informationen från KUT:en och slängde några ord med en av teknikerna innan hon begav sig Södra kustvägen mot Eksta. Vinden låg på från väst. Det gick vita gäss på vågorna som blågröna svepte mot stranden. Kastvindarna högg tag i bilen och Maria parerade med ratten. Hon letade efter mobilen i handväskan, men nådde den inte. Det var ett plötsligt infall att ringa till Krister för att höra hur det var med barnen. Linda hade repat sig snabbt när hon fått penicillin och var redan hos en kompis och lekte. Att man kan längta så mycket efter sina barn. Längta och längta och längta efter att få krama om dem och höra dem berätta om hur dagen varit. Det skulle komma att bli en kväll i ensamhet. Hon såg inte fram emot det. Henrik och Mona var bortbjudna över natten och hade bett henne se till katterna. Arvidsson hade hyrt en stuga på Fårö med sin lilla familj och det var ändå en barmhärtighet i eländet att hon slapp vara tillsammans med dem i huset. Hon hade som hastigast blivit presenterad för Rebecka, så slank och glad och vacker.

Det gjorde ont att se henne. Mest att se dem tillsammans. Blickarna. Smekningarna. Det gick inte att ta miste på vad de kände för varandra. Maria skakade av sig alla svartsjuka tankar. Det här dög inte. Något offer tänkte hon inte bli.

Vinden lekte våldsamt i kastanjeträden och böjde Monas älskade löjtnantshjärtan och prästkragar mot marken. Om det inte varit för blåsten skulle kvällen ha varit mild och varm och utmärkt för en långpromenad. Nu kände Maria sig lite ruggig och beslutade sig för att ta en varm dusch i stället för att gå ned till stranden. Hon hämtade sin handduk och morgonrock i flygeln. Nyckeln till mangårdsbyggnaden låg som alltid under dörrmattan, mer en signal till grannar och vänner att Mona och Henrik inte var hemma just nu, än ett sätt att hålla inbrottstjuvar borta. Hon låste upp dörren och katterna kom jamande emot henne och strök sig mot hennes bara ben. En tröst i tomheten. Det fanns ingen att älska längre, ingen att tänka på och längta efter. Kanske är den största ensamheten av dem alla att inte ens ha en älskad *någon* i fantasin. Maria gick in i duschen och vred på kranen. Henrik måste ha eldat ordentligt innan han for för varmvattnet var skållhett. Hon justerade värmen och lät vattnet skölja över kroppen i en tröstande omfamning. Värmen spred sig och fick henne långsamt att slappna av. Hon sköljde av sig tvålen och lät vattenstrålen leka över nacken och brösten. Huvudet var tomt på tankar som kunde ha lockat fantasin någon annanstans. Inte ens den trösten kunde hon ge sig själv. Maria stängde av kranen och schamponerade in håret när hon hörde en dörr som öppnades och slogs igen. Först blev hon bara förvånad och sen lite undrande. Vem kunde det vara? Mona och Henrik? Nej, Henrik var sällan tyst. Han hade ett sätt att harkla sig och prata för sig själv eller jamsa med katterna eller vissla som inte gick att ta minste på. Per Arvidsson? Nej, han skulle ha sett att Saaben stod på grusplanen och givit sig till känna för att inte skrämma henne, det var Maria säker på. Så omtänksam var han. Och fin och underbar och onåbar och på honom ville hon inte tänka mera, aldrig mera. Vem var det annars? Uppenbarligen var hon inte ensam i huset. Hartman? Nej, han skulle aldrig ha klivit in utan att ringa på och bli insläppt. Maria ropade hallå, men ingen svarade. Hon ropade lite högre och skyndade sig sedan att skölja ur håret och svepa morgonrocken om sig. Det var imma på spegeln. Hon torkade på glasytan med handen och mötte sitt eget ansikte. Så märkligt blek och avmagrad hon hade blivit. Skilsmässan hade tagit på krafterna. Kindbenen var tydligt markerade och ögonen tycktes ovanligt stora och mörka. Maria gick fram till dörren och lyssnade igen. Det var ju mitt på dagen. Vad hade hon att vara rädd för? I samma stund hon tänkte tanken kom svaret. Hon såg för sig mannen från Gutekällaren, Piraten. Kände hans vrede som en rysning genom kroppen. Om han hade hittat henne, om han fanns där ute och väntade på att hon skulle låsa upp var hon ganska försvarslös. Ensam i ett hus på landet. Inga grannar inom hörhåll. Maria såg sig om efter något gångbart tillhygge. Toaborsten? Det här var ju fånigt. Hon ropade igen och hoppades, hoppades, hoppades att någon vänlig människa skulle svara.

”Är någon där?” Det ekade olustigt mellan kakelväggarna, men något svar fick hon inte. Hon öppnade badrumsskåpet och tog fram Henriks rakblad och skakade sedan på huvudet. Vad höll hon på med egentligen? Det här var ju rubbat. Precis innan hon öppnade dörren grabbade hon tag i skaftet till golvskrapan, tog ett djupt andetag och klev ut. Ytterdörren stod lite på glänt. Hon sökte snabbt med blicken över kläderna som hängde i hallen. De rörde sig inte. När hon ropade på nytt var rösten inte alls så stadig och orädd som hon hade önskat. Tyst och försiktigt rörde hon sig mot salen. Det lät som om någon var där inne, ett svagt hasande ljud. Förhoppningsvis bara en av katterna som lekte med sitt byte. Hon slog bort en hastig tanke på att rusa ut och över grusgården och låsa in sig i flygelbyggnaden. Det var fegt. Här hade hon lovat Mona och Henrik att se efter huset och någon hade tagit sig in genom ytterdörren alldeles nyss. Maria lyfte golvskrapan som ett skydd framför sig och steg in i salen. Hon lät blicken glida runt i rummet. De långa glest vävda yllegardinerna fladdrade lätt i draget från dörren. Rörelsen fick hennes pulsar att slå snabbare. Hon letade bakom soffan, under bordet med linneduken som hängde nästan ned till golvet utan att egentligen veta vad hon skulle göra om någon satt där hopkurad. Var som helst kunde någon gömma sig i detta hus och sedan dyka upp och anfalla henne bakifrån. Maria kände en hand på sin axel och skrek till, utan att helt vända sig om slog hon till med golvskrapans skaft och sparkade bakåt medan hon snurrade runt. Ett krasande ljud och en svordom lämnade mannen som utan förvarning bara stod framför henne.

”Va fan gör du? Är du inte riktigt klok!” Monas äldste son Olov gned sin näsa och stirrade på henne, upprörd och överrumplad. Här hade han kommit hem för att ta hand om mjölkningen och märkt att ytterdörren stod öppen och därför gått in för att se efter att allt var som det skulle. ”Va fan gör du?” sa han igen och tog golvskrapan ur hennes förlamade händer. ”Vad ska du göra med den här inne i salen? Vad slåss du för? Är det inte övervåld? Får poliser bete sig så?”

”Jag är inte i tjänst.” Hon kom inte på något vettigare att svara.

”Jaha, det förklarar saken. Man får väl passa sig då, när du inte är i tjänst. Blev du rädd?”

”Ja”, sa hon och svepte morgonrocken tätare om kroppen. ”Lite kanske.”

”Lite? Då skulle jag inte vilja möta dej när du är skrämd på riktigt. Varför då? Det är ju dag. Solen skiner. Vet du, jag tror inte det är nyttigt att jobba som polis, man kan få en snedvriden verklighetsuppfattning. Visst är många av de män du träffar i tjänsten våldsverkare och ogärningsmän, men de flesta av oss är faktiskt vanliga hyggliga medborgare som aldrig skulle komma på tanken att överfalla en kvinna, inte ens när hon kommer direkt från duschen och luktar gott.” Han såg till sin lättnad att hon började skratta och när hon väl börjat hade hon svårt att sluta. Det var väl anspänningen som släppte. Hon skrattade så hon grät. ”Vad är det?” sa han.

”Tänkte på min son. När vi var på badet gick han fram till en stor kille och frågade honom varför han hade deodorant. För att jag ska lukta gott, svarade den store killen och Emil sa; Luktar du illa annars då? Du skulle ha sett den store killens min.” Maria visade hur avsnoppad han sett ut och skrattade så hon måste sätta sig. ”Förlåt, gjorde jag dej illa.”

”Ja. Vad var du så rädd för?” Olov kände efter om näsbenet satt kvar på plats.

”Det hände en mindre trevlig grej sist jag var ute. Det var en man som fick för sig att han ägde mej för att han bjudit på sallad och vatten. Jag lät honom inte ens bjuda på en drink, om det nu skulle ha gjort någon skillnad. Jag trodde det. Han höll fast mej och jag knäade honom för att komma loss. Det värsta var att jag faktiskt råkade säga var jag bor. Och nu skenade fantasin iväg med mej."

"Hur såg han ut? Killen du talar om?"

"Mörk. Lika lång som jag. Han har hästsvans. Blå ögon."

Olov nickade och såg allt mer olustig ut. "Det var en man här i morse. Han gick över gårdsplanen och jag frågade honom vad han hade för ärende. Han stämmer in på din beskrivning."

"Neej! Sa han vad han gjorde här då?" Maria märkte att rösten blev ostadig och harklade sig.

"Han sökte dej. Han verkade väldigt trevlig. Det lät som ni kände varandra väl."

"Och vad sa du då?"

"Att du var på ditt arbete. Han lät verkligen angelägen. Var det dumt? Han skulle återkomma."

Maria svarade inte men nickade.

"Du, jag ska hälsa från mamma. Hon ringde nyss. Hon har träffat sin kusin, Siv Jacobsson i Ljugarn. Ni hade varit där och skulle prata med Sten Åkerblom, sa hon. Så väl fungerar djungeltelegrafen."

"Otroligt. Så liten är alltså ön. Känner du honom?" Maria satte sig ned på soffan i salen och tog upp en av katterna i knäet. Den började spinna direkt och tryckte huvudet mot hennes hand och lade sig på rygg. Olov satte sig bredvid och gav katten en klapp han med. När deras händer möttes drog hon tillbaka sin, lite smått generat.

"Egentligen känner jag honom inte, men jag är uppväxt med skvaller. När morsan och Siv kommer ihop finns det ingen som går säker."

"Det kan jag mycket väl tänka mej, vad säger dom om Sten då?"

"Jag tar det från början. Stens pappa var fosterson och blev sedan adopterad av Tommy Nilssons farfar. När gamle gubben Nilsson gick bort uppstod en arvstvist. Tommys pappa Eskil ville hävda att det fanns ett senare skrivet testamente där han fick gården, för att den inte skulle gå ur släkten. Stens pappa Tore ansåg att halva gården var hans eftersom det inte fanns något sådant papper skrivet, och då blev han anklagad för att ha stulit dokumentet. Sedan dess har varken fäderna eller sönerna tålt att se varandra. Tommy och Sten var ständigt i konflikt tills Tommy flyttade från Ljugarn." Katten promenerade över till Olov och lade sig tillrätta. Maria plockade bort ett par stora hårtussar från badrocken. Först nu kom hon att tänka på att hon inte var så välklädd. Hon lät handduken glida ned och skakade ut håret över axlarna. Olov sa ingenting. Han bara såg på henne och log när hon drog åt skärpet hårdare kring magen och smög in de bara fötterna under den tjocka mattan. Hon upprepade sin fråga innan hon fick svar.

"Sten är nog en av de intelligentaste människor jag mött, men lite enstörig. Han läste visst juridik och det blev någon konflikt där på universitetet och han avslutade sina studier. Han är med i en proteströrelse. Sist jag såg honom gick han omkring med en bössa och samlade in pengar till ett barnhem i Zimbabwe."

"Vad då för proteströrelse?"

"Attac. De anser att handelsmonopol försvagar demokratin och att all spekulation bör beskattas. Sen vill de att pensionspengarna investeras klokt så de bidrar till en hälsosam miljö och ett bättre samhälle för alla, inte bara i ekonomisk vinst. Ungefär så. Du skulle höra Sten argumentera, han kan övertyga vem som helst. Jag menar, det låter verkligen vettigt när han säger det."

"Var inte Attac inblandade i någon demonstration i Göteborg som spårade ur? Har jag fel i det?"

"Jag tror inte det fanns belägg för att de gjort sig skyldiga till något när saken utreddes. Sen finns det väl alltid personer som gör dumheter utan att det är sanktionerat från den organisation de säger sig tillhöra. Se bara på Lars Wickman, jag tror att det är många i hans parti som gärna skulle slippa hans klumpiga uttalanden och tidningsrubrikerna om de feta arvoden han tar ut från olika kommittéer vid sidan om sin väl tilltagna lön. Hörde du det han sa om att man bör se till att ha en årslön på banken för oförutsedda utgifter. Vilken värld lever han i? Inte är det min." Olov kände försiktigt på sin näsa igen. Den hade antagit en ilsket röd ton och Maria skämdes, men gjort var gjort.

”Gör det ont?”

”Japp.” Han gned näsan och väntade in hennes medlidande och skrattade sedan. ”Ska du med och spela kubb i kväll? Brorsan har dragit ihop ett gäng som ska ses nere på stranden, sen tänkte vi grilla lite i kväll. Om du vill? Jag skulle bli glad om du följer med.”

”Varför inte?” Maria försökte att inte låta alltför angelägen. Att träffa nya trevliga människor var vad hon behövde, komma bort från jobbet och Arvidsson och allt det svåra och se vanligt folk och spela kubb.

”Fast man får väl se upp så man inte får en vedklabb mellan ögonen när du inte är i tjänst. Du vet väl när man ska kasta och när man ska låta bli, hoppas jag.” Olov reste sig för att ställa tillbaka golvskrapan på sin plats i badrummet.

”Du menar att det finns regler för sånt?” fnittrade hon.

KAPITEL 39

En mild frånlandsvind strök över sanddyner och vassruggar ut mot havet. Solen värmde ännu skönt om man kröp ned i en sandgrop. De flesta solbadare hade redan packat ihop sina filtar och givit sig av från stranden, så det fanns gropar att välja på. En lyx, med tanke på att man en solig eftermiddag knappt kan veckla ut en filt mellan alla filtar och handdukar och surfingbrädor på Tofta strand. Olovs bror Christoffer hade slitit sig från sina levande rollspel i Östergravar för att få träffa sin bror och stegade just nu ut kubbplanen, bedömde med ögonmått var Kungen skulle stå och blev korrigerad av Olov som ville ha Kungen mer åt höger.

”Kungen ska vara neutral, du har placerat honom åt vänster.”

”Jag tycker planen är för stor. Vi kommer att få hålla på i evigheter”, sa en rödhårig bystfager kvinna och stack in sin arm runt Christoffers midja.

”Man får ett snabbare spel med en mindre plan. Det kan vara roligt, men det ger ett orättvist försprång åt det lag som börjar.” Olov som med fördel av sina långa armar alltid spelade bättre på stor plan gjorde allt för att försvara de pinnar han satt ut.

”Men vi kastar ju om vem som ska börja. Då är det väl juste?” sa den rödhåriga. Ek skulle definitivt ha klassat Christoffers flickvän som en Uppenbarelse, tänkte Maria.

”Vadå kastar? Vi lottar om vem som ska börja. Det gör vi alltid.”

”Det gör vi väl inte alls. Sist när vi var i Sproge gjorde vi inte det.” Christoffer började se lätt irriterad ut. Det var viktigt för honom att spelet följde samma rutiner som alltid, de enda sanna reglerna, och han var beredd att argumentera ända tillbaka till de egyptiska faraonernas tid och fynd av kägelspel i pyramiderna för att bevisa dess ursprung och obestridliga hävd. Ändå hade man bara kommit till själva utstakandet av planen. Maria väntade tålmodigt på en fortsättning och den kom i en lång utläggning om hur man funnit kubbliknande pinnar och klossar i gravar i England på 400-talet, vilket inte nämnvärt underlättade samförståndet kring planens sträckning, men möjligen tröttade ut motståndarna.

”Okej”, sa Olov. ”Jag ger mej fast du har fel.”

”Okej?” Christoffer höjde ena ögonbrynet och såg på sin bror med arrogans. ”En karl säger inte okej. Okej är en tidning för fjortisar!” Christoffer tyckte att motståndet varit för klent och sedan gled diskussionen över på själva reglerna. En lång och gänglig kille från Fole fyllde ett stort fyrfat med grillkol, tände på och ställde fram en platta öl till allmän muntration medan förhandlingarna pågick. Olov tog med sig två burkar och satte sig ned bredvid Maria och räckte henne den ena.

”Christoffer har ändrat stil sen sist jag såg honom”, sa hon. ”För två somrar sedan hade han håret hängande ned över axlarna och gick i trasiga hosor och bar överkropp i ett försök att personifiera Pesten. Sen dess har det onekligen skett en dramatisk förändring.” Maria kunde inte säkert säga att det var till det bättre. För stunden hade Christoffer huvudet rakat och uppseendeväckande lång mustasch och en bomberjacka, värmen till trots. Till grillfesten hade han kommit med motorcykel och sin rödhåriga kvinna i sidovagn. Först när han tog av sig solglasögonen såg Maria vem det var.

”Du sitter med utredningen av Andreas Nilssons försvinnande, eller hur?” sa Olov. Maria gjorde en åtbörd med huvudet som kunde betyda både ja och nej. Under pågående arbete är det bra att lägga locket på. Människors nyfikenhet tar sig ibland helt oresonliga uttryck. Hon hade mer än en gång mött kommentarer av typen: för fan kom igen! Det fattar man ju vem som gjorde det. Var inte så jävla högfärdig. Till mej kan du säga hur det var. Vi är väl kompisar eller? Anledningen till att man som polis väljer att tiga är så gott som uteslutande för offrens eller de anhörigas bästa eller för att det skulle försvåra utredningen eller ge brottslingen onödiga fördelar. Vi letar just nu efter förövaren hos hans gamla mamma, är en fin upplysning för den efterspanade.

”Jag kände Charlotta Nilsson innan hon hette Nilsson. Nej, inte på det viset som du tror. Vi gick på gymnasiet samtidigt. Säveskolan hette den då. Hon gick humanistisk linje i tredje årskursen när jag började i ettan på natur.” Olov tystnade och väntade tills två blonda tjejer i minimala badkläder passerat och var utom hörhåll. Han följde dem med blicken när han fortsatte prata. ”Du kanske tycker det är skvaller, men det kanske kan vara bra att känna till. Charlotta har inte haft det så lätt i livet, ska du veta. En del människor tycks drabbas av allt och andra surfar fram på en räkmacka.”

”Jag lyssnar”, sa Maria när han gjorde en paus för att få respons. Maria släppte Christoffer med blicken, hans förvandling till motorburen veteranknutte med sidovagn hade tagit en stund att smälta.

”Vi var i samma gäng, gick på samma fester och Charlotta blev alltid fullast. Hon var ju så mager och liten, tålde inte så mycket. Men det var inte bara det. Hon gjorde det med flit, drack tills hon domnade bort. Skolkade och drack ännu mera och kom sedan tillbaka efter någon vecka och såg ut som ett vandrande lik. Jag hjälpte henne hem en gång.” Olov släppte ögonkontakten med Maria och såg ut över havet, som om han kunde se scenen utspela sig i den mörkblå vattenspegeln. Kanske vägde han orden för sig själv innan han valde vad Maria skulle få ta del av eller också försvann han en stund i tiden som var då. ”Charlottas morsa var hemma. Hon skällde ut henne utav bara helvete. Jag stod i hallen och tordes knappt andas. Efter allt vi har gjort för dej, ställt upp, skrek hon. Räcker det inte med att du tappade Sofia i golvet, ska du ta livet av dej själv också. Och så fick vi veta det. Charlotta var fem år då och systern nyfödd. Det var ett stengolv. Babyn överlevde inte.”

”Så fruktansvärt.” Maria lät hela vidden av tanken ta plats. ”Men inte kan man lägga skulden på ett barn på fem år. Hon gjorde väl bara som de vuxna, hon lyfte upp sin lillasyster när hon skrek. De vuxna borde ha sett efter dem bättre, om man alls ska skylla på någon. Ingen kan förutse alla olyckor som skulle kunna inträff
Ibland bara händer det. En olycka är en olycka.”

”Charlottas mamma ville inte se det så. Kanske var det
att låta Charlotta bära skulden än att ta på sig sin egen

var ganska konstig, Charlottas mamma, och pappan såg man inte mycket till. Han körde lastbil, och låg mest ute på jobb i Europa. Det är fruktansvärt för henne, det här med Andreas. Varför skulle det drabba Charlotta Nilsson av alla människor?”

”Livet är inte rättvist.” Maria hade velat fråga Olov om mycket annat, kanske för att få en glimt av något ljust i Charlottas liv som motvikt till allt det svåra. Hade hon nära vänner? Fanns det någon annan vuxen som såg hur hon mådde? Maria ville hoppas det. Hur klarar man att växa upp med en sådan skuldbörda?

Christoffer visade med hel och militärisk hand att det var dags för uppställning. Så snart man nått konsensus angående en del smärre meningsskiljaktigheter kring reglerna för knock var man redo att börja.

”Om man kastar ut kubben och träffar en annan kubb, får man ställa den nya kubben på den gamla. Så gör vi jämt i Slite”, sa Christoffers rödhåriga dam och bystade upp sig.

”I Slite ja, men nu är vi på södra Gotland. Här fuskar vi inte. Här kör vi rent spel utan knock och om man kastar utanför plan två gånger får motståndarlaget ställa kubben bakom Kungen. Jag hoppas vi kan vara överens om det”, sa Olov.

”Det är tre gånger”, mumlade någon bakom Maria. ”… sen får man ställa den bakom Kungen.”

”Vadå, menar du? Ställa kubben bakom Kungen, varför då?” De båda blonda tjejerna, som lät som de var plockade direkt ur det småländska lingonriset, talade nästan i mun på varandra och Olov klargjorde saken med tillkämpat tålamod.

”Man dör om man träffar Kungen med sin pinne. Då är spelet slut. Finito! Avblåst!”

”Naj, naj … så kör aldrig vi i Levide. Skulle man dö om man träffar Kungen? Vad blir de då för spel?” En kraftig kille med vita ben och brun överkropp stegade fram mot Olov för att diskutera saken och alla singlade ned i gropen igen för att ta en öl till i väntan på att de slutgiltiga reglerna om kungens död och spelets avslutning kunde fastslås.

Det var mörkt när de återvände till Eksta. Olov var på ett överdådigt humör eftersom hans lag vunnit, ansåg han själv. Christoffer var av en annan åsikt och hävdade att det varit så mörkt att ingen sett att Olov fick ned Kungen och att han lika gärna kunde ha petat ned den med foten när han stod så nära. Om detta och mycket annat hade de talat på hemvägen. Innan de gick var och en till sig tog de varsin knäckemacka med inlagd strömming och ett glas Gotlandsdricka i köket. Maria hade börjat vänja sig vid smaken, i alla fall när den var kall och inte ljummen som när de tog in höet och buteljen hade fått stå framme i solen hela dagen.

"Jag har funderat på en sak", sa Olov och plötsligt verkade han väldigt osäker. "Bara en tanke, du behöver inte svara nu. Eller jag vill inte att du svarar nu, jag vill att du tänker på det."

"Ja, vad är det." Maria kände sig lätt fnittrig. Mona Jacobssons Gotlandsdricka var inte att leka med. Nu var hon inne på sitt tredje glas och kände sig aningen vindögd när hon betraktade Olov.

"Om det skulle vara så att du har funderingar på att flytta till ön kan du få hyra mammas föräldrahem billigt. Vi är överens om det, Christoffer och jag och Arne." Olov såg sekundsnabbt på Maria och tittade sedan ned på skorna. Det var inte lätt för honom att komma fram med det här. "Det skulle nästan inte behöva kosta något alls. Vi vet ju att du inte är förmögen, precis. Tänk vad bra det skulle bli för barnen. De kan rida här och bada när de vill. Mona och Henrik finns alltid hemma när de kommer från skolan. Nej, säg inget ännu. Fundera på det. Jag skulle bli väldigt glad om du ville flytta hit."

"Då funderar jag på det. God natt och sov så gott." Hon ställde sig på tå och kysste honom på kinden, men slingrade sig ur greppet när han ville ge henne en kram.

"Jag kanske skulle följa dej till dörren. Det är ju beckmörkt ute." Utan att vänta på svar, greppade Olov en ficklampa i hallen bredvid den stora spegeln med guldram Mona låtit sätta upp sedan förra sommaren och stegade ut genom dörren. Ett svagt månljus silade mellan molnen och kastanjeträdens kronor av vita ljus. När de kom fram till flygeln där Maria bodde och hon skulle sätta nyckeln i låset gick dörren upp av sig själv.

"Glömde du att låsa?" frågade Olov.

"Nej, jag är säker på att jag låste. Jag låste dörren och stoppade nyckeln i min plånbok. Jag har den här i handen."

"Jag följer med dej in. Det här verkar konstigt." Olov tände ljuset. Maria gav till ett förskräckt rop. Tillsammans såg de ut över förödelsen. Papper överallt. Alla byrålådor var tömda och kläderna låg spridda över rummet. Hyllorna i det lilla pentryt var tömda, fat och glas låg krossade på golvet och tvärs över fönsterrutorna hade någon med hjälp av en tandkrämstub skrivit ordet Hora. Resten av tubens innehåll fanns kletat över hela bordet och stolsitsarna.

"Vänta, stå stilla. Vi borde kunna få ett skoavtryck. Se där på golvet. Om det är som jag tror finns det ett precis likadant skoavtryck på kylaren till min bil. Jag tänker inte låta honom komma undan med det här. Han ska inte tro att han kan skrämma mej."

KAPITEL 40

Maria Wern stod utanför salen på intensivvårdsavdelningen och iakttog Nadja Andropov genom glasrutan där hon låg nedbäddad i en säng. Det mörka håret låg i stripor över halva kudden och utgjorde en skarp kontrast mot det vita örngottet. Ansiktet var vänt mot fönstret. Tolken hade kommit. En äldre kvinna med en gymnasts hållning, dräkt i naturfärgat linne och ett tjockt brunt hår uppsatt i en lös knut med ett läderspänne i nacken. Hon böjde sig över Nadja och hjälpte henne att dricka lite vatten. De såg ut att komma bra överens. Maria blev stående och betraktade dem utan att störa medan hon tänkte på det förhör hon haft med Lars Wickman tidigare under förmiddagen. Nadja Andropov hade ditt telefonnummer på en lapp i sin väska. Känner du henne? hade hon frågat honom, men Lars Wickman hade varit helt oförstående. Jag har aldrig hört talas om den kvinnan. Maria hade fortsatt: Händer det att du besöker prostituerade kvinnor? Hans bestörtning hade verkat äkta. Jag har en fru, jag skulle aldrig … Vad är det här? Är jag anklagad för något? Maria hade beskrivit hur den unga kvinnan kommit in på Visby lasarett, halvt ihjälslagen, och att man funnit hans telefonnummer i hennes midjeväska. Det bevisar ingenting. Jag älskar min fru … Jag skulle aldrig … Maria hade läst upp telefonnumret för honom. Det är den telefon jag har i tjänsten. Vem som helst kan få tag på det numret. Det har till och med publicerats i en annons i tidningen. ”Tala med din politiker.” Mitt foto, en presentation och telefonnumret. Ett sätt att skapa närhet till väljarna. Den reklambyrå vi anlitar tyckte det var en bra idé. Den saken går att kontrollera. Så hade Maria sett rädslan sprida sig i hans ansikte och hört rösten krympa till en krystad väsning. Det här kommer inte ut, va? Till pressen, menar jag. Det skulle verkligen göra stor skada. Vi har Almedalsveckan framför oss. Jag tror inte du begriper vad det innebär i förberedelser och arbete. Mina medarbetare håller på dygnet runt. Jag räknar med att du förstår det. Jag är förtroendevald och jag tar mitt arbete på största allvar. Det sista vår demokrati behöver är mer av politikerförakt. Man måste kunna lita på sina företrädare. Jag skulle aldrig äventyra mitt rykte. Vet du hur mycket tid och engagemang jag lagt ned? Även om många tvivlar på det så finns det politiker som verkligen har ideal, sådana som tror att det arbete de gör innebär en skillnad. En sådan här sak skulle kunna få folk att sluta engagera sig. Vem vågar bli politiker i dag och ifrågasättas i alla tänkbara sammanhang? Ingen rök utan eld, säger man. Och så är man dömd i allmänhetens ögon, utan möjlighet till upprättelse.

Efter en dryg timme då inget mer av värde framkommit hade Maria stängt av bandspelaren och avslutat förhöret med politikern för att sedan fara in till lasarettet. Ansvarig läkare på intensivvårdsavdelningen hade givit sitt medgivande. Nadja Andropov skulle orka ta emot ett kort besök. Helst av en kvinnlig polis.

Maria öppnade dörren till salen och presenterade sig. Det var svårt att inte stirra på den unga kvinnans sönderslagna ansikte. Läpparna var svullna, det fanns en ful blånad över ena kinden och ögat på samma sida kunde bara skymtas genom en liten smal springa. Nadja försökte sig på ett leende som blev till en grimas av smärta. Högerarmen var gipsad och vilade ovanpå täcket. En droppställning med en påse blod hängde bredvid sängen. Ett larm ljöd från apparaten och en sköterska bytte ut den tomma blodpåsen mot en ny som hon haft på värmning i rockfickan och lämnade salen. Efter några inledande meningar till tolken satte Maria på bandspelaren och vände sig till Nadja.

”Maria Wern, kriminalinspektör. Jag tror du förstår varför jag är här. Jag vill hjälpa dej. Vill du berätta för mej vad som har hänt?”

Nadja ryckte till när frågan översattes, liksom kröp ihop. ”Jag kan inte prata om det. Men du kan se själv.”

”Jag ser att någon har slagit dej. Vem har gjort det här?” Maria kände sig alldeles skakig när täcket lyftes och den misshandlade unga kroppen låg där blottad och skyddslös. Magen och benen var täckta med förband och mellan dem var huden blågrön och full av rivsår.

"De har fått sy flickungen med över tjugo stygn i underlivet. De var tvungna att söva henne. Hon kunde ha dött." Tolken lät Nadja förstå vad hon sagt. "Förlåt, jag vet att det är min uppgift att bara tolka och inte säga något eget, men jag blir så upprörd. Det är vidrigt."

"Vem har gjort det här, Nadja?"

Hon skakade på huvudet.

"Om hon säger vem det är blir hon dödad", tolken tog tag i Marias axlar och höll hårt om dem. "Det förstår du väl. Om hon berättar för polisen, är hon död. Hon blir hemskickad efter rättegången, om hon lever så länge, och när hon kommer hem väntar de på henne och dödar henne för att alla andra flickor ska veta hur det går för den som inte håller tyst." Tolken översatte till ryska och Nadja böjde sitt huvud i en jakande gest och började gråta. Axlarna skakade. Hon drog upp benen och lutade huvudet mot knäna för att dölja sitt ansikte. Varje rörelse gav upphov till smärta.

"Jag har ett beslut från åklagaren om uppehållstillstånd och skyddad identitet om du vittnar." Maria såg intensivt på henne när meddelandet översattes. Nadja följde misstroget det hon hörde från tolkens läppar och lät svara att hon ville se papper på det för att tro att det var sant. Maria tackade sig själv för sin påstridighet när det gällde att få fram ett snabbt beslut från åklagaren. Skyddad identitet efter rättegången, uppehållstillstånd på obestämd tid och uppehället betalt av socialtjänsten, det är vad ett vittnesmål kostar. Och ändå kan man inte garantera säkerheten för vittnets familj och vänner om någon vill utsätta dem för repressalier.

"Han heter Adam Kossak. Han lovade mej arbete, men det blev inte som han sa. Det blev inte alls som jag hade blivit lovad. Jag fick inga pengar. Han slog ned mej ... med en trasig vinflaska. Först tänkte han skära halsen av mej, sedan ... Han sparkade ..." Nadjas berättelse fick Maria att vilja fly ut ur rummet och kräkas. Scen efter scen av förnedring vidarebefordrades av tolken. Då och då med en paus när Nadjas röst bröts av gråt eller skam eller rädsla. Nadja och några andra flickor hade blivit erbjudna jobb som servitriser i Sverige. De skulle dansa lite och servera, inget mer. De falska passen togs ifrån dem när de lämnade Arlanda. Sedan hade de blivit skjutsade som boskap i en lastbil till ett Internetkafé där de fotograferats och lagts ut på nätet så kunden fick välja flicka innan man ordnade en träff där han gick ombord på båten i Visby hamn. Vi var inlåsta i våra hytter. Ibland la båten till när Adam handlade med vapen och amfetamin, sprit och cigaretter. Hamnarna hette Slite, Ronehamn, Herrvik ..."

"Herrvik? När låg båten i Herrvik?" frågade Maria.

"Vet inte." Nadja skakade på huvudet och såg på henne med trötta ögon. "Jag vet inte vad det är för dag i dag. Jag har inte kunnat hålla räkning sen vi kom hit. Alla dagar är samma helvete, spelar ingen roll. Men jag försökte lyssna på vad hamnarna hette där vi la till."

"Var finns den båten nu?"

"Den kanske ligger kvar i Visby. Den har litauisk flagg. Adam äger den inte, han hyr den eller lånar den av en man han har affärer tillsammans med. Det är en stor vit fritidsbåt. Har tidigare gått i passagerartrafik på Volga innan den såldes till Litauen."

"Hur många fanns ombord när du lyckades fly? Hur många andra kvinnor var det?" Maria tänkte febrilt på hur hon på bästa sätt skulle ställa kommande frågor.

"Det var jag och tre till från Ryssland, en flicka från Litauen och en från Bosnien, tror jag. Hon kan inte ha varit mer än tolv–tretton år. Och sen en liten pojke. Han var så lik min lillebror. Jag försökte skydda honom när Adam ville tvinga honom att ... Adam slog, slutade aldrig slå för att jag hade trotsat honom och hjälpt pojken fly i land i Herrvik. Han upptäckte det inte förrän vi hade lagt ut. När vi kom till Visby skulle han ge mej vad jag förtjänade, sa han. Jag trodde han skulle glömma bort det när han druckit, att han kanske skulle somna. Men det gjorde han inte. Han måste ha trott att jag var död. Han låste inte dörren om mej. Han var så full. Jag lyckades ta mej ut när vi låg i Visby hamn och svimmade och vaknade i en buske och fick hjälp av en annan kvinna från Ryssland. Jag har pratat med henne ett par gånger i affären. Hon är gift med en restaurangägare."

"Vad hände med pojken?" Maria kände hur svetten bröt fram på hela kroppen, och hon knöt sina händer runt bordsskivan framför sig i väntan på svaret.

”Han ville absolut av i Herrvik. Jag vet inte vart han tog vägen, om han kände någon där? Jag sa att han skulle lämna mej och springa. Han var tvungen att lova mej att springa långt bort och inte vänta på mej. Det finns kunder som vill ... Jag kunde inte låta dem ... Han var så lik min lillebror. Jag försökte gå emellan. Hindra. De fick bara inte ...”

”Det var modigt av dej, Nadja. Du måste ha varit väldigt rädd. Hur såg han ut?”

”Han hade ljusbrunt hår och bruna lite sneda ögon och var nog ganska liten för sin ålder.”

Vet du vad han heter?”

”Andrej. Han heter Andrej, tror jag.”

”Andreas?”

”Uttalas det så på svenska? Andreas.” Nadja föll bakåt mot kuddarna. Hon var mycket blek. Maria såg hur trött hon var och skulle just göra ett uppehåll i förhöret när Nadja fortsatte. ”Adam har vapen han kommit över vid inbrott i militära vapenförråd, men inte bara det. Han är på gång att sälja någon typ av explosivt ämne. Jag tror det är kärnkraftsavfall från Ignalina. Han skulle få mycket bra betalt. Jag hörde när han talade med någon i telefon och han lät väldigt nöjd. Jag hörde bara Adams röst, inte den som svarade, så det måste ha varit i telefon. Han visste inte att jag var på toaletten och när man sitter där hör man vad de säger i hans hytt. De pratade om ett förråd eller en bunker och sedan talade de om andra sprängämnen och vapen, men jag förstår inte sådant.”

”Vilket språk talade han?”

”På ryska, det var därför jag förstod vad han sa och sen kom det in någon i rummet och de började tala svenska. Jag tror det var samme kund jag haft innan. Han var kvar på båten. Jag är nästan helt säker på det för jag såg honom inte gå iland. Hans röst är ganska speciell. Mörk med en sorts klickljud.”

”Skulle du känna igen kunden om du såg honom?”

”Jag vet inte. Det är så många. Jag vill inte se deras ansikten. Jag vill inte se på dem så de blir personer. Han var stor.” Maria kände sig yr och skakig när hon slog numret till vakthavande och i korta drag redogjorde för vilken vändning förhöret hade tagit. På väg ut från avdelningen kom hon på att hon glömt fråga Nadja om Lars Wickmans telefonnummer. Hon återvände in på salen just när tolken rest sig för att gå på lunch.

”En sak till” Maria lade fram sin fråga. ”Vi hittade ett mobilnummer till Lars Wickman i din väska.”

”Jag fick numret till politikern av kvinnan som hjälpte mej. Ryskan. Han talade om att man kunde få stanna i Sverige av humanitära skäl. Hon hade läst det i tidningen och hört honom på radio. Jag tänkte att han kanske skulle kunna hjälpa mej att komma hem eller kanske till och med att få stanna i Sverige. Nej, vi har aldrig träffats. Jag visste inte vart jag skulle vända mej. Adam kommer att leta efter mej. Han kommer att döda mej.”

”Jag ska ordna så att du får polisbeskydd här på lasarettet. Jag lämnar dej inte förrän det är ordnat.” Maria vände sig mot tolken. ”Jag är tacksam om du kan komma tillbaka om någon timme. ”Min chef kommer hit och vill ställa ytterligare några frågor.”

KAPITEL 41

Maria iakttog mannen hon träffat på Gutekällaren genom det svärtade glasfönstret i rummet bakom förhörsrummet. Hans blå ögon tycktes se rakt på henne och hon ryggade tillbaka när han kastade en slängkyss, fast hon visste att Adam Kossak inte kunde se henne genom spegelglaset. Hon hade avböjt att sitta med vid förhöret och redovisat sina skäl för Hartman, som också fann det klokt att hon höll sig i bakgrunden. Tillslaget i hamnen hade skett utan det våld man hade befarat. På ön fanns ingen insatsstyrka, väpnade konflikter hör liksom inte till dagordningen. Med stort lugn och beslutsamhet hade man gått till väga. Adam hade hämtats med bil utan förvarning i sin restaurang samtidigt som ytterligare tre patruller hade kört ned till hamnen. Adam Kossak hade med iskallt lugn bett att få kontakta sin advokat, ett av de verkliga stjärnskotten. Pengar saknades tydligen inte. Ombord på fritidsbåten fanns tre nykomna flickor från Ryssland. Det hade tydligen skett en del förändringar sedan Nadja lämnade båten. De låg och sov inlåsta i sina hytter. Samtliga saknade pass och andra identitetshandlingar. Några spår av en nioårig pojke hade man inte funnit ombord.

Maria satte sig ned på sina händer för att få dem att sluta darra. Benen skakade under henne. Måtte Adam eller någon av de unga kvinnorna från Ryssland ha något att säga om vart Andreas tagit vägen. En liten grabb inte större än Emil. Vad hade han gått igenom där på båten? Han var säkert mycket rädd och kanske skadad. De måste hitta honom. Måste. Helst hade Maria velat följa med i någon av de bilar som just nu for mot Herrvik för att återuppta sökandet. Maria kände Eks arm om sin rygg.

”Ja, jävlar du. Här har vi stoppat näsan i en krutdurk. Frågan är om det är polisens sak om det handlar om en stor terroristattack med kärnvapen, det kanske är militären som för befälet då. Undrar var i helvete polacken har sitt vapenförråd. Om det existerar, alltså. Det kanske bara är snack. Annars jäklar. Dyker det upp kärnvapen hos terroristgrupper kan man sluta tänka på hur man placerar sina pensionspengar.”

”Tyst, nu börjar dom.”

Kriminalinspektör Tomas Hartman ställde sig framför Adam Kossak och slog på bandspelaren. Strax bakom honom vid fönstret satt förundersökningsledare Sverkersson och en storväxt polisassistent Maria inte för stunden kunde minnas namnet på. Lugnt och korrekt lotsade Hartman förhöret genom nödvändiga formalia innan Sverkersson tog över och ställde de mest angelägna frågorna. Han började med att förhöra sig om de unga kvinnorna som befunnit sig på båten.

”De kom till mej för att söka jobb. Jag kan inte rå för att de inte hade giltiga pass och såna grejer. Det kan ni fan inte sätta dit mej för. Jag har inget med dem att göra. Vet inte vem som tipsat dem om att jag driver en restaurang. Så här på sommaren kommer det så mycket underligt folk och vill jobba en månad eller två och sen försvinner dom.”

”Flickorna var inlåsta på din båt. Hur förklarar du det?”

”De hade ingenstans att bo. Man ville väl vara juste. Var det låst? Det fattar jag inte. De hade väl låst in sig då. Jag vet inte varför hytterna var låsta.” På punkt för punkt nekade Adam Kossak till det Nadja Andropov hade sagt i förhöret. Då och då blev han tystad av sin advokat som tydligt visade, genom sitt sätt att lägga handen på Adams arm, att han helst själv hade velat föra klientens talan utan inblandning av densamme.

”Just nu pågår en husrannsakan i din lägenhet. Du vill inte ändra din utsaga med tanke på det? Vi kommer bland annat att plocka in din dator och gå igenom den.” Hartman anslog en ton som om det gällt påtår på kaffet. Maria visste att det pågick en storm inom honom, under årens lopp hade hon lärt sig att tolka de små tecknen. Handen genom håret. Bristen på mimik och det högra ögonbrynet som böjdes i en märklig vinkel. Den stela blicken.

Antagligen var det därför han tagit stöd av Sverkersson vid förhöret. ”Har du något du vill berätta för oss?” upprepade Hartman och den här gången var rösten en tordönsstöt.

”Vad-i-fan ska ni med min dator? Jag tänker fan inte ge er nåt lösenord.”

”Det behöver du inte, vi fixar det ändå. Fast det är klart att det skulle spara tid för din del som du annars får sitta i häktet.”

”Jag protesterar. Några häktningsförhandlingar har vi ännu inte haft.” Advokaten sträckte på sig och antog en avmätt min. Även om hans sympatier odelat låg hos polisen så hade han sina egna intressen att bevaka.

”Enligt utsago har det funnits en liten pojke, Andrej eller Andreas, ombord på din båt. Är det så?” frågade Hartman och Maria såg hur han bet ihop käkarna. När det var barn inblandade, kunde Hartman ibland brista i lugn och disciplin. Han visste det också och behärskade sig till det yttersta.

”Jag har haft en liten grabb på min båt som skulle avvisas, men det är väl fan inte straffbart att gömma en flykting enligt svensk lag eller är det plötsligt det?”

”Om det handlar om människosmuggling eller någon form av utnyttjande. Vilket land kommer han ifrån och vad heter han?”

”Andrej. Vet inte vad han heter i efternamn. Han kommer från Tjetjenien. Familjen skulle avvisas och de bad att han skulle få vara hos mej en tid. Så enkelt är det med det. Kan jag gå nu eller var det något mer?”

”Du får nog bereda dej på att stanna här ett tag, räkna med att på sannolika skäl bli häktad för sexuellt ofredande och inbrott i en flygelbyggnad i Eksta. Det finns en kvinnlig polis som är beredd att vittna. Så vi har goda möjligheter att hålla dig kvar tills vi har bevis för de grövre brotten.”

”Va fan! Va hon polis? Vad i helvete!” Adam såg hjälpsökande på sin advokat, som gjorde en avvärjande gest med handen. Vi lyssnar på vad de har att säga först, signalerade han.

”Har du brutit dej in i en flygelbyggnad i Eksta?”

”Nej.”

”Vi får återkomma till det. Du kanske minns Nadja Andropov?”

”Har aldrig hört talas om någon Nadja.”

”Hon har hört talas om dej. Vi bryter här ett tag för att återkomma när vi har fått nödvändiga uppgifter från husrannsakan. Jag tänkte vi kunde titta på några bilder under tiden.”

”Ni har fan ingen rätt att gå in i min dator. Jag ska döda dej din jävel om du rör den.”

”Det där kom med till protokollet, hoppas jag.” Hartman kastade en blick på polisaspiranten som skötte bandspelaren.

”Frågan är om Nadjas vittnesmål kommer att räcka. Det kommer att stå ord mot ord om vi inte hittar någon teknisk bevisning för bordellverksamheten eller flera vittnen. Han är så in i helvete hal. Vi har försökt sätta dit honom för en del smågrejer tidigare, men han får alltid sina kompisar att ställa upp och ge ett alibi. Allt hänger på att någon av de ryska flickorna törs tala eller att vi hittar pojken och han törs berätta vad han varit med om. Men jag tvivlar på det.” Ek reste sig från stolen. ”Frågan är om det ens går att sätta dit honom för inbrottet i Eksta om han fixar alibi?”

”Jag har hans fotavtryck på kylaren på Saaben jag lånade av dej, vad det nu är värt. Och förhoppningsvis samma avtryck på golvet i mitt kök. Jag bad teknikern säkra dem. Vi har tillräckligt för att hålla honom ett tag.”

”Jag tänkte gå ut och få lite luft. Ska du med, Maria?”

”Ja, jag trodde för ett ögonblick att vi hittat Andreas Nilsson. Du måste också ha tänkt tanken?”

”Ja. Men det var Andrej från Tjetjenien. Jag hoppas att familjen får stanna nu, att han inte behöver skickas tillbaka. Det måste väl räcka med hemska upplevelser för det barnet. Han behöver säkert experthjälp en lång tid om han varit ombord på den båten.”

”Undrar var Andrej finns nu. Så konstigt att han ville stiga av just i Herrvik? Jag förstår det inte. Det kan knappast vara en slump.” Maria kände hur magen knöt sig i kramp. Hon såg på matsedeln i restaurangen, men kände att hon inte var sugen på något eftermiddagsfika. ”Jag tänker på Andreas? Du har inte hört något från hans mamma?”

”Inget sen hon lämnade sjukhuset.”

”Inget, det är så konstigt. När jag var där och hörde Amanda lämnade Charlotta inte sin flicka en millimeter ur sikte och nu är hon bara försvunnen." Maria tog ett glas vatten och slog sig ned vid ett fönsterbord. Tomas Hartman kom just in i restaurangen och gjorde dem sällskap. Det var tydligt att han hade något viktigt att säga.

"Vi fick beslut om att öppna Patrik Nilssons grav och skulle påbörja det arbetet i dag på morgonen. Innan våra tekniker var på plats fick de ett telefonsamtal av en upprörd man från Östergarns kyrkogård. Han berättade att en kvinna hade börjat gräva upp en av gravarna med hjälp av sina bara händer. När teknikerna kom dit satt Charlotta Nilsson på en bänk vid kyrkväggen och grät, och runt henne stod det folk som försökte tala henne till rätta och mannen som hindrat henne från att gräva vidare var mycket upprörd. Teknikerna ringde mej precis nu efter förhöret. Vi har inte haft kontakt med Charlotta Nilson på flera dagar och så sitter hon där på kyrkogården. Hon förklarade för teknikerna att hon kommit för att besöka graven och då såg hon att den var rörd. Att någon hade grävt i jorden innan hon kom dit, alltså. Kan någon begripa? Den hade nyligen blivit uppgrävd. Blommorna var flyttade och jorden lucker och mörk. När de frågade vad hon gjorde, sa hon att hon ville se om Patrik fortfarande fanns kvar eller om någon tagit kroppen. Vad ska vi tänka om det?" Hartman lossade på slipsen och knäppte upp skjortan. Han var röd i ansiktet av upphetsning och kunde inte hålla händerna stilla utan fingrade oavlåtligen på en kvarglömd kaffesked och rev sig med den i bakhuvudet.

"Vem skulle ha gjort det, om det nu är som Charlotta säger? Dödgrävaren, Sten Åkerblom, är väl närmast till hands", föreslog Ek.

"Ja. Och vad mera är. Teknikerna lade märke till en cykel som stod lutad mot muren bortom minneslunden. Stens cykel har stått där hela tiden, säger Charlotta Nilsson. Mitt inför ögonen på oss allihop. De frågade om det var hennes cykel men hon nekade till det. Cykeln tillhör Sten Åkerblom och den har alltså stått där sedan natten när pojken försvann. Sten uppgav den som stulen. Det är lite märkligt eller hur? Ursäkta mej, jag måste ta telefonen … Vad i helvete säger du!" Maria ryckte till. De gånger hon hört Tomas Hartman svära högt kunde hon räkna på ena handens lillfinger. Tomas reste sig och gick ut mot innergården för att kunna höra samtalet bättre. Det slamrade från restaurangköket och personalen som stod i kö skrattade högt åt ett skämt ingen av poliserna vid bordet hade uppfattat. Maria övervägde en kort sekund att följa efter honom ut, men tänkte sedan att det kanske var något som rörde privatlivet.

”Vad kan det ha varit?” Ek hade rest sig upp han också av bara farten och förblivit stående.

”Vet inte. Jag tänkte på det där med graven. Kan någon annan ha rört den eller är det bara så i hennes fantasi? Hon är utsatt för en fruktansvärd psykisk press. Tänk om hon försökt gräva upp Patrik. Hon kanske inte längre vet vad hon gör, vad hon ska göra av sig i sin förtvivlan och i sitt letande efter Andreas. Han måste ju finnas någonstans. Han brukade gå till Patriks grav och prata med honom. Charlotta berättade det. Han kunde inte släppa taget om sin bror och han hade svårt att hitta kompisar för han ville leka ensam på kyrkogården.”

”Och där fanns dödgrävaren. De borde ju ha träffats en hel del. Men Sten verkade inte som han ville medge det riktigt. Att de kände varandra, fast han har eller har haft en förbindelse med Andreas mamma. Kan han ha gjort pojken något, tror du?”

”Vi måste i alla fall höra honom igen när vi ser vad gravöppningen ger. Du, nu kommer Tomas tillbaka.” Maria sökte Hartmans blick. Han stirrade vilt framför sig. Såg henne inte. ”Vad är det, Tomas, vad är det som har hänt?”

KAPITEL 42

När de kom fram till Östergarns kyrka hade en avsevärd klunga människor samlats utanför avspärrningen, trots att ingen tilläts köra in på parkeringarna vid kyrkan eller skolan. Regnet hängde i mörka skyar över havet. Ett åskväder var på ingång. Värmen var fortfarande tryckande och solen stod lågt. Tomas Hartmans spänningshuvudvärk fick honom att sitta orörlig i framsätet. Maria hade tagit plats vid ratten. I vanliga fall tyckte Hartman att det var avkopplande att köra, men inte i dag.

”Var finns Charlotta Nilsson nu. Är hon kvar här?” frågade Maria en polisman på plats vid avspärrningen när de steg ur bilen. Han pekade.

”Inne i kyrkan tror jag, hennes kusin är hos henne och en sjuksköterska. En ambulans är på väg. Hon svimmade, inte undra på. Det här är bland det värsta jag varit med om. Jag tror att hon är vid medvetande nu, men i chock. Hon frös så hon skakade, stackarn. En ambulans är på väg.” Han gav en kort sammanfattning av läget i övrigt och släppte förbi dem. Vetskapen om det som fanns att se bortom kyrkobyggnaden var pressande för dem alla. Att möta allmänhetens frågor var också tungt. Polismannens hela kroppsspråk vittnade om den saken. Maria stålsatte sig inför det hon skulle komma att se. Charlottas skrik förstärkt av akustiken i kyrkan mötte dem halvvägs upp för grusgången, blandat med ett mummel av lugnande kvinnoröster. Smärtan var så påtaglig och skoningslös. I den mån det var möjligt att sätta sig in i Charlottas situation verkade allt sammantaget vara mer än en människa kan orka bära i sitt liv. Maria blundade när hon kände hur tårarna sved bakom ögonlocken och blinkade kraftigt ett par gånger för att se tydligt när de närmade sig jordhögen och de båda avlånga plastsäckarna som ännu inte fraktats från platsen. Andrej och Andreas. Båda kropparna gömda i Patrik Nilssons grav. En oförklarlig vändning. Sten Åkerblom satt i en av bilarna på väg in till stan för förhör. Maria hade sett en skymt av hans ansikte genom bilrutan. Uttrycket var sammanbitet och svårtolkat. Kanske var det över nu. Mycket tydde på hans skuld. Maria tänkte på dödskallen hon hittat i Oskars rum och knep sig hårt i ena kinden som för att bevisa för sig själv att det hon upplevde var verkligt. Scenen var uppskakande och absurd. Den öppna graven. Plastsäckarna. Gråtande människor. Vad var den gemensamma nämnaren som låtit Andrej och Andreas hamna i samma grav? Nu lyfte man upp den gistna kistan med Patriks kvarlevor. Maria kastade en blick över axeln för att se om Charlotta var där. Det här borde hon kunna besparas. Ingen mor ska behöva vara med om något så ohyggligt.

”Andrejs föräldrar står där borta. Följer du med och talar med dem?” Hartman tog Maria lätt under armen och förde henne bort mot Albatrossmonumentet där en man och en kvinna stod tätt hoptryckta med armarna om varandra. De presenterade sig.

”Vi trodde att vi flydde från ondskan i Tjetjenien, men det finns överallt. Byter bara ansikte.” Andrejs pappa tog i hand, sa inget mera. Hartman sa inget han heller.

”Kände pojkarna varandra?” frågade Andrejs mamma.

”Inte vad vi vet. Men vi kan inte utesluta det.” Maria tog ett djupt andetag och försökte få kontroll över rösten. ”Känner ni en man som heter Adam Kossak?”

”Ja, eller egentligen inte. Men en god vän till min man, Vladas Navakas, ordnade så Andrej skulle kunna gömma sig hos Adam Kossak. Vi fick aldrig träffa honom personligen. Jag hoppades att vi skulle slippa bli avvisade när Andrej var borta. Men vi skulle ha hållit ihop. Då hade vi åtminstone vetat vad som hänt honom innan han hamnade här.” Andrejs mor gjorde en gest bort mot graven och brast i gråt. Maria svalde gång på gång. Att spekulera i vad polisen misstänkte skulle inte vara till någon hjälp för dem. Det fick anstå tills man säkert visste vad som skett. Vladas Navakas, Maria mindes förhöret med den kortväxte mannen med det välansade skägget. Restaurangägaren som nästan arbetade dygnet runt och skulle bli pappa igen. Han hade figurerat i samband med Tommy Nilssons försvinnande, Tommys vän. Tommy hade lånat pengar av Vladas, enligt sambon. Maria gjorde en anteckning i sitt block. Här fanns en koppling.

”Skulle vi kunna talas vid en stund. Vi kan sätta oss i bilen. Det börjar regna nu”, sa Maria. Andrejs mamma drog ihop kappan om den magra kroppen och följde viljelöst efter sin man och poliserna mot parkeringen. Regnet stänkte mot vindrutan och det bildades snart imma på rutorna. Maria tyckte det kändes som om de satt instängda i en gravkammare av plåt när omvärlden gradvis försvann utanför bilen i en gråvit dimma. Hon frös.

”Kan vi skjutsa er till stan? Är det någon ni vill prata med? Det finns en krisgrupp vi skulle kunna kontakta”, sa Hartman när de viktigaste frågorna var ställda.

”Behövs inte. Vi har vänner. Kör oss hem, bara.” Andrejs pappa viftade avvärjande med armen och lade den sedan om sin kvinnas axlar. De kom överens om att Andrejs föräldrar skulle finnas tillgängliga per telefon för att fortlöpande få information och att de var välkomna att ringa när som helst. Paret steg av på Jungmansgatan. Just när poliserna skulle fortsätta in mot centrum sa Andrejs mamma:

”Jag tänkte på en sak. Om Andrej var vän med den andre pojken har han kanske berättat det för sin mormor. Han berättar mycket för sin mormor som han inte säger till någon annan. Hon har tid att lyssna. Hon bor hos oss. Ni är välkomna in, om ni vill.”

Maria tackade ja utan att invänta någon reaktion från Hartman. Tankarna rusade. Andrej hade absolut velat komma av båten just i Herrvik, hade Nadja Andropov sagt. Varför just Herrvik? När Nadja berättade det hade Maria tänkt att det handlade om Andreas Nilsson. Att han fanns ombord på båten och absolut ville av i Herrvik. Det skulle ha varit begripligt. Men när det i stället handlade om Andrej måste det ha funnits en annan anledning, ett möte med någon? Varför ville han gå av båten just i Herrviks fiskeläge?

Inlindad i en stor svart sjal kom Andrejs mormor Irina emot dem redan i trapphuset. Hon grät. Ansiktet var randigt och ögonen svullna. Meddelandet hade nått henne för någon timme sedan. Gråten blev till ett skrik när hon tog sin dotter i famnen. Länge omfamnade de varandra innan de slog sig ned i det lilla vardagsrummet där tydligen minst två av familjens medlemmar hade sina sängplatser med ett bord emellan. Det fungerade som soffgrupp. Andrejs mor reste sig och vacklade ut i köket för att sätta på te. Hon avböjde hjälp, behövde ha något för händer, sa hon. Teet serverades med skorpor. Maria kände att hon hade svårt att svälja, tuggan växte i munnen, samlades i kinden. Men det var skönt att hålla i den varma tekoppen.

”Vet du om Andrej kände en pojke som hette Andreas?” frågade Maria, och Andrejs pappa översatte för den gamla kvinnan.

”Andrej var mycket ensam. Jag trodde länge att Andreas var en låtsaskompis. Ända tills jag såg breven. Andrej rusade alltid i väg när posten kom och sen låste han in sig på toaletten för att få vara ifred om det kommit något brev till honom. Breven var från en pojke som hette Andreas och jag var så glad att han fått en vän. Jag såg ju hur viktigt det var för Andrej. Medan jag väntade på att ni skulle komma hem, tog jag fram breven.” Den gamla kvinnan pekade mot en liten hög med kuvert på bordet när svärsonen översatt hennes berättelse. ”Jag kan inte läsa dem. Kanske någon av er kan …”

”Får jag?” Maria väntade med att sträcka sig efter bunten tills hon fått allas godkännande. Hon läste snabbt igenom de åtta breven och sammanfattade undan för undan innehållet för de andra. Pojkarna hade träffats hos Vladas Navakas när Adam och Tommy Nilsson varit där och gjort affärer. De hade funnit varandra direkt i det gemensamma intresset för Albatross, den tyska minsveparen som gått på grund utanför Östergarn sedan den beskjutits av ryssarna. Andrej hade hört talas om fartyget av sin mormor och ville veta allt. De hade bildat en hemlig klubb vars lösenord var Stormfågel, en albatross är en stormfågel, och Andreas lovade att ta med Andrej till sitt hemliga gömställe. En bunker där det fanns vapen att försvara sig med. Ett tryggt ställe där ryssen aldrig skulle få tag i dem och inte heller polisen, som letade efter Andrej. Ingen skulle kunna skicka honom tillbaka till kriget. Genom att hålla sig gömd i bunkern skulle han rädda livet på sin familj. Utan honom skulle de inte bli tillbakaskickade och om det kom någon kunde de försvara sig. Bunkern var ju full med vapen. Blev det nödvändigt att dö var de beredda, det var absolut bättre än att bli tagen levande av ryssen.

"Han beskriver vapnen. Det låter som om det är automatvapen han menar."

"Herregud!" Hartman, som hållit andan i en evighet medan Maria läste, drog in luft. "Vad skriver han sen?"

"Han berättar om sin storebror Patrik och om de lekar de lekte tillsammans. Patrik kom på att en nyckel de hade till ett hänglås hemma passade precis i det hänglås som satt i dörren till en bunker. Där fanns en kista de öppnade, men det var bara ett grått pulver i den, ingen skatt."

"De billigare låsen är säkert mer standardiserade än man tror när man köper dem", inflikade Hartman och väntade tålmodigt medan Maria ögnade igenom nästa brev.

"Det här brevet handlar mest om Amanda, Andreas lillasyster. Han är verkligen arg på henne. Hon har cyklat efter honom till bunkern och avslöjat hemligheten. Hon måste få vara med, annars skvallrar hon för sin mamma. De fick inte vara så långt bort. Andreas ber Andrej om lov att ta med henne i klubben. Hon ska få ha nyckeln i sitt smyckeskrin. För det vill hon. Jag vet precis vilket han menar. Hon har skrinet i sitt rum, jag hade ett sådant när jag var liten. Det är en rosa papplåda och en liten ballerina i plast som snurrar runt till musik. Andreas skriver att Andrej måste förstöra alla brev när han läst dem, för så gör man i det militära för att fienden inte ska veta vad som är sagt."

"Men han gjorde inte det", sa mormodern när hon fått de sista orden sammanfattade för sig. "Han var så glad åt de där breven och läste dem varje kväll, och jag vet att han så gärna ville vara tillsammans med sin vän. De träffades ett par gånger här i stan när Andreas var hos sin pappa. Jag följde med honom och drack te hos min systerdotter som städar på färjorna medan de lekte. Och nu leker han inte mera, vår Andrej ..." Hon brast i gråt och resten av det hon velat säga kvävdes av snyftningar. "Lova att ni griper det odjur som har gjort det här. Lova mej det", sa hon och grep hårt om Hartmans arm.

"Jag lovar att vi ska göra allt vi kan. Det lovar jag." Hartman uppmanade dem att återkomma om de kom på något mera. Det är svårt att lämna människor ensamma med sorg. Som att man på något sätt borde stanna tills allt lugnat sig, fast man vet att det är en omöjlighet. De tog farväl.

När de steg in i bilen hade regnet upphört. Hartman gnuggade sig i tinningarna. När huvudvärken satte åt som mest hade han svårt att se tydligt. Maria förstod att han gärna ville ha det tyst den stund det tog för dem att komma till stationen, men hon kunde ändå inte hålla inne med sina reflexioner.

"Har Adam Kossak dödat dem utan hjälp av någon? Det kan ha varit någon mer, tror du inte? Nadja talade om en man som betalade för sexuella tjänster. Han steg ombord i Herrvik, en storväxt man som hade någon form av samröre med Adam. De talade om ett vapenförråd. Var torsken kommer in i det hela vet vi inte. Ville han köpa vapen? Är han Adams boss eller en underhuggare eller bara en vanlig sexköpare? Tänk om man kunde förstå hur det hänger ihop. Vi missar något. Vad finns det för andra motiv att ta livet av två små pojkar än att de upptäckt ett vapenförråd? Om vi antar att Sten Åkerblom skulle ha gjort det här, att han är torsken alltså. Vad skulle han då ha för motiv?"

"Sten Åkerblom arbetar för global rättvisa, han är mer engagerad i mänskliga rättigheter än någon annan jag träffat. En visionär och idealist, på ytan i alla fall, så det rimmar illa med att han skulle utnyttja fattiga kvinnor sexuellt. Men vad vet man egentligen om människor? Vi får ordna en konfrontation. Kanske känner Nadja igen honom eller i alla fall rösten. Man kunde låta henne lyssna när han läser en text utan att hon ser honom, så hon kan koncentrera sig på rösten. Sten är väl lite av en enstöring på sitt sätt. Ser man på statistiken så är den vanligaste kunden hos prostituerade en medelålders familjefar som är på tjänsteresa för sitt företag, inte nödvändigtvis en avvikande enstöring. Fast människan är komplicerad och motsägelsefull. Vad vet vi? Och var kommer barnen in? Varför skulle han ha tagit livet av dem och sedan lagt dem i Patriks grav? Om det nu var han som gjorde det? Skulle han verkligen vilja göra Charlotta så illa?"

”Jag satt och tänkte på precis det. Hon ville inte erkänna honom som far till Amanda, inte leva med honom. Han kan ha känt sig kränkt av det. Den som tog livet av Andreas måste ha känt honom väl. Tyder det inte på någon form av pervers omtanke att lägga honom hos sin bror, som han var mycket fäst vid? Och det visste Sten att han var, han mer än någon annan kanske. Men vi har inga som helst bevis. Nu hänger allt på Nadja. Om hon har modet att vittna och om hon kan minnas hur sexköparen såg ut. Har hon rätt finns all information i datorn, både om vapenhandeln och om handeln med kvinnor. Adam tog emot bokningar via nätet. Han skötte sina kontakter via datorn och per telefon. Det blir bara att läsa innantill, hoppas jag.”

KAPITEL 43

Sten Åkerblom satt orörligt rak i ryggen och stirrade framför sig.

”Är jag anklagad för något?”

Jesper Ek, satte sig mitt emot honom och lutade sig fram. De mätte varandra med blicken. Ek fick ge sig först.

”Det är en del frågor vi vill ha svar på. Du anmälde din cykel försvunnen. Den blev stulen när du var inne på hamnkrogen den kväll då Andreas Nilsson försvann. Sen återfann vi den i dag på kyrkogården. Har du någon kommentar till det?”

”Cykeln blev stulen. Jag har ingen aning om vem som lånade den och sen ställde tillbaka den mot muren. Ni har förstås tittat efter fingeravtryck?”

”Någon har varit väldigt noga med att det inte skulle finnas några avtryck att hitta. Hur kom du hem när du inte hade din cykel?”

”Jag tog en taxi. Det ska väl inte vara så svårt att kontrollera. Det var en ung kille som körde. Han kan ha varit 25–30 år. Mörkhårig. Brunögd. Pratade småländska.” Sten gned handflatorna mot byxbenen. Uppenbarligen var han mer nervös än han gav sken av.

”Vi håller på att kontrollera den saken nu. Känner du en man som heter Adam Kossak?”

”Nej.” Sten Åkerbloms svar kom utan betänketid.

”Det låg en båt med litauisk flagg vid kajen i Herrvik den kväll vi talar om. Gick du ombord på den?”

”Nej, men jag la märke till att den låg där.”

”Träffade du en kvinna som heter Nadja Andropov den aktuella kvällen? Hon fanns ombord på båten. Nadja. Säger det namnet dej något?" Ek lutade sig fram lite till utan att släppa Sten med blicken.

"Jag gick inte ombord och jag känner ingen som heter Nadja."

"Vi kanske skulle se på några bilder tillsammans så ditt minne klarnar." Ek bredde ut bilderna på ryskans svårt sargade kropp och såg Sten Åkerblom reagera för första gången.

"Det är fasansfullt. Verkligen vidrigt, men jag har ingenting med det att göra."

"Någon har uppenbarligen gjort det här och jag är angelägen om att få veta så mycket som möjligt för att sätta dit den jäveln. Jag frågar igen, känner du Adam Kossak?"

"Nej, det har jag ju redan svarat på. Jag känner ingen Adam Kossak." Sten lutade sig fram en bit till och Ek fann honom lite för närgången och vägde bakåt på stolen.

"Jag har uppgifter om att du tillhör en militant organisation, är det korrekt?"

"Va fan är det här? Handlar det om åsiktsregistrering? Jag är med i en demokratisk förening som arbetar för en rättvis handelsbalans. Jag är också med i Coop och Naturskyddsföreningen och ett par bokklubbar, är det något problem för dej, eller …"

Ek satte sig ned och vek ihop sitt block. Förhöret med Sten Åkerblom hade tagit på krafterna. Fast dödgrävaren varit artig och välformulerad hade Ek känt sig som en skolpojke inför en sträng lärare. Någonstans i bakhuvudet ville han minnas att mannen hade läst juridik och retorik. Frågorna Jesper ställt hade studsat tillbaka, och han hade till sin förvåning funnit att han satt och försvarade sig själv och sitt bristande engagemang för de fattiga i världen i stället för att ringa in Sten Åkerbloms förehavanden den senaste veckan. 20 procent av världens befolkning förbrukar 80 procent av resurserna. Om du sänker din levnadsstandard till en fjärdedel börjar vi närma oss rättvisan. Vad din mobiltelefon har kostat i reda pengar kan ge en familj mat ett helt år, vet du det? Vi köper leksaker för pengar som skulle göra skillnaden mellan liv och död för andra människor. Vi tar oss den rätten och klyftorna ökar. De flesta mord begås av män i slips och kostym, inte av uteliggare och missbrukare. Den politik som bedrivs med ständig vinst för ögonen innebär ju att någon annan betalar, ibland med sitt liv när arbetsförhållandena kräver mer än människor orkar prestera. Vad svarar man på det? Det var ju sant. Jesper hade blivit tyst och Sten hade tagit över hela förhöret. Det kräver att man väljer ett helt annat sätt att leva, hade han sagt. Själv satsar jag på höns och potatis. När Jesper tänkte på att de andra skulle avlyssna förhöret kändes det olustigt. Han borde ha klarat det bättre. Men det karln sa var ju faktiskt sant. De ökande ekonomiska klyftorna skapar spänningar som oundvikligen kommer att leda till våldsamheter. Sten Åkerblom företrädde en ickevåldsorganisation, alla gör inte det. Missmodig och tankfull gick Ek till konferensrummet utan att egentligen ha fått svar på någonting av det han tänkt sig, däremot en hel del annat.

Värmen var tryckande. Någon omtänksam person hade ställt in ett par kannor med vatten som snart var tömda. Hartmans huvudvärk började ge sig något. Kanske var det vätskebrist som orsakat den värsta pinan. Ek sammanfattade förhöret med Sten Åkerblom.

”När jag frågade om vilket förhållande han hade till Andreas svävade han på målet. Pojken visste tydligen inte om att hans mamma och dödgrävaren hade en relation. Sten hade nog önskat att de skulle bli en familj när Amanda kom till, men Charlotta ville inte ha det så. Hans enda önskan just nu är att bli frisläppt så han kan vara ett stöd för henne i det helvete hon går igenom. Jag tycker ändå vi behåller honom ett tag till fast vi inte har så mycket på fötterna ännu. Min maggropskänsla säger mej att han är oskyldig. Men jag har haft fel förr. Nadja Andropov kunde inte peka ut honom som sexköpare vid konfrontationen.”

”Jag håller med Ek, vi behåller honom ett tag till”, sa Hartman och fick en bifallande nick av Sverkersson. ”Fick just ett samtal från teknikerna i Östergarn. Preliminärt har man konstaterat att båda pojkarna har brännskador på huden i ansiktet och på armar och ben. Barnens föräldrar har inte blivit informerade om det, så vi avvaktar med att ta upp det på presskonferensen i eftermiddag.”

”Har de blivit utsatta för sexuellt våld?” frågade Haraldsson.

”Det är för tidigt att svara på det.” Hartman drog händerna genom håret och tog ett djupt andetag. ”De tre ryska flickor som påträffats på Adam Kossaks båt väljer tystnad. Ingen vill berätta vad de gjorde där. Ingen vet vem Nadja Andropov är och ingen av dem har sett någon pojke ombord. Om Nadja vittnar mot Adam står det ord mot ord om vi inte lyckas få flickorna att tala eller får bevis genom husrannsakan. En av flickorna har ett fult blåmärke på kinden. Vi fick hennes tillåtelse att fotografera det, men hon hävdar med bestämdhet att hon fick märket när hon snubblade och föll i en trappa."

"Vad ska vi tro om vapenförrådet?"

"Vi har Andreas teckningar där det förekommer en bunker och breven där han beskriver vapnen för Andrej." Maria plockade upp en bunt teckningar ur en mapp, bläddrade och lade en av dem överst, där man kunde se en gräsbevuxen bunker bredvid ett stenröse. Listan på vilka i Östergarnslandet som hyr en bunker är klar. Jag vet inte om man börjat kontakta hyrestagarna än?"

"Ja, vi tänkte precis ta itu med det, men ville först stämma av om det är det klokaste förfaringssättet", sa Haraldsson. Det finns en risk. Om det finns vapen i en bunker och ryktet sprider sig fortare än vi lyckas få ägarna att öppna dem så kanske förrådet töms och vapnen flyttas." Ek kände hur svetten pärlade på överläppen. Det var verkligen varmt.

"Maria Wern tänker fara till barnkliniken för att tala med Andreas lillasyster Amanda", sa Hartman. "Hon har i bästa fall en nyckel som passar till hänglåset i bunkerns dörr. Och om vi verkligen har tur är flickan i skick att lämna lasarettet och visa oss var bunkern ligger. Om hon vet det. Vi har inte sagt något till Amanda om att vi funnit broderns kropp. Vi måste låta Charlotta Nilsson besluta hur det ska gå till."

När Maria Wern efter ett kort samtal med barnläkaren kom in på salen satt Amanda i sängen och lekte med sitt smyckeskrin. Ballerinan dansade till den plingande musiken, runt, runt i piruett efter piruett. Amanda hade alla sina halsband och ringar på sig och såg ut som en riktig prinsessa. När hon fick syn på Maria sken hon upp i ett mycket charmigt tandlöst leende.

"Hej, vad fin du är. Vad leker du för något?" Maria slog sig ned på en stol bredvid sängen.

”Först var jag jättefattig, fast sen blev jag rik. Jag plockade jordgubbar och fick jättemycket pengar och sen köpte jag guld och diamanter. Du kan få låna min prinsesskrona om du vill. En stund. Jag vill ha tillbaka den sen när doktorn kommer. Jag tycker han är snäll.”

”Så klart.” Maria beundrade juvelerna och hittade nyckeln. ”Jag vet en hemlis. Och jag vet att du vet samma hemlis.”

”Vadå för nåt?” Amanda såg sig i spegeln i locket till skrinet och himlade med ögonen. ”Jag kan inte förstå att jag kan vara så himla söt. Kan du förstå att jag kan vara så himla söt? Jag bara blev det alldeles av mej själv.” Maria skrattade igenkännande. Precis så där brukade hennes egen Linda hålla på.

”En del har tur som är söta alldeles av sig själva. Om jag säger ordet Stormfågel, så förstår du vilken hemlis jag menar.”

”Är du också med i klubben?” Amandas runda ögon blev ännu rundare. ”Har Andreas sagt att du får vara med?”

”Problemet är att jag inte hittar bunkern”, sa Maria och undvek att svara direkt på frågan.

”Det är lätt som en plätt. Den ligger bredvid Tjernobylmonumentet. Det är ett röse med stenar på stranden. När det har hänt en olycka måste man lägga stenar i en hög, så det inte händer igen. Om ett kärnkraftverk går i sönder är det farligt, förstår du. På andra sidan vattnet gick ett sönder och då läckte det ut farlig luft, som man inte fick andas in.” Amanda höll för munnen och näsan tills hon inte orkade hålla emot längre och drog sen djupt efter andan. Maria sa att hon hade förstått.

”Kan jag få låna din nyckel, Amanda? Snälla.”

”Nej, för den är min.”

”Jag vill bara låna den en liten stund. Du får tillbaka den sen. Jag vill väldigt gärna se hur den där bunkern ser ut inuti.”

”Om jag får följa med. Jag vill öppna låset. Jag kan det.”

”Doktorn vill väldigt gärna ha dej här. Du skulle ju visa honom hur snygg du blev med prinsesskrona och juveler.”

”Det så klart.” Amanda stoppade ned handen i skrinet och räckte över nyckeln och Maria drog en lättnadens suck. Barnläkaren hade inte tyckt att det var lämpligt att Amanda lämnade barnkliniken, och Maria höll med honom om det, fast av andra skäl. Att närma sig ett vapenförråd med ett barn i bilen är inte tillrådligt. Maria kontaktade sedan sambandscentralen för att berätta att hon var på väg mot Herrvik. Två patruller och en tekniker skulle möta upp på vägen och delta i undersökningen av bunkern. Det fanns anledning att vara mer försiktig än man tänkt från början.

”Vi har fått svar på analysen av det gråa pulver Andreas Nilsson hade i en låda i sin garderob. Det är kärnkraftsavfall! Förstår du vad jag säger, Maria. Du går inte in. Teknikern har skyddsutrustning. Ni följer hans direktiv. Det radioaktiva materialet är fullgott att tillverka bomber av. Du får inte utsätta dej för strålning. Pojkarna tillbringade natten där inne och dog med största sannolikhet av den radioaktiva strålningen.”

Maria lät händerna vila på ratten. Tankarna rusade fram och åter innan de lät sig fångas i begripliga teser. Pojkarna hade brännskador på händer och ansikte. Hade de lekt i bunkern, gömt sig där tillsammans under natten på det farligaste av alla tänkbara gömställen? Hur kom de dit från Herrvik till bunkern vid Tjernobylmonumentet? Det var en bra bit att gå. Cykeln? Hade de tagit Sten Åkerbloms cykel och sedan slängt den utanför bunkern? I så fall stämde det med Konrad Hultgrens iakttagelse om två pojkar på en cykel. Så kunde det ha gått till. Maria svängde ut från lasarettets parkering och fortsatte genom stan väg 143 mot Roma. Men då måste någon annan ha flyttat på cykeln. Någon måste ha hittat den och återfört den till Östergarns kyrka, någon som visste att cykeln var Sten Åkerbloms. Eller hade Åkerblom gjort det själv? Hittat sin cykel och kört den till Östergarn. Varför då säga att den varit stulen, han kunde lika gärna ha fortsatt att använda den varje dag som han brukade. Radioaktiv strålning, tanken var hisnande och obegriplig. Och sedan hade någon flyttat kropparna. Charlottas ängsliga ansikte kom för Maria, precis så som hon sett ut på vårdcentralen när ingen ville tro henne när hon sa att Andreas var sjuk. Blåmärken. Ont i magen. Kan vara tecken på barnmisshandel, men också på leukemi. Ingen hade trott henne. Ingen hade tagit hennes oro på allvar. Patrik hade haft leukemi. Han hade också lekt i bunkern. Andreas hade visat upp samma symtom. Och Amanda? Hur var det med Amanda och hennes röda solbränna på insidan av händerna och i ansiktet? Hon hade säkert rört lådan i Andreas garderob. Samtalet nyss med läkaren spelades upp ord för ord i Marias minne. Alla prover är normala, men vi ser helst att hon stannar här. Jag tycker det är märkligt med hennes brännskador på händerna. Det är värst på handflatorna, inte på hennes handryggar. Sen har jag kontaktat en barnpsykolog som kommer hit om någon timme. Vi vill gärna få ett utlåtande.

Maria fortsatte från Ala mot Herrvik när hon fick ett meddelande via telefonen. Det var Hartman.

"Vi har ett genombrott. Nadja Andropov kunde inte peka ut Sten Åkerblom vid konfrontationen, däremot visade hon mej en bild i lokaltidningen. 'Det är han, det är han som är torsken', sa hon. 'Det här är mannen som var hos Adam Kossak i Herrvik. Jag är helt säker'. Har du din skyddsväst i bilen, Maria? Jag har pratat med Ek och Henriksson. Ni får hämta in honom, nu på en gång. Teknikern och patrull 4 fortsätter mot bunkern."

KAPITEL 44

Susanne Ahl slog sig ned i syrenbersån med ett glas vin och väntade på att Martin skulle komma ut och göra henne sällskap. Sommarkvällen var sval efter regnet och svaga fläktar från kryddlandet förde med sig dofter av lavendel, salvia, mynta och oregano som blandades med vällukten från några av de ännu inte utblommade klasarna av bondsyren. Doften av rosmarin fanns ännu kvar i hennes händer sedan hon i förbigående rört vid en av plantorna i de blå krukorna som kantade stentrappan. Hon förde sina fingrar till näsan och gjorde en grimas. Lukten var kvalmig och påträngande skarp liksom minnesbilderna från kyrkogården, Patriks grav och Charlotta i ångest och upplösning. Susanne synade sin vita blus som var skrynklig av gråt och snor vid axlarna där hon hållit Charlotta tätt intill sig. Hon hade inte orkat byta kläder när hon kom hem. Hon hade sökt efter Martin och kastat sig i hans famn för att få tröst när hon berättade om det vidriga de varit med om på kyrkogården. Allt på en gång, utan sammanhang, lät hon det komma precis som orden föll. Han hade hållit om henne krampaktigt, nästan gjort henne illa. Tigande hade han borrat in sina händer i hennes mjuka hull och hon hade pratat och pratat, vänt och vridit på det inträffade ur alla vinklar medan händernas grepp hade hårdnat. ”Aj, Martin, du gör mig illa. Jag får ingen ordning på det jag tänker. Har Charlotta gjort det här mot sina barn? Jag vet fortfarande inte. Oavsett om hon är sjuk eller frisk är hon ett offer, en mor som förlorat sina barn. Förstår du vad jag säger, Martin? Om jag har fel känner jag mej skyldig utav bara helvete. Men jag vet ju inte. Jag vet inte vad jag ska tro? Säg något då …! Det är så hemskt. Jag såg Andreas hand, när de grävde fram honom. En liten smutsig pojknäve. Martin, Martin, vart ska du? Vad gör du med krukan? Martin! Sluta! Du kan ha sönder den."

Han borde komma ut nu. Hon behövde ha honom att tala med. Det är klart att det är jobbigt att lyssna, men åtminstone det borde man kunna begära av honom. Han hade ju inte behövt se pojkarna själv, inte ens hört Charlottas gråt och hjärtskärande skrik. Varför kom han inte ut? Han skulle bara hälla upp ett glas vin, han också, och sen komma ut och sätta sig hos henne i skymningen. Flaggan som Martin alltid var så noga med att hala prick klockan åtta hängde slokande på sin stång. Krukan han suttit och glaserat när hon kom hem låg krossad på golvet vid drejskivan. Han hade slängt den mot golvet med ett ursinne som nästan gjorde henne rädd, när hon kom hem och berättade att de hade funnit Andreas på kyrkogården. Andreas och den andre pojken Andrej som de hade efterlyst i radio de senaste dagarna. Obegripligt. Charlotta visste inte om pojkarna kände varandra. Hon trodde inte det. Och vad mera som hade förbryllat dem, Charlotta hade ropat på Sten Åkerblom. Velat att han skulle hålla om henne tills polisen förde bort honom till parkeringen och ännu en sanning hade kommit i dagen. Han var Amandas pappa. Där fick du för det, Susanne Ahl. Där fick du för att du misstänkte din man. Charlotta och Martin. Martin och Charlotta, vill man ha bevis så hittar man tecken överallt. På natten när Andreas försvann hade Martin kommit hem klockan fem, till polisen hade han sagt klockan tre, och hon hade misstänkt att han följt med Charlotta hem. Han hade trott att hon sov, men hon hade kikat på klockan när hon hörde ytterdörren öppnas. Hon hade inte vågat fråga honom rent ut. På något sätt hade hon känt på sig att just den frågan skulle spränga hela tillvaron i bitar. Så frågan kvarstod. Var var du den natten, Martin? Vad gjorde du mellan klockan tre och fem? Nu kändes frågan inte lika farlig längre. Ett kort fasansfullt ögonblick hade hon tänkt att Oskar och Petter hade slagit Andreas så illa att han dött, och att Martin hade hjälpt dem skaffa undan kroppen. Där kunde hon också ha frågat honom rent ut, men modet hade inte infunnit sig. Så lite känner man sig själv. Under terapeutiska samtal hade hon alltid betonat vikten av att ställa raka frågor och ofta känt en irritation över patienternas oförmåga att komma till skott. Det är ju bara att fråga honom rent ut, eller hur? Är det? Med sina nya insikter skulle hon kunna visa dem lite mera ödmjukhet, då skulle hon kunna ge dem lite mera förståelse när de stod inför avgrunden redo att ta språnget för att sedan backa tillbaka. Det redskap man använder vid terapeutiska samtal är sig själv. Allt studsar mot ens egen klangbotten. Oavsett vilken teknik man använder så handlar det om värme, förmågan att skapa tillit och förmågan att lyssna bortom orden och bekräfta att man har förstått. Förståelse går sällan att fejka, förr eller senare avslöjar man sig. Kanske skulle hon bli en bättre terapeut efter det här. Och en bättre hustru åt Martin. De måste ta sitt äktenskap på allvar. Satsa på varandra, annars skulle allt glida dem ur händerna. Om han ville. Om han kunde förlika sig med tanken på en fru som firad föredragshållare och psykolog med eget radioprogram. Eller måste hon välja mellan sin älskade Martin och det yrkesliv hon ville ha? De måste tala ut om den saken, hur smärtsamt det än skulle bli. Med den föresatsen tog Susanne Ahl sitt tomma vinglas och gick mot huset. En lastbil körde förbi på grusvägen och när Susanne vände på huvudet såg hon att den överfulla soptunnan hade blåst omkull. Fortfarande svärmade bina i luften borta vid muren, men hon tålde dem mycket bättre än Martin och så här skräpigt fick det inte se ut. Hon böjde sig ned för att stoppa tillbaka påsarna och där, där mitt bland de stinkande kassarna låg Andreas keps. John Deere-kepsen som han älskade så mycket. Susanne tog upp den och borstade bort den värsta leran från skärmen. Först förstod hon inte vad fyndet innebar, tanken fick inte plats. Fick ingen mening förrän hon kunde handskas med den sanning som skulle krossa återstoden av hennes liv.

”Martin, var är du?” Inget svar. ”Martin!” Han låg på sin säng i dunklet. Persiennen var neddragen för natten. Hon tände inte lampan. Det hördes på hans snabba andning att han var vaken. ”Varför kom du inte ut till mej i trädgården?” Han vände sig bort. Svarade henne inte fast hon krupit upp alldeles intill honom i sängen. Hon smekte hans rygg, hans fuktiga nacke, nuddade hans hals med fjärilslätta kyssar mot hans öra och han drog sig undan. ”Jag älskar dej, Martin, i allt det här hemska som händer har vi i alla fall varann." Hon lät handen glida över hans mage in under T-shirten.

"Låt mej vara! För helvete, Susanne!"

"Vet du hur länge sedan det är du rörde mej, vet du det? Det är mer än två månader sen. I början av april var det, på min födelsedag. Vad är det Martin? Berätta vad det är."

"Kan du inte bara låta mej vara ifred. Det har varit mycket nu. Jag orkar inte." Hon fortsatte att smeka honom med all erfarenhet hon ägde av hans lust och han slet undan hennes hand och satte sig upp på sängkanten. Ljuset från springorna i persiennen reflekterades som strålar i hans ögon. Håret stod på ända. Stanken av sur svett nådde hennes näsa.

"Vi måste prata om oss, Martin", sa hon.

"Det är en helvetes illa vald tidpunkt."

Susanne makade sig tillbaka till sin del av sängen och suckade högt. Hon kände att gråten var på väg. En uppdämd gråt hade funnits där länge och väntat på att få tillåtelse att komma. Hon kämpade emot nu också. Martin drog av sig strumporna, kliade sig på ryggen och kröp ned under täcket. Tysta låg de bredvid varandra en lång stund. Susanne stirrade på mönstren i taket från ljuset som sipprade in och skuggades av löven från trädet utanför när det sakta rörde sig i vinden.

"Jag ligger och tänker på en sak. Vad gjorde du på natten när Andreas försvann? Du sa till polisen att du kom hem klockan tre. Jag hörde att du sa det när vi stod i köket hos Charlotta. Men det är inte sant. Klockan var fem när du kom hem. Jag sov inte."

"Jag letade efter Andreas."

"Varför sa du inte det till polisen?"

"För att jag för helvete inte gjorde det."

"Jag vill veta vad du gjorde mellan klockan tre och fem. Vad hände, Martin? Jag ser ju att du mår dåligt. Säg vad det är. Annars kan jag inte leva tillsammans med dej längre. Jag orkar inte med att du tiger om viktiga saker. Du måste låta mej få veta. Först trodde jag du hade ihop det med Charlotta, men så är det väl knappast?"

"Charlotta, va fan har du fått det ifrån?"

"Jag trodde det."

"Är det därför du ville kasta skulden på henne, säga att hon gjort barnen illa? Du är fan pervers, Susanne. Sjuk i huvudet! Du med ditt jävla fina jobb och din fina utbildning och dina fina vänner på fastlandet. Professorer och adjunkter och vad de är för nåt. Du tror att du kan se in i folks hjärnor och vet vad de tänker. Skitsnack. Det är ett jävla humbug alltihop. Du vet ingenting. Du vet inte ett förbaskat dugg och tolkar allt efter luddet i din egen navel och klär det i akademiska floskler."

"Då får du väl berätta för mej, så jag förstår, Martin."

"Sluta för helvete att säga Martin i varenda mening. Lär ni er det också på kurserna på fastlandet? Martin, nu ska du höra på mej, Martin, så jag vet, Martin, att du lyssnar på mej, Martin."

"Sen undrar jag över pengarna på huskontot. Vart tar de vägen? Jag gjorde ett överslag i går. Det fattas fyrtiotusen kronor. Var är dom?"

"Jag kanske behöver lite pengar att röra mej med utan att fråga dej om lov varje gång man vill köpa en öl eller ett par nya kalsonger."

"Men fyrtiotusen, Martin."

"Var det nåt mer?"

"Ja, jag har hittat Andreas keps i vår soptunna."

"Och?"

"Han hade den på sig när han försvann härifrån. Dödgrävaren hängde upp den på ett snår, där nere i hamnen. Det vet alla. Sen var den bara borta och nu låg den i vår soptunna. Vad gjorde du den natten när Andreas försvann? Berättar du inte sanningen ringer jag polisen. Hur ska du ha det?"

"Jag satte på en hora. Ja, precis det du hörde. Stirra på mej du. Är du nöjd nu?"

"Du ljuger." Susanne slet tag i hans urtvättade T-shirt och slog honom på bröstkorgen. "Du ljuger! Sluta skämta med mej, jag orkar inte mera."

"Är det så ett terapeutiskt samtal går till? Det som inte passar in i mallen är lögn. Om patienten svarar fel är han sjuk."

"Det här är inget terapeutiskt samtal. Det gäller oss, Martin."

"Jag har sett till att få mej ett skjut då och då när jag varit i stan. Du är ju ständigt på fastlandet och när du kommer hem sitter du klistrad vid datorn. Stör mej inte! Inte nu! Rör mej inte! Du får väl vad du behöver i den vägen på fastlandet. Efteråt ligger ni väl i sängen och röker varsin cigarett och pratar om vilken primitiv och enfaldig man du har. Blåst jävel som inte klarade grundskolan en gång och inte törs gå på komvux."

"Varför, Martin, varför sa du inget till mej om hur du kände? Jag har inte varit otrogen mot dej om du tror det. Jag har gjort det här för oss, så att vi skulle få mera pengar att resa för eller att rusta huset för. Men också för att jag tyckt att det varit roligt att lära mej mera, att göra det jag kan av mitt liv. En fråga till, Martin. Träffade du Andreas den kvällen han försvann?" Tystnaden som följde skrämde henne mer än något annat. Men hon måste få veta allt, hela sanningen innan hon beslutade sig för vad hon skulle göra. Även om det gjorde ont, även om hon skakade av rädsla. Hon satte sig grensle över honom och tog hans huvud mellan sina händer. "Jag måste få veta sanningen, annars lämnar jag dej nu!"

"Sanningen. Den natten begravde jag Andreas och den andre pojken ... Andrej."

"Det är inte sant ..."

"Tyst, Susanne, låt mej tala färdigt för en gångs skull. Vi hyr en bunker vid stranden. Jag har lite fiskeredskap i den. Det låg en cykel slängd utanför, Stens cykel. Jag förstod att något var fel. Så fruktansvärt fel. Hänglåset var öppet. Adam och jag gick in. Han följde med mej för att jag skulle förvara lite grejor åt honom. Pojkarna var inte vid liv. De låg där tätt ihop. Det måste ha varit strålningen från kärnkraftsavfallet. De hade lyckats få upp blykistan. Den stod öppen. Jävla Adam Kossak. Han krävde att jag skulle ordna ett säkert förråd där han kunde ha sina vapen. Något ställe där ingen kunde hitta dem. Inte fan visste jag att han hade radioaktivt material där. Den dåren! Inte fan kunde jag rå för att pojkarna hittade det och lekte med det. Jag vet inte hur i helvete de kom in. De bara låg där på golvet, det såg ut som de sov. Vi var tvungna att göra något, att få undan kropparna, och jag kom på idén att gömma dem i Patriks grav när ändå Sten höll på att gräva bredvid. En vansinnig tanke. Jag ställde tillbaka cykeln invid kyrkogården och hoppades att ingen skulle ha sett att den stod utanför min bunker. I bästa fall kunde Sten få skulden om någon hittade pojkarna. Jag visste inte vad jag skulle ta mej till, Susanne. Jag blev så rädd, så fruktansvärt rädd. Ändå tänkte jag mitt i alltihop att jag ville att Andreas och Patrik skulle få vara tillsammans, att det var ett värdigt ställe att lägga honom på. Jag ville inget illa."

"Varför, Martin, jag förstår inte?" Susannes röst var ett hest skri. Hon ruskade honom. Slet i hans T-shirt. "Hur fan kunde du? Varför gjorde du det?"

"Varför. Vad i helvete skulle jag göra? Adam hotade att göra Oskar illa. Jag har gjort affärer med honom ett tag. Fri sprit och villiga flickor mot att han fick ha vapen i vår bunker. Sen ville han ha betalt för beskydd. Först tiotusen. Sen ytterligare tio. Sen räckte det inte. Han ville ha mer. Jag ville inte ta ut mera pengar, kontot är ju nästan tömt. Då ville han ha andra tjänster i stället. Jag fick pressa pengar ur Tommy. Han kunde inte betala. När Andreas försvann trodde Tommy att det var kört. Han tyckte väl det var bättre att ta livet av sig själv än att vänta på Adam och hans kompisar."

"Fan ta dej, Martin. Hur länge har det här pågått? Hur länge har du känt Adam?"

"Några år. Jag handlade i panik när jag grävde ned kropparna. Jag borde ha satt en gräns där, men jag var så pressad. Han sa att jag inte skulle vara skyldig honom något mer om jag tog hand om kropparna. Då skulle han lämna oss ifred sen. Men så blev det inte. Han tog med sig Oskar till ett skjul i skogen och jag fick lösa ut honom med de sista tjugotusen kronorna vi hade. Vad ska vi ta oss till? Jag har tvättat bilen invändigt säkert tio gånger och ändå är jag rädd att det kan finnas spår kvar av dem. Blod kanske eller hårstrån. Det behövs nästan ingenting för att de ska kunna bevisa ..."

"Tänkte du aldrig på Charlotta, tänkte du inte att hon behövde få veta vad som hänt med Andreas?" Susannes ögon smalnade av förakt.

"Det är för helvete klart att jag gjorde. Men jag tänkte mer på dej och Oskar. Han tänkte döda dej och Oskar om jag inte samarbetade. Vad ska vi göra, Susanne? Hjälp mej, jag orkar inte längre."

"Du måste ringa polisen och säga som det är, så klart."

"Aldrig i helvete."

"Om du inte gör det kommer jag att ringa, Martin."

”Rör du telefonen slår jag ihjäl dej.” Hans ansikte genomgick en förvandling. Näsborrarna vidgades och vitnade. Han andades häftigt.

”Fattar du inte att det blir mycket värre om du inte ringer själv. Lyssna på mej, Martin. Du gör mej illa. Aj. Släpp mej. Mart...” Han höll hennes smala hals mellan sina stora händer och klämde åt. All den vrede han känt det senaste halvåret, all den rädsla som plågat livskraften ur honom de senaste veckorna fanns plötsligt i hans händers grepp. Han såg färgen vika ur hennes ansikte och kände hur hon blev slapp i hans famn. Vad i helvete hade han gjort? Han skakade henne. Slog henne på kinderna, men hon kom inte tillbaka.

”Susanne!” Paniken rusade som eld och iskallt vatten genom hans ådror. ”Vakna för helvete! Susanne!” Ljudet av en bil som närmade sig gjorde honom i det närmaste förlamad. Den körde upp på gården. Han hörde hur gruset knastrade under däcken. En bildörr slogs igen. Det ringde på dörrklockan.

”Polisen här. Öppna, Martin Ahl!” Han lät huvudet falla ned mot bröstet. I den rörelsen såg han sin hustru öppna ögonen. Hon hade ett förvirrat uttryck i ansiktet. Då kysste han henne. Med darriga händer fattade han om hennes huvud och kysste henne försiktigt på munnen. Antagligen för sista gången.

*

Maria Wern satt i skymningen vid fönstret och såg ut över Mona Jacobssons trädgård, där midsommaraftonens lupiner slokade i sina höganäskrukor och löjtnantshjärtats stänglar låg brutna av vind och slagregn. Hon tände inget ljus. Det var skönt att vara i mörkret. Hon satte inte heller på radion där nyheterna om kvällens genombrott diskuterades ur alla tänkbara synvinklar, med tillbakablickar och polisens talesman i repris med samma uttalande gång på gång. Längtan efter tystnad, en stillhet utan några andra ljud än naturens egna, kändes just nu som en fysisk nödvändighet. En stilla vind i kastanjeträden. Havet som ett svagt brus långt borta. Det behövdes så väl en stund av eftertanke för att få de sista dagarnas fruktansvärda händelser på plats. Bilderna avlöste varandra. Martins ansiktsuttryck när han öppnade dörren för dem. De kallsvettiga sekunder då vad som helst kunde hända, när han vägde mellan att slå sig fri med våld eller att ge upp. Marias hand hade sökt sig till hölstret när han tog ett hotfullt steg emot henne. En kniv blixtrade till i hans hand. Maria hade känt hur alla muskler i kroppen spänts i försvar. Inget fick ske förhastat, men heller inte för sent. Just i den stund när de mätte varandra med blicken fick Susannes röst honom att vända på huvudet och sen var motståndet brutet. Han släppte kniven och föll ihop sittande på huk vid väggen med händerna framför ansiktet. Viskande berättade Susanne hur Martin slängt Andreas keps i soptunnan den natten pojken försvann. När de första orden var uttalade hade Martin kapitulerat och valt att själv berätta sanningen. Maria antog att det var en lättnad för honom. Kepsen hade hängt på ett hagtornssnår nere vid hamnen och han hade tagit den med sig hem och sedan slängt den bland soporna som skulle tömmas dagen därpå. Fast då hade han inte räknat med bisvärmen. Polisen fanns på plats och sopbilen vägrade ta tunnan med sig. Anspänningen hade varit svår men det värsta var att hitta pojkarnas kroppar i bunkern … Det var så onödigt att de skulle dö. Varför skulle de leka just där? Martin hade gråtit som ett barn, gråtit i bilen hela vägen in till polisstationen och Maria hade talat lugnande till honom och tröstat, om än med motstridiga känslor.

Hon hällde upp en kopp te åt sig och blåste försiktigt på den heta ytan. Klockan passerade midnatt. Månljuset lät trädgården framträda likt ett svartvitt fotografi. Den sirligt krattade grusgången och kalkstensmuren vid bersån kastade sitt vita återsken, liksom kastanjeträdens vita ljus mot bladverkets mörker. Maria tänkte på Adam Kossak, som satt häktad på sannolika skäl misstänkt för vållande till annans död, misshandel, människosmuggling, narkotikabrott, olaga vapeninnehav och utpressning. Listan skulle säkert komma att bli längre. Hur kan en människa få sådan makt över andra i sin omgivning? Maria måste medge att hon själv blivit charmad av honom till en början. Hans energi och utstrålning lämnade ingen opåverkad. Svårt att erkänna det ens för sig själv, men likväl sant. Efter den första förälskelsen, där han generöst lånat ut pengar och erbjudit arbete, var hans strategi att få människor att handla av rädsla, att begå brott för att själva slippa bli offer. Hur stor del av hans nätverk skulle man komma att avslöja och hur skulle de kriminella element man inte lyckades fånga upp agera? Skulle han kunna fortsätta att leda dem nu, eller skulle en ny Adam uppstå? Och sedan, om 5–6 år, skulle han antagligen vara fri igen. Någonstans fanns pengarna undanstoppade, bara att plocka fram när han kom ut. Några miljoner? Lönsamt. Otäckt lönsamt.

Maria lutade sig fram mot rutan när hon hörde en bil rulla upp på grusplanen. Kunde de redan vara här? Krister och barnen skulle komma med den sena båten. Älskade, älskade barn! Som hon hade längtat efter dem. Hon kunde höra deras glada röster nere under fönstret. Linda hade fått syn på hästarna och Krister tog henne i handen för att lotsa henne i motsatt riktning.

”Du får se på dem i morgon”, hörde Maria honom säga. ”Nu går vi in till mamma.” Hon mötte dem nere i dörröppningen. Kramade om båda barnen samtidigt och sa hej till Krister.

”Gick resan bra?”

”Ja, fast det blev lite långtråkigt i bilen. Mest för mej, faktiskt. Jag fick inte välja musik och inte lyssna på nyheterna. Fyra timmar med Mamma Mu är rena döden för den som bara gillar hårdrock. Jag har något till dej. Vi köpte en present i en nattöppen hantverksaffär i hamnen. De bjöd på kryddat vin och så sålde de keramik. Kolla här. Det här är ett gycklarkrus. Ett sådant har du säkert inte sett förut. Man måste hålla för rätt hål när man ska dricka, annars blir man dyngsur.”

”Jag vet”, sa Maria. ”Jag vet att det kan gå illa.”

EXTRAMATERIAL

Det har blivit mer och mer populärt att vara med i en bokcirkel och allt fler människor träffas någon gång i månaden för att diskutera en bok som hela gruppen har läst. Då kan det vara bra att ha ett lättillgängligt extramaterial som kan hjälpa till att få igång diskussionen.

Därför ger Månpocket varje månad ut en bok som innehåller kul läsning om författaren eller boken. Det kan vara intervjuer, författarporträtt eller helt enkelt tips på hur du fixar en trevlig bokcirkelsträff i ditt hem. Så håll utkik efter böckerna som utlovar EXTRAMATERIAL!

Kriminalförfattaren och sjuksköterskan Anna Jansson har skrivit 24 noveller som tillsammans beskriver olika etiska dilemman hämtade från vårdmiljöer. Dessa finns samlade i boken *Etiska dilemman i vård och omvårdnad* som finns utgiven på Gothia Förlag. I den här boken får du läsa en novell om hur föräldrarnas beteende påverkar barnens inställning läkarbesök, provtagningar etc. Men först berättar Anna Jansson lite om sig själv och hur hon började skriva.

All information hittar du även på www.manpocket.se.

Anna Jansson om sig själv:

När jag var sex år tog jag pengar ur min fars myntsamling och gick till kiosken. Övermätt och ångerfull blev jag sen kallad till min fars kontor för att samtala om hur man bör vara mot varandra i en familj för att det ska fungera. Och på den vägen är det. I etiken och i kriminalromanen ställer man sig samma frågor. Vad är ont? Vad är gott? Och hur bör man leva sitt liv? Det är frågor som aldrig upphör att intressera mig.

Jag föddes 1958 i Visby och växte upp på Gotland i ett hem där berättandet var viktigt. Vi hade inte TV när jag var barn, men min pappa tillverkade handdockor och spelade teater bakom en stor fåtölj med två ekorrar som hette Kirre och Kurre. På kvällarna satt vi vid brasan och gammelmormor berättade om förr i tiden. Om hur det var att gå på dagsverken för att försörja sina fem föräldralösa barnbarn. Att som barn få chansen att lyssna och bli lyssnad på är ett stort privilegium.

Med tiden flyttade jag till Örebro för att bli sjuksköterska. Det visade sig snart att jag inte tålde se blod utan att svimma. Men svårigheter är till för att övervinnas. Kirurgi blev aldrig min grej, men på lungkliniken arbetar jag fortfarande kvar på natten för att det känns meningsfullt. Inte minst när jag kan kombinera det med att ge taktilmassage. Naturligtvis tänkte jag flytta tillbaka till Gotland igen. Men så blev det inte. Jag träffade min man och blev kvar i Vintrosa. Tillsammans har vi tre barn som nu håller på att flytta ur boet.

Något kul ska man ha efter fyrtio och julen 98 började jag skriva. Det året mötte jag en åttioårig kvinna som blivit misshandlad av sin psykiskt sjuke son och mitt författarskap föddes ur den bestörtning hennes berättelse väckte. Ett civiliserat samhälle måste kunna ta hand om människor bättre än så. Resultatet blev min första kriminalroman *Stum sitter guden*.

Förutom serien av kriminalromaner med Maria Wern som huvudperson och åtta barnböcker för Bonnier Utbildning har jag skrivit två böcker i tillämpad etik för vårdpersonal med Agneta Blom, lektor i statsvetenskap. Behovet av att diskutera etiska dilemman är mycket stort och jag har numera ett 80-tal föreläsningar runt om i landet. Det här hade jag ingen aning om att jag skulle göra innan jag fyllde fyrtio.

Ur novellsamlingen *Etiska dilemman i vård och omvårdnad:*

Om jag får en glass, en video och en läsk

Jag lägger märke till dem redan när de kliver in genom entrédörren på barnmottagningen. En sliten och gråblek mamma med en flicka på armen och en liten kille vid handen. Så snart de kommit in släpper han hennes hand och tar famnen full med skoskydd. Hon säger något till honom och han vänder ryggen mot henne för att slippa laserblicken. Hon ställer ner den lilla flickan som gråtande börjar klänga på hennes ben. Hon rör vid pojkens axel. Han kastar alla skoskydd i luften och springer i väg.

"Morgan! Morgan, vänta här på mamma."

Hon böjer sig ned och plockar upp skoskydden, ursäktar sig när en pappa och hans tonårspojke passerar. Jag byter dropp på en flicka som fastar för blindtarmsoperation. När jag åter passerar väntrummet sitter killen feberröd och blankögd i plastrutschbanan och mamman försöker övertyga flickan om lämpligheten av att byta blöja. Det kryper i mej när jag lyssnar på dem.

"Skulle det inte vara skönt med en torr blöja?" säger mamman sittandes på huk.

"Nä!" Flickan sätter sig också på huk. Det ser ganska komiskt ut.

”Men om du känner efter kan det inte vara så skönt med en våt blöja. Ska jag byta den åt dej?”

”Nä! Jag vill inte.”

”Jag tror att du har bajsat och då kan du bli röd i stjärten om jag inte byter blöja. Det kan kännas väldigt obehagligt.”

”Nä! Säjer ja ju.” Mamman lägger huvudet på sned och ser ledsen ut. Flickan härmar henne, inte utan talang. ”Nä! För jag vill inte.”

”Men om det har blivit en bajskotte så vill den säkert vara hos sina bajskompisar i toaletten. Kan jag inte få byta blöjan? Det går jättesnabbt.”

”Jag vill inte! Vill inte! Aldri i live! Nä!” skriker flickan.

”Men snälla, rara Fredrika, nu gör du mamma ledsen.”

”Gråt då!” Fredrika reser sig upp och klättrar upp i soffan.

Mer hinner jag inte höra innan jag går och sätter antibiotikadropp på en liten kille med lunginflammation. När jag återkommer har de varit inne hos läkaren. Han sätter en remiss i min hand med önskan om ett CRP. Jag ska få den äran att sticka Morgan. Han vägrar att lämna rutschbanan förrän han blivit lovad glass och videofilm och en stor läsk av sin mamma. Hon bär in båda barnen i behandlingsrummet och ler urskuldande mot mej. Jag ber honom berätta vad han heter och frågar mamman när han är född.

”Jag skulle vilja ta ett blodprov på dej.” Han stirrar på mej som om jag var från Mars. Men säger ingenting.

”Är det verkligen nödvändigt?” frågar mamman. (Nej vi brukar sticka barn för att plåga dem när vi har chansen, säger jag inte.) Förklarar tålmodigt att pojken har en infektion och vi vill se om den kan behandlas med antibiotika. Morgan ska just sträcka fram armen när hon fortsätter. ”Jag hatar att bli stucken. Jag fixar det inte, vet du.” Morgan drar tillbaka armen och gömmer den djupt in i ärmen på sin tröja. Han böjer in huvudet och vägrar att se på mej.

”Jag vill inte bli stucken. Jag vill hem nu”, muttrar han under lugg.

”Se på honom, vad ska vi göra nu? Det gör inte ont Morgan. Det gör inte ont, säger mamma.”

”Jo, lite ont gör det. Men jag vet att du fixar det”, säger jag.

”Skitapor! Jag vill inte!” skriker Morgan och springer tillbaka till rutschbanan.